Roland Barthes
Uma biografia intelectual

Leda Tenório da Motta

ROLAND BARTHES
Uma biografia intelectual

FAPESP

ILUMI//URAS

Copyright © 2011
Leda Tenório da Motta

Copyright © desta edição
Editora Iluminuras Ltda.

Capa
Eder Cardoso / Iluminuras

Foto
Ferdinando Scianna / Magnum

Revisão
Jane Pessoa

CIP-BRASIL. CATALOGAÇÃO-NA-FONTE
SINDICATO NACIONAL DOS EDITORES DE LIVROS, RJ
M871r

Mota, Leda Tenório da
    Roland Barthes : uma biografia intelectual / Leda Tenório da Motta. - São Paulo : Iluminuras : FAPESP, 2011; 1ª Reimpressão, 2013.
    288p. : 23 cm

    Inclui bibliografia
    ISBN 978-85-7321-356-0

    1. Barthes, Roland, 1915-1980 - Crítica e interpretação. I. Fundação de Amparo à Pesquisa do Estado de São Paulo. II. Título.

11-7508.   CDD: 823
                       CDU: 821.111-3

07.11.11 08.11.11   031071

2020
EDITORA ILUMINURAS LTDA.
Rua Inácio Pereira da Rocha, 389 - 05432-011 - São Paulo - SP - Brasil
Tel./Fax: 55 11 3031-6161
iluminuras@iluminuras.com.br
www.iluminuras.com.br

"Sem dúvida, eu não sou lá muito inteligente: em todo caso, as ideias não são o meu forte.

Elas sempre me decepcionaram. As opiniões mais bem fundadas, os sistemas filosóficos mais harmoniosos (os mais bem constituídos) sempre me pareceram absolutamente frágeis, me causaram certo desgosto, certo vazio, um sentimento penoso de inconsistência. Não me sinto nem um pouco seguro do que me ocorre dizer numa discussão.

As ideias contrárias me parecem quase sempre igualmente válidas".

Francis Ponge, *Métodos.*

TÁBUA DAS MATÉRIAS

NOTA PRÉVIA, 11

ABERTURA
Um sujeito nem tão incerto, 15
O escrever em círculo de Barthes, 21
Um linha rumo ao centro de Barthes, 32
A disforia do cético, 46

NEUTRO, SUPERFICIAL E SUBLIME
De Marx a Blanchot passando por Sartre, 65
Nouveau roman e utopias do grau zero, 78
Silêncio sobre Francis Ponge, 97
As primeiras matrizes formalistas, 106
Razões do Neutro, 118
A escritura proustiana deseja Barthes, 124

PASSAGEM À SEMIOLOGIA
Insólito, insolente, corrosivo, 135
Falsa consciência e consciência partida, 139
Barthes, Baudelaire, Balzac, 145
Luta livre e tragédia, *tour de France* e epopeia, 159
Céu de Barthes, céu de Adorno, 163
As estrelas descem à Terra, 169
Semioclastia, iconoclastia, realismo traumático das imagens, 176

ASSALTO À SORBONNE
O *annus mirabilis* do estruturalismo, 193
O que é o estruturalismo?, 196
Escritores, intelectuais, professores, 203

O lansonismo, 211
Os melhores racinianos em volta
  O deus escondido de Lucien Goldmann, 213
O inconsciente na obra e na vida de Racine
  de Charles Mauron, 218
Racine não é Racine, 221
Sabatina sorbonista, 228
Ressonâncias brasileiras, 236

CODA
O crítico se ele ainda existe, 245
Os poetas entendem Barthes, 254
O crítico retardatário e sua poética, 260

CRONOLOGIA DAS OBRAS DE
  ROLAND BARTHES, 273

BIBLIOGRAFIA
Obras de Roland Barthes em edições francesas, 279
Obras de Roland Barthes em edições brasileiras, 280
Obras sobre Roland Barthes, 281
Dossiês, 283
Bibliografia geral, 284

NOTA PRÉVIA

Eu estava entre as pessoas que se aglomeravam na porta do Collège de France, certa manhã de março de 1980, diante do aviso de que a aula de Roland Barthes havia sido suspensa. Logo depois, saberíamos pelos jornais de seu acidente, ocorrido ali mesmo, na rua em frente, dias antes, e semanas mais tarde, em 26 de março, que ele havia falecido, inesperadamente, no hospital da Salpêtrière. Ficava assim para sempre interrompido o Seminário "Proust e a Fotografia", cuja abertura estava prevista para aquela mesma manhã.

Três anos antes disso, eu também estava naquela última aula de Barthes na École des Hautes Études, onde ele se despedia da instituição e marcava encontro com os alunos no Collège de France, falando obliquamente: o espaço no Collège era maior e haveria mais conforto. Mas haveria um desconforto nesse conforto, o espaço já não seria falansteriano.

É dessa paixão da linguagem não assertiva que se trata aqui. Porque se percebe, retrospectivamente, que ela já resumia todo o "grau zero da escritura", de tal sorte que o "neutro", conceito sui generis da última fase de Barthes, ainda é o "grau zero". Mas também porque isso não impede que o crítico-escritor leve adiante uma atividade incessante de palavra, paradoxal, dramática e, mesmo, por vezes, feliz. Era a isso que ele chamava literatura.

Sem pretender exaurir a obra barthesiana, até porque ela é monumental, o que proponho é perseguir essa permanente atitude de cautela crítica, que beira a aspiração ao silêncio, através de um conjunto de textos escolhidos. Trata-se de tomá-la como a marca de uma coerência surpreendente, um princípio de racionalidade, um círculo virtuoso só postumamente revelado, e de deduzir disso que o percurso de Barthes, apesar de vertiginoso, nada tem de incerto, mas fecha-se sobre si. E, ainda, de sugerir que o jogo da suspensão ligado ao "desejo de neutro" faz dele um cético contemporâneo. Tanto mais que o enreda, cada vez mais, numa contradição salutar, que é feita para não se resolver: mover-se entre uma certa ciência formal da linguagem e, logo, da literatura, e uma crítica que é literatura tout court.

Porém, mais e melhor que isso, o que também espero poder mostrar é que o "Neutro" aqui geralmente grafado com maiúscula e sem aspas, para acompanhar a tendência de Barthes, é o gesto específico de uma poética barthesiana. Pois furtar-se ao fechamento dos signos é escrever num grau heroico, como quem entra em literatura.

Pertence às dificuldades do método dubitativo de Barthes e da escritura que isso produz o oscilar das grafias. Assim, à releitura, vemos que ele vai passando, por exemplo, do "mito" ao "Mito", ou da "história" à "História", ou da "doxa" à "Doxa"... Dá-se o mesmo, inevitavelmente, com os comentadores que o retomam. Sem querer tampouco, sistematizar essas formas, trato de manter a variação, assim como certa sobrepontuação — abundância de parêntesis para a introdução de uma segunda fala em off*, pletora de itálicos e de dois pontos na mesma oração — que pede para ser interpretada como fato de estilo.*

Salvo menção em contrário, cito sempre Barthes a partir das obras completas em cinco volumes reorganizadas, em 2002, por Éric Marty, um do mais dedicados e finos leitores de Barthes em ação, hoje, no mundo. Menciono, sempre, o título do livro ou texto citado seguido da sigla OC, das Oeuvres Complètes, e a referência ao tomo em questão. Dessa grande reunião não faz parte o tríptico constituído pelos cursos dados no Collège de France, entre 1976 e 1980, cujas transcrições não deixam de constituir outras tantas belas obras fragmentárias, que existem em separatas, e em separado são citadas. Finalmente, uso itálico para referir o pequeno volume Aula *que transcreve a conferência de ingresso de Barthes no Collège de France e aspas para referir a conferência "Aula".*

Aliás, o embaraço em que nos põe essa aula, que é também uma rara bela peça em prosa a exemplo do que acontece com todas as demais aulas de Barthes, assinala a extrema tensão entre o discurso do mestre e o do artista quasi parlando *que o desejo de Neutro criou.*

12

ABERTURA

"Não te contesto, derivo".
Roland Barthes a Alain-Robbe-Grillet[1]

UM SUJEITO NEM TÃO INCERTO

Entre as muitas imagens que encontramos no museu iconográfico de Roland Barthes, há um certo desenho provocador, um retrato de grupo, que nos chama a atenção. Inserido em *Roland Barthes por Roland Barthes*, volume datado de 1975, que é o primeiro já francamente intimista do autor, traz lembranças de um passado de que ele já se distanciara, de algum modo, naquelas alturas. Estava prometido a um futuro: viria a se tornar o emblema do assim chamado movimento estruturalista. Assim, é como tal que figura, por exemplo, desde 1991, na capa da *História do estruturalismo* de François Dosse.[2]

Distinguem-se aí, em sentido horário, Michel Foucault, Jacques Lacan, Claude Lévi-Strauss e o próprio Barthes. Gentilmente caricaturados por um jornalista de uma influente revista literária devidamente creditado no final do livro,[3] fazem uma displicente roda, vestidos de tangas, sentados no chão, as pernas cruzadas na frente, como se fossem primitivos dessa Ameríndia cujos mitos pôs-se a ler o sênior Lévi-Strauss, tomando-os, no limite, e numa temporalidade sincrônica, por sempre iguais. Abaixo, está uma legenda que, de forma irônica, indica a cumplicidade intelectual de todos, pelo menos nesse momento. Lançada pelo desenhista e assumida por Barthes, essa inscrição diz: "a moda estruturalista".[4]

Ora, como se verá mais adiante, nem a escola terá sido tão coesa, nem se tratava de uma simples voga. De fato,

---

[1] Fragmento de conversa entre Roland Barthes e Alain Robbe-Grillet quando do Colóquio de Cerisy--La-Salle, em torno de Barthes, realizado em 1977. A intervenção do escritor no colóquio está recolhida em Alain Robbe-Grillet, *Pourquoi j'aime Barthes* (Paris: Christian Bougas, 2009), volume-homenagem traduzido para o português do Brasil por Silviano Santiago. Cito a partir da edição brasileira (*Por que amo Barthes*, Rio de Janeiro: UFRJ, 1995), p. 33.

[2] Nas capas dos dois volumes da edição francesa, bem como nas dos dois tomos da tradução brasileira, publicada dois anos depois, em 1993. Ver bibliografia geral.

[3] Cf. o índice das ilustrações à página 765, onde encontramos o autor do desenho, que se acreditaria ser do próprio Barthes, já que ele era bom desenhista, um certo Maurice Henry, que fez o desenho para algum número não explicitado da revista *La Quinzaine Littéraire*, da qual Barthes foi assíduo colaborador.

[4] *Roland Barthes par Roland Barthes*, OC, IV, p. 721.

como esperamos poder demonstrar, estamos diante de uma situação mais complexa, ou de algo assim como uma equação de dupla incógnita. Por ora, importa dizer que, de todos esses pensadores notáveis que se reúnem, desde os anos 1960, para conversar sobre o "homem estrutural", o mais errático, hesitante, contraditório, aquele que foi tachado de "charlatão, esnobe, reacionário, perigoso",[5] quando não de "pai fundador de uma linhagem de novos preciosos",[6] por certas correntes de opinião que prosperavam enquanto ele vivia, e ainda prosperam,[7] parece ser o que hoje mais se publica, estuda, revê, interpreta.

É o que atesta a bibliografia crítica apontada nos apêndices do quinto e último tomo das *Oeuvres Complètes* de Barthes pela Editora Seuil, que, aumentando uma reunião anterior, em três volumes, foram cuidadosamente reeditadas, em 2002, pelo egresso dos seminários barthesianos na École des Hautes Études en Sciences Sociales, hoje profícuo ensaísta, crítico e incansável editor que é Éric Marty. É o que também permitem pensar os muitos colóquios, dossiês, resenhas do último título póstumo, assentamentos biográficos, balanços, encômios, diatribes hoje movimentados pelos muitos professores, ex-alunos, discípulos, escritores, críticos de literatura, críticos de arte, filósofos, que,

---

[5] Como assinalado por Leyla Perrone-Moisés no capítulo dedicado a Barthes de seu *Texto, crítica, escritura*, datado de 1978, em que recapitula os motivos pelos quais, no final dos anos 1970, Barthes era "um autor consagrado mas não assimilado". Então, ela escrevia: "Inconstante, charlatão, esnobe, reacionário, brilhante mas pouco profundo, hábil mas (ou portanto) perigoso esses qualificativos o seguem, de perto ou de longe, com aquela impressionante constância que caracteriza, através dos séculos, a repulsa a toda vanguarda artística". Cf. Leyla Perrone-Moisés, "A crítica-sedução de Barthes" (in *Texto crítica, escritura*, São Paulo, Ática), p. 110.

[6] Assinalado pela portuguesa Maria da Conceição Vilhena em sua intervenção no Colóquio Barthes, realizado em Lisboa, em 1982, em que se dedica a comentar as recensões feitas na França, no ano de 1978, ao volume *Le Roland Barthes sans peine*, famosa diatribe da autoria dos jornalistas Michel-Antoine Burnier e Patrick Rambaud, que parodiam o discurso barthesiano e propõem aos novatos um método para alcançá-lo, baseado no uso do que consideram ser os cacoetes de Barthes. Cf. Maria da Conceição Vilhena, Dossiê *Leituras de Roland Barthes* - Colóquio Barthes da Faculdade de Letras de Lisboa, 1982, p. 158. Cf. também Michel-Antoine Burnier e Patrick Rambaud, *Le Roland Barthes sans peine* (Paris: Balland, 1978), p. 38.

[7] Reconduzindo uma impressão bastante generalizada, nos anos 1970, vejam-se, por exemplo, os recentes comentários desairosos à formulação "a língua é fascista" lançada por Barthes em janeiro de 1979, em sua aula inaugural no Collège de France, de Helène Merlin-Kajman, professora de literatura francesa na Sorbonne. Egressa da mesma universidade a que se liga outro *escândalo* barthesiano o caso *Sur Racine*, de que trata a seção "Assalto à Sorbonne", ela vem a campo, em 2003, notar que a proclamação "diminui" e "dramatiza" a teoria do poder de Foucault, tal como ele a contrapunha às concepções marxistas comuns nesse momento. "Foucault distinguia cuidadosamente o *discurso da língua*, e abstinha-se de fazer da segunda o lugar originário do poder dissimulado no primeiro", escreve. E acrescenta: "Barthes suspende essa distinção [...]". Cf. Helène Merlin-Kajman, *La langue est-elle fasciste?* (Paris, Seuil, 2003), p. 47.

na França como no exterior, estão voltando incessantemente a Barthes.

Entre nós, isso tem repercussão editorial, assim, desde 2001, avoluma-se aqui o número de títulos traduzidos. (Ver a relação das obras barthesianas vertidas para o português do Brasil na seção "Bibliografia".) Compreensivos no sentido etimológico espacial da palavra, o preferido de Barthes: *cum prehendere* = abarcar, cingir, tomar junto, alguns desses reexames podem ser admirativos, outros, inóspitos. Compare-se, por exemplo, o acolhimento de um poeta como Michel Déguy, que elege temas diletos em Barthes e se sente tocado por sua "língua magnífica" e pelas "finezas" que acompanham sua indisposição contra "qualquer normatividade", e a antipatia de um professor universitário da École des Hautes Études, como Jean-Marc Mandosio, incomodado com a "teorização absconsa daqueles tempos" e "pouco convencido" dos resultados de Barthes.[8]

Acrescente-se a essa primeira movimentação uma segunda, de acompanhamento e permanente atualização da obra bathesiana completa, que, aliás, não acaba mais de se adensar, rendendo uma massa escrita que comporta, até aqui, cerca de 5.500 páginas em papel-bíblia, somente no que tange à reunião da Seuil, que já não acompanha a realidade dos fatos. Tanto assim que os estabelecimentos de Éric Marty já se acham superados e não se fecha o cômputo nem dos primeiros escritos, nem dos derradeiros, nem dos intermediários. De fato, dos escritos póstumos, ficam faltando, nessa organização, o tríptico final constituído pela transcrição dos cursos magistrais do final dos anos 1970 no Collège de France *Como viver junto*, *O Neutro*, *A preparação do romance*, documentos disponíveis, em separado, em edições Seuil e em transcrição providenciada pelo próprio Collège de France, e um derradeiro diário íntimo, *Journal de deuil*, meditação fúnebre, que é uma espécie de "*tombeau*" mallarmeano para Henriette Barthes.[9] Dos escritos

[8] Cf. Michel Déguy, "R.B. par M.D." e "Réponse de Michel Déguy", Dossiê "Roland Barthes après Roland Barthes", *Rue Descartes*, Collège International de Philosophie, n. 34, dez. 2001, pp. 10 e 96 e Jean Marc Mandosio, "Naissance d'un stéréotype - la langue est fasciste", Dossiê "Autour de Roland Barthes", *Nouvelle Revue Française*, n. 589, abr. 2009, pp. 94-95.

[9] Como notou Éric Marty, recentemente, lembrando, muito a propósito, a semelhança do luto que Barthes faz aí pela mãe com o de Mallarmé pelo filho no poema "Pour un tombeau d'Anatole". Cf. Éric Marty, *Roland Barthes, la littérature et le droit à la mort* (Paris: Seuil, 1982), p. 29.

intermediários, ficam faltando os *Carnets du Voyage en Chine*, com os registros, até aqui desconhecidos, das impressões que causou em Barthes o regime de Mao Tsé-Tung, quando, em 1974, já próximo do grupo de Philippe Sollers, ele integrou uma expedição da *Tel Quel*, então em sua fase gauchista, à revolução chinesa. Enquanto das primeiríssimas produções fica faltando aquele que seria o verdadeiro *incipit* de Barthes, um texto juvenil trazendo um acréscimo imaginário ao *Críton* de Platão *En marge du Criton*, que ele escreveu em 1933, com dezoito anos.[10] Pequeno achado, este último, que desfaz a primazia de André Gide, cujo *Journal* (aliás, inteiramente editado recentemente por Marty[11]) acreditávamos ser a primeira obra de que Barthes tratou e cuja felicidade não está só em mostrar Barthes começando pelo pastiche, o gênero corrosivo pelo qual também começou Marcel Proust, seu mais insistente *alter ego*, como veremos, mas em surpreendê-lo às voltas com um pequeno texto que é um intertexto, já que a intertextualidade assume e carrega a consciência da forma, que, como também veremos, define, dramaticamente, a "écriture".

A todos esses acréscimos vem juntar-se, recentissimamente, uma versão ilustrada, em grande formato, do volume *Mitologias*, resultado da prestimosa pesquisa iconográfica de Jacqueline Guittard, outra importante estudiosa de Barthes que trabalha na França, hoje. Dessa prospecção resulta uma nova edição do livro, entremeada de 120 pranchas fotográficas, que nada têm de mecânicas tal mitologia, tal imagem, já que a organizadora sabe que, ao debruçar-se sobre o espetáculo das mídias francesas dos anos 1950, Barthes não se fixou nesta ou naquela imagem, em particular, mas, como Proust com suas personagens de muitas chaves, condensou situações, transfigurou o cenário que se lhe apresentava, arrogando-se o direito de refundi-lo em "imagens imaginadas", como nota a própria Jacqueline.[12]

[10] Todos esses títulos estão assinalados na seção "Bibliografia" no final do livro. Nota-se que o inédito da *juvenilia* barthesiana já havia sido revelado, anteriormente, num Dossiê Roland Barthes inserido no n. 56 da revista *L'Arc*, hoje disponível em livro: *Roland Barthes* (Paris, Éditions Inculte), s.d. Mas dele nos damos melhor conta no movimento atual das revisões da obra.

[11] Cf. *Journal d'André Gide* 1887-1925 (Paris: Gallimard, Bibliothèque de la Pléiade), 1996.

[12] Cf. Roland Barthes, *Mythologies*. Edição ilustrada estabelecida por Jacqueline Guittard (Paris: Seuil, 2010). Eu faço a recensão dessa reedição de *Mitologias* em artigo para o caderno "Sabático" do jornal *O Estado de S. Paulo*, 13 nov. 2010.

Em balanço para a excelente revista literária carioca Álea, datado de 2005, víamos um dos colaboradores apontar o seguinte: "Ao que parece, o ensaísta francês Roland Barthes está de volta. De fato, é difícil dizer se, desde meados da década de 1950, Barthes esteve ausente, especialmente para os estudos literários. De qualquer modo, é notável que, a partir de 2002, circunstâncias, a princípio, editoriais o tenham trazido de volta. Na França, de um lado, a reedição, corrigida e aumentada, de suas obras completas; de outro, a publicação das inéditas anotações dos cursos que ministrou, entre 1977 e 1978, no Collège de France. Acrescente-se ainda, sobretudo para a França e os Estados Unidos, a reedição de alguns estudos críticos dedicados a sua obra. No Brasil, a partir dessa mesma época, têm surgido colóquios dedicados a Barthes, reedições de seus livros em novas traduções inéditas, além de alguns estudos críticos. Tudo isso ou incita à retomada do trabalho de Barthes, ou este é por tal retomada incitado".[13] Cinco anos depois, essa febre de comentários superlativizou-se.

Posto diante de tal legado, não é de surpreender que o pesquisador da obra de Barthes esteja hoje repensando o "sujeito incerto" que ele mesmo pretendeu ser em meio a sua eterna briga com a figura do professor, seu eterno deslizar entre a vida acadêmica e a existencial. Pois, de fato, foi nesses termos que se apresentou ao Collège de France, em 7 de janeiro de 1977, quando de seu ingresso nesse antigo reduto dos *"lecteurs royaux"*, tornado o mais alto patamar possível para um *enseignant* francês do século XX. Ali ouviu-se, entre outros propósitos desconcertantes, o adjetivo *"incertain"*, que será duas vezes mencionado, Barthes dizendo-se incerto por não ter os títulos requeridos para aquele patamar, e por produzir esse "gênero incerto, em que a escritura rivaliza com a análise, o ensaio". Ele vem de par com o adjetivo *"impur"*: "É pois, manifestamente, um sujeito impuro que se acolhe numa casa onde reinam a ciência, o saber e a invenção disciplinada".[14] Esses são epítetos que nos levam à pessoa e ao

---

[13] Marcio Renato Pinheiro da Silva, "Lição crítica: Roland Barthes e a semiologia do impasse" in *Álea Estudos Neolatinos*, v. 7, n. 1, jan.-jun. 2005.

[14] Barthes refere-se ao fato de jamais ter defendido uma tese de doutorado, embora tenha ensaiado fazê-lo, em 1958, sob a c de Lévi-Strauss, e em 1959, sob a direção de orientação Martinet, quando lhe parecia que as reflexões que queria fazer sobre a moda (enquanto moda escrita)

corpo mesmos do professor. Presentes desde muito cedo, como insinua a atenção que ele já prestava na existência e no corpo do outro em seu *Michelet*, que começa pelas enxaquecas do historiador,[15] se lembrarmos que, classicamente, em literatura, a impureza diz respeito ao plano baixo das ações, quando não belas, e que isso diz respeito do corpo.

A trinta anos do acidente de 1980, o estado da arte de Barthes nos deixa desconfiar que, por mais que ele quisesse e fosse esse sujeito incerto e impuro, terá sido também, surpreendentemente, constante. Por mais que sua obra tenha sido dotada de uma certa faculdade de mutação, não apenas reivindicada por ele mas acusada por seus acusadores, que lhe cobraram sua mobilidade teórica, e por menos que faça sistema, já que acontece no interior de uma "escritura", e a escritura, tal como Barthes a entende, nada mais é que a ressignificação tardia da literatura possível desde os modernos, pode-se dizer que é percorrida por um fio condutor, uma linha de força subterrânea, a tramar, clandestinamente, uma unidade última. Investigando os "passos filosóficos" de Barthes, Jean-Claude-Milner notou, nesse sentido, que, em sua "cartografia singular, ele jamais cedeu quanto ao essencial".[16] Ele não é o único a verificá-lo. Estamos hoje bem longe da previsão de Raymond Picard, o autor do panfleto "*Nouvelle critique ou nouvelle imposture?*", que, em 1964, no estilo grandiloquente da velha *dissertation française*, tão detestado por Barthes, citava Beaumarchais para vaticinar que as palavras do autor de *Sur Racine* ainda seriam oportunamente devolvidas ao nada.[17] Alguém chamou esse movimento entre incerto e preciso de "rigor nuançado".[18] Isso parece agora espantosamente evidente, no sentido que "evidente" ganha em Barthes: "só as evidências podem nos deixar atônitos".[19]

poderiam render um texto acadêmico. Ele jamais realizou esse doutorado, embora *Sistema da moda* tenha algo da tese. Isso não o impediu de fazer carreira universitária, já que, no sistema francês, o ingresso se dá por concurso, que independe da titulação do candidato. Cf. Louis-Jean Calvet, *Roland Barthes: uma biografia* (São Paulo: Siciliano, 1993), pp. 152-153.

[15] Roland Barthes, *Michelet*, OC, I, p. 301. "A doença de Michelet é a enxaqueca, esse misto de arrebatamento e náusea. Tudo lhe é enxaqueca: o frio, a tempestade, a primavera, a História que narra", lemos aí.

[16] Jean-Claude Milner, *Le pas philosophique de Roland Barthes* (Paris: Verdier, 2003), p. 91.

[17] Faço suspense, provisoriamente, sobre essas palavras, a que volto na seção "Assalto à Sorbonne".

[18] Francis Marmande, "Préface" (in Françoise Héritier (org.), *Roland Barthes, le corps, le sens*, Paris: Seuil, 2007), p. 7.

[19] Em francês: "Seules les évidences peuvent nous stupéfier". *Leçon*, OC, V, p. 445.

O ESCREVER EM CÍRCULO DE BARTHES

De muitos modos e perspectivas, leitores das mais diversas proveniências estão aquilatando, há algum tempo, esse fundo de coerência, subjacente a uma incursão que é apaixonadamente teórica e, ao mesmo tempo, repita-se, sem rede de segurança.

No conjunto probatório oferecido pelo atual estado dos escritos e estudos barthesianos, uma peça de instrução do dossiê que abrimos, daqui por diante, fazendo o cômputo de algumas dessas leituras, é certa recursividade em meio à movência, certa obstinação que traz Barthes eternamente de volta a Barthes, quando visto desde aquele ponto que Jean-Pierre Richard chamou sua "última paisagem".[20]

A seguir algumas das trilhas abertas pelas revisões de que dispomos, atualmente, uma primeira pista do círculo virtuoso de Barthes pode ser aquela armada por sua filiação a Flaubert, outro escritor que é referência insistente entre os modernos, a que ele apela desde *O grau zero da escritura*, e o primeiro a ser aí mencionado como tal: "A escritura clássica então explodiu e toda a Literatura, de Flaubert a nossos dias, tornou-se uma problemática da linguagem".[21]

De fato, quem quer que venha hoje a debruçar-se sobre a écriture *fleuve* de Barthes será levado a deparar-se com estas fobias: o "Mito", a "Doxa", a "Histeria", a "Arrogância", o "*Vouloir-saisir*". Ora, é impossível não ver nesse pequeno mas impositivo sistema, cujos termos vão ganhando letra maiúscula, uma certa amarração e uma certa lógica profunda. Nem poderíamos não perceber que toda a coleção de abusos discursivos que a semiologia barthesiana vai colecionando até chegar nesta conhecida frase da "Aula": "em cada signo dorme este monstro: o estereótipo: eu não posso falar sem trazer comigo aquilo que se *arrasta* na língua,[22] refaz o *Dictionnaire des idées recues*. Até porque Jean-Pierre Richard nos dá um bom motivo para pensá-lo, quando, repertoriando, de seu lado, um outro léxico barthesiano repetitivo

---

[20] Aludo ao título do livro desse importante crítico francês sobre Barthes: *Roland Barthes, dernier paysage* (Paris: Verdier, 2006).

[21] *Le dégré zéro de l'écriture*, OC, I, p. 172.

[22] Em francês: "ce qui traine dans la langue". *Leçon*, V, p. 432. [Grifo do autor.]

— o mate, o grão, a nuance, o bariolado, o furta-cor, o *haiku* —
fala num outro dicionário de Barthes, que chama "nuançário".
Ele escreve: "Tentaremos prolongar *o passo filosófico* de R.B.,
tão excelentemente evocado por Jean-Claude Milner, com uma
análise de outra ordem: o exame de uma incursão sonhadora,
o desenrolar de um nuançário pessoal de qualidades".[23] A bom
entendedor meia palavra basta: "nuançário" é o dicionário das
ideias feitas transformado em dicionário das ideias desfeitas pela
ação do Neutro, seu oposto contrafóbico.

A dívida para com Flaubert também foi notada por esse outro
autor do primeiro cânone barthesiano este porém, mais que
simplesmente "moderno", um artífice do "grau zero da escritura",
ou da escritura "neutra", que é Alain Robbe-Grillet. Ele vem a
campo, em 1976, no auge de sua fama nacional e internacional,
depor sobre Barthes, num Colóquio de Cerizy-La-Salle. Nesse
sítio histórico da Normandia francesa, conhecido palco de
notáveis reexames de grandes tópicos literários e filosóficos,
agradece e devolve a atenção que Barthes lhe dedicou, e à qual
deve seu primeiro reconhecimento, consagrando-lhe, por seu
turno, um estudo de estilo. Hoje recolhido num opúsculo
intitulado *Por que amo Barthes,* o *speech* trata, justamente, das
relações de Barthes com o senso-comum, o que leva Robbe-
-Grillet às escaramuças de Flaubert contra a "*bêtise*", que, como
nota ele, são as mesmas de Valéry. Na transcrição do encontro,
lemos que Flaubert e Valéry são atraídos pelo discurso pronto
que detestam, a ponto de já não poderem cuidar de outra coisa:
"Quando Valéry dizia ‹a tolice não é o meu forte›, acontecia uma
coisa engraçada, porque ele parecia, ao contrário do que afirmava,
manter uma relação de fascínio com ela. É o que também
acontece com Flaubert no romance *Bouvard e Pécuchet*".[24] Para
o romancista, é a mesma situação de Barthes, que, da plateia,
assente com a imputação e consente com a sua implicação,
chamando para si o que Flaubert também reivindicou: "A tolice
de *Bouvard e Pécuchet* é minha".[25]

---

[23] Jean-Pierre Richard, *Roland Barthes, dernier paysage*, op. cit., p. 7.

[24] Alain Robbe-Grillet, *Por que amo Barthes*, op. cit., p. 18.

[25] Segundo sua conhecida confidência, encontrada numa carta a certa Madame Roger des Genettes, datada de abril de 1975. Cf. Gustave Flaubert, *Cartas exemplares*. Tradução, organização, prefácio e notas de Duda Machado (Rio de Janeiro: Imago, 1993), p. 243. Note-se que Foucault

Noutro fórum barthesiano importante, realizado, em 2001, no Collège International de Philosophie, a ascendência de Flaubert sobre Barthes seria igualmente assinalada. Dessa vez, por ninguém menos que o poeta Michel Déguy, que volta à carga, para dizer, essencialmente, o mesmo: "uma espécie de profunda impaciência libertária mobilizava [Barthes] contra a doxa, que foi seu inimigo principal, na descendência de Flaubert".[26]

Mas antes de todo mundo, em 1975, o próprio Barthes já o admitia, em entrevista ao jornal *Le Figaro*: "Eu tenho uma espécie de grande fascínio em relação à *"bêtise"*. E ao mesmo tempo uma náusea enorme, claro. É muito difícil falar dela porque não podemos *simplesmente* nos excluir do discurso tolo. Não estou dizendo que não podemos nos excluir disso, mas que não podemos nos excluir disso *simplesmente*".[27]

As coisas são tão menos simples quanto Barthes sabe que a máquina da linguagem nos aparece como benigna, e que só aos Flaubert e aos Valéry é dado ouvir as palavras murmurarem. É disso que ele trata, aliás, no ensaio de 1975, "*Le bruissement de la langue*", que daria título a uma edição brasileira de seus textos mais tardios.[28] Mal traduzida para o português do Brasil por "o rumor da língua" já que "*bruire*" significa apenas "soar" ou "sussurrar", sem conter, em princípio, nenhuma carga pejorativa, essa expressão que se tornaria formular, "*le bruissement de la langue*" recobre esse funcionamento aparentemente inofensivo, e tão mais indebelável quanto inaudível. Como explica o próprio Barthes: "O *bruissement* é o som daquilo que funciona bem. Deriva daí este paradoxo: o *bruissement* denota um barulho limite [...] o barulho daquilo que, funcionando à perfeição, não faz barulho; é a evaporação mesma do barulho...".[29]

É desse engano que se aproveita a Doxa e seu cortejo, revistos e aumentados em *Roland Barthes por Roland Barthes*, obra em que reencontramos todos estes outros apelativos afins da lavra do

---

disse o mesmo que Robbe-Grillet de Flaubert: "no *Dicionário das ideias feitas*, a '*bêtise*' não é só a contrapartida do outro, o colecionador de frases feitas está visivelmente fascinado pelo seu objeto de repulsa". Cf. Michel Foucault, "La bibliotèque fantastique" (in R. Debray et al *Travail de Flaubert*. Paris: Seuil, 1983).

[26] Michel Déguy, Dossiê "Roland Barthes après Roland Barthes", *Rue Descartes*, n. 34, dez. 2001, p. 10.
[27] "Vingt mots-clés pour Roland Barthes", OC, IV, p. 867. [Grifos do autor.]
[28] Ver a relação das obras de Barthes em português do Brasil na seção "Bibliografia".
[29] "Le bruissement de la langue", OC, IV, p. 800.

"gênio taxinômico, toponômico, onomástico" de Barthes, como o chamou Déguy:[30] Opinião Pública, Espírito Majoritário, Consenso Pequeno-Burguês, Voz do Natural, Violência do Preconceito.[31] Antes disso, a mesma inquietação fora recoberta, em *Mitologias*, pelo "Mito", mais um termo encarregado de incorporar os discursos medianos em seu voo livre para o "segundo grau" das "conotações" abusivas.

Nós voltaremos a tudo isso. Retenha-se, por ora, que, dada a sua insistência, todas essas formas que se rebatem contra a tela de bastidor da "*idée reçue*" não apenas filiam Barthes à grande tradição de Flaubert mas são sinais de seu profundo acordo consigo mesmo.

A determinação de dar combate à "gregariedade" do signo, seu "poder" — sua "moralidade" — segundo o resumo levado à "Aula"[32] é, portanto, de sempre, e vem em espiral.

Há outras volutas a assinalar. Numa outra ordem de considerações, outra prova dessa coerência é a que assinala Susan Sontag, leitora de longa data de Barthes, e um de seus raros comentadores a trabalhar fora do eixo parisiense. Para ela, o que conta é a fidelidade de Barthes à escrita de si. Numa plaqueta intitulada *Writing itself: On Roland Barthes*, traduzida na França em 1982, Sontag traz a campo o velho interesse do crítico por diários. Começa por lembrar que um dos mais antigos de seus textos versava sobre o *Journal* de André Gide[33] e segue chamando a atenção para o fato de que o último Barthes não apenas rendeu-se às confidências pelas quais começara, tratando daquelas produzidas por um outro escritor, mas fez uma volta completa ao redor de si mesmo, tornando-se, ele mesmo, um desses escritores autoconscientes que se desnudam principalmente para si mesmo, em seus cadernos de notas, e passam a examinar sua própria prática. Para ela, é a fixação na escritura que o explica: "[Se] o primeiro estudo publicado por Barthes celebra a consciência modelar que havia encontrado no *Journal* de André

---

[30] Michel Déguy, op. cit.

[31] *Roland Barthes par Roland Barthes*, OC, IV, p. 627.

[32] *Leçon*, OC, V, p. 433.

[33] Deve ser isso que põe Éric Marty no encalço de Gide, não só editando o conjunto completo do *Journal*, em 1990, mas publicando antes, em 1987, um *André Gide, qui êtes vous?* (Paris: La Manufacture, 1998).

Gide, homossexual e protestante como ele, ocorre que, naquele que deveria ser seu último estudo publicado em vida, medita sobre o próprio diário que está escrevendo. Essa simetria, por acidental que seja, é perfeitamente apropriada, pois os escritos de Barthes, através da prodigiosa variedade dos assuntos que abordou, só têm um assunto: a escritura mesma".[34]

Embora, desde *Le plaisir du texte* e *Roland Barthes por Roland Barthes*, a escritura barthesiana tenda ao intimismo, acompanhando o rumar dos acontecimentos em sala de aula, onde o imaginário do professor toma lugar, sabe-se que os diários de Barthes, propriamente ditos, são aqueles recolhidos no último conjunto de textos do quinto volume da edição crítica de Éric Marty, e que eles são póstumos.[35] Assim, perguntamo-nos qual poderia ser, exatamente, esse "seu último estudo publicado em vida", que é uma meditação "sobre o próprio diário que está escrevendo". Seria essa uma referência ao fundo pessoal dos fragmentos de *A câmara clara*? Salvo engano, a menção é vaga. Mas isso não invalida nem a hipótese da escritura que cuida da escritura nem, por isso mesmo, a hipótese de um derramamento confidencial atravessado pelo olhar de esguelha do próprio confidente, que se pega em flagrante querendo ser, ao mesmo tempo, o que escreve e o que reflete sobre o ato de escrever. Nem tampouco enfraquece a percepção da movimentação em círculo aí implícita.

Embora particularmente disposta a admiti-lo, porque o vê entre os escritores da revolta, Sontag não foi a única a dar-se conta do giro em círculo de Barthes. Como no caso do apontamento da herança de Flaubert, as releituras que frisam essa circunvolução do escritor e da escritura vêm de muitas partes.

Rapidamente, Robbe-Grillet já a avançava, no opúsculo *Porque amo Barthes*, em que chama *Fragmentos de um discurso amoroso* de romance: "este romance que se chama *Fragmentos de um discurso amoroso...*".[36] Outros vão além da observação

---

[34] Citamos pela tradução francesa: Susan Sontag, *L'écriture même: à propos de Barthes* (Paris: Christian Bourgois, 1982), p. 10.

[35] Trata-se de *Incidents*, *Soirées de Paris* e *Vita Nova*, a que se somariam, ainda, *Carnet du Voyage en Chine* e *Journal de deuil*, que estão fora dessa organização, como vimos. Cf. "Textes Posthumes", OC, V, pp. 955-994.

[36] Alain Robbe-Grillet, *Por que amo Barthes*, op. cit., p. 29.

localizada, para ver em tudo o que o crítico escreve... literatura. Aqui, ajudados pelo conceito de "romanesco" de Barthes, que, sendo "a explosão do romance, somente o espaço de circulação de desejos sutis, de desejos móveis", como ele o definiu, deixa-se atribuir às suas próprias sutilezas.[37] Ali, pela passagem literal ao romance com que o último Barthes põe-se a acenar.

Indo nessa segunda pista, até um certo projeto ficcional chamado *Vita Nova*,[38] que Barthes pôs-se a acalentar, ao longo de seu último ano de vida, ao mesmo tempo que suas aulas do período cuidavam do tema "A preparação do romance", temos o escritor francês Yves Jouan. Levando em conta ambos os eventos, ele está disposto a pensar que aquele que assim termina, debruçado sobre casos de figura romanescos e tentando ele mesmo um romance, nunca deixou de ser um escritor. Dentre seus muitos depoimentos nesse sentido, comecemos por este: "No corpo mesmo dos escritos de Barthes sempre encontrei um tensionamento para a obra, uma não-redução ao campo unicamente conceitual, ali só aparentemente onipresente".[39]

Por oportuno, relembremos o principal a respeito do projeto *Vita Nova*. Hoje constante da seção "Textos Póstumos" do quinto e último volume das *Oeuvres complètes* de Barthes,[40] e aí inserido entre os documentos incorporados depois de 1980, trata-se da sinopse de uma futura ficção que ele tem em mente, para a consecução da qual se declara na mesma delicada posição de Proust, tal como a está descrevendo, nesse mesmo momento, no curso "A preparação do romance". Éric Marty a recuperou em seu estado original: um rascunho escrito à mão, encabeçado por um índice de cinco entradas temáticas, antecedido de um prólogo intitulado "*Deuil*" (Luto) e arrematado por um epílogo intitulado "*Rencontre*" (Reencontro). No meio desse rarefeito plano, o nome de Proust aparece grifado com um marcador amarelo.

Verificando que essa é uma produção totalmente desvinculada das encomendas de texto que tanto aborreciam a Barthes, mas que isso não o salva de sua impotência escritural, Antoine

[37] "Au séminaire", OC, IV, p. 504.
[38] Cf. "Transcription de Vita Nova", OC, V, pp. 1007-1018.
[39] Yves Jouan, "Le chef-d'oeuvre invisible", Dossiê Barthes in *Europe Revue Littéraire Mensuelle,* ago.- -set. 2008, p. 182.
[40] *Vita Nova, Annexes*, OC, V, pp. 1007-1118.

Compagnon vê as notas aí lançadas como "desesperadamente modestas" e fala num "inferno" de notas: "O romance encontrava-se no estado de fichas, uma quantidade enorme de fichas, um inferno. Barthes defrontara-se várias vezes com a classificação das fichas sem a descobrir. As fichas não tinham tomado forma. [...] Recomeçara diversas vezes tentando passar as fichas de *A câmara clara* para sua escrita matinal...".[41] Efetivamente, quem teve a curiosidade de consultar a edição desses fragmentos sabe que o grosso do material são digressões a respeito de um punhado de argumentos eventualmente capazes de render alguma narrativa. Trata-se de um arcabouço arquitetônico de um texto por vir, que está em perfeita consonância com o que pensa Barthes dos laboratórios da criação: "escrever é sempre "arquitetural".[42] Sabe também que aquele que assim projeta no papel seu edifício memorial está cônscio de que a arquitetura não lhe dá a liga da catedral a erguer (como em Proust). No fundo, mais um diário de Barthes a comprovar que o século XX literário carrega a herança da "biografologia" proustiana,[43] o roteiro constitui-se de notas particularmente curtas e soltas, na base de rápidas consignações como estas: "A literatura como substituto do Amor", "A literatura como decepção". São lembretes do futuro autor para si mesmo, que ironizam a tipologia mítica do criador em apuros, quando não sinalizações do inevitável caráter de pastiche das literaturas retardatárias, como no caso desta outra rubrica: "Retirar-se para escrever uma grande obra".[44]

Nada mais compreensível quando se tem em mente que o momento corresponde ao período de luto pela morte de Henriette Barthes, ocorrida em 25 de outubro de 1977, e que o Barthes envolvido com esse infernal labor vinha de denunciar, em sala de aula, o "mito" do desencadeamento da obra por uma "grande crise".[45] O que significa que não podia nutrir ilusões quanto às possibilidades de levar a cabo sua própria literatura.

---

[41] Antoine Compagnon, "A obstinação de escrever" in Dossiê *Leituras de Roland Barthes* - Colóquio Barthes da Faculdade de Letras de Lisboa, 1982, p. 115.

[42] Roland Barthes, *La préparation du roman*, I et II, Cours et séminaires au Collège de France, 1979-80 (Paris: Seuil/Imec, 2003), p. 255.

[43] "Proust é a entrada em campo massiva, audaciosa do autor, do sujeito que escreve como biografólogo". Cf. . *La préparation du roman I et II*, op. cit., p. 278.

[44] *Vita Nova*, OC, V, pp. 994-1001.

[45] Roland Barthes, *La préparation du roman*, I et II, op. cit., p. 326.

Tanto que, se o projeto vingasse, sua ideia era alojar aí os dois conjuntos de diários escritos em 1977 e 1979, *Soirées de Paris* e *Incidents*, como nos informa Éric Marty.[46]

O fato é que ele busca superar a depressão em que se encontra pela intermediação de um desejo de literatura, o motivo dos motivos das aulas do período 1978-1979. Vale portanto apresentar também as aulas.

Desenrolando-se em paralelo a Vita Nova, esse derradeiro ciclo começa com uma preleção em torno de Dante e *"Nel mezzo del camin di nostra vita"*, que fala por si só da fixação de Barthes na passagem do tempo, no envelhecimento que o estaria surpreendendo sem obra, e de um desejo de renovação.[47] Prossegue com uma longa e bela digressão sobre o "fantasma de escritura", sob o título "Vouloir Écrire". E evolui para o anúncio do que o professor tem em mente fazer: o apanhado de uma série de casos de figura literários, em que está em jogo a decisão de alguns escritores prediletos de fechar-se para realizar uma grande obra. As sessões são abertamente projetivas e isso se explicita na abertura do segundo encontro, datado de 9 de dezembro de 1978: "Há aqui um "desígnio" (*dessein*) que vou tentar manter e um "desenho" (*dessin*) que vou tentar seguir, talvez ano pós ano. Ao longo das duas primeiras aulas (a de sábado passado e a de hoje), vou dando conta de indicar a origem pessoal e mesmo fantasmática do Curso".[48]

De fato, doravante, os trabalhos do curso, que nem por isso deixam de ser impecáveis lições de literatura, estarão dedicados a uma exploração livre e sentimental das diferentes disposições de espírito que presidem à entrega de cada escritor a sua obra, das providências práticas que escrever demanda, dos diferentes regimes de vida dos que escrevem, dos internamentos monásticos a que se submetem uns e outros. São incursões não apenas ao imaginário da criação mas ao imaginário da crítica, e não seria exagero dizer que,

---

[46] Éric Marty, *Roland Barthes, la littérature et le droit à la mort*, op. cit., p. 16.

[47] Impossível não notar que são as mesmas disposições de Haroldo de Campos, em curva semelhante do caminho, tal como a colhemos, de relance, nestes versos de *A máquina do mundo repensada*: "dante com trinta e cinco eu com setenta / o sacro magno poeta de paúra / transido e eu nesse quase (que a tormenta da dúvida angustia) terço acidioso / milênio a me esfingir: que me alimenta". E menos de relance nas rimas dantescas do álbum. Cf. Haroldo de Campos, *A máquina do mundo repensada* (São Paulo: Ateliê, 2000), p. 15.

[48] *La préparation du roman*, I, op. cit., p. 35.

a despeito de conterem confissões públicas de melancolia, jamais vistas antes em sala de aula, rendem também, em paralelo, uma nada desprezível História da literatura na vertente das "histórias da vida privada". O clímax deveria ser um outro ciclo de encontros, previstos para o seminário de encerramento, a chamar-se "Proust et la photographie", quando os esforços se concentrariam unicamente no canteiro de obras de Proust. Então, seriam mostradas aquelas fotografias do *monde proustien*, pelo estúdio Nadar, que haviam caído no esquecimento, desde que se esgotara o Álbum Marcel Proust da coleção Bibliothèque de la Pléiade, e que ele queria agora revisitar, sem medo de estar, como Sainte-Beuve, em busca do homem por trás da obra. Esta seria uma espécie de festa "marcelista", assim arquitetada: "Não vamos comentar [essas fotos]: nem ideias, nem observações literárias, nem observações fotográficas, nenhuma tentativa de reencontrar a passagem de *Em busca do tempo perdido* correspondente à pessoa representada [...]. Trata-se, no meu espírito, de produzir uma *intoxicação*, uma fascinação, ação própria à Imagem".[49] O seminário nunca seria realizado.

A tese de Jouan é a de que Barthes não apenas está falando de si mesmo, por todos esses escritores interpostos, de cujas oficinas criativas se ocupa, *in extremis*, mas que, sem saber, nunca deixou de ser um deles. Nas últimas aulas, isso se acentua. O falar, o estilo de Barthes — nota — são portadores de algo que é bem diferente de uma teoria, e isso deixa pensar que sua literatura está talvez nos seus cursos. Não por acaso — continua — ele abre "A preparação do romance" decidido a definir o que é escrever, e sai-se com esta definição: "escrever: verbo intransitivo". Não por acaso, vibram na abertura do curso fórmulas como "escrever como tendência" e "fantasma de escritura". Pois se "écrire" e "*tendre à*" são sem complemento, isso quer dizer que o fantasmar basta. As coisas são tão simples quanto isto: "Mallarmé teve a impressão de que morria deixando tudo por fazer e, no entanto, nos legava uma obra, nota. Do mesmo modo, Barthes passou a vida escrevendo intransitivamente".[50]

[49] *La préparation du roman*, II, op.cit., p. 391. [Grifo do autor.]
[50] Yves Jouan, op. cit., pp. 182-183.

Há quem jogue com Proust, ao invés de Mallarmé, para idêntica argumentação. É o caso de Bernard Comment, pesquisador de longa data da obra barthesiana, egresso da refinada escola de Genebra a que pertencem Georges Poulet e Jean Starobinski, e autor de um *Roland Barthes vers le Neutre*, que este crítico suíço já havia publicado em 1991, e que relança em 2002, numa versão aumentada, que incorpora os acontecimentos de 1978. Nesse que é um dos mais belos livros já escritos sobre Barthes, Comment nota que, quando mergulha num projeto de romance, Barthes está identificado com Proust, particularmente com o Proust de 1909, no limiar da *Recherche*. E o nota com base nestes traços existenciais comuns: antes de decidirem a passar ao romance, ambos estão de luto pela morte da mãe e, mais que tudo, ambos estão oscilando entre o ensaio e o romance.

É o que lhe permite insistir na centralidade do Neutro em Barthes, tal como a avança o título de seu livro, já que, segundo ele, é essa indecisão que empurra Barthes para uma "forma terceira", vale dizer, intermediária, ou neutra, que não é nem romance nem ensaio, como também acontece com a forma proustiana.[51] O que há de particularmente precioso nessas observações é que, além de indicarem um nexo plausível entre o "fantasma" de *Vita Nova* e o de Proust, indicam também um nexo possível entre Proust e o Neutro. Ora, essa segunda nota não pode ser sem interesse para um exame da trajetória de Barthes, dada a fixação de Barthes no autor de *Em busca do tempo perdido*, inclusive, na insolúvel questão do ensaio versus o romance, também no que tange a Barthes presente até o fim, já que levada à aula de 12 de janeiro de 1980 sobre *A preparação do romance*, em que é desenterrada uma carta de Proust à princesa de Noailles com os seguintes dizeres: "O estudo sobre Sainte-Beuve que gostaria de escrever, embora doente, tomou corpo em meu espírito de duas maneiras diferentes entre as quais devo decidir, ou um ensaio ou um romance. Ora, não tenho força de vontade nem clareza para isso".[52]

Outra argumentação em torno não exatamente de Barthes eterno escritor, mas de um criador dramático à testa dos escritos de Barthes, é a de Daniel Bougnoux. Trata-se de um

---

[51] Bernard Comment, *Roland Barthes, vers le Neutre* (Paris: Christian Bourgois, 2003), pp. 212-13.
[52] Roland Barthes, *La préparation du roman*, I et II, op. cit., p. 258.

estudioso das tecnologias contemporâneas do texto a quem, por isso mesmo, não deixou de interessar o Barthes envolvido com imagens técnicas de *A câmara clara*. Neste último livro de Barthes publicado em vida, impressiona-o a insinuação do corpo do autor, a "consciência afetiva" que dele emana e a maneira como o afeto transformou-se aí em método. O principal de sua abordagem do derradeiro livro consiste em perguntar-se: como pode alguém tão interessado nos signos verbais passar às imagens, antes postas no mesmo saco de gatos dos mitos? Como pode Barthes querer agora "nada dizer, fechar os olhos, deixar o detalhe alçar-se sozinho à consciência afetiva?".[53] Responder a essas indagações é notar que o detalhe que se eleva ao afeto é o "*punctum*". Vale dizer, aquele efeito poderoso de certas representações fotográficas que tem, de fato, para o último Barthes, a penetração de um "instrumento pontudo", e que associam, de fato, intelecto e sentimento, já que, sob o amparo desse outro conceito *sui generis*, ver fundo é machucar--se. O que impressiona Bougnoux, mais especificamente, é que aquele Barthes semiólogo que antes denunciava o código em plena ação, agora, furta-se ao prestígio do código, para deixar-se envolver pela representação. Não lhe escapa que isso acontece num momento de derrelição. Ele pondera: se de um lado, esse Barthes lança um desafio à tradição bem-pensante, que somente valoriza a "*cosa mentale*", e dá a corporeidade por obscena, de outro, o que essa "volta delicada ao corpo" também tem de notável é que promove um reencontro entre o Barthes atual e o ator que ele foi um dia.[54]

Ele alude ao fato de que, em jovem, à época da graduação em letras clássicas, Barthes estava do lado de cá da tela da representação que o semiólogo desmonta e põe em crise. Era um *commédiant* fervoroso e, além do mais, o *commédiant* de seu próprio teatro, pois havia fundado com alguns amigos um Grupo de Teatro Antigo da Sorbonne, que o absorveria intensamente, naqueles anos, até mais que as letras, segundo seu biógrafo.[55] Do

[53] Referência ao fragmento 22 de *La chambre claire*, OC, V, p. 833.
[54] Cf. OC, IV.
[55] De fato, sabemos por Louis-Jean Calvet do fôlego do grupo, cuja ambição era encenar grandes tragédias e que, nesse passo, ele chegou a montar *Os persas*, de Ésquilo, montagem em que Barthes interpreta Dario. A peça foi reencenada em 1987 no grande anfiteatro da Sorbonne,

ângulo de Bougnoux, o que se passa é que, no trajeto do ator dos anos 1930 para o pensador das representações fotográficas dos anos 1970, as duas pontas se juntaram.

São considerações também instigantes porque nos convidam a ligar o jovem Barthes ao futuro crítico de Brecht e, antes mesmo disso, ao crítico de Camus, que, como veremos, é particularmente sensível ao *huis clos* trágico de *O estrangeiro*, para o qual é pensado o "grau zero". Mas principalmente porque nos convidam a voltar às ideias feitas, para ponderar que o Barthes que trabalha à flor da pele, dividido entre a vida estudiosa e a vida existencial, termina por saber separar, passionalmente, clichês e clichês. Isto é: as mordidas das representações que machucam e os estereótipos vazios. Ou, nas palavras de Bougnoux: a *"empreinte"* (o rasto) e a *"emprise"* (o apoderamento).[56]

UMA LINHA RUMO AO CENTRO DE BARTHES

Até aqui, a defesa da harmonia final dos escritos barthesianos foi imputada a seus muitos círculos descritos. Mas outra hipótese ainda seria a de um ponto de fuga de todas essas dispersões, ou a de um certo centro insuspeito de Barthes, para o qual tudo convergiria, como imperceptivelmente. Tudo se passaria como se esta *work in progress* como alguns a tem chamado,[57] avançasse para trás, sempre rumo à origem de sua disseminação.

Da figura das volutas esféricas passamos ao fio de Ariadne, metáfora da retidão, sem dúvida, perturbadora, se endereçada a alguém tão fixado nas convulsões da modernidade e tão decidido a engajar corpo e afeto em seus escritos. Aqui, novamente, os

---

em comemoração aos cinquenta anos do nascimento do grupo e em honra de seu mais ilustre animador, agora desaparecido. Essa não é a única realização na bagagem de ator de Barthes. É igualmente conhecida sua participação num filme de Éric Rohmer, *Perceval, o gaulês* (1979), adaptação cinematográfica de uma obra que é uma das fontes da lírica francesa, no século XII, o romance inacabado do trovador tardio Chrétien de Troyes. Para o Grupo de Teatro Antigo, cf. Louis-Jean Calvet, *Roland Barthes, uma biografia*, op. cit., pp. 55-56. No álbum iconográfico de *Roland Barthes par Roland Barthes*, há uma fotografia do grupo em atuação, em que vemos Barthes no papel de Dario. Cf. OC, IV.

[56] Daniel Bougnoux, "Les empreintes, non l'emprise" (in Daniel Bougnoux (org.), *Empreintes de Roland Barthes*. Nantes: Cécile Defaut, 2003), p. 47.

[57] Por exemplo, o crítico José Augusto Seabra, em seu longo e excelente prefácio à tradução portuguesa de *Mitologias*. Cf. Roland Barthes, *Mitologias*. Tradução e prefácio de José Augusto Seabra (Lisboa: Edições 70, 1971), p. XI.

belos textos fragmentários constituídos pela transcrição das fichas preparatórias das derradeiras aulas revelam todo o seu interesse. Pois se esses documentos paradoxalmente taquigráficos e vivos, em que a economia das notas não impede a voz de Barthes, atestam sua última liberdade de digressão, também evidenciam a força persuasiva de seus motivos iniciais. E, particularmente, a pregnância de um deles, que vem reiterar-se na penúltima temporada de conferências, a ele inteiramente dedicada: o Neutro.

Antes de mais nada, apresentemos o curso. Inseridos no ano escolar (europeu) que fica a cavalo entre 1977-1978, trata-se de uma série de encontros de treze semanas, que vai de 18 de fevereiro a 3 de junho de 1978. No itinerário de Barthes, situa-se entre a publicação de *Fragmentos de um discurso amoroso* (1977) e a vinda a lume de *Aula* (1978). Por ironia, essas sessões de trabalho posicionam-se entre o primeiro e o último cursos dados no Collège de France, desde o ingresso de Barthes, em 1976, o que significa dizer que ocupam a mesma posição intermediária ou mediana que é a faixa pretendida do Neutro.

Mais detidamente, perguntemo-nos, agora: que seria esse Neutro que confere uma lógica interna aos escritos de Barthes?

Utopia de uma linguagem sem marcas, ele designa o sentido velado, o "branco" do sentido, branco sendo um seu sinônimo, aliás,[58] uma parada, uma suspensão da linguagem. Jean-Pierre Richard denominou esse gesto suspensivo de "o grau zero da presença".[59] Ele compra briga, ao dizê-lo, com aqueles que preferem pensar que se trataria de um *"parler pour ne rien dire"*, dedução grosseira que não é apanágio só dos críticos do pé-atrás que assinam o *Le Roland Barthes sans peine*.[60] Mas o que ainda seria preciso dizer é que isso também está em tensão com as lições das linguísticas gerais, tão importantes para Barthes e para todo o quartel-general estruturalista, de

---

[58] De fato, como se verá, em *O grau zero da escritura*, o "grau zero" é retomado, amiúde, não só em termos de "escritura neutra", mas de "escritura branca".

[59] Jean-Pierre Richard, *Roland Barthes, dernier paysage*, p. 17.

[60] Porquanto é o que também formula o sinólogo francês Simon Leys. Ele sente-se interpelado pela falta de entusiasmo de Barthes pela China e o ironiza dizendo que suas reservas a respeito do país "investem de uma nova dignidade a velha atividade de falar para não dizer nada". Cito Leys apud Jean Marc Mandosio, "Naissance d'un stéréotype - la langue est fasciste", Dossiê "Autour de Roland Barthes", *Nouvelle Revue Française*, n. 589, abr. 2009, p. 99, nota 2.

acordo com as quais fazer sentido é marcar clara oposição entre dois termos como em S/Z ou em Preto/Branco ou em Cru/Cozido, já que, saussurianamente, a significação é um jogo de alternâncias paradigmáticas. O Neutro quer subtrair-se a essa produtividade, é explosão, sobressalto, recuo da "estrutura".

Ora, o que se evidencia, quando se lê Barthes do fim para o começo, da perspectiva desse grande motivo trazido para o penúltimo curso, é que também ele já estava em pauta, desde sempre. O que significa dizer que já era o assunto em *O grau zero da escritura*. Aí, de fato, tal nomenclatura já é atribuída a certas literaturas retardatárias, como as Albert Camus, Maurice Blanchot, Jean-Cayrol e Raymond Queneau, que Barthes já toma como episódios interessantes de uma certa cessação de linguagem. Assim, já na Introdução da *obra princeps*, lá está ele, associado ao "grau zero": "Nestas escrituras neutras aqui chamadas 'o grau zero da escritura' pode-se facilmente discernir o movimento mesmo de uma negação...".[61] O que se passa, a seguir, é que ganha forma substantiva, magnificando-se com a letra maiúscula. Processo que já está em marcha, a meio caminho, em *Roland Barthes por Roland Barthes*, no fragmento "A isenção de sentido", em que é do Neutro que Barthes está tratando, quando fala de si na terceira pessoa, como um ator-curinga de Brecht, nos seguintes termos: "Visivelmente, ele sonha com um mundo isento de sentido (como se é isento do serviço militar).[62]

De fato, a terceira pessoa é igualmente devedora de Brecht, outro inspirador do Neutro. Antes de chegarmos nesse tópico, insistamos em dizer que o conceito remonta a *O grau zero da escritura*. E acrescentemos que há outro depoimento vindo do próprio Barthes que é suscetível de estabelecer uma ligação entre seus começos, meios e fins, antes mesmo que, em 1978, o Neutro seja reconhecido como fatal, e Barthes nos diga: "Para preparar este curso, o que fiz foi fazer circular a palavra 'Neutro', referente para mim de um afeto obstinado (na verdade, desde *O grau zero da escritura*).[63] Este outro está em *Sade, Fourier, Loyola*, obra

---

[61] Ibid., p. 173.
[62] "L'exemption de sens" in *Roland Barthes par Roland Barthes*, OC, IV, p. 664.
[63] *Le Neutre*, Cours au Collège de France 1977-8. Texto estabelecido, anotado e apresentado por Thomas Clerc (Paris: Seuil/Imec, 2002), p. 33.

em que encontramos esta reflexão em torno das classificações em aberto dos escritores aí contemplados, que ele também já encampa: "Ter o gosto do Neutro é forçosamente desgostar-se do médio".[64]

Assim, pois, não haveria solução de continuidade entre a primeira e a última fase, mas implantação gradativa da ideia. Como enfatiza aqui Philippe Di Meo, verificando uma influência progressiva do Neutro sobre a própria letra do texto de Barthes: "De ponta a ponta, as páginas de Barthes são de um minimalismo que é inicialmente vigiado, depois tristemente altivo, e por fim extremado".[65]

Tudo isso mostra que, renomeado Neutro, o grau zero passará a conter muito mais que só as vanguardas do romance francês, e logo mais as do teatro brechtiano do distanciamento crítico, a que se referia, de primeiro. Por-se-á a recobrir não só toda a literatura para Barthes digna desse nome, porém certos tópicos não literários. Assim, extrapolando o tema dos retiros dos escritores em busca da grande obra, o antepenúltimo curso também passeará por certos modelos suspensivos da vida religiosa e da vivência filosófica, o que nos dá um *corpus* extremamente variado: textos literários, textos filosóficos, textos místicos, de muitas procedências e livremente escolhidos. Isso inclui André Gide, Maurice Blanchot, Baudelaire, Paul Valéry, Marcel Proust, mas, também, filósofos não platônicos como Protágoras e Pirro (através dos escritos dos seguidores, no caso deste último, que, como Sócrates, nada escreveu), espíritos esotéricos como os de um Swedenborg e um Jacob Boheme e claro – alguns mestres Zen-budistas. Todos esses tópicos desdobram o Neutro em 23 casos de figura tais como a Fadiga, a Benevolência, o Silêncio, a Delicadeza e contrafiguras tais como a Cólera, o Conflito, a Arrogância, a Resposta, através das quais se repropõe, sob novas vestes, aquela mesma entrada em colapso autocrítico da máquina semiótica que é própria das escrituras no zero grau.

São debandadas que não tomaríamos por impressões fracas tais que a indiferença, o cinzento, o insípido, o justo

---

[64] *Sade, Fourier, Loyola*, OC, IV, p. 795.
[65] Philippe Di Meo, "Carnets du Voyage en Chine et Journal de deuil de Roland Barthes", Dossiê "Autour de Roland Barthes" in *La Nouvelle Revue Française*, n. 589, abr. 2009, p. 121.

meio, estas apenas versões da Doxa, ou parentes do Mito. Mas, sim, por "valores ativos", por "desvios ardentes da lei do signo", por "saídas veementes" da "constrição da língua", como prefere Barthes,[66] que não se furta a ser patético. Como também nas confidências sem rodeio sobre seu luto que, no mesmo momento, derrama sobre as páginas dos muitos diários do período, como vimos, e principalmente, nesse *"tombeau"* que é *Journal de deuil*.[67] Em 1977, no seu discurso final no Colloque de Cerisy, definindo a *epoché* cética, ele dizia: "o silêncio não é uma indiferença superior, a serenidade de um domínio [...] mas segue sendo um *páthos*: eu continuarei a estar comovido, embora não atormentado".[68] Ele é como, em música, a *sotto voce*: baixa mas enfática e dramática. Nas aulas sobre o Neutro, tudo fica ainda mais patente, com a evocação do *"Kairós"* (a boa ocasião, o tempo oportuno[69]), o adjetivo grego que se presta a explicar o caráter assistemático do Neutro, assinalando sua relação com a contingência, logo, com a oportunidade oferecida pela ocasião, até mesmo para a revelação da verdade. Aprendemos aí que o *"Kairós"* do cético está no fato de ele poder, a qualquer momento, renunciar a seu ceticismo, sem com isso perder a face. Aliás, o tempo oportuno também pode virar bruscamente, já que pertence ao Neutro esquivar a sistematização até mesmo da contingência.[70] Como se vê, Barthes sabe bem que seguir reafirmando o horror pela tolice também pode ser tolo. E não perderá a oportunidade de dizê-lo, como já fazia em Cerisy, pouco antes, a propósito da formulação valeriana *"La bêtise n'est pas mon fort"*: "Isso basta

[66] Como nota Alain Finkielkraut, Revista *Rue Descartes*, n. 34, dez. 2001, p. 181.

[67] Bernard Comment vê no patetismo de Barthes o sinal de uma oscilação. Ele escreve: "Visivelmente, Barthes está preso a um duplo centro, ele oscila entre duas orientações, entre dois sentimentos contraditórios. [...] De um lado, um discurso patético para dizer o amor, para testemunhar que o ente querido e desaparecido não viveu em vão; de outro lado, um pensamento e uma escritura baças, sinais de um Neutro votado a buscar-se indefinidamente". Cf. Bernard Comment, op. cit., p. 123. Parece-me, porém, que a nota sobre a ardência do Neutro dissolve essa contradição, que estaria noutra parte: no paradoxo mesmo da neutralidade ardente.

[68] "L'image", OC, V, p. 518.

[69] Em apêndice à sua apresentação das escolas helenísticas, aqui já citada, Marilena Chauí assim define o "kairós": "Em sentido amplo, significa justa medida ou medida conveniente. Com relação ao tempo, significa momento oportuno, momento certo, tempo favorável, tempo certo, instante favorável, boa ocasião, oportunidade, circunstância favorável ou oportuna. É o tempo como algo rápido e efêmero, que deve ser agarrado no momento certo, no instante exato porque, do contrário, a ação não poderá ter sucesso e fracassará". Cf. *Introdução à história da filosofia: as escolas helenísticas* (São Paulo: Companhia das Letras, 2010), p. 348.

[70] *Le Neutre*, op. cit., pp. 215-18.

num primeiro momento. Mas no encadeamento infinito dos propósitos, volta a ser tolice".[71]

Mas nenhuma apresentação preliminar do Neutro estaria completa se não levasse em conta dois outros pontos.

Primeiro, tal fuga à legislação da linguagem (e vale lembrar que para Barthes ela é aquela "que obriga a dizer"[72]) permanece estrutural e, nesse sentido, adjacente ao signo. De fato, é assim que Barthes vê o Neutro: abrindo o ângulo do signo, logo, em diálogo com ele. Já porque é próprio das análises de cunho estruturalista o gesto metodológico de jogar com signos sem hierarquizá-los, apenas os localizando e tentando descobrir-lhes a ordenação lógica, numa continuidade que tende a clivar-se ao infinito (como veremos Barthes fazer, na prática, no segundo capítulo). Mas também porque a rejeição do paradigma não deixa de referir o paradigma, ou de indicar o sistema, como o próprio Barthes se dá pressa em lembrar, na abertura do curso: "Defino o Neutro como aquilo que destrama (*déjoue*) o paradigma, ou antes, chamo Neutro tudo o que destrama o paradigma". E principalmente porque, ao contrário do que puderam pensar seus adversários, isso que Barthes chama, inicialmente, de grau zero, depois de Neutro, não é o *falar para nada dizer*, mas um dizer, que pode ser incisivo, ainda que em briga com o signo. Como ele mesmo nota, reconfirmando sua veemência: "Dou do Neutro uma definição que permanece estrutural. Quero dizer, com isso, que, para mim, o Neutro não remete a impressões de indiferença. O Neutro, meu Neutro, pode remeter a estados intensos, fortes, inauditos".[73] De resto, é por sabê-lo que Éric Marty se permitirá chamar a aspiração ao silêncio aí em questão de "violenta e desesperada".[74]

---

[71] Aqui já citado, esse texto está em OC, V, p. 513.

[72] "Mas a língua, como performance de toda linguagem, não é nem reacionária, nem progressista; ela é simplesmente: fascista; pois o fascismo não é impedir de dizer, é obrigar a dizer". *Leçon*, OC, V, p. 432.

[73] *Le Neutre*, op. cit., pp. 31-32.

[74] Na apresentação geral do quinto e último tomo das *Obras completas* de Barthes, onde repensa a formulação "a língua é fascista", pondo-a na conta do eterno deslocamento de Barthes: "Ao longo de toda a Aula, Barthes volta à mesma questão: a do poder. [...] A questão do poder, tal como a esboça aqui, é para ele, ao mesmo tempo, absoluta e subjetiva, daí os muitos mal--entendidos a que deu margem, o mais famoso deles, a propósito de uma frase que não podia ser compreendida, aquela em que declara que a língua, como performance de toda linguagem, é simplesmente *fascista*. Enunciado enorme, excessivo, escandaloso, quase louco, cujo contexto – a entronização de um pensador no Collège de France – não era o mais propício, e para o qual os exemplos trazidos não eram convincentes [...]. Esse termo *fascista* – por sua inadequação

37

Segundo, nessa guirlanda de figuras brancas mas percutíveis, há uma que é anterior às demais. Talvez porque seja aquela que mais descreve o humor barthesiano, nessa ponta extrema de seu percurso intelectual. Essa figura interessa particularmente a quem quer que busque uma coerência no projeto de Barthes, e a encontre no Neutro. Trata-se da "Fadiga". Não a confundamos com a "Acídia". Termo do repertório de *Como viver junto*, pois esta recobre uma prostração violenta, uma morte na alma, o luto de todo e qualquer investimento.[75] Ao passo que a "Fadiga" é um sentimento brando, mais balanceado, é só um aborrecimento em relação às solicitações do mundo, um querer estar só consigo, que não rouba o indivíduo de si mesmo, como a desesperança profunda o faz, mas, ao contrário, o faz mais presente a si. Ainda que também mais cético.

A "Fadiga" tanto mais depõe sobre o desenlace de Barthes quanto um de seus melhores representantes é Gide, a quem já sabemos que ele está de volta, no final dos anos 1970, mas a quem não volta somente pelo caminho dos diários íntimos, como quer Susan Sontag. Pois ocorre que, em velho, Gide enfileira por uma surpreendente última posição de retiro, depois de uma vida de ativíssima militância. E é essa sua condição final que mais comove Barthes podemos dizer, vendo as coisas de trás para a frente, e que termina por se transformar num dos insufladores do Neutro, em sua última versão. Já que o Neutro vive desse mesmo recuo e, se bem examinadas, todas as suas figuras são efeitos do mesmo pretendido estado de repouso.

Compreende-se, assim, que, sob o amparo da Fadiga, Gide seja o escritor a abrir o curso, tão logo Barthes termine de apresentar suas argumentações iniciais.

Detenhamo-nos, por um momento, na apresentação que ele faz a seus alunos dessa batida em retirada do escritor que foi um dia não apenas um intelectual engajado, mas torrencial o conjunto formado por seu *Journal* sendo um dos maiores

flagrante, mas sem dúvida proposital, não evidenciava o propósito mais essencial que Barthes exprimia, à maneira dos escritores marginais da literatura, uma aspiração violenta e desesperada ao silêncio". Cf. Éric Marty, "Présentation", OC, V, p. 15. [Grifo do autor.]

[75] *Comment vivre ensemble*, Cours au Collège de France 1976-7. Texto estabelecido, anotado e apresentado por Thomas Clerc (Paris: Seuil/Imec, 2002), p. 53.

empreendimentos de escritura íntima de que se tem notícia,[76] e que vem agora oferecer-se à ilustração do valor e do interesse do cansaço. Para melhor situar seu ponto, ele traz à baila uma metáfora tão desgraciosa quanto o é o último quadro existencial do escritor: a imagem de um pneu esvaziado. Ele a retira do próprio universo de Gide, já que ela é de autoria de uma pessoa extremamente próxima de Gide, uma espectadora privilegiada de seus últimos anos, sua amiga Maria Van Rysselberghe, irmã do pintor belga Theo Van Rysselberghe e mãe de Elizabeth, amante do escritor por um breve período e mãe de sua única filha. Maria era outra profícua autora de diários íntimos e é num deles que Barthes encontra a expressão,[77] que não hesita em difundir junto a seus ouvintes, mudando a forma original "*pneu qui se vide*" (esvazia) por "*pneu qui se dégongle*" (desinfla). Providência possivelmente devida ao fato de que, em gíria francesa, "*gonflé*" é o sujeito inflado, cheio de si, ao passo que "*dégonflé*" é o contrário disso, diz-se do sujeito que se desinfla ou desarma, o que se presta particularmente bem a Gide desalentado.

Dentro dessa mesma linha de reflexão, e variando ainda a fórmula de Maria, a aula de 18 de fevereiro de 1978 inscreve-se sob a rubrica "Gide velho: um pneu murcho". Nesse primeiro momento mais anunciado que desenvolvido, o operar da fadiga em Gide será melhor exposto na aula do dia 29 de abril de 1978, em que Barthes se demora na maneira como o escritor "*dégonflé*" foge do assédio externo. Então, são desenterradas estas outras linhas de seu próprio diário, dedicadas à "cominação da demanda" dos jornalistas que o querem entrevistar sobre uma declaração de François Mauriac ao jornal *Le Figaro*, a que Sartre já reagiu: "Eles são de doer. Para todos os efeitos, estou viajando".[78]

O ponto aqui é: a Fadiga é produtiva. É o que Barthes dá-se pressa em dizer, aliás, em seu arrazoado inicial: "Desde que a

---

[76] Fala disso o lapso de tempo indicado na organização textual de Éric Marty: 1887-1925. Apresento o *Journal* de Gide, com mais vagar, alhures, na seção "André Gide" de meu livro *Proust: a violência sutil do riso* (São Paulo: Perspectiva, 1998), p. 59.

[77] Como ele refere na ficha correspondente. Chamados por Gide "Cahiers de la petite dame", esse conjunto esparso de notas acabaria incluído na obra de Gide, onde figura em meio a seus *Cahiers*. Cobrem o período de 1918 até 1951, ano da morte de Gide. Voltaria a ser citado por Barthes em *A preparação do romance*, já que lhe serve aí de apoio para evocar a morte de Gide, entre outras mortes de escritores visitadas.

[78] Em francês: "*Ils sont assommants. Je suis en voyage*", *Le Neutre*, op. cit., p. 150.

queiramos obedecer, a Fadiga faz parte do novo: as coisas novas nascem da lassidão do 'basta!'" (em francês: *ras-le-bol*).

Mas é tempo de acrescentar a essa primeira série de notas que, se a lassidão é pertinente ao Neutro, é principalmente porque é uma favorecedora da atitude cética, e o ceticismo também é a linha do meio. De fato, como também lembra Barthes, o cético antigo é aquele que se pôs, ao mesmo tempo, ao abrigo da Dialética e da Retórica, com seus respectivos investimentos da linguagem. É aquele que recusa envolver-se com ambas as tomadas da palavra inscritas nesses métodos, de que somos os eternos herdeiros, seja para aceder à realidade ideal das coisas, segundo o paradoxo platônico, seja para alcançar o sucesso nos debates da assembleia da cidade, segundo o ensinamento prático dos sofistas.

Assim, no limite, é da *epoché* grega que se trata. Isso nos leva a uma segunda série de notas.

A *epoché*, que sabemos ser, de modo muito geral, a "suspensão do julgamento", de acordo com seu étimo "*skeptesthai*", pede uma tranquilidade interior, da qual o estado de Fadiga se aproxima, ou que ele, ao menos, favorece, já que leva a fugir da excitação da disputa. Barthes o explicava em Cerisy: "A suspensão não é bem uma negação. Essa diferença era bem conhecida da teologia negativa: 'Se o inefável é o que não pode ser dito, cessa de ser inefável quando o nomeamos como tal'".[79] Para ele, trata-se, antes, de uma fímbria de sentido entreaberta na significação, para afirmar, e não negar, algo, a saber: o propósito de abrir mão de afirmar ou negar. Ela referenda, desse modo, o caráter paradoxalmente vibrante do Neutro.

Barthes não demorará a introduzir esse outro tópico no programa do curso, cuja índole é, pois, daí por diante, filosófica. Boa razão para que, antes de passarmos à *epoché*, perguntemo-nos por Barthes filósofo.

Está em pauta, hoje, na França e no mundo, uma polêmica em torno da filosofia barthesiana. Alguns consideram Barthes filósofo pelos mesmos motivos que outros não o consideram. Assim, por exemplo, ele foi visto como tal num grande colóquio

[79] "L'image", OC, V, p. 518.

em sua homenagem realizado na Universidade de Londres, em 2004, que, entre outras intervenções, contou com falas de Éric Marty e de Yves Jouan, aqui já parcialmente mencionadas. É como filósofo que o vê também Madeleine Renouard, professora na mesma universidade e organizadora do colóquio e da publicação das intervenções feitas naquela oportunidade. "As reflexões aqui reunidas escreve ela, na introdução da coletânea saem, na sua maioria, de comunicações feitas em Londres, onde, como acontece no continente, Barthes é frequentemente citado como representante da modernidade, e como filósofo que nos deixa pensar o mundo contemporâneo".[80]

Um ano antes, Jean-Claude Milner havia publicado *Le pas philosophique de Roland Barthes*, em que vê em certos estilemas seus – notadamente nas maiúsculas seguidas de artigo definido e na substantivação dos adjetivos, mas também nos parêntesis e nos hífens que introduzem uma voz barthesiana em *off* uma diligência que objetiva tirar as palavras de seu uso comum, pedir uma maior atenção a elas e, mesmo, pedir calma em relação a elas. Por exemplo, ele escreve: "De imediato, as consequências da maiúscula deixam-se ler assim: ela arranca a palavra de seu funcionamento normal para alertar o leitor de que deve tomar cuidado, ir mais devagar (*ralentir travaux*)".[81] E com isso quer dizer que Barthes as chancela, filosoficamente, ou que escolhe a filosofia, "já que nada em Barthes que se refira à língua pode ser gratuito".

Por seu turno, o historiador do estruturalismo, François Dosse, vê o Barthes posterior a *S/Z* atuar sob a influência de Jacques Derrida, como um desconstrucionista *après la lettre*. Buscando apresentar o que chama a "reviravolta" de Barthes, ele argumenta que a maneira como Barthes passa, a partir de um determinado momento, a atingir os fundamentos do discurso ocidental descortina toda a perspectiva da desconstrução. Ele o faz nestes termos: "Desde *S/Z*, é toda a problemática desconstrucionista que está influenciando Barthes em sua

---

[80] Madeleine Renouard in *Europe Revue Littéraire Mensuelle*, ago.-set. 2008, op. cit., p. 183.

[81] De fato, para Jean-Claude Milner, as maiúsculas de Barthes não apenas tem algo a ver com as de Baudelaire, Mallarmé e Valéry, mas também com a interrogação filosófica dos conceitos. Elas sinalizam que se deve parar na palavra, prestar-lhe atenção. Cf. Jean-Claude Milner, op. cit., pp. 12, 16-17.

preocupação de pluralizar, de exacerbar as diferenças, de fazê-las atuar fora do significado, num infinito em que elas se dissolvem para dar lugar ao 'branco da escritura'. Reconhece-se, portanto, toda a trama derridiana no interior do novo discurso barthesiano desse momento culminante. A crítica do signo saussuriano é retomada por Barthes. [Agora] é necessário levar o combate mais longe, tentar cindir, não os signos, com o significante de um lado, o significado do outro, mas a própria ideia de signo, operação [a que ele chamou] semioclastia".[82]

A avaliação é, por um lado, justa, já que a perspectiva do Neutro é, de fato, desconstrutora. Por outro, para quem domina o percurso de Barthes, soa injusta. Primeiro, porque, quando põe a desconstrução de Derrida na dianteira da de Barthes, Dosse subestima o fato de que Derrida começa a refletir sobre o estruturalismo em 1963, e de que suas primeiras interpelações da estrutura em *Da Gramatologia* e *Escritura e diferença* são de 1967, segundo sua própria datação.[83] Enquanto a postulação barthesiana de uma escritura neutra, que desativa a lei do signo, é de 1953. Assim, cronologicamente, parece que é o "*phármakon*" derridiano, que é reversivelmente o veneno e o remédio, que deve créditos ao Neutro, e não o contrário.[84] Segundo, porque essa crítica ao signo a que ele se refere não é tardia, como afiança, mas inaugural, sendo a injunção mesma do "grau zero", especioso conceito estranho ao arsenal dos estruturalistas (como veremos melhor na próxima seção deste livro, "Neutro, superficial e sublime"). Terceiro, porque a dissolução da diferença pelo "branco da escritura" não é de "determinado momento", mas do primeiro momento, já estando dada, com todas as letras, em *O grau zero da escritura*, a palavra "branco" entrando aí como sinônimo de "grau zero" e de "neutro", e a operação do grau zero sendo, precisamente, desmarcar o significado, vale dizer, subtrair-lhe a diferença. Sem falar que a palavra "escritura", tal como surge, oposta à

---

[82] François Dosse, *História do estruturalismo*, II. Tradução de Álvaro Cabral (São Paulo: Ensaio), 1994, p. 77.

[83] Ibid., p. 35.

[84] Sendo um dos operadores da "desconstrução", ao lado da "*différance*", o "*phármakon*", como se sabe, é termo tirado por Derrida do diálogo *Fedro* de Platão. No conglomerado socrático-platônico, ele está associado à escrita, ao mesmo tempo, um mal e um bem, porque fortalece a memória, registrando-a e eternizando-a, e a enfraquece, substituindo-a.

"diferença", no título de um dos primeiros livros de Derrida, já era uma palavra do repertório de Barthes, quinze anos antes. Assim, em resumo, o branco da escritura já é não logocêntrico *avant la lettre*, e parece-nos que não seria falsear a verdade dos fatos propor que, se Derrida faz o crítico literário de Artaud, em *A escritura e a diferença*, interessando-se aí pelo teatro da crueldade, como veremos que Barthes se interessou pelo de Brecht, e se o desconstrucionismo funda uma escola de crítica literária, isso deve ter algo a ver com *O grau zero da escritura* e os *Ensaios críticos*, e não só porque vem depois.

Em seu exame das relações de Derrida com a literatura, Evando Nascimento precisa que, na defesa do Doutorado de Estado na Sorbonne, em 1980, Derrida revelava que, desde cedo, orientou-se na direção da literatura e que seu primeiro projeto de tese se inseria no campo da teoria literária. Ele recupera palavras de uma entrevista de Derrida, dada nos anos 1990, em que o filósofo confirma ter hesitado entre a filosofia e a literatura, afirma que aquilo que o interessa não é estritamente nem uma nem outra, confessa que lhe agrada pensar que seu sonho de adolescente o levou para alguma coisa na escrita que solicita a ambas, e que a palavra "autobiografia" não trairia essa coisa, porque "continua sendo par mim, até hoje, a mais enigmática, a mais aberta".[85] Ora, novamente, parece que, ponto por ponto, tudo isso é Barthes, ainda que reivindicar a filosofia como autobiografia seja o ponto que mais barthesiano possa parecer, numa confidência filosófica de 1990.

Para outros, não ter sido filósofo numa formação de pensadores é o que distingue Barthes. Nessa outra direção parte Julia Kristeva, que o vê como "um trágico sóbrio, consagrado às desventuras do sentido" e, enquanto tal, na dianteira de seu grupo em litígio com as grandes ideologias (grupo a que ela mesma pertenceu e que chamou "os samurais").[86] Kristeva escreve: "Barthes foi provavelmente o primeiro a considerar de dentro do estruturalismo a linguagem como negatividade.

---

[85] Evando Nascimento, *Derrida e a literatura: notas de literatura e filosofia nos textos da desconstrução* (Niterói: Editora da UFF, 1999), pp. 304-305.

[86] Julia Kristeva, *Les samouraïs* (Paris: Arthème Fayard, 1990). O título cita o do romance de Simone de Beauvoir *Os mandarins*, em torno de um outro grupo de notáveis, o de Sartre. Comento esse romance de Kristeva em meu livro *Lições de literatura francesa* (Rio de Janeiro: Imago, 1997).

Não em razão de alguma opção filosófica (desconstrução, antimetafísica etc.), mas em razão do objeto mesmo de sua pesquisa, a literatura sendo para ele, de uma só vez, a experiência e a prova da negatividade própria da operação linguística".[87]

Pesquisador no campo da filosofia,[88] é o que também prefere pensar Éric Marty, que apresenta argumentos nessa mesma direção, por exemplo, em seu prefácio ao segundo volume das *Oeuvres Complètes de Barthes*. Ele aproveita o duplo fato de estar abrindo um tomo todo ele dedicado ao período estruturalista de Barthes, e de Barthes ser o estruturalista que mais se costuma apontar como heterodoxo, para nos propor esta outra visão das coisas: "Podemos dizer que [Barthes] foi um dos raros estruturalistas rigorosos, tendo escapado à tentação de fazer do estruturalismo uma antifilosofia, como Althusser, Lacan ou Foucault. Não sendo filósofo e não se sentindo minimamente em dívida com a filosofia, Barthes não teve que justificar-se perante os filósofos e a filosofia. Evitou assim a escabrosa aventura do anti-humanismo, os planos ambiciosos que visavam desconstruir a metafísica e outros projetos grandiosos. O estruturalismo, a seus olhos, não era uma filosofia, e não podia ser uma antifilosofia. Tudo para ele acontecia à margem da filosofia, e sem consequências para ela. Nenhuma raiva antissartriana o compelia; não havia nenhum desprezo de sua parte pela fenomenologia reduzida a uma filosofia do existir. [...] Foucault tematizou sobre a morte do homem [...]. Barthes contentou-se em falar na 'morte do autor', o que era mais prudente e mais estrutural, pois significava aceitar não ultrapassar os limites mesmo da estrutura...".[89]

[87] Julia Kristeva, "Roland Barthes et l'écriture comme démystification" in *Sens et non-sens de la révolte* (Paris: Fayard, 1996), p. 439.
[88] Refira-se que Éric Marty tem obras publicadas sobre Louis Althusser e Alain Badiou e artigos voltados para Giorgio Agamben e Emanuel Levinas. Cf. os volumes de Éric *Marty, Louis Althusser, un sujet sans procès* e *Une querelle avec Alain Badiou*, ambos da Gallimard, coleção L'Infini, respectivamente datados de 1999 e 2003. E ainda os artigos "Agamben et les taches de l'intellectuel" e "Emmanuel Lévinas avec Shakespeare, Proust et Rimbaud", ambos na revista *Les Temps modernes*, datados, respectivamente, de abr.-jun. 2008 e dez.-jan. de 2004.
[89] Éric Marty, OC, II, p. 19. Ele refere-se aí a um dos mais conhecidos ensaios de Barthes, "La mort de l'auteur", hoje inserido em OC, III, pp. 40-45. E, certamente, ao fato de que, para Foucault, o Homem é uma invenção recente, de que uma arqueologia do pensamento pode mostrar o início, na abertura da modernidade histórica, e o fim iminente. Cf., por exemplo, o verbete que lhe corresponde em Edgardo Castro (org.), *Vocabulário de Michel Foucault: um percurso pelos seus temas, conceitos e autores* (Belo Horizonte: Autêntica, 2009), p. 210.

Marty já refletia sobre os anti-humanismos teóricos dos anos 1950-1960, e já via aí um assalto à filosofia sartriana, em seu livro sobre o caso Althusser, *Louis Althusser, un sujet sans procès* (1992). Desde então, já via Barthes apartado dessa tendência "pânica", como a chama. Eis por que vale a pena ouvi-lo, novamente: "O que constitui o solo comum desse anti-humanismo, ao menos em três dos partidários (Lévi-Strauss, Foucault e Althusser), e o que os distingue, aliás, fortemente, em relação ao que propuseram outros pensadores (Lacan ou Barthes) é a presença, no coração mesmo dessa atitude, de uma verdadeira raiva antissartriana, perceptível em todas as suas obras, mas notadamente em *O pensamento selvagem*, *As palavras e as coisas* e *Resposta a John Lewis*. Será preciso, um dia, investigar esse móvel na totalidade de sua extensão".[90]

Numa relativamente recente rodada de trabalhos no Centre Roland Barthes, Jean-Luc Nancy dava razão a Marty, já que também preservava Barthes do niilismo, ao perguntar-se: "Como compreender uma desorientação que não conduz nem à pura perda, do tipo niilista, nem a uma reorientação, do tipo salvação pelo *zen*? Como compreender uma isenção que segue sendo regrada, de algum modo, por aquilo de que isenta?.[91]

A tensão entre as teses parece sugerir uma saída dialética. Admitindo com os primeiros que a obra de Barthes tem cunho filosófico, e separando com os segundos o pensamento de Barthes da filosofia de seu tempo, resta então perguntar: qual seria a índole filosófica de seu pensamento?

A resposta parece ser a seguinte: se porventura de filosofia se trata, o que o Neutro barthesiano subscreve, em plena contemporaneidade, é aquela filosofia que passa ao largo da filosofia. Aquela filosofia cujo único alvo é entreter a dúvida: o ceticismo.

Resposta plausível quando se sabe quanto Barthes desconfia dos "escritores, intelectuais, professores".[92]

---

[90] Éric Marty, *Louis Althusser, un sujet sans procès: anatomie anatomie d'un passé très recent* (Paris: Gallimard, 1999), p. 110

[91] Jean-Luc Nancy, "Une exemption de sens" (in Françoise Héritier (org.), *Le corps, le sens*. Paris: Seuil, 1997), p. 97.

[92] Título e objeto de ensimesmamento do conhecido ensaio "Écrivains, intelectuels, professeurs", OC, III, pp. 887-907.

A DISFORIA DO CÉTICO

Gaston Bachelard tem destaque nos escritos de Barthes, que lhe fazem constantes remissões. Embora as mais conhecidas estejam em *Mitologias*, livro a que o velho pensador barbudo é convocado para ajudar a entender a alquimia da conversão do leite e do vinho em substâncias mágicas pelo nacionalismo francês,[93] na maior parte das vezes, essas remissões surgem em revisões da crítica. O que se explica: sendo um filósofo do imaginário, inclusive do imaginário da ciência, cujo passado afetivo respeita, sem descuidar do espírito pré-científico, nem de dá-lo por encerrado, ele ampara Barthes em suas novas incursões ao sujeito, que, até então, estava sob a censura do marxismo, de grande influência sobre os historicismos críticos. Assim é que, já em 1955, num ensaio intitulado "Do novo em crítica", em que resenha o livro *Literatura e sensação* de Jean-Pierre Richard, Barthes traz Bachelard a campo, e o relaciona a esse trabalho "brilhante, justo, caloroso, útil", menos interessado nas ideias dos autores e na sua contextualização, como de praxe, que no seus corpos e nos seus humores. Ele ressalta, também, nesse ponto, a maneira como, em vez de pôr o sujeito na História, Richard lida com a história da consciência do sujeito, necessariamente entrecortada, e é assim que é levado a evocar Bachelard: "Constituída por algumas monografias, a crítica de Richard é incompleta: nada mais é que uma pré-crítica, conforme, aliás, ao espírito pré-científico definido por Bachelard.[94]

Ainda maior homenagem lhe presta num outro artigo de 1957, intitulado "Novas vias da crítica literária na França", este, visivelmente, um embrião de *Critique et vérité*, em que já trabalha com as "duas espécies de crítica" que, logo mais, estariam no âmago daquele famoso livro, a crítica que toma a literatura como valor inquestionável e a que se pergunta pelo que é a literatura. Desta feita, simplesmente, toma Bachelard como o precursor de *Literatura e sensação*, e lhe atribui o papel de introdutor daquele segundo modelo crítico, que, novamente, lhe parece ir muito mais a fundo. Ele escreve: "Sem dúvida, até

[93] *Mythologies*, OC, I, p. 732.
[94] "Du nouveau en critique", OC, I, p. 624.

46

aqui, foi o filósofo Gaston Bachelard quem mais deu amplitude à crítica das profundezas. Tirando uma quantidade considerável de materiais dos poetas das mais diversas nações, ele reconstituiu grandes circuitos de temas, todas essas cadeias de imagens por meio das quais o poeta transforma a sensação original que tem das grandes substâncias do universo: o fogo, o ar, a terra, a água. O princípio de Bachelard é o de que a imaginação poética é uma potência que *desfaz* as imagens, e o que ele estuda não são metáforas fechadas, imóveis, acabadas, mas verdadeiros trajetos de imagens. [...] Nisso a crítica de Bachelard é generosa: ela ajuda a imaginação poética, que é um movimento essencialmente liberador, a produzir-se no interior de si mesma".[95] A essa origem bachelardiana o crítico Barthes fará remontar, com frequência, a crítica de Jean-Pierre Richard, dizendo da "expansividade" de suas análises que é "quase tátil".[96]

Barthes ainda estaria grato a Bachelard no momento das palestras sobre o Neutro; assim, encontramos no onomástico do volume que as transcreve seis referências ao filósofo, a que se acrescentariam mais quatro, na transcrição de *A preparação do romance*. Em cada uma delas repete-se, de algum modo, essa nota sobre o inacabamento das metáforas essenciais, que podemos pensar que também são inspiradoras do Neutro, dado justamente o inacabamento. Mas é numa nota à nota, esta de rodapé, trazida para as explanações em torno da figura do "Conflito", na aula de 6 de maio de 1978, que parece estar seu melhor resumo de Bachelard, logo uma boa pista das fontes filosóficas do Neutro. Nesse chão de ficha, ele introduz um excurso para lembrar como o filósofo definia a "ação" através da figura do jogador de bilhar. Que haveria nessa definição de tão interessante para um perseguidor do Neutro? A resposta é: para definir a ação Bachelard passará pela inação, como o Neutro atravessa dois contrários. De fato, para chegar ao conceito de ação, nesse caso física, Bachelard debruça-se sobre o uso inteligente da força que faz o jogador de bilhar. Verifica que a inteligência de sua operação consiste em balancear contrários, para mais e para menos.

[95] "Voies nouvelles de la critique littéraire en France", OC, I, p. 979. [Grifo do autor.]
[96] "Du nouveau en critique", OC, I, p. 623.

Sua ponderação é a seguinte: no auge do tensionamento, reflexamente, o jogador relaxa o centro do músculo com que trabalha, o que resulta num golpe muito mais preciso do que aquele que daria caso não se detivesse, na hora certa, e não descontraísse o músculo. O que significa que a ação, quando perfeita, acontece em meio a uma contradição: a conclusão certeira do ato demandou um intervalo e um movimento inverso ao fisiologicamente preparado.[97]

No entanto, se considerarmos que, à medida que se distancia de *O grau zero da escritura*, Barthes vai trocando suas referências literárias atuais para o grau zero da escritura (Camus, Robbe-Grillet, Blanchot, Queirol, Queneau) por referências clássicas (Racine, Sade, Michelet, Balzac, Proust), uma outra pista filosófica do Neutro, talvez ainda mais pertinente, é a dos grandes ensaístas franceses do passado, aqueles que ficam na fronteira entre a filosofia não sistemática e a literatura. Senda esta aberta por Montaigne, daí a presença tutelar do autor dos *Ensaios* na introdução de "O Neutro", ao lado de Gide.

Montaigne é um inspirador tão mais plausível do ceticismo barthesiano quanto o primeiríssimo Barthes já o evocava, bem a propósito de Gide, que voltaria a ser tão presente nos momentos finais, naquele texto de 1942, que sempre se considerou fosse o seu primeiro: *Notas sobre o Diário de André Gide*. Efetivamente, se voltarmos a esse texto e o considerarmos com redobrada atenção, notaremos que Barthes, na verdade, não separa completamente Gide e Montaigne, mas tende a fundi-los pela força da virtude da confissão. Assim, examinando bem, nada avança sobre o *Journal* sem tomar antes o cuidado de nos dizer que a grande qualidade de Gide, que é confessar-se, lhe vem de Montaigne, e de ponderar que o Montaigne que se dá a extravasamentos é "o homem por excelência".[98]

Essas impressões mistas do decênio de 1940 permitem--nos pensar que o homem por excelência é o cético. O que Barthes, de resto, começará a dizer no encontro de 4 de março, ao formular que os escritos íntimos, quando sinceros,

[97] *Le Neutre*, op. cit., p. 174, nota 33.
[98] *Notes sur le Journal d'André Gide*, OC, I, p. 33.

são uma espécie de equivalência da confissão sacramental, e que o verdadeiro homem é o homem humilde, aquele que, diferentemente dos que fazem de sua proclamação de modéstia matéria de orgulho, "a sabem propor humildemente", caso, por excelência, de Montaigne.[99] E terminará de dizer no encontro de 27 de maio, que gira em torno da figura da "Abstinência", na ficha preparatória da qual foi destacado um acontecimento digno de nota, que ainda concerne a Montaigne, muito embora também abarque Gide, em sua fase *dégonflée*. Trata-se de sua súbita decisão, em 1576, aos 42 anos de idade, de manter-se, pelo tempo que lhe resta, à distância de toda e qualquer tomada de posição em favor desta ou daquela ideia. Para marcar seu voto de abstenção Montaigne vale-se de um curioso estratagema, que a ficha resume. Nesse ano de 1576, o autor manda fundir uma medalha que traz, numa das faces, suas armas, na outra, sua idade, uma balança em posição de equilíbrio e uma divisa: "Eu me abstenho". Ora, essa não é senão a divisa de Pirro, esse cético dos céticos que desdenha a dialética platônica e as artimanhas dos sofistas, que, em tempo, vem dar caráter dubitativo ao primeiro dos escritores da intimidade. Barthes aproveita o desígnio de Montaigne de em Pirro amparar-se para sempre para fazer-se, ele mesmo, tributário de Pirro, concluindo assim a sessão: "Tenho sublinhado frequentemente [...] a relação de tentação que há entre o pirronismo e o Neutro".[100]

Portanto, se de filosofia se trata, uma outra pista para a filosofia de Barthes ou melhor dizendo *a* pista para a filosofia de Barthes seria o ceticismo. Mais especificamente, o ceticismo em seu nascedouro. O ceticismo de Pirro, que tudo considera sem nada concluir.[101]

---

[99] *Le Neutre*, op. cit., p. 74.
[100] Ibid.
[101] Pirro de Élis [365 a 360-275 a 270 a.C.]. Uma sua apresentação possível pode ser aquela, indireta, que faz o helenista Anthony A. Long, através de Aristócles de Messina que, por sua vez, baseia-se nos escritos de Tímon, ambos sendo os mais antigos testemunhos de que se dipõe: "Seu discípulo Tímon diz que o homem que busca ser feliz deve considerar estas três questões: primeiro, como são realmente as coisas; segundo, que atitude adotar diante delas; terceiro, qual será a consequência de tal atitude. Conforme Tímon, Pirro declarava que as coisas são indiscerníveis, incomensuráveis e indetermináveis. Por essa razão, nem nossas percepções nem nossos juízos são verdadeiros ou falsos. Assim, não devemos nos fiar neles mas evitá-los, sem nos inclinarmos nem para um lado nem para o outro. [...] Para quem adote tal atitude a consequência será, primeiro, o rechaço das afirmações, segundo, livrar-se da inquietude". Cf. Anthony A. Long, *La filosofía helenística: estoicos, epicúreos, escépticos*. Versão espanhola de Jordán de Urries (Madri: Alianza Editorial, 1975), p. 86.

Para que a possamos apreciar melhor, voltemos a Gide, e completemos o escopo daquela aula em que vem à baila a imagem, só aparentemente desencorajadora, do "pneu murcho", para acrescentar que, pela mesma ocasião, Pirro é convidado a lançar luzes sobre a apatia gidiana.

Não apenas isso, mas doravante, e ainda que, por vezes, sutilmente, ele se fará onipresente ao curso, já que é o primeiro a sentir-se fatigado, e aquele a quem a fadiga aconselhou o sábio recuo das ideias, posições e crenças. Eis tudo o que Barthes nos dirá nessa forma irônica e plena de anacronismos, em que põe todos os tempos históricos em sincronia, fazendo os pósteros que o interessam circular pela Grécia alexandrina: "Uma figura que reencontraremos frequentemente, uma figura dileta, é Pirro. [...] Sua atitude foi precisamente a-sistemática, a-dogmática, por causa de uma fadiga: ocorre que ele cansou-se de todo o Verbal dos sofistas e, um pouco como Gide, pediu que não o amolassem mais. Assim, assumindo seu cansaço a palavra alheia como excessiva e exaustiva Pirro criou alguma coisa. Não digo o que porque não foi, verdadeiramente, nem uma filosofia nem um sistema; poderia dizer que criou o Neutro como se tivesse lido Blanchot".[102]

Ainda que não seja, nem possa ser um sistema, isso que Pirro criou é um pequeno conjunto de princípios nocionais e efeitos decorrentes. Os estudiosos costumam enfatizar principalmente os efeitos decorrentes, dizendo-nos que, em Sexto Empírico, que é quem os lança por escrito, está assinalado, de saída, que "o ponto de partida do ceticismo é 'liberar-se da inquietude'".[103] Nada mais compatível com o gesto final de Gide, cuja opção pela vida retirada sempre foi a de Blanchot. Também principalmente interessado na trégua que vem com a abstenção, Barthes volta a esses princípios e os resume brevemente, nessa primeira abordagem, rememorando os passos pirrônicos: suspensão do julgamento a "*epoché*"; suspensão do julgamento moral a "*apatheia*"; conquista do silêncio a "*aphasía*"; conquista da tranquilidade a "*ataraxía*". Futuramente, de modo aleatório, voltará a um cada um deles, vendo-os despontar em certos

[102] Cf. Anthony A. Long, op. cit., p. 48.
[103] Idem, p. 81.

textos, por isso mesmo selecionados, que lhe ensejarão redefinir ainda cada tópico. Assim, por exemplo, sublinhará, logo mais, o valor ético da *epoché*, para a qual também não só elabora fichas de uso em sala de aula, mas fichas de uso próprio, todas bem catalogadas por Marty. É numa dessas fichas de uso pessoal que encontramos a etimologia da palavra "épéchein"= suspender e uma digressão sobre a sensibilidade do cético que esclarece a índole moral da atitude suspensiva, mesmo que ela suspenda os próprios valores morais.

Vale a pena acompanhá-la, já que, como veremos, a dimensão moral é o cerne mesmo da "écriture". Barthes anotou: "*Epoché*: suspensão do julgamento, não da impressão; não se trata de um irrealismo: o cético mantém contato com o que sente, com o que acredita sentir: não põe em dúvida a sensação, a percepção, mas somente o julgamento que, de ordinário, a acompanha. Sublinhemos fortemente (Sextus Empiricus) que, quando enuncia uma proposição, o cético contenta-se em descrever sua representação sensível, em enunciar o estado de sua sensibilidade, sem dar sua opinião sobre isso... Logo, mantém-se o *páthos* (o estado da sensibilidade). Ceticismo: não é uma abdicação da intensidade: o cético tem a própria vida como guia (bela fórmula esta). *Epoché*: uma dimensão ética (visa a uma felicidade, a uma justeza)".[104]

Numa recente apresentação das escolas helenísticas, Marilena Chauí igualmente distingue os diferentes patamares do pirronismo e também é levada a enfatizar o aspecto moral da suspensão pirrônica em relação a toda e qualquer pretensão à verdade. "[A suspensão do juízo] não se refere apenas à ontologia e ao conhecimento, mas também à ética. Nos dois primeiros casos, ela conduz ao silêncio [...], no terceiro à impassibilidade ou ausência de paixão [...] e à quietude ou serenidade ou tranquilidade da alma. [...] Em outras palavras, esta canônica não se refere apenas ao ser e ao não ser e ao verdadeiro e ao falso, mas também ao bom e ao mau".[105] Lendo a professora, os barthesianos se encantarão ao descobrir que ela está perto de aplicar a algumas das providências pirrônicas o termo mesmo de

[104] *Le Neutre*, op. cit., p. 251.
[105] Marilena Chauí, op. cit., pp. 58-59.

Barthes. Pois chama o abandono da oposição entre "o ser" e "o não ser" em proveito do simples "aparecer das coisas" de etapa de "neutralização da ontologia", e a decisão de permanecer sem opinião de "neutralização do juízo".

A Barthes essas práticas de desmonte do *logos* que estabiliza coisas instáveis sugerem todo um pautário, que vai da crise de Gide à postura Zen, passando pelos drogados baudelairianos postos em beatitude, pela lucidez da hiperconsciência de Monsieur Teste e pelos heróis distanciados de Brecht, entre tantos outros que seria impossível recuperar aqui.

Detenhamo-nos em Brecht, já que, figurando entre as primeiras paixões barthesianas, praticamente *pari passu* com os romancistas do grau zero, é também através dele que o Neutro avança na obra de Barthes como um valor ético contraposto à Histeria, nomenclatura que ele se permite movimentar em referência ao teatrólogo, não a Freud, ainda que a histérica freudiana seja teatral. Bem por isso, embora ele não o diga explicitamente, trata-se de outro autor que Pirro poderia ter lido.

Barthes descobre Brecht, esse ex-colaborador de Erwin Piscator e "poeta da cena", como o chama este observador atento do campo da dramaturgia moderna que é Mignon Paul-Louis Mignon, em seu *O teatro no século XX*,[106] às vésperas de sua morte, datada de 1956, quando da vinda do Berliner Ensemble a Paris, um ano antes, para uma encenação de *O círculo de giz caucasiano*. Não seria exagero dizer que esse encontro vai transtorná-lo tanto quanto, no passado, os Balés Russos puderam transtornar Proust. Já porque a distância brechtiana é como o Neutro barthesiano, não está impedida nem de ser ativa, nem de ser afetiva; é, antes de tudo, uma cena épica, em que a emoção está necessariamente envolvida. Apenas que com esta ressalva: deve surgir aí propositalmente truncada, para que algo mais se vislumbre. Daí sua cerebralidade, bem notada por Mignon: "Esse é o teatro mais pensado que existe, cada peça é a continuação de uma mesma pesquisa e Brecht tomava cada uma como um ensaio".[107] É essa coalescência do afeto e da consciência que

[106] Paul-Louis Mignon, *Le théâtre au XXème siècle* (Paris: Gallimard, 1986 (Col. Folio Essais)), p. 39.
[107] Ibid., pp. 294-295.

atrai Barthes, que nos dá conta de un verdadeiro *coup de foudre*: "Descobri Brecht em 1954, quando o Berliner Ensemble veio a Paris, no quadro do Teatro das Nações, encenar *Mãe coragem*, lembro-me muito bem, em meu camarote ao lado de Bernard Dort, de ter sido literalmente incendiado por essa representação e, digo mais, literalmente incendiado também pelas vinte linhas de Brecht reproduzidas no programa do espetáculo. Nunca tinha lido nada parecido sobre o teatro".[108]

Em sua perseguição ao Neutro barthesiano, Bernard Comment nos convida a ler os muitos artigos que a Brecht são consagrados, nos *Ensaios críticos*, para que possamos perceber o verdadeiro peso dessa outra influência. "A exigência da distância vem de Brecht, que suscita no jovem Barthes um verdadeiro maravilhamento, por sua maneira de conjugar rigor político e prazer", escreve ele.[109] De fato, há em Brecht não apenas um paradoxo fascinante comover e não comover, mas a busca de uma posição intermediária ou de um entre dois, nesse sentido em que o ator-curinga é chamado, ao mesmo tempo, a nos levar a uma identificação com tal personagem, de tal modo, por exemplo, que desposemos a cegueira da Mãe coragem e nos tornemos cegos com ela, ou vejamos sua cegueira, e a uma desidentificação completa dessa comoção. O papel do ator é fazer o espectador adotar um ponto de vista e depois fazê-lo retirar-se de seu conforto identificatório para julgá-lo. Ele reconduz, desse modo, a "parábase" da tragédia grega clássica, lembrada em *A preparação do romance*, já que Barthes pretende comportar-se, no curso, como um ator grego, que vem à frente da cena dizer o que o autor quis dizer, para além daquilo que está sendo dito: "Haverá aqui uma espécie de curta parábase, em que eu falarei enquanto autor do curso".[110]

Outro ponto interessante a assinalar, nessa outra faixa de influência, é que, a despeito de Brecht ser tão moderno, e por

---

[108] "Vingt mots clés por Roland Barthes", OC, IV, p. 869. Amigo de Barthes, Bernard Dort (1929--1994) foi um ativo ensaísta e crítico teatral, particularmente interessado nas revoluções do teatro moderno, daí sua ligação, aliás, com Barthes. Com ele e outros companheiros da época do Teatro Antigo, na Sorbonne, Barthes funda a revista *Théâtre Populaire*. Citando Dort, ele depõe sobre isso num artigo de 1965 intitulado "Témoignage sur le théâtre", que pode ser encontrado em OC, II, pp. 711-714.
[109] Bernard Comment, op. cit., p. 246.
[110] "La préparation du roman", I, p. 185.

menos que sua dramaturgia seja aristotélica, já que faz perecer a catarse, tudo no teatro do distanciamento tem a ver com o teatro antigo, com o qual o primeiro Barthes entretém as relações que sabemos. De fato, trata-se de um teatro que cultiva a parábase, através dos muitos prólogos, epílogos e comentários internos que se destacam da ação. Que tem no ator-curinga um equivalente do coro grego, capaz de sair de sua imobilidade para também interromper a ação. Que reconduz o clima das arenas gregas, em que o público também era chamado a erigir-se em tribunal daquilo que via representado. Assim, se o que fascina Barthes, na boa representação do antigo, é o fato de que o ator denuncia seu papel, em vez de encarná-lo, produzindo uma "arte da pura constatação", como ele escreve no ensaio "Como representar o antigo",[111] o que o fascina em Brecht é a distância que também se estabelece entre o ator e o afeto que lhe cabe incorporar, como ele admite no ensaio "Mãe coragem cega": "Toda a dramaturgia de Brecht está submetida a uma necessidade da *distância,* e na consumação dessa distância joga-se o essencial: não é o sucesso de um estilo dramático qualquer que está em causa, mas a consciência mesma do espectador e, portanto, seu poder de fazer a história".[112]

Um outro ponto, ainda, é que Barthes reencontraria Brecht no Bunraku japonês. Pois também nessa dramaturgia as personagens movimentam-se mostrando o manipulador que as aciona. Como notava um dos participantes do colóquio Barthes de Lisboa: "No Bunraku, a atuação do fantoche implica o concurso, permanentemente exposto à vista dos espectadores, de uma equipe de manipuladores responsáveis pela movimentação da personagem. A constante exposição desse funcionamento impede o espectador de identificar a marionete com uma pessoa humana, bloqueando os mecanismos projetivos".[113]

Mais adiante, veremos que *Sur Racine* volta a esses mesmos pontos, já que Barthes seguirá pensando, dez anos depois, que a impostação da atriz Maria Casarès, quando a representar

[111] "Comment réprésenter l'antique", OC, II, p. 336.
[112] "Mère courage aveugle", OC, II, p. 312. [Grifo do autor.]
[113] Antonio Fragoso Fernandes, "Barthes Monogatari", Dossiê Leituras de Roland Barthes - Colóquio Barthes da Faculdade de Letras de Lisboa, 1982, p. 94.

Racine, é psicologizante. Por ora, se quisermos continuar no encalço do sentido terceiro do Neutro, importa notar que o que mais o seduz, em Brecht, é seu jogo triádico. De fato, para Barthes, toda a estimulante tensão do teatro de Brecht vem do fato de que um indivíduo, histórica e socialmente definido, aí está sempre às voltas com uma História que não pode compreender, desde a sua posição, mas que se oferece à consciência da plateia. Temos sempre, então, três termos em presença: a História, causa real dos males humanos; o homem que sofre a História, sem que possa enxergar sua verdadeira natureza; e o espectador, que é o único a captar os dois termos anteriores e o único a poder compreender, consequentemente, porque o homem sofre.

Por muito tempo, a partir desse momento em que cruza com Brecht, Barthes seguirá fixado na especial maneira como os atores brechtianos trocam de papel e de *páthos*, num palco livre daquilo que chama a "cortina da mentira teatral".[114] Não cessará de apontar o traço moral desse posicionamento, que não deixa de repercutir as próprias posições políticas de Brecht, em ruptura com as do militantismo esquerdista, que precisa "coabitar com as normas da moral burguesa". E mais que tudo, o modo interrogativo de Brecht, que rearma a insolvência dos sentidos terceiros: "Sua moral é o tempo todo interrogativa. Assim, algumas de suas peças terminam com uma interrogação literal ao público, que fica encarregado de encontrar a solução do problema proposto. O papel moral de Brecht é inserir vivamente uma pergunta no meio de uma evidência. Pois trata--se, essencialmente, de uma moral da invenção".[115]

Consequentemente, é a Brecht que o semiólogo Barthes deve sua eterna denúncia da Histeria, aqui entendida como o "teatro do sentido";[116] a dramaticidade contida do narrador de *Roland Barthes por Roland Barthes*, que fala de si na

---

[114] "La querelle du rideau", OC, I, p. 620.

[115] "Les tâches de la critique brechtienne", OC, II, p. 347.

[116] Bela e prestativa expressão de Barthes que encontro em *Le système de la mode*, OC, II, p. 1201. Ela é relativamente recorrente nos escritos barthesianos. Volta, por exemplo, no famoso ensaio "Escritores, intelectuais, professores", em que lemos o seguinte sobre o professor: "A alternativa é sombria: funcionário correto ou artista livre, o professor não escapa nem ao teatro da palavra nem à Lei que aí se dá em representação, pois a lei se produz *não no que ele diz mas no que é falado*". Cf. OC, III, p. 889. [Grifos do autor.]

terceira pessoa, com o sangue-frio de um herói das cenas não-
-participativas do Berliner Ensemble; a exigência da "*Sobrietas*",
figura de *Fragmentos de um discurso amoroso* vocacionada a
impedir o Vouloir-Saisir do sujeito enamorado, que pensa que
"o outro lhe deve aquilo de que precisa", daí o grito "eu te
amo".[117] Assim como, em plano prático ou de "*neutralização*"
ética, seu famoso silêncio em relação ao regime maoísta; sua
decisão de não julgar o Japão moderno e tecnológico, em *O
império dos signos*, para só ficar nos minimalismos da cultura
nipônica ancestral; sua escapada para o Marrocos logo depois
dos acontecimentos de maio de 1968, cuja cultura *partisan* o
aborrece.[118]

Em resumo, não só as filosofias da dúvida, mas também as
artes da dúvida que concorrerem para o Neutro. O que nos leva
ao cansaço de Proust, por ora, rapidamente.

Num dos mais interessantes comentários que ao romance de
Proust já foram consagrados o ensaio de 1929 que traduzimos
por "A imagem de Proust", Walter Benjamin vê acontecer com o
narrador proustiano algo de muito parecido com o que Barthes
registra sobre Gide octogenário. De fato, recenseando aí a "cadeia
infinita dos *seja por isso... seja por aquilo*" graças aos quais, segundo
ele, os motivos proustianos não terminam nunca de descrever
um acontecimento qualquer, embora cerquem exaustiva e
angustiadamente os motivos que poderiam tê-lo determinado,
também lhe ocorre a fadiga do velho. "Proust, essa velha criança,
profundamente fatigado, deixou-se cair no seio da natureza, não
para sugar seu leite, mas para sonhar, embalado com as batidas
de seu coração", escreve.[119] Mais que isso, também alia fadiga e
ceticismo: "[Na fuga paratáxica de Proust] vem à tona um ponto
em que se condensam numa só coisa sua fraqueza e seu gênio: a

---

[117] *Fragments d'um discours amoureux*, OC, V, p. 287.

[118] Cf. a sessão "Temporada em Rabat" do livro de Louis-Jean Calvet, *Roland Barthes, uma biografia*,
op. cit., pp. 194-200. É tentador comparar tais gestos abstencionistas com aquele outro,
diametralmente oposto, de Foucault, que, dez anos mais tarde, em 1969, dirigir-se-ia ao Irã,
para apoiar pessoalmente o Aiatolá Khomeini. O filósofo viajava como correspondente do
hebdomadário francês *Le Nouvel Observateur*. Os artigos que escreve, nessa oportunidade, estão
hoje recolhidos na coletânea de entrevistas, textos e conferências intitulada *Dits et* écrits, no
tomo IV (Paris: Gallimard, 1994). O desenrolar da História não parece deixar Foucault em
boa situação.

[119] Walter Benjamin, "A imagem de Proust" (in *Obras escolhidas: magia e técnica - arte e política*.
Tradução de Sergio Paulo Rouanet. São Paulo: Brasiliense, 1994), p. 47. Grifo meu.

renúncia intelectual e o ceticismo experiente que ele opunha às coisas".

Entendem-se tantos e tais isomorfismos. Como se sabe, Barthes identificou-se imensamente com Proust. Autor de um *Le corps couché de Roland Barthes*, livro em que radicaliza o padrão crítico de Jean-Pierre Richard e elege como método de investigação o "elo amoroso" com seu autor,[120] Martin Melkonian escreveu que "Barthes se identifica naturalmente com Proust, ao rastrear suas escolhas".[121] Mas não é preciso ter lido esse exegeta de Barthes para que o saibamos, já que, além de deixá-la, o tempo todo, implícita, Barthes é o primeiro a explicitar essa sua transferência. Onde melhor o faz é na abertura deste que é o seu texto mais técnico sobre os processos criativos em Proust, "*Longtemps je me suis couché de bonheur*", não por acaso, datado do mesmo ano do curso "O Neutro". Lemos aí, de saída: "eu me identifico com Proust: confusão de prática, não de valor. Explico--me: Proust é o lugar privilegiado dessa identificação porque a *Recherche* é o relato de um desejo de escrever, não me identifico com o autor prestigioso de uma obra monumental, mas com o operário...".[122] Seria talvez oportuno apor à ressalva de Barthes esta outra: tampouco se trata de identificação "histérica", uma vez que aquilo a que ele adere não é aquele teatro do sentido que faz certos críticos falarem na "eternidade dos instantes" e na "revelação do tempo", mas, ao contrário, o fracasso constitutivo da obra proustiana.

Se com seus "*côtés*" supremamente embaralhados, suas infinitas suspensões da causalidade e da razoabilidade e sua crise genérica extrema, Proust torna-se progressivamente *a* fonte literária do Neutro, é que, de todos os romancistas cuja "preparação do romance" interessa, ele é aquele em quem a lassidão mais se tornou produtiva. Afinal, não é da indolência, da sonolência, das estações no quarto e na cama, dos estados drogados, de todas essas fraquezas que fazem a força dos grandes céticos impassíveis que nasce *Em busca do tempo perdido*? Não é em Proust que a doença faz morrer para o mundo e a preguiça

---

[120] Martin Melkonian, *Le corps couché de Roland Barthes* (Paris: Librairie Séguier, 1989), p. 9.
[121] Ibid., p. 18.
[122] "Longtemps je me suis couché de bonne heure", OC, V, p. 459.

protege contra a facilidade?[123] E não é um observador *neutro* o que não significa um sujeito olímpico, mas uma sujeito da emoção não-desesperada que tudo vê acontecer, na *Recherche*?

Voltaremos a Proust. Mas encerremos essas digressões introdutórias com Haroldo de Campos, a quem não passou despercebido o ceticismo de Barthes, e que vai apontá-lo em termos muito próximos daqueles em que Benjamin apontou o ceticismo de Proust. São palavras que, por feliz coincidência a menos que seja pela força das afinidades eletivas, são mais ou menos as mesmas em que Barthes põe o ceticismo de Gide.

Barthesiano da primeira hora, num tempo em que aqui só conhecíamos *O grau zero da escritura* e *Mitologias* de ouvir dizer, Haroldo já citava o colega francês em *A arte do horizonte do provável* (1969), reunião de ensaios dos anos 1959 e 1960, em que lhe são feitas seis remissões. Já no prefácio do volume ele comparece, chamado por Haroldo a ilustrar uma crítica que comporta "um novo entendimento da literatura "sob o poder eversivo dos textos de vanguarda".[124] Haroldo tem toda a razão de dizê-lo já que, como acabamos de ver, muito do que nos é dito nos primeiros trabalhos de Barthes refere-se ao *nouveau roman* e ao teatro de Brecht. Depois disso, o reencontraremos em breves chamadas, em quase todos os capítulos do livro, considerados não apenas o interesse de Haroldo por nomenclaturas suas como "conotação" e "segundo grau", mas a comum referência de ambos à semiótica jakobsoniana.

Já em *Metalinguagem* & *Outras metas* (1992), esta uma reunião de textos mais tardios, que aumentam e atualizam uma primeira coletânea intitulada *Metalinguagem, ensaios de crítica e teoria literária* (1976), temos todo um capítulo sobre Barthes, em que Haroldo faz mais que tocar neste ou naquele tópico para partilhar inteiramente com Barthes uma visão da literatura. Trata-se da visão "sincrônica", aquela que, sem desmerecer as circunstâncias históricas dos fatos discursivos, notadamente dos

---

[123] "A enfermidade que, tal um severo diretor de consciência, me obrigara a morrer para o mundo, me fora útil (pois se o grão de centeio não morrer depois de semeado permanecerá único, mas, se morrer, frutificará) talvez me resguardasse da indolência, como esta me preservara da facilidade...". Cf. *Le temps retrouvé* (Paris: Galliamrd, s.d. (Bibliothèque de la Pléiade)), p. 1944. Valho-me aqui da tradução de Lúcia Miguel Pereira para a Editora Globo, 2001, p. 290.

[124] Haroldo de Campos, *A arte no horizonte do provável* (São Paulo: Perspectiva, 1969), p. 10.

literários, é sensível àquilo que, para além do circunstancial, perdura nos discursos, em camadas mais profundas. Assim, é junto com o estruturalista Barthes que ele defende aí "uma ciência da literatura [capaz de pesar] Teócrito e Yeats numa mesma balança". Como já fazia Marx em suas "esparsas e nada dogmáticas reflexões estéticas" compara Haroldo, interessado que Marx também estava "no problema da perduração das artes para além das condições que as geraram".[125]

Mas o que mais lhe chama a atenção, nesse volume, é "a heterodoxia" ou "a para-doxia" de Barthes. Encanta-o que Barthes seja e não seja um homem de escola. "Suas incursões semiológicas, que o levaram a compilar os seus *Elementos de Semiologia* (aliás utilíssimos), quase que num ato de autoaprendizado sistemático, nunca pretenderam um caráter normativo, prescritivo", ressalta.[126] É dessa primeira percepção de Barthes que ele entende assim como alguém essencialmente paradoxal, numa ilação que está longe de ser evidente, no momento em que escreve, diga-se de passagem, que parte para uma segunda, que é a que mais nos interessa aqui: a de sua índole cética. Traço tão mais claro, para Haroldo, quanto ele o vê relacionado com a rejeição que Barthes sofre. Se depois de ter sido recusado pela velha crítica e saudado pelos novos ele continua sendo alvo de ataques, prossegue, o que não se perdoa não é só o "verbocentrismo do saussuriano", mas também o pensador "inconstante". Para Haroldo, não se trata de nenhuma das duas coisas, pelo simples motivo que a linha de Barthes é a cética. Nesse sentido, ele escreve: "É evidente, como provou o futuro, que esse verbocentrismo só fascinava a Barthes do ponto de vista do texto, do "prazer do texto", da festa sígnica do significante, não como axioma soberano de uma ciência semiológica prescritiva da qual nunca foi um paladino convicto, mas antes, e sempre, um enamorado evasivo e irônico, mais chegado à disforia do cético que ao fervor do zelote".[127]

Diríamos que se trata de uma perfeita *sacada* crítica, também pela percepção do sujeito "disfórico", não só porque a disforia é

---

[125] Haroldo de Campos, *Metalinguagem & Outras Metas* (São Paulo: Perspectiva, 1992), p. 208.
[126] Ibid., pp. 122-123.
[127] Ibid., p. 123.

o motor do ceticismo barthesiano, como estávamos vendo, mas porque a disforia de Barthes também não saltava à vista no ano de 1980, de que data o ensaio de Haroldo. "Disforia", dizem-nos os bons dicionários, é "estado caracterizado por ansiedade, depressão e inquietude". É o contrário da "euforia", que é própria dos paladinos (como Greimas, acrescenta Haroldo).[128] Aplicada à "para-doxia" de Barthes, ela não apenas levanta a possibilidade de seu ceticismo, mas a levanta nos termos mesmos em que Barthes porá os seus grandes céticos, sem que Haroldo possa sabê-lo, já que as aulas sobre o Neutro tardariam a vir a público.

Tudo isso ponderado, é no encalço da "disforia do cético" que partimos, daqui por diante, procedendo por etapas.

A primeira delas é uma revisita ao Barthes de *O grau zero da escritura* –, fase em que o "neutro" se escreve com letra minúscula e se aplica, geralmente, a certas desfigurações da escritura que estão, então, decretando a morte do autor – e não do homem! –, depois da "*disparition* élocutoire *du poète*" anunciada por Mallarmé. Desta fase, a melhor ilustração é *O estrangeiro* de Camus, autor que causa em Barthes, recém-saído do sanatório em que passou boa parte de sua juventude, um apaixonamento e, rapidamente, uma decepção.

A segunda intercepta o corajoso crítico cultural de *Mitologias*, que, até por pensar o que pensa dos "escritores, intelectuais, professores" a saber: que estão no teatro da palavra,[129] desce de seu pedestal de diretor de estudos na École Pratique para se interessar por coisas como a propaganda dos sabões em pó, a embalagem do macarrão Barilla e as colunas astrológicas da revista *Marie Claire*. Sem com isso somar-se ao coro dos contentes que estão, então, derrubando os ícones do mundo espetacular, e mostrando a distância platônica que se interpõe entre o homem culto e as imagens. Já que a briga comprada, em *Mitologias*, com a pequena burguesia francesa não impede Barthes de detestar as críticas marxistas "piedosas", nem o livrará de apaixonar-se por fotografias.

---

[128] "Nesse ponto, Barthes é muito diferente de Greimas, que constituiu uma teoria canônica e disseminou pelo mundo formulários e prosélitos". Ibid.

[129] "Écrivains, intellectuels, professeurs", OC. III, p. 887. Volto mais vagarosamente ao ponto na seção "Coda".

A terceira desarquiva a grande polêmica criada em torno de *Sur Racine*, livro de um Barthes já reconhecido e sempre em luta contra o ponto de vista escolar sobre a literatura, que é a *pièce à scandale* a deflagrar a *nouvelle critique*, além de ser um dos objetos intelectuais mais simbólicos da crise universitária de que sai maio de 1968, já que desautoriza a Sorbonne.[130] Como Baudelaire e Stendhal, que, de longe, preferiam Shakespeare a Racine, Barthes não adora os versos perfeitos desse clássico dos clássicos da literatura francesa. Mas sua leitura de corte estrutural, que o faz tomar as tragédias racinianas espacialmente, como um *puzzle* ou um jogo de armar, vai desagradar todos aqueles para quem os autores do programa não se explicam fora da região ôntica de sua circunstância temporal documentável.

Na conclusão, partindo da farpa com que Proust já espicaça Sainte-Beuve como "mau escritor", perguntamo-nos se, desde Barthes, haveria algum outro lugar para a crítica elevada que não a literatura.

---

[130] Como nota Éric Marty, em sua apresentação do livro para a edição das *Oeuvres Complètes*. Cf. OC, II, p. 18.

NEUTRO, SUPERFICIAL E SUBLIME

"O clássico não desconfia da linguagem, acredita na suficiente virtude de cada um de seus signos".

Jorge Luis Borges[1]

DE MARX A BLANCHOT PASSANDO POR SARTRE

Sem fazer a nuança do português entre a escrita e a escritura, a língua francesa designa muitos sentidos à "écriture": a linguagem em sua representação gráfica, a arte de escrever, o documento lavrado em cartório, o conjunto dos livros da Bíblia. Temos aí um único significante e variações de graus do sacramentável. O que explica que Barthes tenha recorrido a essa palavra a que não mais deixaria de voltar, sendo constante, antes que incerto, como vimos, quando precisou de uma para distinguir entre a língua comum de que parte o escritor, uma literatura exaurida, um passado das belas-letras, cujos protocolos já não valem mais para os modernos e os muito modernos, e uma nova instância da expressão, uma tentativa de inscrição de alguma outra coisa, íntima e pessoal, nesse fundo saturado.

É dessa tentativa que fala esta pequena história da literatura francesa que é o livro de estreia de Barthes, datado de 1953, *O grau zero da escritura*. Onde "escritura" é algo que não sabemos muito bem o que é, a não ser que está em tensão com a literatura. Daí ele a definir no negativo: "A escritura observa, logo na abertura do livro, num dos seus momentos de maior negatividade é um modo de pensar a literatura, não de estendê--la". Ao que acrescenta: essa é "uma escolha de consciência, não de eficácia". Dizendo-nos por fim que isso "é trágico".[2]

Trata-se de uma ressignificação do estilo, para Barthes um valor crítico datado, numa situação moderna, em que a palavra "estilo", e tudo aquilo a que o estilo se referia antes, perderam a força, como notou, recentemente, num balanço sobre Barthes, Philippe Sollers.[3] Precede-o Kristeva, que, lembrando Barthes,

---

[1] Jorge Luis Borges, "A postulação da realidade" (in Discusssão, Obras Completas, v. 1. Tradução de Josely Vianna Baptista. São Paulo: Globo, 1998), p. 230.
[2] *Le degré zéro de l'écriture*, OC, I, p. 180.
[3] Philippe Sollers, "Sa voix me manque" (in *Le Magazine Littéraire*, n. 482, jan. 2009), p. 82.

em seu *Sens et nons-sens de la révolte,* quando diz que "a língua e o estilo são objetos, a escritura é uma função", vê na escritura a intromissão do corpo, a fresta por onde passa o sujeito sensível à doença. "O que é a escritura?", pergunta-se. E responde: "A reflexão de Barthes opera um corte no texto literário que é uma reinterpretação do objeto 'literatura' a partir da linguagem, como seria de esperar. Mas essa linguagem não é abordada em termos de categorias linguísticas, gramaticais ou estilísticas. A reinterpretação proposta por Barthes engrena uma *escuta* que tenta tirar a linguagem das substâncias que representam as idealidades ou categorias linguísticas e estilísticas sujeito, verbo, objeto, metáfora, metonímia etc. para se aproximar daquilo que chamei o segredo que o assombra, quer dizer, o corpo...".[4]

Essa redefinição niilista e corpórea da literatura, que redimensiona, forçosamente, todo o sentido da literatura clássica, explica, talvez, o sucesso desse pequeno volume palpitante. Assim descrito por Éric Marty: "breve, violento e profanador".[5]

Relembremos os antecedentes do livro. Volume de estreia de Barthes, sua publicação, praticamente, coincide com o fim de suas muitas temporadas no sanatório, que o deixarão fora de combate até o fim da Segunda Guerra Mundial. Como ele mesmo deporia à revista *Tel Quel:* "Eu vivi a guerra praticamente num leito de sanatório".[6] Assim, é na reclusão entre as montanhas, francesas e suíças, que, tuberculoso, ele começa a escrever, principiando por aquelas "Notas sobre o diário de André Gide" que permitiriam a Susan Sontag vê-lo terminar pelo começo (e nos permitiram atar o neutro ao Neutro). É desse retiro espiritual forçado que parte para interceptar os ritos da vida intelectual francesa, "defasado, fora de moda e cheio de ímpeto, nas palavras de seu biógrafo.[7] E bem por isso — temos o direito de concluir — incapaz de nadar no sentido da corrente. O fato é que aos 38 anos "não é ninguém".[8]

É nessas precisas circunstâncias que o primeiro livro de Barthes reúne, aumenta e funde uma série de artigos publicados

---

[4] Julia Kristeva, "Roland Barthes et l'écriture comme démystification" (in *Sens et non-sens de la révolte.* Paris: Fayard, 1996), p. 404.

[5] Éric Marty, "Science de la littérature et plaisir du texte" (in Roland Barthes, OC, I), p. 187.

[6] "Réponses", OC, III, p. 1026.

[7] Louis Jean-Calvet, *Roland Barthes: uma biografia* (São Paulo: Siciliano, 1993), p. 125.

[8] Na expressão de Louis-Jean Calvet, op. cit., p. 76.

de 1947 a 1951 numa revista de nome aguerrido, uma das muitas animadas por Maurice Nadeau, exponencial figura do homem de letras francês, que está até hoje em ação,[9] a *Combat*. De fato, foi ao combativo crítico que o então desconhecido Roland Barthes enviou, em 1947, um artigo estranhamente intitulado "O grau zero da escritura". Considerado difícil, mesmo num reduto tão intelectualizado quanto o desse periódico, o texto acabaria sendo aceito, assim como, na sequência, todos os outros a integrar a obra *princeps*.

Assim como a palavra "escritura", o "grau zero" soa estranho, nesses anos de 1940, para os ouvidos não treinados nas nomenclaturas das linguísticas gerais, que, nesse momento, não tinham ainda forçado as portas das humanidades. A introdução vigorosa, já anuncia o que virá, pois é aí que encontramos, entre outras, esta afirmação aforismática: "A arte clássica não podia sentir-se como uma linguagem, era linguagem".[10] O conjunto divide-se em duas partes, uma primeira sobre a revirada da literatura em "escritura", uma segunda sobre a revirada da escritura em "grau zero", respectivamente subdivididas em quatro e seis capítulos, todos curtos e fulminantes.

O tema mais geral é a responsabilidade do escritor por sua forma ou, como escreve Barthes, a "moral da forma". Para propô-la, ele parte da suposição de um desenlace entre as palavras e as coisas, no mundo pós-clássico, que obriga quem quer que queira dar prosseguimento à literatura a marcar uma separação entre sua intenção de escrever e o escrever, ou a tomar nota do peso de sua linguagem, ou a inscrever sua "consciência infeliz" nesse dilaceramento entre a intenção e a prática da literatura. Historicamente, Barthes vê essa ruptura despontar nos meados do século XIX, mais precisamente, nos tempos de Flaubert, este

---

[9] Hoje em dia na direção da revista *La Quinzaine Littéraire*, fundada em 1966, em que escreve graciosamente à nata das letras francesas. Devo a notícia a Lineide Duarte-Plon, autora de "Maurice Nadeau, um século de vanguarda literária" para o Caderno "Ilustríssima" do jornal *Folha de S. Paulo*, 12 jun. 2011.

[10] *Le degré zéro de l'écriture*, OC, I, p. 172. Nota-se que, no Colóquio Roland Barthes da Faculdade de Letras de Lisboa, uma das comunicações era sobre o caráter por vezes aforístico da escritura de Barthes. Enfatizou-se, nessa oportunidade, que, ao contrário do vezo fragmentário de Barthes, que combate a Doxa, o vezo aforismático cede lugar à voz geral, realiza, momentaneamente, um preenchimento do sentido, o que não deixa de confirmar a difração do sujeito que fala. Cf. Ana Luiz Janeira e Maria Augusta Babo, "Entre o fragmentário e o aforístico" in *Dossiê Leituras de Roland Barthes* - Colóquio Barthes da Faculdade de Letras de Lisboa, 1982, pp. 239-240.

obsessivo da palavra justa que é o primeiro dos grandes nomes da modernidade a ser aqui convocado. "Colocada no cerne da problemática literária, que não começa sem ela, a escritura é [...] essencialmente a moral da forma, é a escolha do domínio (em francês: *l'aire*) social no seio do qual o escritor decide situar-se na Natureza de sua linguagem."

Embora tudo soe estranhamente novo e o seja, também pela insistência desse recém-chegado nas palavras "impossível", "impasse", "sem saída", "trágico",[11] nem tudo aí é inaudito, pelo menos, até prova em contrário, já que a "responsabilidade", a "moral", a escolha" e principalmente o "recinto social" são coordenadas em que os comentadores desse primeiro Barthes concordam em reconhecer a presença de Sartre. De saída, é sartriano esse engajamento que não é a histeria, porque há exterioridade em relação à linguagem, aqui assumida num modo extremamente negativo, assim como essa percepção das formas da arte como históricas e do artista como aquele que não pode não se saber histórico. Assim como é sartriano este alerta de Barthes, que depois seria o *leitmotiv* de *Mitologias*, sempre às voltas com a nossa alienação no mito, que nada mais é para Barthes que a negação da História: "é ali onde a História é recusada que ela mais claramente age".[12] E assim como é sartriano assumir-se como existencial, o que Barthes fará cada vez mais.

Porém o mais importante a assinalar quanto a essa inevitável primeira filiação é que há um jogo visível de correspondências entre *Le degré zéro de la littérature* e *Qu'est-ce que la littérature?* (1948), obra de um Sartre crítico literário que também faz *tabula rasa* das definições assentadas da literatura, como ele mesmo nos diz, na abertura do igualmente famoso livro: "Já que os críticos me condenam em nome da literatura, sem nunca me dizer o que entendem por literatura, a melhor resposta a lhes dar é examinar a arte de escrever, sem prejulgamentos. O que é escrever? Por que

---

[11] Elas vibram particularmente no último capítulo do livro: "A utopia da linguagem". Aqui, por exemplo: "Nasce assim um trágico da escritura, pois o escritor consciente deve doravante debater-se com os signos ancestrais e todo-poderosos que, do fundo de um passado que lhe é estranho, lhe são impostos". Ou aqui: "Vê-se assim como uma obra-prima moderna seria impossível, o escritor achando-se numa contradição sem saída: ou o objeto de sua obra está de acordo com as convenções da forma [...] ou só dispõe de uma língua morta para dar conta de alcançar o vasto frescor do mundo...". Cf. OC, I, p. 223.

[12] Ibid., p. 171.

se escreve? Para quem ? Parece, com efeito, que ninguém nunca se perguntou isso".[13] É sartriano – em suma – ver a literatura como um ato – "para nós, a literatura é um empreendimento[14] – e um ato que pede explicação – "por quê...?", "para quem...?". Em seu *Pourquoi la nouvelle critique?*, Serge Doubrovski afirma, com razão, que *O que é a literatura* e *O grau zero da escritura* são etapas capitais dessas revisões periódicas que faz nossa época pouco estável, onde elas entram como julgamento do homem e da sociedade.[15] Barthes continuaria a fazê-la, de resto, em *A morte do autor*.

Acrescente-se, aliás, ao cômputo das coincidências existentes entre esses dois pequenos e graves livros, tão próximos entre si no tempo e no espaço, que, também no que diz respeito a Sartre, Barthes caminha em círculo, dedicando-lhe, pouco antes de sua morte, em 26 de março de 1980, *A câmara clara*, que abre assim: "Em homenagem a *O Imaginário* de Sartre". Oferenda compatível com o fato de que Sartre antecipa aí a pergunta crucial do último Barthes sobre as relações da imagem com a "matéria impressional". "Há na base da imagem alguma coisa que apenas é, e que se deixa contatar", escreve o filósofo, prenunciando o "ça a été" de Barthes.[16] É por reconhecer a precedência de Sartre, de resto, que, cuidando da rede de influências ativa sobre Barthes nos anos 1942-1961, Éric Marty põe Sartre nessa rede (a que depois se incorporaria Saussure), explicando que "o primeiro tomo de suas obras completas tem por intertexto Sartre, Marx, Brecht".[17]

Mas basta nos aprofundarmos nos meandros de *O grau zero da escritura* para começarem as diferenças. Tudo une e separa um do outro.

De fato, se a palavra que Gide pôs em uso e a paixão que Sartre pôs em prática – o "engajamento" – lhe cabem, o engajamento de Barthes é paradoxalmente antissocial. Já que para ele não se trata da sociedade sobre a qual a escritura incide,

---

[13] Jean-Paul Sartre, *Qu'est-ce que la littérature?* (Paris: Gallimard, 1948), p. 10.

[14] Ibid., p. 44.

[15] Serge Doubrovski, *Pourquoi la nouvelle critique? Critique et objectivité* (Paris: Mercure de France, 1966), p. 2.

[16] Jean-Paul Sartre, *O imaginário*. Tradução de Luiz Roberto Salinas Fortes (São Paulo: Difusão Europeia do Livro, 1967), p. 87.

[17] Éric Marty, OC, I, p. 15.

mas da sociedade que a escritura repudia, não mais incidindo sobre ela, mas, antes, desativando aquilo mesmo que a torna coesa: a comunicação. A maneira de cada um desentender--se com Camus, depois de *O estrangeiro*, fala claramente disso, como veremos mais adiante. Pois escrever, na acepção de Barthes, não é escolher devotar-se a um campo social, atuar em seu favor, como na de Sartre. Para Barthes, fazê-lo seria ainda estar no ritual das letras ou no "estilo decorativo".[18] A diferença é que, em Barthes, o artista não se situa perante o mundo, mas perante a própria linguagem. Não sem corrompê-la em seu valor social de contato e de compreensão.

De todo modo, a presença relativa de Sartre em Barthes não nos deve surpreender, dada não apenas a proeminência do *maître à penser* que o filósofo encarna, no momento em que Barthes escreve, mas a influência de Marx sobre Sartre, que não deixa de fazer de Barthes um marxista sartriano.

O marxismo, como se sabe, foi uma paixão intelectual do século XX, e Barthes a representa plenamente no abatimento do pós-Segunda Guerra, ainda que recuse o "dogmatismo moscovita",[19] como o fazem todos os seus companheiros. Louis--Jean Calvet nos diz que, ao deixar o sanatório de Leysin, na Suíça, onde fora internado, em 1945, para um novo tratamento da tuberculose, desta feita fora da França, ele sai "quase curado e marxista".[20] É como também o vê, nesse primeiro momento, em seu *Le pas philosophique de Roland Barthes*, Jean-Claude Milner: "Marx reina como mestre de todo Saber. O Signo ainda não aparece".[21]

Assim pois, antes de ser sartriana, ou junto com ser sartriana, a acusação do peso da História é marxista. Efetivamente, rescende a marxismo a formulação "escritura burguesa" a que *O Grau zero da escritura* volta sem cessar. Assim como é marxista esta afirmação que encontramos na seção intitulada

---

[18] "A poesia clássica não era sentida senão como uma variação ornamental da Prosa, como o fruto de uma *arte* (quer dizer, de uma técnica), nunca como uma linguagem diferente ou como o produto de uma sensibilidade particular. Toda a poesia nada mais é, então, que uma equação decorativa, alusiva ou carregada, de uma prosa virtual que jaz em essência e em potência em qualquer expressão". Ibid. [Grifo meu.]

[19] "Scandale du marxisme", OC, I, p. 125.

[20] Louis Jean-Calvet, *Roland Barthes: uma biografia*, op. cit., p. 85.

[21] Jean-Claude Milner, *Le pas philosophique de Roland Barthes* (Paris: Verdier, 2003), p. 46.

"Escritura e revolução", que antecipa a lição de sabedoria do famoso ensaio "O efeito de real": "a expressividade é um mito, ela nada mais é que a convenção da expressividade".[22] Pois tudo isso briga com uma literatura pretensamente revolucionária que depositou sua esperança na simulação da vida, porém nada tem de verdadeiramente viva, porque é o derradeiro refúgio de um artesanato burguês.[23] E assim como, pouco mais adiante, será marxista toda a crítica ideológica desenvolvida em *Mitologias* contra uma França burguesa e pequeno-burguesa, que emerge genialmente dos pequenos quadros da vida cotidiana na era da publicidade e do *marketing* que aí temos, sempre pontuados com reflexões no tom deste aforismo delicioso: "A euforia do OMO não nos deve fazer esquecer de que existe um plano em que o sabão em pó é o seguinte: o plano do truste anglo--holandês Unilever".[24] A própria formulação "a língua é fascista" levada intempestivamente à "Aula", a propósito de Renan, que pensava que o francês jamais seria a língua do absurdo, chegou a ser vista como parte de uma "mística revolucionária" que é caudatária do marxismo.[25] De resto, Barthes já vive, nessas alturas, sob o efeito do teatro de Brecht. Sempre bem notado por seus comentadores e estudiosos, até porque o horror à Histeria e o desejo de Neutro são devedores do distanciamento crítico brechtiano como vimos, é sob o impacto dessa teatralidade também impassível que, em 1955, dois anos depois da saída de *O grau zero da escritura*, Barthes escreve estas linhas em que se percebe claramente como foi politizado por Brecht: "Sua obra tem toda a densidade de uma criação mas essa criação funda-se sobre uma crítica poderosa da sociedade, sua arte confunde-se sem nenhuma concessão com a mais alta consciência política".[26] Três anos depois, num artigo de 1956 que faria inserir em *Essais critiques*, ele o enaltece ainda mais: "O que Brecht tira do marxismo não são palavras de ordem, uma articulação de argumentos, é um método geral de explicação. Vem daí que no teatro brechtiano os elementos marxistas parecem sempre

---

[22] "L'effet de réel", OC, III, pp. 25-32.
[23] *Le degré zéro de l'écriture*, OC, I, p.212.
[24] *Mythologies*, OC, I, p. 700.
[25] Cf. Hélène Merlin-Kajman, *La langue est-elle fasciste?* (Paris: Seuil, 2003).
[26] "Pourquoi Brecht?", OC, I, p. 576.

recriados. No fundo, a grandeza de Brecht, sua solidão também, é que ele inventa incessantemente o marxismo".[27]

Mas ocorre que essa desmistificação também envolve a forma, pois também o marxismo de Barthes é transversal ao método que ele já abraça, o do semiólogo. De fato, temos motivos para pensar que ele já é, aqui, neste ponto, aquele marxista "de fronteira" que diz, em *Ensaios críticos*, que a ortodoxia marxista é estéril, quando propõe uma explicação mecânica das obras pelas fontes e promulga mais palavras de ordem que critérios, e que os melhores críticos são aqueles que, como Sartre, trabalham dentro de "uma grande filosofia", e aqueles outros que, como Lucien Goldmann, estão às voltas com Racine, sem que se tenham instalado "num centro declarado Marx".[28]

A propósito, temos a sorte de poder ouvi-lo não só voltar a essa questão, mas encadeá-la com *O grau zero da escritura*, numa entrevista inédita, gravada em 1970, em sua casa na rua Servandoni, e só publicada em 2009. Nessa conversa ele se vê por cima dos próprios ombros e se explica a respeito de Marx e Sartre: "O sartrismo e o marxismo, que tão profundamente pensavam o engajamento político, o engajamento ideológico e, vamos dizer assim, o engajamento das ideias ou das condutas, nunca se preocuparam com aquilo que podemos chamar o engajamento das formas, a responsabilidade das formas, a responsabilidade da linguagem. No fundo, *O grau zero da escritura*, com meios intelectuais frágeis, bem entendido, queria preencher essa lacuna e propor uma primeira reflexão sobre o que se poderia chamar a responsabilidade da forma, a responsabilidade da linguagem". Nessa oportunidade, temos também a sorte de ouvi-lo confirmar a responsabilidade da forma, que o levaria ao neutro: "[...] se eu tivesse hoje que apresentar de novo *O grau zero da escritura* guardaria essencialmente a mesma motivação, a mesma pulsão, o mesmo movimento, acenaria com a mesma ética, se me permitem dizê-lo".[29]

---

[27] "Les tâches de la critique brechtienne", OC, II, p. 346.
[28] OC, II, p. 502.
[29] Entrevista inédita a Jean-José Marchand e Dominique Rabourdin (in Le Magazine Littéraire, n. 482, jan. 2009, p. 68).

E temos mais sorte ainda de poder ouvi-lo depor sobre isso numa pequena peça em prosa intitulada *"Suis-je marxiste?"* que não deixa de ser o intertexto do *"que sais-je?"* do cético Montaigne, que está recuperada no primeiro tomo das obras completas. Trata-se de uma resposta de Barthes a alguém que, a propósito de *Mitologias*, o constrangia a informar se, sim ou não, era um marxista. Barthes responde: "Não se é marxista por imersão, iniciação ou declaração, como se é batista ou maometano; o marxismo não é uma religião mas um método de explicação e de ação [...] em matéria de literatura é a leitura, é um método mais objetivo...".[30] Evidentemente, a leitura de que ele fala é a leitura da forma.

Outro depoimento nos é trazido por Kristeva, que vê o problema de dentro e se inclui nele, como companheira de Barthes que foi, tendo vivenciado assim a mesma dificuldade de posicionamento: "Na verdade, o que tentávamos principalmente Roland Barthes era, não aderir à doxa marxista, mas nos avizinhar dos movimentos de esquerda (Brecht, gauche, maoísmo), tomando-os como modos críticos de remover burocracia e buscar uma renovação da generosidade socialista".[31]

É por ficar entre o engajamento e a forma que *O grau zero da escritura* descreve uma curva ascendente da tomada de consciência da linguagem pelos escritores, num um arco de acontecimentos em que só entram episódios considerados cruciais, desdobrados em duas fases. Numa primeira, vai-se dos românticos, representados por Chateaubriand e Victor Hugo, a Flaubert (na prosa) e Mallarmé (na poesia). Numa segunda, que é a curva do "degré zéro" propriamente dito, encontramos Albert Camus, escritor renomado do período, até por seu modo conturbado de pertencimento ao existencialismo, Raymond Queneau, vanguardista saído da diáspora surrealista e introdutor do belo paradoxo da "escritura falada",[32] Jean Cayrol, poeta que emerge no bojo da revista *Tel Quel* e que está hoje completamente esquecido, e o próprio Blanchot, que é inseparavelmente um crítico e um romancista. Se o autor de

[30] "Suis-je marxiste", OC, I, p. 596.
[31] Julia Kristeva, *Sens et nons-sens de la révolte*, op. cit., p. 395.
[32] *Le degré zéro de l'écriture*, OC, I, p. 173.

Zazie no metrô só é muito rapidamente citado por ora, Barthes voltaria a ele, em 1959, para tratar desse romance em que vê a literatura em luta com a Literatura e o autor realizando o papel que lhe cabe: combatê-la.[33] A esse pequeno cânone de autores seria logo mais acrescentado em artigos dos mesmos anos 1950, só reunidos em *Ensaios críticos* em 1964, o nome de Alain Robbe-Grillet. Trata-se de um novo destruidor do romance que está então despontando, em cujos estranhos relatos secos sobre objetos inanimados Barthes localiza outra literatura da pura constatação. Mais tarde, reconheceria que ficaram faltando em sua relação crucial Antonin Artaud, Georges Bataille, e Francis Ponge, autores do instigante cânone francês reformulado do Grupo *Tel Quel*, a que ele mesmo passaria a pertencer.[34]

Por ora, reserva-se aos primeiros a "écriture" e aos *nouveaux romanciers* uma outra apelação interessante, um sinônimo de "neutro": "escritura branca". Barthes escreve: "A escritura branca [...] é o último episódio de uma Paixão da escritura, que acompanha passo a passo o dilaceramento da consciência burguesa".[35]

Essa escritura branca ou do "grau zero" é o horizonte último da destruição da literatura. Extremamente paradoxal, ela decreta e *in extremis* suspende a morte da literatura. É o fim da literatura porque não há grau zero verdadeiramente possível, é seu começo porque é utopia. Correspondem a esse paradoxo as últimas palavras de *O grau zero da escritura*: "A multiplicação das escrituras institui uma Literatura nova porque esta somente inventa a sua linguagem para ser um projeto de linguagem: a Literatura torna-se uma Utopia da linguagem".[36]

No trânsito da escritura para o grau zero da escritura, o que esse movimento geral encerra é uma progressiva reificação da linguagem, assim resumida: "Todo o século XIX viu avançar um fenômeno dramático de concreção. Em Chateaubriand, isso não é mais que um pequeno preço a pagar, o peso leve de uma euforia da linguagem, uma espécie de narcisismo em que a

---

[33] "Zazie et la littérature", OC, II, p. 382.
[34] "Essas 'exclusões' eram ignorância: eu não conhecia nem Artaud, nem Bataille, nem Ponge". Cf. Roland Barthes, "Réponses", OC, III, p. 1028. Trata-se de uma entrevista originalmente publicada num Dossiê Barthes da Revista *Tel Quel*, n. 47, outono de 1971.
[35] *Le degré zéro de l'écriture*, OC, I, p. 173.
[36] Ibid., p. 224.

escritura mal se separa de sua função instrumental para reparar nela mesma. Flaubert (para só ficarmos aqui nos momentos típicos desse processo) constituiu definitivamente a literatura em objeto, pela força de uma força-trabalho : a forma torna-se assim o termo de uma "fabricação", como uma cerâmica ou uma joia [...]. Mallarmé, por fim, coroou essa construção da Literatura--Objeto com o ato último de todas as objetivações, o assassinato: sabemos que o todo o esforço de Mallarmé dirigiu-se a uma destruição da linguagem, de que a literatura seria, de algum modo, o cadáver".[37] Barthes o dirá de novo, muito depois, em 1968, em "A morte do autor": "toda a poética de Mallarmé consiste em suprimir o autor em benefício da escritura".[38] É nessa passagem à "Forma-Objeto" que toma lugar a "consciência infeliz"[39] do escritor, para o qual, a literatura, não podendo ser continuada, reifica-se. Barthes lhe aponta, sombriamente, a seguinte "alternativa terrível": ou lançar mão de uma linguagem investida de valores ideológicos de classe, que ele mesmo contesta, ou recusar a própria linguagem. Note--se que este será ainda o ponto em *A morte do autor*, em que o escritor moderno é visto, justamente, como aquele que fez a segunda opção. É o exemplo, entre tantos outros aí evocados, de Proust, cujo narrador "não é o que viu ou sentiu ou, mesmo, escreveu, mas o que *vai escrever*". Situação essa que o mostra completamente desapossado de seus meios.[40]

Inevitavelmente, tudo isso interessou à Filosofia. Michel Foucault, cuja "arqueologia" também é uma análise do discurso, recepciona nestes termos a proposta, em seus *Ditos e escritos*: "Introduzindo a noção de escritura, Roland Barthes queria descobrir um nível específico a partir do qual se pode fazer a história da literatura como literatura, com sua especificidade particular, para além dos indivíduos, com as suas próprias leis de condicionamento e transformação".[41]

Mas abra-se aqui espaço para notar que a consciência infeliz também é rigorosamente sartriana. Foi Sartre quem escreveu,

[37] Ibid., pp. 172-173.
[38] "La mort de l'auteur", OC, III, p. 40.
[39] Ibid.
[40] Ibid., pp. 41-42. [Grifo do autor.]
[41] Michel Foucault, *Dits et écrits,* II (Paris: Gallimard, 1994), p. 270.

em *O que é a literatura?*, que o escritor dá à sociedade uma consciência infeliz porque está em perpétuo antagonismo com as forças conservadoras que mantêm o equilíbrio que ele tende a romper.[42] De resto, lemos aí também algo que diríamos saído da forja barthesiana, não fosse a forja barthesiana sair daí: "o poeta é um homem que se recusa utilizar a linguagem".[43] A lembrar, ademais, que é Sartre, neste monumento crítico que é *O idiota da família*, o primeiro a notar aquela má relação de Flaubert com a linguagem, que vai dar na fascinação barthesiana da *bêtise*: "Essa má relação com a linguagem vai decidir sobre sua carreira".[44]

No entanto, se muito dessa nova crítica é sartriana, o "assassinato" é blanchotiano. Barthes é o primeiro a reconhecê--lo: "Sabemos o que a hipótese de um Mallarmé assassino da linguagem deve a Blanchot".[45] De resto, embora, no momento em que sai *O grau zero da escritura*, Blanchot não tivesse ainda publicado aquela parte de sua obra que viria a ser a mais importante *L'espace littéraire* (1955) e *Le livre à venir* (1959), a "forma" de Barthes tem muito do "espaço literário" de Blanchot, nesse sentido que a obra do escritor será aí definida como essencialmente solitária e silenciosa, e o fato de escrever, ainda assim, como algo que, desde Mallarmé, é um gesto extremo, reduzido à "expressão mais rasa, ao que parece ser o simples gesto do artesão".[46]

Rondam essas revisões do sentido da literatura a mesma inflexão inquietante, a mesma articulação entre a literatura e a morte, que fazem Barthes falar em Orfeu e no "sonho órfico do escritor sem literatura". Assim, não é de surpreender que, no capítulo "As duas críticas" de *Ensaios críticos*, já em franca guerra com a Sorbonne, ele ponha Blanchot ao lado de gente como Gaston Bachelard, Sartre, Lucien Goldmann, Georges

---

[42] Jean-Paul Sartre, *Qu'est-ce que la littérature?*, op. cit., p. 105.

[43] Ibid., p. 17. Daí Sartre comparar a emoção poética a uma pincelada de Tintoreto, assim considerada: "Esse rasgo amarelo no céu acima do Gólgota, Tintoreto não o escolheu para significar a angústia, nem tampouco para provocá-la; ela é angústia e céu, ao mesmo tempo. Não céu de angústia ou céu angustiado, angústia feita coisa...".

[44] Jean-Paul Satre, *L'idiot de la famille* (Paris: Gallimard, 1988), p. 13.

[45] *Le degré zéro de l'écriture*, OC, I, p. 217. Bernard Comment também nota o parentesco: "Uma figura mítica acompanha a escritura para marcar a impossibilidade com que ela se depara: Moisés. *O grau zero da escritura nos* dá dele uma versão quase blanchotiana: a literatura conduzida às portas da Terra prometida...". Cf. Bernard Comment, *Roland Barthes vers le Neutre* (Paris: Christian Bourgois, 2003), pp. 18-19.

[46] Maurice Blanchot, *Le livre à venir* (Paris: Gallimard, 1957), p. 33.

Poulet, Jean Starobinski, René Girard e Jean-Pierre Richard, como representante da crítica "da interpretação", por oposição à "crítica universitária", feita por "positivistas" que acreditam que a literatura é o produto de uma causa.[47] Mostrando-nos com isso quanto a vanguarda crítica que representa absorve outras vanguardas. E estando com a razão, nessa sua partilha básica, não só porque os críticos "intérpretes" são os que assumem a conjectura, logo, a dispersão dos signos, a exemplo do que acontece com os críticos semiólogos, mas porque, quando Barthes assim escreve, a crítica marxista está, de fato, sendo renovada por marxistas mais sofisticados. É o caso de Goldmann, que propõe uma inédita leitura sociológica de Racine em seu *Le dieu caché*, cujo propósito declarado era superar seus antecessores positivistas. Voltaremos a tudo isso.

A colaboração entre Barthes e Blanchot – figura tutelar de todo o grupo *Tel Quel*, como nota Bident[48] – é tão mais profícua quanto ambos chegam praticamente juntos ao desaparecimento do autor – e não do homem, repita-se –, e o fazem apelando para a mesma palavra: o neutro. De fato, em *Le livre à venir*, num capítulo, por coincidência, intitulado "A palavra neutra", é Blanchot quem faz ressoar Barthes: "Fazem-nos estranhas perguntas, por exemplo: quais são as tendências da literatura atual, ou ainda: para onde vai a literatura. Pergunta curiosa, sim, mas o mais curioso é que, se houver resposta, a resposta é fácil: a literatura vai na direção de si mesma, na direção de sua essência, que é o desaparecimento."[49] É bem por isso que vemos Blanchot assomar, constantemente, em *O Neutro*, a começar pela apresentação irônica de Pirro, que, como vimos, inventou o Neutro a exemplo de Blanchot.

Tudo os une e os separa, como acreditam alguns bons observadores do campo em que ambos se movem. Blanchot foi o homem do absoluto, Barthes o homem do plural, nota Bident, com todo o seu conhecimento de causa em matéria de Blanchot.[50] Vimos o apresentador de *O Neutro*, Thomas Clerc,

[47] *Essais critiques*, OC, II, p. 496.
[48] Christophe Bident, *Maurice Blanchot: partenaire invisible* (Seyssel: Champ Vallon, 1998), p. 459.
[49] Maurice Blanchot, *Le livre à venir*, op. cit., p. 285.
[50] Christophe Bident, "R/M 1953", in *Maurice Blanchot: partenaire invisible*, op. cit., p. 98.

notar, na apresentação desse volume de transcrições, que Barthes cita bastante Blanchot, mas que o seu "neutro" é bem outro. Éric Marty não discorda: o neutro de Blanchot deseja o indizível, o desconhecido, o interminável, numa palavra, algum absoluto, é aberto e luminoso, o de Barthes evoca a vigilância da palavra conduzida moralmente ao grau zero.[51] Nem Jean-Luc Nancy, que vê Blanchot mais do lado do "inefável", e Barthes mais do lado de uma recusa dele.[52] Essas diferenças na cumplicidade fazem com que Blanchot reaja à impetuosa figura fora de moda que lançou *O grau zero da escritura,* como já reagira a *O que é a literatura* de Sartre, isto é, com interesse.[53]

Não se trata só de Blanchot, que o nomeia. Sem nomeá-lo, esse *tertium* que tanto mobiliza Barthes é a lógica de algumas outras literaturas que nos interessam igualmente, já que devem sua fortuna crítica ao fato de se verem englobadas no "grau zero" da escritura, ou no Neutro.

NOUVEAU ROMAN E UTOPIAS DO GRAU ZERO

Albert Camus

O biógrafo de Barthes relata que, entre os primeiros artigos que ele escreveu, no início dos anos de 1940, para a revista *Existence*[54] do sanatório estudantil de Sainte-Hilaire, em Grenoble onde estava internado desde o início da guerra para tratar-se de uma recaída da tuberculose contraída em 1934, já se incluía uma crítica de *O estrangeiro* de Camus. Ela se entende melhor à luz de um dos textos de sua *juvenilia*, em que Barthes dizia: "Estamos vivendo tempos em que é difícil encontrar livros

[51] Éric Marty, "Le neutre barthesien, l'abondance de sens" (in *Magazine Littéraire*, n. 482, jan. 2009, p. 62).

[52] Jean-Luc Nancy, "L'exemption de sens" (in Françoise Héritier (org.), *Le corps, le sens*. Paris: Seuil, 1997) p. 97.

[53] Leia-se Leyla Perrone-Moisés a respeito: "Cinco anos depois do ensaio de Sartre, em 1953, Roland Barthes publicou *O grau zero da escritura*, que foi logo apontado por Blanchot como 'um dos raros livros em que se inscreve o futuro das letras'". Cf. Leyla Perrone-Moisés, "Sartre, Barthes e Blanchot: a literatura em declínio" (in André Queiroz, Fabiana Moraes e Nina Velasco e Cruz (orgs.), *Barthes / Blanchot*. Rio de Janeiro: 7 Letras, 2007), pp. 18-9.

[54] O nome da revista nada tem a ver com a filosofia de Sartre, mas "existência" refere-se à aqui, justamente, à vida no sanatório. Cf. Louis Jean Calvet, *Roland Barthes: uma biografia*, op. cit., p. 67.

essenciais".[55] Camus perfila-se assim, depois de Gide, em *O grau zero da escritura* não somente como essencial, mas como *o* tema para um novo crítico em formação.

O foco exato desse interesse merece destaque, até porque Camus logo decepcionaria a Barthes (e a Sartre), parecendo-lhe um pregador reconvertido àquelas mesmas pautas de que *O estrangeiro* se demitia (e a Sartre, um mau pregador).[56]

Do que se está falando, exatamente? Comecemos pelas impressões de Julia Kristeva, que refaria a sua maneira *O grau zero da escritura*, em *A revolução da linguagem poética* (1974).

Antes mesmo que, em meados do século XX, o *nouveau roman* introduzisse a frieza calculada de seus narradores emocionalmente distantes, o Camus de *O estrangeiro* (1942) já é de uma "justeza metálica", ela diz, em seu livro *Étrangers à nous mêmes*, comentando esta famosa abertura, que tanto efeito deve ter causado em Barthes, a julgar pelo grau zero: "Mamãe morreu hoje, ou talvez ontem, não sei. Recebi um telegrama do asilo: Falecimento mãe. Enterro amanhã. Saudações".[57]

Lembremos o que se passa nesse que é o único romance de Camus a interessar Barthes, e que será para toda a *nouvelle critique* seu único livro digno de nota. Depois do enterro da mãe, o filho vai à praia, inicia uma relação amorosa e leva a namorada para assistir a um filme cômico. Na sequência, nessa mesma praia de um subúrbio de Alger, sob um sol escaldante, mata um homem. Ele será condenado ao cabo de um processo em que a promotoria buscou ressaltar sua fria crueldade, jogando com os recursos da psicologia forense. Mas o acusado assiste ao desenrolar dos acontecimentos como um estranho aos fatos. Perguntado aliás sobre o motivo de sua ação, responde que foi o sol forte que o ofuscou. E deseja que haja muitos espectadores em torno de seu cadafalso, para acolhê-lo

---

[55] "À propos du numéro spécial de 'Confluences' sur les problèmes du roman", OC, I, p. 52.

[56] Já que a desafeição de Sartre é do mesmo momento e envolve as mesmas peças de acusação. É sabido, efetivamente, que *Les Temps Modernes* silencia sobre *L'homme révolté* e que esse silêncio só é rompido por uma resenha extremamente negativa do filósofo Francis Jeanson, à qual Camus replica através de uma carta ao próprio Sartre. O episódio vai além do desentendimento entre as figuras envolvidas, marca o fim da solidariedade entre comunistas partidários e não partidários, como notam alguns, lembrando também a saída de Maurice Merleau-Ponty do comitê da revista *Les Temps Modernes*, um ano mais tarde, em 1953. Cf. Steven Ungar, "Révolte ou révolution" (in Denis Hollier (org.), *De la littérature française*. Paris: Bordas, 1993), p. 918.

[57] Julia Kristeva, *Étrangers à nous mêmes* (Paris: Gallimard, 1988 (Col. Folio-Essais)), 1988, p. 43.

com gritos de ódio. Em seu plano, a narração, é igualmente estranha. Pois não é só aos promotores que Mersault não fala, mas também a nós, como observa Kristeva. Não que não haja palavras, de sua parte, mas suas palavras são feitas para romper com o próximo: "estas palavras não são contagiosas, não comovem mas dissociam, dissolvem a comunidade possível dos interlocutores".[58]

Batendo nessa mesma tecla, Sartre já escrevera, em 1943, numa resenha logo depois recolhida em *Situations*: "uma frase de *O estrangeiro* é uma ilha. Vamos de frase em frase, do nada ao nada".[59] Citando-o, Manoel da Costa Pinto observa, no mesmo sentido, que "estamos diante de uma pluralidade de instantes incomunicáveis".[60] Assim, o outro a quem a personagem Mersault fala, de sua distância, está por ele coisificado, tanto quanto ele é objeto desse outro. Além do mais, o elo com as próprias coisas também está rompido, cada palavra é signo não de uma coisa qualquer, mas de uma desconfiança em relação às coisas. Daí a dupla impassibilidade diante da morte. Falar da morte, além do mais, da morte de uma mãe, e passar ao ato de matar alguém... dá no mesmo. Forçosamente, toda a *ação* está aqui reduzida a um desenrolar mecânico dos gestos e não cabe falar numa interioridade da personagem, pelo menos, não num interior que se assemelhe àquele da psicologia clássica, que é o que inspira a psicologia dos promotores.

Escrevendo no final dos anos 1980, no momento em que ganhava força na França a pregação xenófoba de Jean-Marie Le Pen e sendo ela própria uma estrangeira no país de Barthes, que, aliás, muito antes, lhe havia dedicado um pequeno texto justamente intitulado "A estrangeira",[61] Kristeva volta-se aí para uma reflexão aprofundada sobre os imigrantes que se espalham, cada vez mais, pela Europa, nos alvores da globalização. Sua questão é a alienação dos que mudaram de pátria, e ela a formula de modo sutil: os que migram tem um ponto de origem, logo um pai, mas não mais um continente que os envolva, uma terra-mãe. Foi o que

[58] Julia Kristeva, *Étrangers à nous mêmes*, op. cit., p. 43.
[59] Jean-Paul Sartre, "Explication de l'étranger" (in *Situation*, I. Paris: Gallimard, 1947), p. 117.
[60] Manuel da Costa Pinto, *Albert Camus - um elogio do ensaio* (São Paulo: Ateliê, 1998), p. 125.
[61] "L'étrangère", OC, III, pp. 477-480.

Camus, outro estrangeiro nessa história, soube perceber: Mersault faz-se estrangeiro na morte da mãe, ou pela morte da mãe. Ser estrangeiro é, antes de mais nada, sofrer dessa falta.

Se a Kristeva essa estranheza do estrangeiro interessa porque deixa ver, em grau aumentado, a dissociação dos desenraizados, permitindo-lhe pensar o imigrante em sentido político, como o Outro cuja diferença fala de tudo que há de intratável em nós mesmos, a Barthes interessa, mais que tudo, a distância entre o sujeito e o objeto, o fosso entre as palavras e as coisas, a irrealidade que esse buraco abre. Certamente por isso Camus é o primeiro dos mais que modernos a ser mencionado na Introdução de *O grau zero da escritura*, onde entra na sequência imediata destes simplesmente modernos que são Flaubert e Mallarmé, e o primeiro a ser citado no capítulo inicial "O que é a escritura?" justamente para ilustrar esse efeito de irreal. Sua linguagem lemos na abertura do primeiro livro de Barthes é "um golpe de morte assacado contra a mitologia romântica da Palavra e do Gesto revoltado", é "um limite extremo", está "aquém da Literatura".[62]

Como fizeram e fariam muitos, por ocasião da publicação do primeiro romance de Camus, Barthes localiza nele uma nova sensibilidade, que emerge numa situação de descrença do sentido do mundo. Mas parece ser o crítico que mais longe vai nesse apontamento, ao subsumi-lo, justamente, ao grau zero. O que explica que siga interessado nesse zero, em 1954, ano de que data "O estrangeiro, romance solar", um dos dois últimos ensaios que dedica ao autor, antes de encerrar cortesmente suas relações com ele. Como o título adianta, ele detém-se aí na influência do sol sobre Mersault, e no caráter trágico dessa influência, que lhe é funesta de um modo absoluto, porque gratuito, e que tanto mais lhe parece admirável. Estar submetido à ordem solar é estar na fatalidade incontornável, sublinha. Perseguido pelo sol, Mersault é como um herói antigo, daqueles que foram escolhidos pelos deuses para serem impuros. Sua falta não tem apoio em nada que não nele mesmo, seu problema é sua própria alteridade absoluta, que é opaca para as razões do mundo.[63]

[62] *Le degré zéro de l'écriture*, OC, I, p. 177.
[63] "L'étranger, roman-solaire", OC, I, p. 479.

Mas é precisamente porque o romance lhe parece esvaziar a retórica do "gesto revoltado" que tudo o mais que sai, daí por diante, da lavra camusiana lhe parece designar um escritor menor. Assim, é bem diversa a recepção que fará de *A peste* (1947), numa outra resenha, datada de 1955, intitulada "Anais de uma epidemia ou romance da solidão?" Os cultores de Camus sabem que temos aí a história de uma cidade em quarentena, Oran, e a descrição da luta de uma comunidade para combater o mal que a acomete, o flagelo de uma epidemia. Lembrando o castigo que se abate sobre Tebas, esse mal parece vir do nada, ou parece ser absoluto, um puro elemento trágico. Tanto mais que, dessa vez, é toda uma cidade que se fecha sobre si mesma, como se a solidão de Mersault se generalizasse. Dentro desse outro recinto enclausurado, a peste poderia ser "a deusa desconhecida que executa seu papel inumano", pondera Barthes, inicialmente.[64]

Porém ele logo reconsidera sua consideração, percebendo que, nesse caso, o caráter aleatório do mal reconfigurou--se. De tal sorte que o que era antes impalpável inscreve-se agora num horizonte de valores partilhados, e que o que antes estava fora das razões do mundo entra agora numa transação reconciliadora com o mundo. De fato, num segundo relance, tudo aí parece a Barthes recusar o trágico: a moralidade, a saga humanitária, o jornalista Rambert que reage como pode à contingência em que se vê tomado. As coisas são, aliás, de tal modo contingentes, e não mais necessárias, que aquilo mesmo que é terrível para o jornalista, porque isso o separa da mulher que ama – achar-se sitiado –, é solução para a personagem Cottard, que está sendo procurado pela polícia argelina fora de Oran. Tudo aí são "condutas de situação", esforços solidários diante do inimigo comum, subsídios para uma "crônica ordinária". Daí esta comparação desairosa de Camus com Sartre, a que Barthes não se furta: "Se para Sartre, o inferno é os outros, para Camus, os outros são o paraíso".[65] E ainda, esta equiparação de *A peste* a uma alegoria da Ocupação: "É certo que todos os episódios do livro podem ser traduzidos

[64] "Anales d'une épidemie ou roman de la solitude?", OC, I, p. 540.
[65] Ibid., p. 543.

em termos de Ocupação e Resistência: os argelinos que lutam contra a Peste revivem as mesmas condições dos franceses de 1942 diante da ocupação nazista".[66]

Segundo Barthes, é bem porque esse romance tornou-se "o ato de fundação de uma Moral" que Camus precisa de um mundo fechado, e aparentemente intocado pela História, para que de sua abstração possa partir em busca da origem do mal. É isso que permite que o absurdo seja recuperado por uma lógica, capturado pelo "símbolo", vale dizer, pela "arte".[67] Assim, quanto mais as coisas parecem absurdas, quanto mais os médicos e os enfermeiros se movimentam, bondosamente, sem saber contra o que lutam, mais isso pede a caução de uma finalidade, mais a solidão, antes irredutível, passa a servir de álibi para a afirmação de uma coletividade. Não podemos não anuir quando sabemos que a obra de criação de Camus corre em paralelo a seus textos filosóficos e que, se a filosofia desesperada do primeiro Camus é aquela de *O mito de Sísifo*, a do segundo é o álibi filosófico do pensamento mais adiante exposto em *O homem revoltado* (1951).[68]

Ainda às voltas com Camus, em seu *Sens et non-sens de la révolte*, obra dos anos 1990, Kristeva, que dizia, dez anos antes, em *Estrangeiros para nós-mesmos*, que "os bizarros como Mersault nunca poderiam fundar um novo mundo",[69] termina aí por referendar o último golpe de vista de Barthes, atribuindo ao escritor um "absurdo de segunda mão" e uma "virtuosidade inflada" (e esbarrando assim, por coincidência, na questão do sujeito cético que se desinfla).[70] Na esteira de Barthes, ela intercepta, assim, uma espécie de tradição vanguardista, que lança suas raízes bem antes, em Francis Ponge, que já alvejava o escritor, em 1942, numa das seções de *Proêmes*, em que lhe dirige este imenso reparo: "Camus não inclui entre os 'temas do absurdo' um dos mais importantes (e para mim historicamente o mais importante), o da infidelidade dos meios de expressão,

[66] Ibid.
[67] Ibid.
[68] Uma apresentação dessa correlação está em "Albert Camus ou o apelo dos humilhados" do livro de Emmanuel Mounier *A esperança dos desesperançados - Malraux, Camus, Sartre, Bernanos* (Rio de Janeiro: Paz e Terra, 1972).
[69] Julia Kristeva, *Étrangers à nous-mêmes*, op. cit., p. 45.
[70] Julia Kristeva, *Sens et nons-sens de la révolte*, op. cit., p. 330.

o da impossibilidade em que está o homem não apenas de exprimir-se mas de exprimir o que quer que seja".[71]

Se, de início, o Neutro foi principalmente pensado em função de Camus, os efeitos deceptivos dessa reconversão ideológica terão tido a vantagem de desviar Barthes da gritaria sempre fugaz dos novos, levando-o, progressivamente, a encontrar o zero escritural que persegue nos grandes clássicos, de Balzac a Proust, o Neutro homologando, cada vez mais, o grau zero. Mas, por ora, há uma troca de cartas entre as partes, que está registrada no primeiro tomo das obras barthesianas completas, e bem presente ao espírito dos estudiosos contemporâneos do escritor argelino.[72]

É de se notar o abismo que separa os missivistas. Camus assume a pecha e admite ter, sim, razões políticas, sem ver nelas a traição que Barthes, entre outros, acusa. "Comparada a *O estrangeiro*, *A peste* marca, sem discussão possível, a passagem de uma atitude de revolta solitária para o reconhecimento de uma comunidade cujas lutas devem ser partilhadas. Se há evolução de *O estrangeiro* para *A peste*, ela está no sentido da solidariedade e da participação", admite ele, agora pronto a apostar na fundação de um novo mundo.[73] Enquanto Barthes segue acenando com a literatura branca: "De minha parte, acredito numa arte literal em que as pestes não são mais que pestes...".[74]

Embora defendendo o Partido Comunista Francês, Sartre, que começara apresentando *O estrangeiro* como uma "paixão do absurdo", que se permitia "a irresponsabilidade divina do condenado à morte",[75] vai, curiosamente, na mesma direção de Barthes. Em 1952, nas páginas de *Les Temps Modernes*, em resposta a uma carta de Camus à revista, em que reclama da recepção feita a *O homem revoltado*, deplora, por sua vez, que o

---

[71] Francis Ponge, *Le parti pris des choses: suivi de proêmes* (Paris: Gallimard, 1967 (Col. Points)), p. 181.

[72] Manoel da Costa Pinto assinala a polêmica em *Albert Camus: um elogio ao ensaio*, op. cit., p. 189. Volta a ela num artigo especial para a *Folha de S. Paulo* datado de 5 de janeiro de 1977: "A reiterada intuição de um clássico". Alguns anos depois, integraria com o ensaio "Um mundo enclausurado: a polêmica de 1955 entre Barthes e Camus" a coletânea organizada por Leyla Perrone-Moisés e Maria Elizabeth Chaves de Mello, *De volta a Roland Barthes*, Rio de Janeiro: Eduff, 2005.

[73] Albert Camus, "Lettre d'Albert Camus à Roland Barthes sur *La peste*", OC, I, p. 546. Carta de 11 de janeiro de 1955.

[74] "Réponse de Roland Barthes à Albert Camus", OC, I, p. 573. Carta de 4 de janeiro de 1955.

[75] Jean-Paul Sartre, "Camus" (in *Situations* I, op. cit.), p. 103.

escritor, por demais aderido ao espírito da Resistência, baixe a guarda e ceda lugar a um "velho humanismo", que, na verdade, esteve sempre lá, o desespero tendo sido apenas um "intruso" provisório.[76]

Desde então entoada a muitas vozes consonantes, essa decepção é assim significada por Emmanuel Mounier, num estudo de 1972, em que também indica o rápido extenuamento do escritor: "No primeiro Camus, o pensamento se apaga o mais totalmente possível sob a transcriação da arte. É à medida que o moralista ganha importância que se verá, às vezes, o pensamento se degradar na generalidade plana da simbologia".[77] Começa aqui uma tradição crítica francesa que estabelece Camus como um escritor de ideias, necessariamente menor. Ainda teremos que voltar a isso. Observe-se, por enquanto, que, por vias travessas, a crônica policial francesa dos anos 1950 permitiria ainda a Barthes voltar à clausura irredutível de Mersault.

Com efeito, no capítulo "O processo Dupriez" de *Mitologias*, reencontramos Mersault sob as vestes de um outro assassino inexplicável, este de carne e osso, certo Gérard Dupriez, que liquidou pai e mãe sem motivo conhecido. Barthes acompanha, pelos jornais, a evolução do caso, e o comenta, formidavelmente, à luz da impressão que lhe causou Camus, ou como se fosse um texto de Camus. Enquanto os advogados de defesa apelam para a hipótese de uma "força mágica" que se teria apoderado desse jovem camponês, fazendo reviver "os melhores tempos da magia", escreve ele, a promotoria, que é como o público, precisa de razões. Assim, capitalizando o fato de que o assassino se desentendia com os pais, porque estes se opunham a seu casamento, o Ministério Público encontra o motivo que persegue na desavença familiar. Trata--se de uma psicologia tão rudimentar quanto tranquilizadora e racionalizadora: se os pais incomodam... eliminem-se os pais. Mas, mais que tudo, trata-se de uma lógica utilitária: o crime tem que servir para alguma coisa. Aqui, o mito consiste em contornar o intratável.[78]

---

[76] Jean-Paul Sartre, "Réponse à Albert Camus" (in *Situations*, IV. Paris: Gallimard, 1964), pp. 116-117.
[77] Emmanuel Mounier, op. cit., p. 61.
[78] *Mythologies*, OC, I, pp. 749-751.

Dupriez não está sozinho num mundo judiciário incapaz de alcançar a tragédia grega, que sabemos ter nascido na passagem da Grécia à vida jurídica. Outro assassino que tem tudo para ser camusiano está na mitologia "Dominici, ou o triunfo da literatura". Este outro, envolvido num caso ainda mais rumoroso de homicídio, ocorrido em 1954, no interior da França, que até hoje suscita o interesse de cineastas e dramaturgos, como nota a organizadora de *Mitologias Ilustrado*, Jacqueline Guittard.[79] Que temos desta feita? De férias na comuna de Lurs, num acampamento próximo da fazenda da propriedade rural da família Dominici, um casal de ingleses e a filha são encontrados assassinados. Antes mesmo que as primeiras diligências policiais se realizem, o patriarca do clã, cujo rosto, aliás, podemos ver, no novo estabelecimento de *Mitologias*, torna-se imediatamente suspeito, sob as luzes da lubricidade com que o estampavam os jornais.[80] Aqui, novamente, vai-se atrás do culpado, de uma psicologia que o explique. É o que enseja a Barthes notar o acinte do comportamento verbal dos acusadores, a manipulação desse comportamento pela retórica dos jornais. O promotor fala a língua da "dissertação escolar". O juiz, que deve ser um leitor do *Figaro*, dirige-se em seus termos a um pastor de cabras analfabeto, tão certo ele está da clareza da língua francesa, que se sobrepõe à "variedade etnológica apenas pitoresca do acusado". O circuito mitológico passa aqui pela privação de linguagem: "Roubar de um homem sua linguagem, em nome da própria linguagem, eis o que fazem todos os assassinatos legais".[81]

---

[79] Jacqueline Guittar, "Illustrer Mythologies" (posfácio a *Mtythologies: édition illustrée*. Paris: Seuil, 2010), p. 174.

[80] Assim Guittar descreve a fotografia que repescou, em seu posfácio a *Mythologies*: "O cachecol de Gaston Dominici, sua face jovial, que adivinhamos rubicunda, seus olhos, enquadrados propositalmente fechados, para parecem maliciosos, tudo isso quer dizer absolutamente a ruralidade exótica do camponês matreiro e a lubricidade do patriarca". (Jacqueline Guittar, "Illustrer Mythologies", op. cit.).

[81] "Dominici ou le triomphe de la littérature", OC, I, p. 709. Barthesiano que é, em seu livro sobre Althusser, Éric Marty pauta-se, rigorosamente, pela mesma visão, ao debruçar-se sobre o caso do filósofo-assassino. Assim, também ele reflete aí sobre a impossibilidade de aplicarmos à loucura homicida o olhar apaziguador de uma ficção psiquiátrica qualquer. O faz diante de um texto autobiográfico escrito por Althusser, depois de matar a esposa Helène, e levando em conta o fato de que o filósofo jamais entregou o livro à publicação, o que, segundo Marty, teria sido um "arranjo" ou um "acerto de contas" do matador com o mundo com o qual seu ato rompeu. Ele escreve: "Reaparecer, depois de tudo, para pagar sua dívida com o real com a falsa moeda da subjetividade e do imaginário seria ressurgir na ausência da pessoa. Althusser não o fez. Admirável constância filosófica até depois de morto". Cf. Éric Marty, *Louis Althusser, un sujet sans procès: anatomie d'un passé très recent* (Paris: Gallimard, 1999), pp. 236-37.

Personagem insolvente de um romance não burguês, o trunfo de Mersault estava, portanto, em não ser explicável. E é a esse título que ele está em destaque no capítulo "A escritura e o silêncio", que encerra *O grau zero da escritura*. De saída mencionado no livro, mas então entre outros casos de figura, ele ressurge aí como uma referência forte das escrituras neutras, a ponto de fazer Barthes pensar que *O estrangeiro* inscreve um enclave de ordem no "patrimônio da literatura burguesa", mesmo quando considerada em seus melhores casos. Pois escritores da vida interior como André Gide, Paul Valéry e até mesmo André Breton ainda concorrem, de algum modo, para esse patrimônio. Mesmo quebrando regras, ainda estão no jogo das regras literárias, porque ainda buscam a transcendência. Sua literatura, nesse sentido, é "tão ritual quanto a linguagem dos padres". Ao passo que a desinteriorização de Camus corrói a "socialidade da fala", e, com isso, tudo o mais.[82]

De fato, para Barthes, o escritor só escapa da literatura que já lhe vem sacramentada pela Literatura de duas maneiras, ambas assassinas. Uma delas é à maneira de Rimbaud: a pura e simples batida em retirada. Esse tipo de sabotagem literal ainda estaria intrigando Barthes, no final de sua vida, à época das vinhetas literárias sobre os bastidores da escritura, quando, volta e meia, põe-se a meditar sobre a radicalidade da decisão e escreve coisas como: "De volta a Roche em 1879, responde a Ernest Delahaye, que lhe pergunta se ainda pensa na literatura, esta frase absolutamente mate, inafetiva, estado neutro do desejo: *"Je ne m'occupe plus de ça"*.[83] A outra é à maneira das escrituras "literais", ou "brancas". É através destas últimas que Barthes chega neste que, na verdade, é um conceito linguístico: o *"degré zéro"*.

Certos linguistas diz-nos, de fato, nesse arremate do primeiro livro, por ora sem citar nomes, concebem um sistema de oposições em que uma oposição significante pode ser desativada. Fazem-no estabelecendo entre dois termos

---

[82] *Le degré zéro de l'écriture*, OC, I, p. 216.
[83] Roland Barthes, *La préparation du roman I et II,* Cours et séminaires au Collège de France, 1979-80 (Paris: Seuil/Imec, 2003), p. 211. Barthes cita o livro de Jean-Marie Carré, *La vie aventureuse de Jean-Arthur Rimbaud* (Paris: Plon, 1926), p. 166.

polarizados um terceiro termo, que é um termo neutro ou um valor zero. É assim que, para eles, entre o subjuntivo e o imperativo, por exemplo, interpõe-se o indicativo, como uma forma não modal (donde o interesse pelo dizer camusiano puramente indicativo). Nesse ponto, ele nos dá um exemplo provocador: essa é uma neutralidade de que a escritura dos jornalistas poderia ser a ilustração, não fosse o fato de ser patética.[84] Em *Vertige du* déplacement, Stephen Heath o explica assim: "em linguística, o grau zero designa um termo neutro, por exemplo, a oposição entre os modos imperativo (que indica a injunção) e subjuntivo (que indica o desejo ou a dúvida); o modo indicativo aparece então como o modo da ausência das duas marcas".[85]

Barthes retomaria tudo isso no fragmento "O segundo grau e os outros" de *Roland Barthes por Roland Barthes*, nos seguintes termos, mais simples e esclarecedores: "Eu escrevo: esse é o primeiro grau da linguagem. Depois, eu escrevo que eu escrevo: é o segundo grau. "A escritura no grau zero" enfatiza agora "é anterior a essa distensão, a esse 'escalonamento' da oração".[86] Bem por isso, para a literatura, o grau zero é, no limite, uma impossibilidade, já que o escritor não pode não jogar com o "eu escrevo que eu escrevo", a não ser voltando-se obliquamente para trás, como Orfeu.

Com essa precisão final que antecipa, por luxo, as notas de impaciência de Barthes em relação aos jornalistas em *Mitologias*, podemos entender melhor agora *O estrangeiro*. A escritura neutra de Camus é aquela que abre espaço no patético das linguagens ordinárias, sem dele participar. Tudo se passa como se fosse inocente. O que a caracteriza é justamente essa esquiva, esse *tertium* que toma distância tanto da língua instrumental quanto da literária, sem se refugiar em nenhuma comoção, mas também em nenhum sentido oculto. Aqui, o mito aboliu-se em proveito de um estado, mais que impassível, inerte.

A impassibilidade já seria patética, isto é, histérica.

---

[84] Ibid., p. 217.
[85] Stephen Heath, *Vertige du déplacement: lecture de Barthes* (Paris: Fayard, 1974), p. 41.
[86] *Roland Barthes par Roland Barthes*, OC, IV, p. 645.

ALAIN ROBBE-GRILLET

Barthes e Alain Robbe-Grillet são contemporâneos exatos. *O grau zero da escritura* e *Les Gommes* são do mesmo ano: 1953. Isso explica que não haja menção a esse vanguardista tardio no livro de estreia de Barthes. O fato é que, como havia feito com Camus, ele reagirá de imediato a esse outro escritor do grau zero. Data de 1954 o primeiro dos muitos artigos que lhe dedica desde que o descobre, um texto de título e sentido só bizarro para os não introduzidos ao Neutro: "A literatura objetiva". O mesmo seria depois inserido em *Ensaios críticos* (1964), onde quatro capítulos giram explicitamente em torno de Robbe-Grillet.[87]

Os manuais e as histórias da literatura francesa concordam, geralmente, que é Robbe-Grillet quem encabeça o movimento do *nouveau roman*, que lhes ocorre chamar ainda de "escola do olhar" ou "escola da recusa" ou do "novo realismo", porque a realidade que é dada aí em representação é uma realidade factícia, toda construída. Mas essa revolta literária desfechada em meados do século XX, segundo alguns, como o último movimento vanguardista coeso do romance francês,[88] é deflagrada praticamente ao mesmo tempo por todos os que são, geralmente, apontados como participantes da aventura: Nathalie Sarraute, Claude Simon, Michel Butor, Marguerite Duras, principalmente. A precedência dada a Robbe-Grillet deve-se a *Pour un nouveau roman* (1963), que funciona como um manifesto tardio, já que *L'ère du soupçon* (1956) de Sarraute, que é um texto igualmente programático, passa despercebido, ao sair, anos antes.

A denominação "*nouveau roman*" é, de início, uma denominação pejorativa, que é lançada de fora das fileiras a que se refere, exatamente como aconteceria, anos depois, com a imputação "*nouvelle critique*", que, como veremos, é uma zombaria vinda da Sorbonne que acaba pegando. Sustentado

---

[87] São eles o mencionado "A literatura objetiva" e ainda "Literatura literal", "Não há uma escola Robbe-Grillet" e "Passar a limpo Robbe-Grillet?" (Em francês: *Le point sur Robbe-Grillet.*)

[88] A exemplo de Silviano Santiago, em sua introdução ao pequeno livro de Robbe-Grillet sobre Barthes *Por que amo Barthes* (Rio de Janeiro: UFRJ, 1995), de que é o tradutor para a nossa língua, à página 8. Tememos porém que Silviano tenha esquecido do movimento OuLiPo o Ouvroir de Littérature Potentiellle de Raymond Queneau, outro vanguardista cujas provocações igualmente interessam a Barthes.

por uma nova e corajosa editora, que assume arriscar-se, e sem a qual não existiria – a Éditions de Minuit de Jerôme Lindon, fundada em 1941 –, o grupo daria um prêmio Nobel a Claude Simon, em 1985, uma das mais conhecidas escritoras francesas do século XX Marguerite Duras, e ganharia notoriedade, a partir dos anos 1960, por irromper no cinema francês na dupla frente da roteirização e da direção, dois de seus membros envolvendo-se com filmes que marcaram época. De fato, Duras e Robbe-Grillet são, respectivamente, os roteiristas de *Hiroshima meu amor* (1960) e *O ano passado em Marienbad* (1961), ambos entregues à direção de Alain Resnais, e donos de um extensa filmografia.

Tentar explicar essa adesão do *nouveau roman* às imagens técnicas já é apresentar a escola. Do mesmo modo que apresentar o *parti pris* dos objetos em Francis Ponge, um ausente do cânone barthesiano a que teremos que voltar, obriga a tomar nota da fixação desse grande poeta nas artes plásticas, de sua afirmação da pintura em detrimento da poesia de seus contemporâneos, de seu trânsito também intersemiótico, enfim, num quadro moderno de referências em que os domínios artísticos tornaram--se espaços de observação mútua.

No caso do *nouveau roman*, essa passagem às imagens liga-se à ascensão da *nouvelle vague*. Também empenhada em romper com padrões narrativos, ela abraça essa cultura das revoltas críticas dos anos 1950 franceses no exato momento em que o fazem o grupo do *nouveau roman* e o da *nouvelle critique*. Sem pertencer propriamente ao movimento dos *Cahiers du Cinéma*, até porque filmava a partir da literatura, como vimos, o que é o oposto do projeto da escola de François Truffaut e Jean--Luc Godard, indispostos com a literatice do cinema francês anterior, Resnais era apoiado pelos *Cahiers* em suas ousadias: jogos com estados de consciência, embaralhamentos do tempo e do espaço, perda da identidade das personagens, labirintos de espelhos que desfazem a ilusão realista. Além do mais, ele havia começado como documentarista, ao lado de Chris Marker e Agnès Varda, o que era feito para impessoalizar ainda mais sua narração já impessoal, rendendo algo semelhante ao que queriam os *nouveaux romanciers*. Estamos diante de esforços que convergem para o mesmo desmantelamento ficcional, com a mesma ênfase na questão da percepção visual. Não haveria por que todos esses lados não se encontrarem. Isso explica o trio Resnais, Duras, Robbe-Grillet, e uma insuspeita parceria entre Barthes e Godard, que, de seu lado, encampa as *Mitologias* em *A mulher casada* (1964) e em *Duas ou três coisas que sei dela* (1967), filmes de sua primeira fase em que temos pequenas cenas da alienação feminina tiradas do modelo irônico barthesiano e referências à linguagem publicitária que parecem provir dessa mesma fonte de inspiração.[89]

Mas não é só a força do cinema que explica a consolidação dessa literatura que Barthes chama, recorrentemente, "sem estilo", "opaca", "fechada, "terrível".[90] O próprio Barthes implica-se na legitimação do grupo, como reconhecem hoje as histórias da literatura francesa,[91] seja pelos muitos artigos que lhe dedica, logo depois de *O grau zero da escritura*, seja porque tudo o que diz, nesse primeiro livro, sobre a ruptura do elo entre o Romance e a História que presidia ao realismo de tipo balzaciano lhe convém especialmente. Se os grandes romances realistas eram grandes recitativos históricos, lemos aí, é que eram "projeções planas de um mundo uno". A própria forma narrativa – que é a forma mesma do romance realista – provém desse elo, já que a narração só se torna a lei do gênero quando o romance se torna painel histórico. Em outras épocas, quando não estavam obrigados ao relato histórico, os romances permitiam-se outras formas, como a epistolar, por exemplo. A narração é uma forma datada, e o que o nouveau roman tem de exemplar é a maneira como rasga esse protocolo, sua maneira de acusar o divórcio entre o escritor e seu tempo.[92]

[89] Sem atestar que Godard tenha lido *Mitologias*, o biógrafo de Barthes informa que, nesses anos, na revista semanal *Nouvel Observateur* que, como indica seu nome, também ingressava no espírito da ruptura, um jornalista apreciador das análises sibilinas de Barthes dedicava-se a continuá-las em sua coluna, o que pode ter feito a ponte entre Barthes e Godard. Por sua vez, Barthes menciona as referências de Godard à linguagem publicitária na subseção "Ironia" de seu conhecido texto "Sociedade, imaginação, publicidade" in OC, III, p. 72. Cf. Louis-Jean Calvet, *Roland Barthes, uma biografia*, op. cit., p. 163.
[90] *Le degré de l'écriture*, OC, I, p. 223.
[91] O papel de Barthes na promoção do nouveau roman é evocado, por exemplo, na apresentação da escola que encontramos em Denis Hollier (org.), *De la littérature française*, op. cit., p. 923.
[92] *Le degré zéro de l'écriture*, OC, I, p. 189.

Mais que tornar-se o crítico da escola, Barthes tornar-se-ia um aliado de Robbe-Grillet, e vice-versa. Essa aliança entra pelos anos 1970. Assim, à bateria de textos que o crítico lhe dedica nos anos 1960, Robbe-Grillet responde, nos anos 1970, adaptando um seu texto de 1959 sobre Michelet – "*La Sorcière*"[93] – em seu filme de 1974, *Glissements progressifs du plaisir*. Soma-se a isso o volume *Por que amo Barthes*, aqui já citado, que transcreve o *speech* do romancista no Colóquio de Cerisy sobre Barthes.

Como sempre ocorre em belas formações, e aliás não deixaria de acontecer com os próprios estruturalistas, todos os envolvidos têm voz própria, agrupá-los é questionável e questionado. De resto, além de se diferenciarem uns dos outros, muitas vezes, os *nouveaux romanciers* diferenciam-se de si mesmos, já que evoluem, mudam de humor ou atitude, desmentem-se. Ora, Barthes não apenas terminaria por achar, um dia, que Robbe-Grillet mudou, mas, de saída, dedica-lhe um ensaio que contraria seus próprios manifestos, já que intitulado "Não existe uma escola Robbe-Grillet". Em suma, é impossível para ele tomá-lo em bloco com Butor, Sarraute, Duras, Claude Simon, porque, como cultor do Neutro, sabe que as palavras tranquilizam, e que "vanguarda" é um dessas palavras tranquilizadoras.[94]

Mas ainda assim podemos dizer que alguma coisa une e reúne esses novos narradores: uma recusa do homem sartriano e do antropocentrismo do romance existencialista. Com efeito, de modo geral, o projeto assume o contrapé do engajamento sartriano. A propósito de engajamento, aliás, vale a pena ouvir Barthes por entre estas palavras de Robbe-Grillet ao resumir-se em *Pour un nouveau roman*: "Ao invés de ser de natureza política, o engajamento é, para o escritor, a plena consciência dos problemas atuais de sua própria linguagem, a convicção de sua extrema importância, a vontade de resolvê-los do interior".[95] Repudiar o modelo de Sartre demanda ir ainda mais longe na destruição da interioridade – e necessariamente, da narrativa – que havia sido desencadeada por Camus. Para se ter uma ideia da particular maneira que tem o primeiro

---

[93] Em *Essais critiques*, OC, II, pp. 370-381.
[94] "Il n'y a pas d'école Robbe-Grillet", OC, II, p. 359-353.
[95] Alain Robbe-Grillet, *Pour un nouveau roman* (Paris: Minuit, 1961), p. 39.

Robbe-Grillet de levar a proposta adiante, ele exacerba a isenção do narrador camusiano. Assim, mais que indiferente ao mundo, o narrador de *As borrachas* é um inventariante de objetos isolados e rasos. Para que sejam assim, Robbe-Grillet os escolhe entre os menos naturais e os menos poetizáveis de uma paisagem urbana estagnada – mapas de municipalidades, tabuletas de anúncios de serviços, avisos em estabelecimentos públicos – e de uma vida cotidiana opaca – interruptores, cafeteiras, manequins de costureiras. Observando essa estranha coleção, Barthes é o primeiro a notar, com perspicácia, que a proposta é fazê-los suporte de uma "reflexão ótica". Tudo se passaria como se essa nova espécie de observador tivesse uma luneta no lugar dos olhos, capaz de ir direta e friamente aos objetos.

Estamos diante de uma revolução cujo ponto de honra é indispor-se com o olhar penetrante, escavador, inteligente das literaturas de grande estilo. Diante disso, a narração torna-se descrição, descritivismo. Isso nada tem a ver com o realismo, cujo correlato formal também é a descrição, como lemos em *O efeito de real*. Pois entre os realistas ela tem finalidade estética; em Flaubert, por exemplo, todo o fundo constituído pela cidade de Rouen encontra justificação na própria lógica de *Madame Bovary*, e é bem por isso que as descrições minuciosas que se vão aí acumulando podem parecer "inúteis" ou "insignificantes", já que são tragadas pelo sentido do romance, não lhes cabe serem atmosféricas.[96] Enquanto que na "ótica" de Robbe-Grillet, todo o fundo descritivo é justamente atmosférico, porque sem emprego. Naquele seu conhecido ensaio, Barthes dirá dessa outra descrição que ela é "antológica", significando com isso que o objeto não tem nem função nem substância, mas é só "espetáculo".[97]

Prova do impacto desse tratamento sobre o Barthes por vir é, por exemplo, o Japão de *O império dos signos*, onde tudo é igualmente esquivo e onde também não vigora a "mitologia da pessoa", já que as pessoas não olham nos olhos umas das outras, ao contrário, baixam a cabeça ao cumprimentar, ao agradecer

[96] "L'effet de réel", OC, III, pp. 28-29.
[97] Ibid.

um presente, que fica, aliás, intocado, entre quem ofertou e quem recebeu. Fala disso esta nota admirável do semiólogo sobre o olho do japonês: "os olhos, não o olhar, a fenda, não a alma".[98] Mas veja-se ainda como tudo aí é igualmente incidental, antes que acidental, como a poesia de Bashô é pura designação sem acontecimentos que não mínimos, e sem comentário do acontecimento, sendo essa a razão de seu encanto. Como entender o império dos signos sem a mediação do olho robbe--grilletiano?

O mesmo se poderia indagar a respeito de *A câmara clara*, com suas imagens congeladas, mas não gélidas, a nos olhar fixamente, como se saíssem de algum nouveau roman. Mesmo porque o *"punctum"* é aquilo que "parte da cena [fotográfica] como uma flecha e vem nos perfurar".[99] E Barthes é o primeiro a associar um ao outro, dizendo-nos, por toda parte, com outras palavras, o que nos diz com estas palavras em *A preparação do romance*, a propósito de escritores haikaístas ou fotógrafos capazes de cancelar a saturação das representações para ir diretamente ao real: "a forma de arte que permite conceber o *haiku* é a fotografia".[100]

Recuperados nas diferentes revistas para as quais foram enviadas reflexões sobre Robbe-Grillet, ao longo de quase dez anos, entre 1953 e 1962, há em *Ensaios críticos* uma bateria de quatro textos inteiramente dedicados ao autor de *Les Gommes*. No primeiro deles, Barthes, que ainda não havia parado para pensar no "efeito de real", o que só viria a acontecer em 1968, mas, como semiólogo da escola de Saussure, já estava alertado sobre o desencontro dos signos e seus objetos, compara o realismo de *Les gommes* com o realismo tradicional. Nota que, neste último caso, o tratamento é tendencioso, que a minúcia da descrição procede aí de um julgamento implícito, ainda que escondido, que acrescenta qualidades ao que está sendo observado. "Os objetos tem formas, odores, propriedades táteis, fervilham de significação".[101] É a lógica dos lugares, tal como ele ainda a

[98] *L'empire des signes*, OC, III, p. 434.
[99] *La chambre claire*, OC, V, p. 809.
[100] *La préparation du roman, I*, p. 113.
[101] *Essais critiques*, OC, II, p. 452.

vê funcionando no Flaubert de *Madame Bovary*, que ainda trabalha com uma certa lei do romance ou com uma retórica da verossimilhança. Ainda que possa ser igualmente rico de detalhes, é contra esse volume de informações que vem chocar-se o novo-romancista. Aqui, o objeto não é "psicológico", é "cabeçudo" (*entêté*). Apenas está depositado diante de nós, ou apenas "está", escreve Barthes. "Toda a arte do autor está em dotá-lo desse 'estar' (*être là*), removendo-lhe o 'ser algo' (*être quelque chose*)".[102] Esse é um mundo que o fascina por ser "sem coração". Coração carrega "o mito da intimidade substancial", como diria o mestre Bachelard.[103] E em matéria de coração, Barthes só aceita o "órgão do desejo, que incha e desincha, como o sexo".[104]

O segundo introduz um novo apelativo possível para o grau zero: "literatura literal". Lemos aí que os romances de Robbe-Grillet nos educam com firmeza para que nos mantenhamos "no patamar do objeto", e que seu desígnio é dotar, por fim, os objetos de um privilégio narrativo antes concedido unicamente às relações humanas.[105] O terceiro brinda o escritor com o epíteto-homenagem de "coisista" (*chosiste*), o que significa que, ao contrário do que acontece em Butor, por exemplo, cujas personagens se deixam descrever pelos objetos, os objetos de Robbe-Grillet expulsam o homem.[106] O último já é um balanço e vemos surgir aí uma certa ponta de decepção do crítico em relação ao escritor que praticamente lançou. Decepção que, no entretanto, nada tem a ver com o desencanto em relação a Camus, muito maior e capaz de esfriar as relações entre ambos. Nem chega perto de referendar a opinião de Lucien Goldmann, em seu *Para uma sociologia do romance,* segundo a qual Robbe-Grillet é, sim, um realista, que descreve, sim, o capitalismo, daí esse seu mundo estranho, que funciona como uma sociedade anônima, em que ninguém mais se responsabiliza por nada.[107]

[102] Ibid., p. 295.
[103] Gaston Bachelard, *A formação do espírito científico*. Tradução de Estela dos Santos Abreu (São Paulo: Dinalivro, 2006), p. 217.
[104] "Le coeur" in *Fragments d'un discours amoureux*, OC, V, p. 83.
[105] "Littérature littérale", ibid., p. 325.
[106] "Il n'y a pas d'école Robbe-Grillet", OC, II, p. 361.
[107] Lucien Goldmann, *Pour une sociologie du roman* (Paris: Gallimard, 1964 (Col. Idées)), p. 219.

Entre *O estrangeiro* e *A peste*, Camus tornara-se, para Barthes, um escritor antigo, como vimos. Algo semelhante lhe parece acontecer com o Robbe-Grillet que atua depois de *As borrachas*, sob o amparo do sucesso de estima de *O ano passado em Marienbad*. Sem propriamente atribuir simbologias a seus objetos, passa a reintegrá-los, ligeiramente, à função do romance clássico, dando-lhes uma função mediadora que os leva até "outra coisa". Seus objetos já não são mais "neutros". O segundo Robbe-Grillet é menos "coisista" que "humanista".[108]

Acompanhá-lo, deplorando, amigavelmente, em 1962, que Robbe-Grillet tenha deixado de ser o perfeito indiferente que foi um dia pode lançar mais luzes sobre a literatura literal. E assim também sobre o grau zero e o próprio Neutro. "A técnica de Robbe-Grillet foi, num certo momento, radical: quando ele considerava possível "matar" diretamente o sentido, para que sua obra não deixasse passar mais que o espanto fundamental (pois escrever não é afirmar, é espantar--se). A originalidade da tentativa vinha então de que a questão não era recoberta por nenhuma falsa resposta, sem que com isso, bem entendido, fosse formulada em termos de pergunta: o erro (teórico) de Robbe-Grillet é [parecer agora] acreditar que há um estar aí (*être là*) da coisa, antecedente e exterior à linguagem, que a literatura teria por tarefa reencontrar, num último elã do realismo".[109]

Apressemo-nos em dizer que essa valoração do espanto faz Barthes crescer em coerência, quando visto desde *A câmara clara*, já que tudo o que ele mais faz aí é reintroduzir o espanto diante dessas mesmas imagens fotográficas a que as descrições a frio de Robbe-Grillet pedem para ser remetidas. Daí a atenção que dá a esse volume o português Pedro Miguel Frade, em seu belo livro justamente chamado *Figuras do espanto*, vendo-o como uma rara incursão pelo universo das imagens técnicas, sem o vezo judicativo da maioria das abordagens que tanto prosperavam à época de sua publicação. "Os espantos, hoje, são outros, porque a imagem fotográfica foi se tornando incapaz, ao longo de sua história, de

[108] "Le point avec Robbe-Grillet", in *Essais critiques*, OC, II, p. 455.
[109] Ibid.

espantar quem quer que seja pela sua simples natureza *fotográfica*, quer dizer, pela especificidade própria de seu caráter de imagem",[110] escreve ele. E ato contínuo dá a Barthes a dianteira no reconhecimento dessa mudança. De resto, como se verá mais adiante, no terceiro capítulo, algumas mitologias barthesianas já flertam com imagens midiáticas que não são meras imposturas, mas espécies de esfinges, caso da imagem de Greta Garbo, por exemplo, esse "admirável objeto" em que "algo de mais agudo que uma máscara se desenha".[111]

Cada vez mais perto do *punctum*, Barthes sente Robbe--Grillet cada vez mais longe dele, em suma, e é isso que explica o esfriamento. A ele Grillet reagirá de modo igualmente amável, reação mais de artista que de militante. Dirá assim, em *Por que amo Barthes*, que Barthes frequentemente o toma, a ele Robbe-Grillet, "em seus próprios termos", dele Barthes, e, não raro, ao fazê-lo, "começa a conversar consigo mesmo", mas não vê nisso nenhum deslize, apenas um deslizar com o qual simpatiza.[112]

Aproveitemos esse jogo amoroso entre o novo crítico e o novo romancista para assinalar a ausência de Francis Ponge – um dos mais relevantes poetas franceses do século XX, além de artista do estrito cânone telqueliano –, entre os "coisistas" de Barthes. Já que, tendo sido o primeiro a defender um mundo "sem coração", ninguém como ele manteve-se tão fiel à posição.

SILÊNCIO SOBRE FRANCIS PONGE

A ausência de Francis Ponge (1899-1988) no primeiro quadro de referências da crítica barthesiana é extremamente surpreendente tanto para os estudiosos de Barthes quanto para os amantes do poeta. Tanto mais que ela vai além do tratamento dispensado a certos autores importantes – como Raymond Queneau – ou importantíssimos – como Céline –, pelos quais

---

[110] Pedro Miguel Frade, *Figuras do espanto: a fotografia antes de sua cultura* (Coimbra: ASA, 1998), p. 13.
[111] *Mythologies*, OC, I, p. 724.
[112] Robbe-Grillet, *Por que amo Barthes*, op. cit., p. 36.

ele passa rapidamente demais, mas passa. Já que Ponge – que, aliás, não escapou a Sartre, como não escaparia a Derrida –,[113] praticamente inexiste para Barthes.

Como explicá-lo se Barthes está extremamente atento ao que acontece em volta, no terreno da crítica como no da literatura quando sai *O grau zero da escritura*, e mais ainda quando sai sua primeira leva de *Ensaios críticos*? Oscar Wilde escreveu que cada uma das artes possui um crítico que lhe é, por assim dizer, destinado.[114] Será que o gênero poesia não estava designado a Barthes?

Haveria toda uma linha explicativa a buscar por esse lado. Michel Déguy é um dos que pensam assim: "Da poesia, Barthes não gosta. Assim como não gostava de Racine", observa ele, taxativamente.[115] Mais timidamente Vincent Jouve é outro: "*O grau zero da escritura* é a única obra de Barthes em que a poesia é verdadeiramente reconhecida em sua especificidade", nota ele, aludindo ao capítulo do livro intitulado "Existe uma escritura poética?".[116] A esta segunda consideração poder-se-ia acrescentar que, mesmo quando considera uma escritura poética, Barthes o faz no modo interrogativo, como quem afirma sua extinção. A ambas, poder-se ia apor que a escritura não faz acepção de gênero, sendo neutra, ou o próprio Neutro, a poesia sendo tão impertinente, nessa ordem, quanto a prosa.

O fato é que as poucas menções à grande poesia de Ponge que encontramos, aqui e ali, nos escritos barthesianos, são tão simpáticas quanto expeditivas. E é forçoso reconhecer, primeiro, que o mentor da *nouvelle critique* passou ao largo de um dos mais notáveis homens de letras ao seu redor, que o crítico do grau zero ignorou o projeto literário mais representativo da "Forma-Objeto" e o mais insólito dos processos de "concreção"

---

[113] Muito cedo, Sartre dedica-lhe um conhecido estudo, intitulado "L'homme et les choses", editado pela casa Seghers, em 1944, texto retomado, em 1947, em *Situations*, I. Posteriormente, Derrida assinaria um dos mais interessantes comentários já recebidos pelo poeta, aquele inserido em *Signéponge*, livro que registra a comunicação do filósofo no Colóquio de Cérisy sobre Ponge, aqui já referido, inicialmente publicado nos Estados Unidos, em 1984, em edição bilíngue, depois, em 1988, em edição francesa, da Seuil.

[114] Oscar Wilde, "O crítico como artista", (in *Obra completa*. Rio de Janeiro: Nova Aguilar, 1980), p. 1137.

[115] Michel Déguy, "R.B. par M.D.", Dossiê Roland Barthes après Roland Barthes, *Rue Descartes*, n. 34, dez. 2001, p. 10. Ainda que note que "sua relação com a língua e a literatura são boas para a poesia. Porque seu gosto pela significância e sua recapitulação retórica são favoráveis a esse lado da literatura que chamamos 'poesia'".

[116] Vincent Jouve, "Avertissement" (in *La littérature selon Barthes*. Paris: Minuit, 1986).

da escritura. Segundo e mais importante, que o cultor do Neutro desconsiderou o poeta que – na melhor versão pirrônica – se recusava não apenas a ter razão mas a debater ideias, tendo radicalizado a divisa valeriana "a tolice não é o meu forte", que reformulou assim: "as ideias não são o meu forte".[117]

Quem percorrer o índice onomástico das *Oeuvres Complètes* de Barthes encontrará aí dez remissões a Ponge. Ele é evocado três vezes em *Essais critiques*: na primeira vez, a propósito da "literatura objetiva", mas Barthes prefere centrar fogo em Robbe--Grillet, que é "mais experimentalista"; na segunda, a propósito dos temários da revista *Tel Quel*, que frequentemente levam a Ponge, que se faz admitir, assim, no indireto; na terceira, a propósito de autores que contam, presentemente, mas Jean Genet parece contar mais, já que, na pequena relação de nomes que Barthes estabelece aí, apenas o nome de Genet é acompanhado do adjetivo "admirável".[118] Depois disso, voltamos a encontrar referências a Ponge em entrevistas dadas por Barthes ao longo dos anos 1970, como aquela aqui já mencionada, ocasiões essas em que a iniciativa de citá-lo parte dos entrevistadores, mais que do entrevistado. E, ainda, comparecendo entre parêntesis, num dos *Fragmentos de um discurso amoroso,* o fragmento "Sou detestável", em que lemos: "Eu falo e você me ouve logo somos (Ponge).[119] E muito rapidamente, no seu prefácio ao *Dicionário Hachette*, texto em que lembra a comum paixão de Mallarmé e Ponge pelos dicionários: "eis o dicionário dotado de função poética: Mallarmé, Francis Ponge, atribuíram-lhe um poder refinado de criação".[120]

Em nenhuma dessas ocasiões o poeta cujo forte não eram as ideias, sendo assim outro ceticista, brilha pela presença. Não obstante, é dono do mais notável *chosier* da literatura francesa, quando o nouveau roman entra em cena, chamando a atenção de Barthes. Alguém não apenas decidido a também voltar sua teleobjetiva para o "mundo mudo", como chama o mundo dos objetos, a que prefere largamente a dos homens,

---

[117] Francis Ponge, *Le grand recueil: méthodes, pièces, lyres* (Paris: Gallimard, 1961), p. 9.
[118] *Essais critiques*, OC, II, pp. 301, 417, 502.
[119] *Fragments d'un discours amoureux*, OC, V, p. 208.
[120] "Préface au Dictionnaire Hachette", OC, V, p. 925.

esses tagarelas, mas a ficar o mais longe possível da poesia, no afã (que chama "*rage*") de devolver ao mundo o lugar que os poetas lhe roubaram, pondo palavras no lugar das coisas. Como ele explica aqui: "Não podemos senão aumentar o mais possível o fosso que, nos separando não só dos literatos em geral, mas da sociedade humana, nos mantém perto desse mundo mudo de que somos aqui, um pouco, como os representantes (ou os reféns)".[121] Ou aqui, através desta incitação que é feita para lembrar os melhores reptos barthesianos: "Não aceitamos ser desfeitos pela linguagem. Continuamos tentando".[122] Continuar tentando representar o mundo mudo é pôr-se numa situação de quase mudez, daí o parentesco entre a "rage" e o "Neutro".

Antologia de textos escritos entre os anos 1930 e 1940, seu livro *Le parti des choses* (1942) – que encerra todo um bestiário, toda uma flora, todo um "coisário", como se dizia num Colóquio de Cerisy dedicado a Ponge, em 1975, dois antes do colóquio Barthes –,[123] vem a público dez anos antes de *Les Gommes*, e é do mesmo ano de *O estrangeiro*. Por outro lado, *Proêmes* sai em 1948, e *La rage de l'expression*, em 1952.[124] Além disso, um ano antes que Sartre dedicasse a Ponge o pioneiro estudo fenomenológico *L'homme et les choses* –,[125] ele já havia ganho um espaço de visibilidade no primeiro número da revista *Le Temps Modernes*, datado de 1945, em cujas páginas se publica um texto de sua autoria intitulado "Notes premières de l'homme", o qual seria depois inserido em *Proêmes*.

[121] Francis Ponge, *Le grand recueil: méthodes, pièces, lyres*, op. cit., p. 289.
[122] Ibid., pp. 195-199.
[123] Philippe Bonnefis e Pierre Oster (orgs.), *Ponge inventeur et classique*. Colloque de Cerizy (Paris: Union Générale d'Éditions, Col. 10-18, 1977), p. 13.
[124] Desses importantes álbuns está hoje traduzido para o português do Brasil apenas *Le parti pris des choses*. Poemas avulsos deste primeiro conjunto já tinham sido aqui vertidos por alguns pongianos da primeira hora, depois que João Cabral de Melo Neto homenageou Ponge num poema de *Serial*, legando-o a Haroldo de Campos, que conta a história de sua aproximação do poeta no capítulo "Francis Ponge – a aranha e sua teia" (*O arco-íris branco*. Rio de Janeiro: Imago, 1997). Até onde eu chego, esses pioneiros são, principalmente, Julio Castañon Guimarães, que traduz Ponge esparsamente, desde os anos 1980, e a dupla Carlos Loria e Adalberto Müller Júnior, que, nos anos 1990, publicam dez peças do primeiro livro do poeta em *Dimensão, Revista Internacional de Poesia*, Uberaba: ano XVIII, n. 7, 1998. Nos anos 1990, o canadense Michel Peterson, professor convidado da Universidade Federal de Porto Alegre, em parceria com Ignacio Antonio Neis, especialista em tradução da mesma universidade, formam uma excelente equipe, integrada por Loria, Muller e Castañon, cujos trabalhos resultam numa versão integral de *O partido das coisas*. Cf. Francis Ponge, *O partido das coisas* (São Paulo: Iluminuras, 2000). Desde 1997, acrescenta-se a esses primeiros esforços minha tradução de *Métodos*, para a Editora Imago, do Rio de Janeiro. E há que se citar, ainda, a versão do longa poema "A mesa", por Neis & Peterson, em 2002, para a Editora Iluminuras, de São Paulo.
[125] Ver nota 114 deste capítulo.

Ora, tudo aí já era desconcertante: a enfiada de fragmentos que se faziam passar por poema, a rubrica "nota" que isso recebia, o caráter de prosa dessa poesia, o inumanismo desse poeta da nota. "É a um homem simples que tendemos. Branco e simples", diz uma dessas notas, valendo-se de uma das adjetivações que Barthes mais aplica às escrituras do grau zero: o branco.[126] Tudo aí já pedia para ser lido como o próprio Ponge lê este outro poeta em prosa que é Lautréamont: "Abram Lautréamont! E a literatura toda se revira, como um guarda-chuva".[127]

É bem verdade que é só a partir de 1961, com a reunião de suas obras num *Grand Recueil* da editora Gallimard,[128] que Ponge passa a ser objeto de um mais amplo interesse. É igualmente certo que é só em 1970 que saem em livro as famosas entrevistas que deu a Sollers, em 1967, responsáveis por um certo alargamento de sua recepção junto a leitores ideais.[129] Ainda assim estamos diante de um desencontro formidável não apenas entre um dos mais refinados críticos e um dos mais refinados poetas do século XX, mas, até onde ambos possam ser homens de plataformas, entre um crítico da *Tel Quel* e um poeta da *Tel Quel*.

É claro que nenhum "erro" de julgamento compromete crítico nenhum. Pelo contrário, o confirma em sua idiossincrasia, e sabemos quanto Barthes reivindicou ser um leitor idiossincrático e, mais que isso um crítico fantasmático. Desse ponto de vista, é perfeitamente possível entender – então – a falta de Ponge nos termos do próprio Barthes, que escreve, em *O prazer do texto*, que, se um poeta lhe escapou, é porque não se ofereceu a ele: não lhe deu "a prova de que seu texto o desejava".[130] Isso não nos impede de deplorar tudo o que os poderia ter aproximado, até pelo que está dito sobre os possíveis novos poetas naquele único

---

[126] Francis Ponge, *Le parti pris des choses: suivi de proêmes* (Paris: Gallimard, 1967), p. 217.

[127] Francis Ponge, *Le grand recueil: méthodes, pièces, lyres*, op. cit., p. 204.

[128] Em que entram os álbuns *Méthodes, Pièces* e *Lyres*, nenhum deles traduzido entre nós, até onde eu chego.

[129] Philippe Sollers, *Entretiens de Francis Ponge avec Philippe Sollers* (Paris: Seuil, 1970). Trata-se de doze entrevistas gravadas na casa de Sollers, com o apoio de técnicos do Office de la Radio-Télévision Française, para difusão pela rádio France Culture, que Barthes prezava particularmente e onde comentava frequentemente música clássica.

[130] *Le plaisir du texte*, OC, IV, p. 221. [Grifo do autor.] No final deste mesmo capítulo, voltaremos a essa maneira provocativa de Barthes de resolver a questão das escolhas críticas, a propósito de sua clara preferência por Proust, que o teria desejado. Barthes formula assim esse seu interessante modo de ver as escolhas do crítico: "O texto que você escreve deve me dar a prova *de que me deseja*. Essa prova existe: é a escritura".

capítulo de *O grau zero da escritura* em que o novo crítico passa interrogativamente pela poesia".[131]

Contentamo-nos, aqui, em assinalar alguns pontos de contato desperdiçados.

O primeiro deles diz respeito ao caráter reificado das palavras, com o qual jogam ambos. Insistindo, de seu lado, na objetificação da literatura moderna, que é o tópico de abertura e o fio condutor do volume, Barthes reitera, no capítulo sobre a linguagem poética, que a poesia moderna é objetiva, em dois sentidos complementares. Primeiro, porque seu discurso não é mais relacional; historicamente, as palavras perderam sua coesão, atomizaram-se em "estações de palavras". Segundo, porque a esse descontínuo verbal corresponde um esfacelamento dos próprios objetos, já que agora conduzidos por palavras tornadas "solitárias e terríveis". Ele escreve: "Privado do guia das relações seletivas, o consumidor de poesia desemboca na Palavra, frontalmente, e a recebe como uma quantidade absoluta, acompanhada de todos os seus possíveis. A palavra é aqui enciclopédica, contém simultaneamente todas as acepções entre as quais um discurso relacional lhe imporia escolher. Realiza assim um estado que só é possível no dicionário ou na poesia".[132]

Ora, Ponge não diria outra coisa. Não é só que, como Mallarmé, atribui aos dicionários aquele "poder refinado de criação" a que vimos Barthes referir-se. Mais que isso, está particularmente fixado nos dicionários. Já porque é um poeta em briga com o poeta, como o resumia para Sollers: "escrevo sob o signo da recusa da qualificação de poeta".[133] E também porque essa briga com o poeta é uma briga com o discurso relacional da metáfora: "Inclino-me mais à convicção de que, aos charmes do magma poético, trata-se para mim de chegar a fórmulas claras e impessoais".[134] Mas principalmente porque quem assim se indispõe contra os processos metafóricos está clamando por fórmulas mais claras e impessoais, que sejam mais descrições que figurações dos objetos. É isso, por sinal, que

[131] Cf. Vincent Jouve, op. cit., p. 9.
[132] *Le degré zéro de l'écriture*, OC, I, p. 200.
[133] Como ressalta Philippe Sollers na apresentação.
[134] Francis Ponge, *Le grand recueil: méthodes, pièces, lyres*, op. cit., p. 40. [Grifos do autor.]

institui a inesperada referência do dicionário, notadamente, a do Dicionário *Littré,* que Ponge vê assim: "Temos na França um maravilhoso dicionário da língua, o *Littré*. Littré foi um filósofo positivista, mas maravilhoso, sensível, um poeta magnífico [que] deu provas de uma sensibilidade maravilhosa, na escolha dos exemplos para cada palavra, na maneira de tratar o histórico".[135] O que o bom dicionário tem de particularmente especial são os cuidados etimológicos. Ponge pensa que, ao historiar os vocábulos, as etimologias chegam muito perto de restaurar as coisas do mundo externo que vão ficando perdidas pela tagarelice dos falantes. Invertem assim o procedimento das metáforas, que confundem os vocábulos e encobrem a qualidade diferencial dos objetos.

Sabemos que Barthes também tinha sua inclinação pelo *Littré.* O observador atento encontrará pelo menos dezoito remissões a ele nos onomásticos de suas obras completas. Assim, podemos pensar que, se Ponge o parece desejar, é também pela comum relação com as metáforas que essa predileção entretém. Em *O grau zero da escritura,* elas já se fazem repudiar no capítulo "Y-at--il un langage poétique?", em que o dizer metafórico já está fora da faixa de ação da escritura. Acha-se ali reduzido ao classicismo, pela força de uma conta de diminuir que é característica da operação de neutralização, que nos é ironicamente proposta nestes termos, que ficaram famosos: "Se chamo prosa um discurso minimal, veículo o mais econômico do pensamento, e se chamo a, b, c alguns atributos particulares da linguagem, inúteis mas decorativos, tais como o metro, a rima ou o ritual das imagens, toda a superfície das palavras irá alojar-se na dupla equação de Monsieur Jourdain: Poesia = Prosa + a + b + c e Prosa = Poesia – a – b – c". Barthes quer apontar com isso uma mecânica que vem de uma atuação sobre o segundo código, o retórico, diverso daquele trabalho sobre o primeiro código, o da linguagem mesma. Trata-se de uma poesia que é o "fruto de uma arte", antes que de "uma linguagem diferente, produto de uma sensibilidade particular", explica melhor.[136] O leitor de *Mitologias* encontrará a mesma ironização disseminada por todos

[135] Ibid., p. 272.
[136] Ibid., p. 197.

aqueles capítulos ali consagrados ao mito da expressividade e, particularmente, no fecho do capítulo "A crítica ni...ni", onde, aproveitando o mecanismo da dupla exclusão que quer sempre que a literatura não seja nem isso nem aquilo, para que possa ser tudo, a comprimirá novamente: "A literatura tornou-se um estado difícil, estreito, mortal. Já não são mais seus ornamentos, é sua pele que ela defende".[137]

Todas essas retrações são ponginas. Como Ponge, Barthes não acredita que o poeta moderno, e muito menos o muito moderno, possam continuar prevalecendo-se de ter um lugar próprio. Daí, para ele, Mallarmé e Flaubert representarem juntos a "écriture", o primeiro, assassinando a palavra, o segundo, buscando dolorosamente a palavra justa. Em seu drama, prosa e poesia invertem-se uma na outra, desapropriando-se mutuamennte. É o que começa a ser dito em *O grau zero da escritura* e acaba de ser dito, cerca de vinte anos depois, em 1972, nos *Novos ensaios críticos*, na seção "Flaubert e a frase", em que é sublinhada essa "reversão dos méritos da poesia sobre a prosa". Flaubert trabalha de maneira "desmesuradamente lenta" frases que são como versos, ao passo que *Un coup de dés* é uma verdadeira "expansão frástica". "Daqui por diante, o irmão e o guia do escritor não será mais o retor, porém o linguista, aquele que assinala não as figuras do discurso mas as categorias fundamentais da língua".[138]

Ninguém mais que Ponge participou dessa inversão de valores, até porque ninguém mais que ele definiu tanto a poesia no negativo, por subtração, dizendo-nos o que ela não é. Sabemos que, nessa direção, ele foi ao ponto de renomear o *"poème"*, *"proême"*, como Barthes renomeou a *"littérature"*, *"écriture"*. Ora, o que é o *"proême"*? De um lado, é o "proêmio" – o "exórdio" ou o "introito" da oratória latina –, acepção que interessa ao poeta porque enxuga o poema a ponto de fazê-lo uma nota preliminar, que nada tem da expressão, mas tem tudo da "rage" da expressão. O que é também a vocação da escritura, escolha de consciência, não de eficácia, maneira de pensar a Literatura, não de estendê-la, como diz Barthes. De outro lado, é simplesmente o "proema" uma forma transgênere, um lugar

[137] *Mythologies*, OC, I, p. 785.
[138] "Flaubert e a frase" in *Nouveaux essais critiques*, OC, IV, pp. 84-85.

de passagem, o que é também a vocação do Neutro. É dessa dupla vocação que nasce aquela dicção pongiana que chamei, em outra parte, de "sorriso cético",[139] num pequeno estudo cujo apresentador alude, por sua vez, à voz "lisa, estável, pacificada" de Ponge, posto diante do indiscernível.[140] Em sentido não muito diverso, Derrida atribuiu-lhe uma "tonalidade inimitável, ao mesmo tempo, grave e leve".[141] Se Barthes a tivesse reconhecido, tal gravidade leve ou leveza grave teria tudo para contentar a neutralidade fremente. Teria podido fazer valer para a poesia de Ponge este elogio que endereça apenas aos Camus e aos Robbe-Grillet: "depois de séculos de visão profunda, o romance, finalmente, dá-se por tarefa a exploração das superfícies".[142]

Clamar contra as mentiras da profundidade é – aliás –, outro forte do poeta. Entra num seu protesto recorrente contra o que chama de "lavagem cerebral idealista e cristã".[143] E convive com uma outra crítica ao "coração", por toda parte posto em dificuldade. Por exemplo, Ponge escreve: "O homem, cansado de ser um espírito a convencer, e um *coração* a comover, concebeu-se, finalmente, um dia, como o que é: algo de mais material e de mais *opaco*, de mais ligado ao mundo, de mais pesado para carregar".[144]

Terminemos dizendo que, desembaraçada de metáforas, ideias e coração, a poesia pongiana rende momentos que poderiam ser equiparados aos cliques fotográficos do *haiku*, que Barthes tanto aprecia, porque parecem entregar os objetos em sua primeira aparição, no ponto mesmo da sua incidência. De fato, veja-se como é uma espécie de *haiku* este quarteto que finaliza o poema pongiano "A grama", pela linha extremamente fina que faz passar entre presença e ausência da realidade externa: "A atitude é natural / Bem contente em seu canto / certa da antiguidade da decoração / ela assiste ao boi".

A palavra "incidente" – outra que só faz prosperar na *work in progress* barthesiana – é introduzida em *O império dos signos*

---

[139] Leda Tenório da Motta, *Francis Ponge, o objeto em jogo*, (São Paulo: Iluminuras, 1998), p. 21.
[140] Palavras do crítico francês Christian Prigent na orelha do mesmo livro.
[141] Jacques Derrida, *Signéponge* (Paris: Seuil, 1968), p. 131
[142] "Pré-romans", OC, I, 502.
[143] Francis Ponge, *Le parti pris des choses: suivi de proêmes*, op. cit., p. 185.
[144] Ibid., p. 192.

para designar essa capacidade formidável que tem os *haikais* de encaminhar uma isenção do sentido através de um discurso perfeitamente legível: "O vento frio sopra / Os olhos / dos gatos piscam".[145]

Assim, em síntese, o desencontro entre Barthes e Ponge tem mais isto de deplorável: Ponge é um zen-budista *malgré soi*.

AS PRIMEIRAS MATRIZES FORMALISTAS

Ao apropriar-se dos instrumentos de análise da tradição marxista e sartriana, Barthes não se fecha para uma nova escola de pensamento que está em pleno engendramento quando da saída de seu primeiro livro: a escola das linguísticas gerais. De fato, o crítico que refaz as perguntas de Sartre e Blanchot sobre os caminhos da literatura depois de seu aburguesamento e de seu assassinato, e avança para a vanguarda francesa que, em meados do século XX, está terminando de liquidar o romance, de algum modo, já está pronto para cair na rede dos saussurianos.

Se é verdade que, de início, ainda vê o mundo existir para além da linguagem, atento à marcha da história e à realidade social historicamente determinada, como se espera de um intelectual de esquerda, além do mais cultor de Brecht, é igualmente certo que também já começa a vê-lo como continuação da lógica da linguagem, a operar da linguagem para dentro, ou já se insulariza na paixão das palavras. É assim que esta outra palavra inusual de que também já lança mão, também a grafando com letra maiúscula, Signo, já está em pauta em Barthes, desde 1953. Senão vejamos este excerto de *O grau zero da escritura*: "É possível traçar uma história da linguagem literária que não é nem história da língua, nem dos estilos, mas somente história dos Signos da Literatura, e podemos apostar que essa história formal manifesta, a seu modo, sua ligação com a História profunda".[146]

Antes mesmo da chegada das teorias formalistas, existe aí uma intuição da formalização por vir e, até mesmo, uma antecipação da "conotação", como já se notou. Adverte-nos Stephen Nordhal

[145] *L'empire des signes*, OC, III, p. 414.
[146] *Le degré zéro de l'écriture*, OC, I, p. 171.

Lund: "O verdadeiro interesse dessa interrogação [de *O grau zero da escritura*] reside menos no que poderia ser para a literatura uma pesquisa sobre uma 'História da Escritura' que no seu aporte pré-teórico, isto é: na intuição da conotação como lugar de inscrição de uma 'linguagem ritual' e, de modo mais geral, na afirmação metodológica de um corte vertical, operado na materialidade significante da linguagem através do sujeito e da história que a escritura objetiva".[147]

Acrescente-se que já existe nesse primeiro Barthes uma "cozinha do sentido", ainda que a expressão só se formule dez anos mais tarde, quando, em plena vigência do *linguistic turn* francês, ele a definiria nestes termos: "um vestido, um automóvel, um prato, um gesto, um filme, uma música, uma imagem publicitária, um título de jornal [...] têm isto em comum: são signos".[148] E nestes outros: "os objetos mais aparentemente utilitários convidam a uma análise semiológica".[149] Desde cedo em prática, é ela que faz toda a diferença em *Mitologias*, onde temos uma verdadeira *poietica* aplicada a uma cultura de massas até então não frequentada pelos homens de letras, a não ser para fins de veto liminar.

Mas, por ora, na altura de *O grau zero da escritura*, Barthes ainda não trabalha com Saussure. O historiador do estruturalismo, François Dosse, nos informa que ele só o lerá em 1956, incorporando-o então plenamente a *Mitologias*.[150] O próprio Barthes o confirma, tanto no *Avant-propos* como no posfácio do mesmo livro. Vejamos o que diz na apresentação: "Eu acabava de ler Saussure e estava convicto de que, tratando as representações coletivas como sistemas de signos, podíamos esperar sair da

[147] Steffen Nordahl Lund, *L'aventure du signifiant: une lecture de Barthes* (Paris: PUF, 1981), p. 12.
[148] Roland Barthes, "La cuisine du sens", OC, II, p. 589. É interessante notar que essa "cozinha do sentido" foi vislumbrada por Peirce, que Barthes não deixa de citar e que Jakobson nos apresenta, com palavras parecidas, num texto inédito em português, datado de 1974, recentemente trazido ao conhecimento dos estudiosos brasileiros pela *Revista Galáxia* do Programa de Estudos Pós-Graduados em Comunicação e Semiótica da PUC-SP. Nesse inédito de Jakobson, transcrição de uma conferência feita quando da inauguração da Associação Internacional de Semiótica, lemos: "O edifício semiótico de Peirce engloba toda a multiplicidade de formas significativas, seja uma batida na porta, uma pegada no chão, um grito espontâneo, um quadro, uma peça musical, uma entrevista, uma meditação silenciosa, um escrito, um silogismo, uma equação algébrica, um diagrama geométrico, uma biruta ou uma simples anotação". É o mesmo fôlego. Cf. Roman Jakobson, "Olhar de relance sobre o desenvolvimento da semiótica", *Revista Galáxia*, n. 18, mar. 2010.
[149] "*Sur Le système de la mode*", OC, II, p. 1307.
[150] François Dosse, *História do estruturalismo*, v. 1 (Campinas, SP: Editora Ensaio/Editora da Unicamp, 1993), p. 99.

denúncia piedosa e dar conta em detalhe da mistificação que transforma a cultura pequeno-burguesa em natureza universal". Grife-se "denúncia piedosa", que nos interessará mais tarde.[151] E veja-se o que ele diz na conclusão: "Este estudo de uma *parole*, a mitologia, na verdade, nada mais é que um fragmento dessa vasta ciência dos signos que Saussure postulou há cerca de quarenta anos sob o nome de *semiologia*. A semiologia ainda não está constituída. No entanto, desde Saussure, e mesmo independentemente dele, toda uma parte da pesquisa contemporânea volta incessantemente ao problema da significação".[152]

Em seus primeiros *Ensaios críticos*, Barthes nos explica o que é isso: a significação. Saussure e o arbitrário do signo têm tudo a ver com ela: "A significação [...] é a união daquilo que significa e daquilo que é significado: quer dizer, nem as formas, nem os conteúdos, mas o processo que vai de uns aos outros".[153] Eis o que lhe permitiria, futuramente, bater-se tanto contra o natural dos discursos; combate que é a tônica de *Mitologias*. Pois é porque o signo é arbitrário que nada pode ser natural. Como resume no fragmento "O natural" do volume *Roland Barthes por Roland Barthes*: "O Signo é o objeto ideal para uma filosofia da anti-Natureza: pois é possível denunciar-lhe ou celebrar-lhe o arbitrário".[154]

A despeito dessa esclarecedora nota sobre a pesquisa contemporânea, nesse momento, tampouco começara a marcha das linguísticas, semióticas e semiologias rumo a sua implantação universitária. Longe disso: ao desmembrar-se, nos anos 1970, da velha École Pratique des Hautes Études – a EPHE, instituição do século XIX, onde, no passado, lecionara o próprio Ferdinand de Saussure,[155] e a que Barthes é agregado, em 1962, começando por aí sua carreira universitária –, a École des Hautes Études en Sciences Sociales – a EHESS, que ele passa a integrar, tão logo ela é criada –, tira toda a sua modernidade e todo o seu prestígio, justamente, das "sciences sociales". Como se vê, o próprio nome

[151] *Mythologies*, OC, I, p. 673. [Grifo do autor.]
[152] Ibid., p. 825.
[153] *Essais Critiques*, OC, II, p. 411.
[154] *Roland Barthes par Roland Barthes*, OC, IV, p. 706.
[155] No período de 1882 a 1889. Saussure vive e trabalha em Paris, antes de, iniciar, na virada do século, na Universidade de Genebra, os cursos de que sairia o *Cours de linguistique générale*. Há uma boa síntese biográfica recobrindo esse período francês em apêndice à edição desse livro.

da instituição dá, assim, por suposto que toda a elite aí lotada, inclusive aquela que viria a representar a *nouvelle critique*, era uma formação de cientistas sociais, o que só é verdade em parte. É sob essa chancela das ciências sociais ou da sociologia, de tal modo, que Barthes partirá, mais adiante, para as suas incursões semiológicas.

O fato é que, mesmo atuando sob a capa protetora do cientista social, e mesmo fazendo crítica social, como faz não apenas em *Mitologias* mas em *O grau zero da escritura*, quando fala numa "responssabilidade da forma", que só pode ser marxista na vertente sartriana, já se vê interpelado por Saussure. Bom motivo para nos determos no *Curso de linguística geral*.

O texto que chega às mãos de Barthes no correr dos anos 1950 deve ser o corrrespondente à primeira edição do CLG, como o chamam carinhosamente os especialistas.[156] Como se sabe, Saussure, nada escreveu, e o livro que o celebrizaria advem das poucas notas de aulas que preparou para seus cursos na Universidade de Genebra, entre 1907 e 1911, e daquelas outras notas tomadas por seus alunos e coletadas por dois discípulos abnegados, logo professores na mesma instituição, Charles Bally e Albert Séchehaye. Estes últimos tomam o cuidado de apontar a fragilidade dessa sua operação de resgate, no prefácio à primeira edição, escrevendo ali que o mestre talvez não os autorizasse em sua empresa.[157]

A saída em volume dessa primeira organização de notas data de dois anos depois da morte de Saussure, em 1915. O assim chamado texto fundador da linguística moderna é portanto um texto apócrifo, que dá origem a "vulgatas", como as chamam os especialistas do texto saussuriano, que falam, hoje, da necessidade de uma volta às origens.[158] O reprocessamento das fontes, que ainda está em curso, em nossos dias, inicia-se em 1957, com uma primeira expertise do material produzido a partir dos cadernos do

---

[156] Ferdinand de Saussure, *Cours de linguistique générale*. Publicado por C. Bally e Albert Séchehaye com a colaboração de Albert Riedlinger (Lausanne: Paris: Payot, 1916). Existe uma edição brasileira da Cultrix, datada de 1971, com tradução de uma equipe formada por Antonio Chelini, José Paulo Paes e Isidoro Blikstein, o primeiro, latinista, o segundo, poeta, e o terceiro, linguista.

[157] Ferdinand de Saussure, *Curso de linguística geral* (São Paulo: Cultrix, 1975), p. 4.

[158] A linguista francesa Claudine Normand fala em vulgatas e "vulgatas das vulgatas". Cf. Claudine Normand, *Saussure*. Tradução de Ana de Alencar e Marcelo Diniz (São Paulo: Estação Liberdade, 2009), p. 128.

professor Saussure realizada pelo também suíço Robert Godel, e apresentada sob o título *Fontes manuscritas do Curso de Linguística Geral*. É de se imaginar sua utilidade para todos aqueles novos pensadores franceses em formação, que, nesse momento, estão descobrindo Lévi-Strauss e suas conexões linguísticas.

As grandes edições críticas são dos anos 1970. O que se entende: são desencadeadas pelo interesse que o livro passa a ter, quase meio século depois do primeiro estabelecimento de texto, para os pensadores reunidos em torno de um já renomado Lévi-Strauss. A esse material se acrescentaria, em 1971, uma publicação estarrecedora: *Les mots sous les mots: les anagrammmes de Ferdinand de Saussure*, volume contendo um outro conjunto de notas recuperadas, dessa vez inteiramente assinadas por Saussure, que resultam de descobertas feitas nas gavetas saussurianas pelo também suíço Jean Starobinski, um dos críticos em ação na metade do século XX que o *nouveau critique* Roland Barthes admira, como veremos.[159] Trazendo notícias diversas de tudo o que se conhecia até então, a respeito do pensamento de Saussure, esses outros registros o mostravam incursionando pela poesia antiga – védica e latina, principalmente –, e muito mais voltado para o signo motivado pela expressão poética do que para o signo arbitrário. Os poetas lhe haviam imposto o contrário do que pensava, nota Oswald Ducrot, em seu *Estruturalismo e linguística*.[160] Por seu turno, Barthes o dirá "obcecado" por essa outra possibilidade.[161] Acrescenta-se a isso, em 2002, um volume intitulado Écrits de linguistique générale, que resgata outras notas reencontradas. Podemos dizer que o próprio Barthes carrearia esforços para esse resgate ao apresentar Saussure aos franceses, em 1965, nesta prestativa apostila que são seus *Elementos de semiologia*. Aí, não apenas dá consequência à tese de Saussure, segundo a qual a semiologia é a ciência mais geral do signo, e está por ser edificada, mas apresenta seus principais conceitos.

Sabemos tudo aquilo que as rupturas epistemológicas devem às palavras, o quanto as mudanças metodológicas são também

---

[159] Jean Starobinski, *Les mots sous les mots: les anagrammes de Ferdinand de Saussure* (Paris: Mercure de France, 1971).
[160] Oswald Ducrot, *Estruturalismo e linguística* São Paulo: Cultrix, 1970), p. 126.
[161] "Le troisième sens", OC, III, p. 500.

deslocamentos nomenclaturais. A "existência" de Sartre é uma dessas palavras que mudam tudo. Aliás, se *O grau zero da escritura* tanto deve a Sartre, como veremos que deve, é também porque a filosofia sartriana dá ao iniciante Barthes a possibilidade de ser, como intelectual, um ser existencial, prerrogativa da qual jamais abriria mão. Por sua vez, a palavra "linguística", que faz caducar a palavra "gramática" (e a ideia de gramática histórica), é uma outra dessas palavras. E assim também com as palavras "estrutura", "signo", "discurso" (no sentido linguístico). Barthes não o ignora, tanto que, num primeiro balanço do estruturalismo que faz, em 1963, no capítulo "A atividade estruturalista" de seus *Ensaios críticos*, é o primeiro a pôr a revolução estruturalista na dependência de um certo léxico. "O que é o estruturalismo?", pergunta-se. E responde: "Não é uma escola, nem mesmo um movimento (pelo menos, ainda não), pois a maioria dos autores que se costuma relacionar a essa palavra não se sente minimamente vinculada por uma solidariedade de doutrina ou de combate. Trata-se de um léxico...".[162]

No séquito terminológico que vem com o "Signo", muita coisa não é de Saussure, mas de Roman Jakobson, como admite o próprio Barthes, sinalizando a "abertura das ciências sociais à reflexão filosófica feita por Claude Lévi-Strauss, sob a influência do modelo linguístico de Saussure alargado por Roman Jakobson.[163] De fato, estamos diante de um *carrefour* teórico, e dentre as correntes de pensamento que influem juntas sobre os estruturalistas está aquela ligada à figura também exponencial de Jakobson. Incorporação que se explica: Lévi-Strauss cruza com Jakobson em 1949, nos Estados Unidos, onde ambos se acham então exilados, um da perseguição nazista, outro, da stalinista, e esse é, sabidamente, o início de uma profícua parceria entre ambos. Logo mais, o formalista russo seria igualmente um aliado de Lacan, e um dos responsáveis pela desinteriorização do homem freudiano, que será transformado em "sujeito", e pela articulação entre o desejo e os objetos parciais da metonímia.[164]

---

[162] *Essais critiques*, OC, II, p. 466.
[163] Ibid., pp. 502-503.
[164] Trato disso no capítulo "Literatura e psicanálise" de meu livro *Literatura e contracomunicação* (São Paulo: Unimarco, 2004). Sobre Lévi-Strauss e Jakobson no exílio norte-americano, há observações interessantes no verbete Lévi-Strauss do *Dictionnaire amoureux du Brésil* de Gilles Lapouge (Paris: Plon, 2011), pp. 407-17.

Mas antes que Lacan com ele se depare, e que se transforme também toda a base nomenclatural da psicanálise, Barthes já vive desse amálgama teórico, que, aliás, confere origens poéticas ao estruturalismo, considerando-se que o principal do legado jakobsoniano é sua reflexão tão inédita quanto brilhante sobre a linguagem da poesia (ou sobre a poesia como linguagem). Sustentando as formalização elegantes desse semioticista, outras tantas palavras como "discurso", "mensagem", "metalinguagem" e "função poética" são de seu repertório. Em 1971, Barthes lembraria essa dívida da escola das estruturas para com ele, num artigo para o jornal *Le Monde*, hoje incorporada ao terceiro tomo das *Oeuvres Complètes*: "Jakobson deu um belo presente à literatura: deu-lhe a linguística".[165]

Outra importante contribuição, nesse caldo de cultura, é a de Émile Benveniste, que estudou com Antoine Meillet, aluno de Saussure, foi pofessor, em 1939, na mesma École Pratique des Hautes Études na qual, Saussure lecionou no final do século XIX e tornou-se conferencista no mesmo Collège de France que acolheria Barthes, aí permanecendo até o início dos anos 1970. Deixemos que o próprio Barthes nos apresente esse especialista em sânscrito, que se transformou num fulgurante estudioso dos fenômenos da enunciação, num balanço da linguística, datado de 1966, o *annus mirabillis* do estruturalismo, como veremos: "Colocando o sujeito (no sentido filosófico do termo) no centro das grandes categorias da linguagem, e mostrando, a partir dos mais diferentes fatos, que esse sujeito não pode ser separado da 'instância do discurso', bem diversa da instância da realidade, Benveniste funda linguisticamente, quer dizer, cientificamente, a identidade entre o sujeito e a linguagem, posição que está no cerne de muitas pesquisas atuais e que tanto interessa à filosofia quanto à literatura; tais análises trazem talvez uma saída para a velha antinomia, mal liquidada,

[165] "Un très beau cadeau", OC, III, p. 885. Também Haroldo de Campos, que chama Jakobson de o "poeta da linguística", sublinhou sua particular contribuição no campo da poesia, para o qual levou Lévi-Strauss, seu parceiro na famosa análise do poema "Os gatos", de Baudelaire. Ressaltou que, nesse campo, lhe devemos reflexões operativas em torno da dialética entre o som e o sentido, cogitações já presentes em seu livro de 1921 sobre Kliébnikov e a nova poesia russa, e desde então desenvolvidas em teorias e práticas analíticas. Cf. Haroldo de Campos, "O poeta da linguística" (in Roman Jakobson, *Linguística, poética, cinema*. São Paulo: Perspectiva, 1970), p. 188.

entre o subjetivo e o objetivo, o indivíduo e a sociedade, a ciência e o discurso".[166]

Trata-se de uma figura reverenciada como sábio por uma prestigiosa parcela do pensamento francês, que, em 1975, no auge do labor estruturalista, lhe consagra a obra coletiva *Langue, discours, société: pour Émile Benveniste*. Dirigida por Julia Kristeva e trazendo colaborações de autores como Jean-Pierre Vernant, Jean-Claude Milner, Christian Metz, Nicolas Ruwet, além do próprio Barthes e do próprio Jakobson, a coletânea tratava, então, de computar o imenso legado do autor do *Vocabulário das instituições indo-eurpeias* (reunião de ensaios coligida em 1969) e dos *Problemas de linguística geral* (reunião de 1966), como refinado pensador da questão do sujeito na linguagem que foi, principalmente. Jakobson encabeça, aliás, o volume, notando que Benveniste foi um dos primeiros a chamar a sua atenção para as relações entre linguagem e afasia.[167] Enquanto Barthes tira proveito de suas célebres notas sobre a função da linguagem na descoberta freudiana[168] para dedicar-se a uma incursão à presença do corpo nas *Kreisleriana* de Schumann, levando em conta "o desejo na significância".[169]

Aproveitemos o ensejo para acrescentar a essas notas sobre Saussure e Jakobson solicitadas pela palavra "Signo" algumas outras sobre a terminologia que a acompanha. A começar pelo "grau zero", outra dessas palavras que mudam tudo.

Tão mais central na obra barthesiana quanto já é uma formulação possível do Neutro, pois Barthes confunde expressamente uma coisa e outra, a expressão que vibra no frontispício de seu primeiro livro, ao lado de "escritura", não sem causar estranheza, é uma nomenclatura ligada a um outro reduto importante de pensadores da linguagem, então em ação: o Círculo Linguístico de Copenhague. Nele atuam Hjelmslev e Viggo Brøndal, este último bem menos conhecido que o

---

[166] "Situation du linguiste", OC, II, p. 816.
[167] O que lhe valeria um de seus ensaios mais importantes, de enorme repercussão sobre Lacan: "Dois aspectos da linguagem e dois tipos de afasia". Cf. Roman Jakobson, *Essais de linguistique générale: les fondations du langage* (Paris: Minuit, 1963), pp. 43-67.
[168] Cf. Émile Benveniste, "Notes sur la phonction du langage dans la découverte freudienne" (in *Problèmes de linguistique générale*. Paris: Gallimard-Pléiade, 1966).
[169] Roland Barthes "Rasch" (in Julia Kristeva (org.), *Langue, discours, société: pour Émile Benveniste*. Paris: Seuil, 1975), p. 227.

primeiro, embora o pai do conceito. É nessa posição que é trazido a campo na apresentação do volume de transcrições *O Neutro*, por seu apresentador, Thomas Clerc, que observa: "Embora Blanchot seja bastante citado [em *O Neutro*] a perspectiva de Barthes é bem diferente da sua. [...] Ele parte de uma intuição linguística antiga, a teoria do grau zero de Viggo Brøndal".[170]

Essa dívida teórica de Barthes é tão mais fascinante quanto o grau zero de Brøndal é, ao mesmo tempo, perfeitamente cabível dentro das pesquisas linguísticas que embasam o estruturalismo e perfeitamente suscetível de pôr em crise o estruturalismo. O que nos permite remover o clichê de um Barthes em ruptura com sua própria escola, propondo que ele é tão mais antiestruturalista quanto foi estruturalista. Ou que só foi um antiestruturalista por ter sido tão estruturalista.

Professor de línguas românicas na Universidade de Copenhague, Brøndal estava particularmente interessado nas relações entre linguagem e pensamento no início dos anos 1950, quando *O grau zero da escritura* estava sendo gestado, e orientava suas pesquisas no sentido daquela forma "não--modal" de que falávamos, o que faz dele o artífice silencioso da primeira revolução crítica barthesiana. Barthes deve-lhe tudo, num certo sentido. Foi ele o primeiro a insistir em interpor ao sistema binário de Saussure esse terceiro termo que, no jogo articulatório da língua, refere-se, justamente, à possibilidade de uma interrupção da paragramatização. É com essa característica e a esse título que a ideia de uma categoria neutra entra na semiologia barthesiana das imagens, como "terceiro sentido" ou "sentido obtuso", terminologias introduzidas por Barthes desde 1970, quando, a convite dos *Cahiers du Cinéma*, ele elabora para aquele prestigioso periódico um ensaio sobre Eisenstein.

Com efeito, o que é o terceiro sentido senão, novamente, uma suspensão do valor axial dos termos do discurso, agora tomado em plano visual? Irredutível a qualquer comentário – e nessa medida, o ancestral do *"punctum"* fotográfico –, trata-se daquela franja de significação que só podemos flagrar "olhando de soslaio", como nota Barthes, examinando os fotogramas

---

[170] *Le Neutre*, Cours au Collège de France 1977-8. Texto estabelecido, anotado e apresentado por Thomas Clerc (Paris: Seuil/Imec, 2002), pp. 17-18.

de Eisenstein.[171] Outra forma de explicá-lo é aquela trazida por Barthes em sua intervenção no Colóquio de Cerisy, cujo título é "A imagem", precisamente: trata-se de uma "*epoché* da imagem".[172] O ponto de inflexão aqui é: nada disso seria possível sem Viggo Brøndal. Ele é o pai da "semiologia negativa", para lembrarmos essa formulação a que Barthes recorre em "Aula", para dizer a especialidade de seu procedimento.[173]

Assim, de fato, não há solução de continuidade entre *O grau zero da escritura* e os trabalhos da temporada de 1978, quando o dinamarquês é devidamente citado – o que não acontece em *O grau zero da escritura*, nem em *Elementos de Semiologia*, no qual se trata exclusivamente de Saussure –, e onde encontramos que "o Neutro é aquilo que desarma o paradigma [...] uma criação estrutural que anula ou contraria o binarismo implacável do paradigma".[174] Barthes não mencionaria Brøndal, em sua primeira fase, senão rara e rapidamente, como num ensaio de 1977, em que volta a tocar nas coerções da máquina semiótica saussuriana, para a qual opor é sempre paragramatizar –, abrindo para ele um parêntesis: "O reflexo estrutural postula oposições do ser, não oposições de intensidade, é sim ou não, é A ou B, nunca *mais ou menos*" (a rigor, em Brøndal temos A e B ou nem A nem B).[175] Maneira particularmente interessante de dizer esses parêntesis é a que traz o fragmento "O Neutro" de *Roland Barthes por Roland Barthes*: "O Neutro é o segundo termo de um novo paradigma".[176]

Outro aporte crucial seria o do próprio Hjelmslev, a quem não só Barthes mas todo o movimento estruturalista devem o apontamento de um binômio crucial, aquele constituído pelo jogo da denotação/conotação, acrescentando-se à bateria das dicotomias saussurianas, oposição que estava fadada a ser um trunfo das leituras barthesianas da publicidade, a enriquecer ainda mais o instrumental da nova crítica, que, graças a tanto, chega à partilha das vozes narrativas. De fato, esses são operadores

[171] "Le troisième sens", OC, III, p. 500.
[172] "L'image", OC, V, p. 518.
[173] "*Leçon*", OC, V., p. 443.
[174] *Le Neutre*, op. cit., p. 31.
[175] "Question de tempo", OC, V, p. 335. [Grifo do autor.]
[176] *Roland Barthes par Roland Barthes*, IV, p. 707.

que se revelariam particularmente próprios ao acercamento do "mito", já que o discurso mitológico, no sentido de Barthes, é um discurso que se desprega ou se desdobra do plano denotativo para o plano das ultrassignificações conotativas, ou um sistema segundo, clandestinamente narrativo, em que a significação torna-se a expressão de um outro conteúdo, ambos os estratos se imbricando para formar uma significação outra, que é, ao mesmo tempo, extensiva ao primeiro sistema e estranha a ele.[177]

Pela primeira vez, estamos diante de uma língua saliente. De fato, antes das linguísticas gerais e da entrada em campo do signo, não se suspeitava que a língua, em si, pudesse ter relevo; este ficando por conta dos efeitos retóricos, das injunções expressivas, do código segundo. Assim, também, às gramáticas históricas interessava unicamente o *continuum* evolutivo da língua. Até aqui uma ciência tranquilamente positivista, como notou a linguista francesa Claudine Normand,[178] data de Saussure e seus seguidores a percepção de que sua natureza é multiforme, heteróclita, até por ser ela, ao mesmo tempo, uma ordem prévia de valores e uma instituição social, isto é, um sistema e uma instituição, o código e a atualização do código. Ora, são justamente essas duplas de opostos com que trabalham Saussure e os saussurianos que começam a desfazer a impresssão de que a linguagem seria linear.

Entre essas distinções, insinua-se ainda o par *langue/parole* (ou língua/discurso, ou língua/fala, como traduzimos a "parole", indistintamente, no português do Brasil). A "língua" é o patrimônio linguístico, como na expressão "línguas nacionais", campo das linguísticas evolutivas, justamente. O "discurso" ou a "fala" é sua execução, tanto oral quanto escrita (sem diferença entre uma e outra, para Saussure). Uma coisa não existe sem a outra e, já com isso, chegamos à decalagem e à densidade da ultrassignificação. Pois isso significa dizer que o código está nas mãos dos falantes, que o afetam, como um instrumentista a uma sinfonia, como dirá Saussure, recorrendo a uma de suas muitas imagens. "Podemos comparar a língua a uma sinfonia,

---

[177] "Élements de sémiologie", OC, II, p. 695.
[178] Cf. Claudine Normand, *Saussure*, op. cit., p. 171.

cuja realidade é independente da maneira como a executam".[179] Outra maneira de dizê-lo é a de Barthes, em *Elementos de semiologia*: "a língua é a linguagem menos o discurso".[180] Que se lembre, a propósito, que, ao tachar a língua de fascista, como faz, para o franzir do senho de muitos, na solenidade de sua primeira aula no Collège de France, Barthes tem em mente essa performance, justamente. Em suma, a produção discursiva a que se refere diz respeito ao fato de que ela não se esgota na mensagem, mas ressoa para além dela, ou nos impele a dizer mais do que dizemos.

Outra pedra do edifício é o binômio enunciado/enunciação, que separa (e multplica) os sujeitos em ação. Barthes nos dá um ótimo exemplo dele no conhecido ensaio "O mito hoje", que funciona como uma espécie de posfácio a *Mitologias*. Tira-o de Valéry, que, por sua vez, o havia tirado de uma gramática latina para estudantes secundaristas, para algum comentário em seu *Tel Quel*. Trata-se de uma curta frase de algum fabulador antigo, Esopo ou Fedro, Valéry não se lembra bem, em que fala um leão: "Quia ego nominor Leo" (É porque eu me chamo leão). Retomando-a para as suas próprias finalidades, Barthes nota que temos aí dois estratos de sentido. Um sentido literal que é dado pela simples tradução da sequência: "É porque eu me chamo leão". E um segundo sentido, sutil, invisível, mas nem por isso improdutivo, antes pelo contrário: "Eu sou um exemplo de gramática para ilustrar as regras da concordância em latim".[181] Ele vai aproveitar os dois sujeitos – o leão que fala e o gramático que faz o leão falar – mais os dois presentes –, o da locução e o do locutor –, mais as duas mensagens bem diversas que são assim produzidas, para notar que a fraude do mito está em não reconhecer esse escalonamento, em agir como se só houvesse o primeiro estrato. E isso servirá para ilustrar a própria escritura, já que, como vimos, a responsabilidade da forma constrange o escritor a escrever sempre de través, como quem diz: "eu sou literatura".

De lambuja, entende-se melhor, assim, por que, para Barthes, o romance burguês é mitológico. A pedra angular de

---

[179] Ferdinand de Saussure, *Cours de linguistique générale*, op. cit., p. 36.
[180] "Élements de sémiologie", OC, II, p. 639.
[181] *Mythologies*, OC, I, p. 829.

sua narrativa é o *passé simple*, que joga apenas com o sujeito do ennunciado, ou só com o leão. Ao fazê-lo, o passado histórico torna-se "o ato mesmo de um apoderamento do passado pela sociedade".[182] Já a escritura inclui o sujeito da enunciação. Só pode funcionar em tempo real, como nas mãos dos escritores de diários e dos "biografólogos" como Proust.[183]

Tudo o que nos leva, de volta a Gide, de cujas confissões Barthes já dizia, em 1942: "seu diário é sua superfície"[184].

A superfície é a camada por cima da camada da fala do leão.

RAZÕES DO NEUTRO

Aproveitemos o ensejo da palavra "superfície" para perguntar: por que essa insistência de Barthes nos objetos e nas ideias não profundos? A discussão está em aberto.

Jean-Pierre Richard pode nos ajudar a começar a responder. Como já fizera com Mallarmé e Proust, sob a influência das metáforas essenciais de Bachelard, bem lembradas a seu propósito pelo próprio Barthes, ele faz uma incursão aos motes barthesianos que lhe parecem mais recorrentes, suas "metáforas nevrálgicas", ou "qualidades sensíveis", como as chama. E um dos primeiros que encontra é o "mate" ou o "embaciado", ou o "baço", ou o "fosco" (traduções possíveis para o francês "*mat*"). Por que esse apelo do sem brilho?, pergunta-se, diante da insitência de Barthes no tema. Ele cogita o seguinte: trata--se de uma "virtude preventiva", de uma espécie de "princípio da precaução". Mas de que quer Barthes prevenir-se?, indaga a seguir. Parece-lhe que isso significa que quer fugir de todo e qualquer apelo à transcendência, já que escolheu ficar longe dela, no raso dos fenômenos apenas visíveis. Mas o mate parece--lhe querer impedir também "toda e qualquer bravata expressiva", bloquear "toda e qualquer tentação da perspectiva, do segredo, da ressonância".[185] Não que não possa ser atalhado por certa

---

[182] *Le degré zéro de l'écriture*, OC, I, p. 189.
[183] "Proust é a entrada massiva, audaciosa do autor, do sujeito que escreve, como biografólogo, na literatura." Cf. *La préparation du roman*, op. cit., p. 278.
[184] "Notes sur André Gide et son journal", OC, I, p. 35.
[185] Jean- Pierre Richard, *Roland Barthes, dernier paysage* (Paris: Verdier, 2006), p. 17

cintilação. Pois outra metáfora localizada pelo crítico no fundo sensível barthesiano – e aliás, em expressa concordância com as propriedades do Neutro –, é justamente o "cintilante". Atento aos argumentos introdutórios do curso sobre O neutro, ele acrescenta: "Se Roland Barthes releva, no Neutro, a ideia de estabelecer um dicionário de cintilações, é com o cuidado de alojar aí alguma coisa em estado de perpétua variação ('e não em busca de um sentido final')". Desse duplo ângulo, as superfícies interessam porque são neutras e cintilantes. Explicação com a qual concordam, particularmente, estas palavras lançadas numa das fichas de aulas sobre O Neutro: "O Neutro é o que brilha por fagulhas, em desordem, fugitivamente, sucessivamente, nos discursos anedóticos, o tecido de anedotas do livro e da vida".[186]

Já Susan Sontag relaciona superficialidade e "prazer do texto". Recusando-se a pensar que a fixação de Barthes nas coisas rasas lhe vem do apaixonamento por Robbe-Grillet, de quem ele seria o arauto, ela recua os fatos. Diz-nos que Barthes foi sempre um esteta, um crítico do gosto, logo, alguém que sempre extraiu prazer de seu trabalho intelectual, e dos objetos desse trabalho. É nesse seu lado esteta, não no nouveau roman, que se funda sua recusa do profundo. É por esse lado que ele chega na linhagem antiga dos "superficiais", que são para ela os decadentistas. Ela escreve: "A ideia de que as profundezas nada aclaram, nada mais são que demagogia, que nenhuma essência humana habita o fundo das coisas e que a liberdade se atinge ficando na superfície, esta lâmina em que circula o desejo: eis a tese central do estetismo moderno, sob as diversas formas exemplares que foi tomando há mais de um século (Baudelaire, Wilde, Duchamp, Cage)".[187]

Indo mais ou menos na mesma direção, Julia Kristeva evoca a orfandade de Barthes para também pô-lo entre os malditos. Ela pergunta-se, a propósito, se, apesar de sua personalidade "elegante e tímida", Barthes não teria encarregado o grau zero de ser uma nova escritura da revolta, ou se isso não seria coisa de poeta maldito. "A experiência de interpretação que ele propõe em *O grau zero da escritura* me parece uma experiência da revolta", escreve. Estriba-se também no fato de que, como crítico,

---

[186] *Le Neutre*, op. cit., p. 35.
[187] Susan Sontag, *L'écriture même: à propos de Barthes* (Paris: Christian Bourgois, 1982), pp. 47-48.

Barthes não é um "revelador de verdades", mas um "caçador de censuras", para continuar a pensá-lo. E fica tão mais à vontade para vê-lo como um sujeito tão capaz de vibrar, sardonicamente, com alguma verdade provisória quanto de suspender qualquer verdade, quanto enxerga, por detrás disso, o que chama de sua "*paternité manquante*".[188]

A argumentação é veementemente recusada por Bernard Comment, para quem é uma leviandade querermos transformar Barthes num marginal. Para ele, responder à pergunta sobre por que Barthes escolhe a superfície contra a profundidade exige passar por uma outra pergunta, mais urgente, que, por sua vez, demanda revolver sua biografia intelectual. Essa pergunta anterior a qualquer outra é: que pode ter significado para um jovem intelectual de apenas trinta anos voltar a Paris, vindo do sanatório, num pós-guerra cheio de sobressaltos históricos, na hora do acerto de contas? Ou ainda: que pode ter significado para o jovem Barthes, tão cioso do peso da História, passar toda a guerra, todo o período da Ocupação, todo o período da Resistência no isolamento, naquela espécie de vida entre parêntesis que foi a sua vida sanatorial, por tanto tempo, nos jovens anos? Pode-se pensar – responde – que uma tal experiência teve efeitos enormes e duradouros sobre ele, e que a sua abstinência patética, já perceptível nos escritos sobre o teatro –, vem daí. Ele escreve: "Podemos supor que nada disso deixou de ter uma influência durável e que a recusa da ênfase não pode não ter ligação com o mal-estar histórico".[189] Barthes lhe dá plena razão em *Aula*, que termina com esta inesperada menção à tuberculose e ao corpo: "Meu corpo é contemporâneo de Hans Castorp".[190]

Também Éric Marty faz apelo à doença para entender o niilismo barthesiano. Ele pensa que a tuberculose – essa doença tão literária –, ao mesmo tempo que barrava a Barthes o caminho da universidade, o deixava completamente livre para

---

[188] Julia Kristeva, *Sens et non-sens de la révolte*, op. cit., pp. 389-390.

[189] Bernard Comment, *Roland Barthes vers le Neutre* (Paris: Christian Bourgois, 2003), p. 8."

[190] "Leçon", OC, V, pp. 445-46. Sigo a tradução de Leyla Perrone-Moisés em "Aula" (São Paulo: Cultrix, 1980), p. 47. Notando porém a dificuldade de se traduzir "*sagesse*", palavra que, na língua francesa corrente, que Barthes não hesita em abraçar, refere-se mais à "prudência", ou ao "juízo" no sentido de prudência, que à sabedoria. Assim, admoesta-se uma criança, em francês dizendo-lhe: "*sois sage*". Que terá Barthes querido dizer exatamente?

decidir sobre o que fazer. Vê assim um espelhamento entre os temas maiores de *O grau zero da escritura* – responsabilidade da forma, negatividade da escritura – e esse mundo interior de um Barthes ex-tuberculoso que, no momento em que escrevia o seu primeiro livro, debatia-se com questões de forma, e escolhia o ensaio contra o romance. Para o Barthes que começava – nota –, ser escritor passava necessariamente por uma crítica à literatura, e a crítica mais radical que lhe poderia ser endereçada era a crítica do intelectual (de modelo sartriano). Vem daí a extrema circunspecção de seu primeiro livro. Mais que de crítica ao escritor, o que temos nele é uma verdadeira profanação da figura do escritor, que se vê enclausurado neste impasse quase sem saída: ou renunciar a continuar a literatura, que entrou no círculo dos mitos, ou deixa de ser escritor.[191]

Sejam quais forem as inferências, todos têm razão: as feridas biográficas contam. Veja-se, entre nós, João Cabral de Melo Neto apontado as "cicatrizes do engenho".[192] E em se tratando de Barthes, com sua passagem delicada à sensibilidade e ao corpo, tal como a notou Bougnoux, talvez essas cicatrizes sejam o que mais conta. Analisando os dois últimos diários barthesianos recentemente publicados na França – *Carnets du Voyage en Chine* e *Journal de Deuil*, Philippe Di Meo toca justamente nesse ponto da ferida, com esta exclamação, em tudo e por tudo feita para nos interessar: "O Neutro não é o cúmulo do sofrimento, como nos ensina a psicanálise?".[193]

Entretanto, para quem busca pistas sobre o conceito de Neutro, mais interessante talvez seja notar o que Barthes diz de mais inesperado ainda, em "Aula", à sua plateia de notáveis do Collège de France, logo depois de insinuar seu corpo físico, através do herói de Thomas Mann. Diz ele que se sentir ao mesmo tempo histórico e intemporal, e tão velho quanto Hans Castorp, lhe dá o direito de livrar-se do papel do pesquisador – aquele que tem de aprender para ensinar o que não sabe, como o define –, permitindo--se, finalmente, passar a "desaprender", e se transformar num

---

[191] Éric Marty, "Science de la littérature et plaisir du texte" (in Roland Barthes, OC, I), p. 187.

[192] João Cabral de Melo Neto, entrevista a Bebeto Abranches dada em 1999, *Sibila - Revista de Poesia e Cultura*, ano 9, n. 13, 2009.

[193] Philippe Di Meo, *Carnets du Voyage en Chine* et *Journal de deuil* de Roland Barthes, Dossiê Autour de Roland Barthes, *La Nouvelle Revue Française*, n. 589, abr. 2009, p. 118.

verdadeiro professor. Fala aqui o leitor de Bachelard, que pensava a mesma coisa: "Balzac dizia que os solteirões substituem os sentimentos por hábitos. Da mesma forma, os professores substituem as descobertas por aulas".[194]

Na "*vita nova*" que parece iniciar-se, para ele, nesse ponto, esquecer tudo o que acumulou em matéria de saberes, culturas e crenças é entrar na "*Sapientia*". Assim, não por acaso, é nesse momento que ele vai desenterrar a etimologia da palavra "saber", despojá-la de sua arrogância e lapidar esta fórmula, que os barthesianos conhecem bem: "Sapientiae: nenhum poder, um pouco de saber (*savoir*), um pouco de sabedoria (*sagesse*) e o máximo de sabor possível".[195] Ora, esse pouco de saber ou de sabedoria que compete ao verdadeiro sábio é a faixa do Neutro. Sendo aquele operador que esquiva toda asserção forte, o Neutro é antídoto contra muitas Medusas, inclusive, a bruxa professoral, com o poder que lhe é inerente.

Como tomar esse desejo do pouco, em derradeira instância?

Não se trata de nenhum oco, de nenhum vazio, de nenhuma inapetência, mesmo porque o (pouco) saber está equiparado aqui ao sabor. Nem lhe convém nenhum termo denotativo (ou conotativo) de privação: indizível, infinito, interminável, como era o caso do neutro blanchotiano. Trata-se, como prefere Éric Marty, de algo "aberto e luminoso".[196] Ou como prefere Derrida, em sua homenagem póstuma a Barthes, de algo "flexível": "O flexível é uma categoria que julgo indispensável para descrever todos os modos de Barthes".[197]

Bem por isso, se quisermos passar dos machucados pessoais às lições da literatura, o *flou* da embriaguez sensual baudelairiana, assim como o vaporoso da vertigem intelectual valeriana, podem nos ajudar a entender a preferência pela rasura.

De fato, o cético que vive em Barthes deleita-se com a consciência baudelairiana da bruma e os "paraísos artificiais" não deixarão de ser incorporados às tópicas do Neutro, na altura

[194] Gaston Bachelard, op. cit., p. 378.

[195] Referência ao fato de que o sábio antigo é o homem que experimenta as plantas arbustivas para conhecer-lhes, pelo paladar, as propriedades curativas ou venenosas, sentido estampado em "insípido", por exemplo, uma declinação de "*sapidus*".

[196] Éric Marty, "Contre la tyrannie du sens unique", *Magazine Littéraire*, n. 482, jan. 2009, p. 62.

[197] Jacques Derrida, "Les morts de Roland Barthes" (in *Chaque fois unique, la fin du monde*. Paris: Galilée, 2003), p. 28.

dos trabalhos do mês de abril de 1978. Na primeira aula desse mês, Barthes diz a seu auditório que a grande ideia de Baudelaire sobre o *hashish* é que ele não altera o indivíduo, não o despoja de si mesmo, mas, contrariamente ao que quer a Doxa, o majora, o desenvolve até o excesso. A droga é aqui condição da consciência, o *hashish* revela o indivíduo ao indivíduo. Ele arremata: "Num certo sentido, o natural excessivo é o artificial em seu esplendor: tudo é uma questão de quantidade, de intensidade".[198]

Trazido para a mesma aula outro exemplo que vai no mesmo sentido é o dos excessos de consciência de *Monsieur Teste* de Valéry. Para Barthes, Valéry inverte Baudelaire, e assim o confirma, nesse seu famoso antirromance, em que também temos uma expansão de consciência, que é trazida não pela droga, mas pela reflexividade extrema, que também droga. Não por acaso há em um e outro o mesmo gesto iniciático: "fechar-se num quarto e entregar-se a uma incitação que leva à deriva".[199] Sem falar que temos ainda em Valéry este traço marcante do ceticismo de Gide, que, como vimos, começa no culto do diário: *Monsieur Teste* é um *log book*. A propósito, é bom lembrar que há mais diários íntimos compondo a prosa baudelairiana (*Fusées* e *Mon coeur mis à nu*) do que se pensa.

Dito em outras palavras: a esfera do Neutro é também a das altas literaturas. Compulsando o índice onomástico de *O Neutro*, poderíamos mesmo dizer que ela o é principalmente, já que são citados aí de Baudelaire a Jean Genet. Mas olhando um pouco mais para trás, veremos que Barthes já resolvia a questão ao definir, cabalmente, o Neutro como escritura, na abertura de seu talvez mais célebre ensaio: "A morte do autor", onde lemos, a propósito da ambiguidade em que nos deixa a multiplicação das vozes em autores como Balzac ou Proust, que "A escritura é esse Neutro, esse compósito, esse oblíquo para o qual ruma nosso sujeito, esse branco e preto em que vem se perder toda identidade...".[200]

Claro que a modulada voz do professor Barthes – que escrevia suas aulas e as lia –, corrobora essa escritura. Como entre tantos

[198] *Le Neutre*, op. cit., p. 136.
[199] Ibid., p. 135.
[200] OC, III, p. 40.

outros notou Dominique Noguez: "Nunca uma palavra mais alta que a outra, uma sílaba mais curta que a outra, todos os fonemas têm a mesma chance, mesmo quando falam de violência".[201]

Somos convidados – enfim – a tomar essa coisa superficial como profunda.

A ESCRITURA PROUSTIANA DESEJA BARTHES

Voltemos a Proust – cujas razões indevassáveis sugeriram a Benjamin ver nele um cético cansado –, para insistir em que o Neutro barthesiano é feito para cingir *Em busca do tempo perdido*.

Para efeitos estatísticos, Barthes refere-se cinco vezes a Proust em *O grau zero da escritura*. Sem que tais remissões tenham o caráter enfático daquelas que envolvem, primeiro, Flaubert e Mallarmé, depois, Camus, ele o menciona, consecutivamente, para notar que a literatura de Proust figura entre as que estão aquém da convenção literária; que a maneira de Proust inscrever-se no fundo de negatividade da escritura está em que sua obra não que ser mais que uma introdução à literatura; que, tal como ocorre com a escritura mallarmeana, a escritura proustiana implica uma opacidade da forma, supõe uma problemática da linguagem e estabelece a palavra como objeto; que foi preciso esperar Proust para que se visse o escritor confundir inteiramente o homem e sua linguagem.[202]

Essas nada mais são, por ora, senão observações muito gerais e rápidas, que surgem a título de ilustração da modernidade, sem nenhuma distinção particular. Nessa fase, toda a atenção de Barthes está extremamente voltada para este recentes novos romancistas, que são Camus, Blanchot e Queneau – como vimos –, o que explica que não haja mais menção alguma ao autor de *Em busca do tempo perdido*, no último capítulo, "A utopia da linguagem", em que se trata principalmente de Camus e dos "brancos" ou "neutros".

Mas ocorre que, à medida que o Neutro vai absorvendo o grau zero, a escritura proustiana vai assumindo proporções nos

[201] Dominique Noguez, "Dossiê Barthes", *Europe Revue Littéraire Mensuelle*, ago.-set. 2008, p. 177.
[202] *Le degré zéro de l'écriture*, OC, I, pp. 192, 194, 210, 218 e 219.

escritos de Barthes. Nesse sentido, diríamos que Proust se apodera do Neutro. De tal forma que, se, acaso, nos autorizarmos a ver as coisas retorsamente, como o próprio Barthes as vê, poderemos pensar que se endereçam, principalmente, a Proust certas palavras da abertura de *O prazer do texto* acerca das relações desejantes que se estabelecem entre o crítico e seu objeto, que já havíamos evocado a propósito de Ponge, e a que voltamos agora, com mais vagar.

A título de justificativa de suas eleições literárias afetivas, Barthes notou aí: "O texto que você escreve deve me dar a prova *de que me deseja*. Essa prova existe: é a escritura".[203] Em seu conhecido ensaio *The critic as artist* – a que voltaremos na conclusão – Oscar Wilde inverte a ideia – dizendo fundamentalmente a mesma coisa – ao escrever que "ao instinto crítico deve-se toda nova escola que surge, todo novo molde que a arte encontra preparado e à mão".[204]

A interpenetração entre a arte proustiana e a crítica barthesiana parecem feitas para provar a felicidade dessa visão.

Os proustianos sabem tudo o que *Em busca do tempo perdido* deve àquela mesma batida em retirada em relação aos apelos do mundo externo em que Barthes depositava o fundo cético do Neutro, vendo-o realizar sua obra em Gide velho, em Baudelaire às voltas com os paraísos artificiais, em Monsieur Teste fechado em seu quarto. Ora, é porque o ceticismo pede esse recuo que é impensável qualquer apresentação do Neutro barthesiano que não faça uma parada em Proust. Ela é tão mais obrigatória quanto Barthes – esse moderno "à contre coeur", que avança olhando para trás, como nota Antoine Compagnon –,[205] tende a desligar-se dos romancistas de vanguarda, para recuperar a melhor tradição do romance, movimento que começa por levá-lo a Sade, Balzac e Flaubert, depois de ter enfrentado a História ainda romanceada de Michelet, e que desaguará certeiramente em Proust. "Desde a guerra de 1914, na Europa, as vanguardas se sucederam em um ritmo acelerado.

---

[203] *Le plaisir du texte*, OC, IV, p. 221. [Grifos do autor.]

[204] Oscar Wilde, "O crítico como artista" (in *Obras completas*, op. cit., p. 1123.

[205] Esse é todo o argumento de Compagnon na parte dedicada a Barthes de seu livro *Les anti--modernes: de Joseph de Maîstre à Roland Barthes* (Paris: Gallimard, 2005).

No fundo, se fizéssemos uma pesquisa sobre isso, perceberíamos que quase sempre foram recuperadas pelas instituições, pela cultura normal, pela opinião corrente", nota ele desconfiado, explicando-nos porque se sente "retaguarda da vanguarda".[206]

Voltemos-nos, então, por um momento, para o Neutro proustiano.

Como situá-lo, de modo mais preciso, nessa crítica barthesiana que começa pelas vanguardas dos anos 1950, mas revê seu cânone de autores, redirecionando o grau zero para fazê-lo recobrir uma literatura que, por seus temas escabrosos, achava-se sob a censura da velha crítica conservadora emergida dos esforços de reconstrução nacional do pós-guerra, como nota, entre outros, Philippe Sollers?[207]

Uma primeira coisa a dizer é que, se no panteão de autores do primeiro livro de Barthes, Proust figura ainda como um velho moderno, ao lado de Flaubert e Mallarmé, com os quais divide uma certa negatividade, que, contudo, não alcança o estrago narrativo dos grandes impassíveis como Camus e Robbe-Grillet, e se as coisas não mudaram muito, à época dos *Ensaios críticos*, em que Barthes está particularmente atraído por Brecht, tudo muda rapidamente, na sequência, e Proust vai se fazendo cada vez mais importante, põe-se a a contentar, cada vez mais, as exigências de abertura do Neutro, passa, enfim, a dar a Barthes a prova de seu desejo por ele. De tal sorte que, nos escritos barthesianos por vir, ele assume as proporções que seriam, em definitivo, as suas.

Desde então, as remissões a Proust multiplicam-se de tal forma que seu romance passa a representar a própria literatura, e se faz bíblico. Como Barthes o admite em 1974, numa entrevista que está hoje recolhida no quarto tomo das suas obras: "Proust é um sistema completo de leitura do mundo. Isso significa que, se admitirmos minimamente esse sistema, ainda que seja só porque ele nos seduz, não haverá em nossa vida cotidiana acontecimento, incidente, encontro, situação que não tenha sua referência em Proust: Proust pode ser a minha memória, a minha cultura, a minha linguagem; posso a qualquer momento *rememorar* Proust, como fazia a avó do narrador com Madame

[206] "Fatalité de la culture, limites de la contre-culture", OC, IV, p. 193.
[207] Cf. Philippe Sollers, "Sur Proust" (in *Éloge de l'infini*. Paris: Gallimard, 2001).

de Sévigné. O prazer de ler Proust – ou melhor de relê-lo –, tem pois o caráter do sagrado ou, ao menos, da consulta bíblica...".[208]

E multiplicam-se também as confissões implícitas e explícitas de identificação, que designam Proust como o escritor a refazer (vide *Vita Nova*) ou como o *alter ego* fatal. Como ele o afirma com todas as letras na abertura de um de seus ensaios mais técnicos sobre os processos de criação em Proust, aquele intitulado "*Longtemps je me suis couché de bonne heure*", que é do mesmo ano do curso sobre o Neutro. Lemos aí: "Proust é o lugar privilegiado de [minha] identificação porque a *Recherche* é o relato de um desejo de escrever. Eu não me identifico com o autor prestigioso de uma obra monumental mas com o trabalhador, ora atormentado, ora modesto, que quis empreender uma tarefa à qual, desde o início de seu projeto, conferiu um caráter absoluto".[209]

Assim, o último Barthes está de tal modo na órbita de Proust que praticamente morrerá debruçado sobre *Em busca do tempo perdido*, com isso dublando o próprio Proust, de resto, que faz a personagem Bergotte morrer em meditações sobre *A vista de Delft* de Vermeer.[210]

De fato, quando do acidente de 25 de fevereiro de 1980, na Rue des écoles, na frente do Collège de France, ele se preparava para encerrar as conferências do ciclo, "A preparação do romance", com um seminário em torno das fotografias do *monde* proustiano pelo estúdio Nadar. Esses últimos encontros tinham por objetivo levar para a sala de aula algo da excitação de Proust diante daqueles seus contemporâneos que lhe servem de chave para as personagens principescas de seu romance, sem que tal atividade tivesse qualquer coisa de escolar. O Seminário seria uma imersão em Proust, como, desde logo, explica o professor: "Aqui não comentaremos: nem ideias, nem observações literárias, nem observações fotográficas, nenhuma tentativa de localizar a passagem da *Recherche* que corresponderia à pessoa representada. Só algumas breves informações biográficas emprestadas a Painter

---

[208] "Roland Barthes contre les idées recues", OC, IV, p. 569. [Grifo do autor.]

[209] "Longtemps je me suis couché de bonne heure", OC, V, p. 459.

[210] Trata-se de "A vista de Delft". Cf. *La Prisonnière, À la recherche du temps perdu* (Paris: Gallimard, 1954 (Bibliothèque de la Pléiade)), pp. 186-87.

[...]. O que tenho em mente é produzir uma intoxicação, uma fascinação, ação própria da imagem".[211]

Vimos que a prática da confissão e o diário íntimo são inseparáveis, para Barthes, das disposições de espírito dos céticos radicais. Incansável estudioso de Barthes também como escritor, Éric Marty vem em apoio de quem busque relações entre essas últimas lições de seu professor e o romance autobiográfico de Proust, ao notar, em seu *Roland Barthes ou le métier d'écrire*, que "o narrador sonha em segredo reescrever fragmentariamente Proust".[212] Outra correspondência interessante nos é assinalada em seu *Roland Barthes, la littérature et le droit à la mort*. Ela envolve uma dissimetria que novamente aproxima esses dois biografólogos pela via da oposição extrema: Proust precisou envelhecer sua mãe, transformando-a na avó que cuida do narrador, enquanto, de seu lado, Barthes precisou rejuvenecer sua mãe, transformando-a naquela menininha da fotografia do jardim de inverno de que fala *A câmara clara*, cuja foto é a única que não se vê ali ou que não se pode ver ali, a mãe sendo "por excelência o objeto impossível da literatura, e mais ainda de toda a literatura moderna". Ao observá-lo, não lhe escapa que essa figuração da mãe que temos em Barthes é contemporânea da escritura de *Journal de deuil*, e que já existe no diário uma menção a uma outra fotografia da mãe em "*petite fille*", anterior àquela do último livro, comentada nestes termos, sempre taquigráficos: "Hoje de manhã, voltando com enorme tristeza às fotos surpreso de ver mam, menina, doce, discreta ao lado de Philippe Binger (Jardim de inverno de Chennevières,1898)".[213] Marty escreve: "Barthes perguntava-se pelas razões que teriam levado Proust a substituir a figura da Mãe pela da Avó em seu romance. Ora, o *Diário de luto* dá origem a um movimento idêntico, perfeitamente simétrico em relação ao de Proust".[214]

Além das muitas relações assimétricas ou dissimétricas que se estabelecem entre um e outro, o estudioso do Neutro barthesiano encontrará outras relações perfeitamente simétricas, entre ambos.

---

[211] *La préparation du roman*, II, p. 391.
[212] Éric Marty, *Roland Barthes: Le le métier d'écrire* (Paris: Seuil, 2006), p. 14.
[213] Ele nos informa que Philippe Binger era o irmão da mãe de Barthes. Chennevières é uma comuna francesa na região da Île de France, a mesma em que fica a Illiers-Combray de Proust.
[214] Éric Marty, *La littérature et le droit à la mort* (Paris: Seuil, 1982), pp. 44-45.

Para encerrar esta rápida incursão ao Proust de Barthes, propomos a seguir algumas figuras possíveis do Neutro proustiano.

Figura 1: O estado de espírito do Neutro é a lassidão, como o de Pirro é a ataraxia. Embora o narrador tente combatê-las, o romance proustiano nasce de uma combinação da sonolência com a doença e a preguiça, ambas ataráxicas. Como Proust o diz aqui: "A enfermidade que, tal um severo diretor de consciência, me obrigara a morrer para o mundo, me fora útil (pois se o grão de centeio não morrer depois de semeado permanecerá único, mas, se morrer, frutificará), talvez me resguardasse da indolência, como esta me preservara da facilidade...".[215]

Figura 2: O herói proustiano não acaba nunca de se perguntar pelo sexo do outro. Será que ele gostaria de homens? Será que ela gostaria de mulheres? E os homossexuais proustianos não acabam nunca de negar que são homossexuais. Sabemos que nada disso se resolve em Proust e que, nesse quesito, À *la recherche du temps perdu* encaminha uma indiferenciação entre os sexos. Ora, Proust é barthesiano, e Barthes proustiano, nesse sentido que, para ambos, a sexualidade configura-se, assim, como uma casa em aberto, uma ideia reversível e não uma realidade. Como ela o é também para a psicanálise. Aliás, o nó lacaniano real/simbólico/imaginário é outro terceiro.

Figura 3: Sendo assistemático, o Neutro pode ser suspenso, quando certas situações especiais – o *"kairós"* do cético, como vimos – oferecem ao sujeito a oportunidade de verificar a súbita verdade de tal impressão, de tal fato, de tal interpretação de tal fato. Nada mais proustiano: também ao narrador de *Em busca do tempo perdido* acontece de ver confirmada, por vezes, uma suspeita cruel. Isso acontece sempre a*près coup,* quando, por um ato falho ou qualquer outra forma de revelação involuntária, alguém sob forte suspeição termina por se trair. Tal é a fragilidade das verdades reveladas.

---

[215] Valho-me aqui da tradução de Lúcia Miguel Pereira para *O tempo redescoberto* (São Paulo: Globo, 2001), p. 290.

Figura 4: Saído deste modelo híbrido que é *Contra Sainte-Beuve*, o romance proustiano oscila entre a ficção e o ensaio. Ele é assim, como por definição o é também o Neutro, uma terceira forma ou um terceiro.

Figura 5: O Neutro é a arte do não-sistema. Ora, que poderia haver de menos sistemático que esses vasos comunicantes, capazes de se interpenetrar, de se contaminar mutuamente e de suspender suas próprias leis internas que são os "*côtés*" proustianos?

Figura 6: Nascido de uma paixão pelo teatro de Brecht, o Neutro aprecia a dsitanciação crítica dos fatos, o recuo do patético. Ora, que poderia ser mais teatro brechtiano que aquele espetáculo que temos da decadência do salão Guermantes, olhada a frio pelo narrador, no final de *O tempo reencontrado*? Agora longe da excitação em que, um dia, aquela gente o havia posto, e mais capaz de entender a história toda, não funciona ele aí como o ator-curinga de Brecht?

Figura 7: Tomado do ponto de mira do narrador, o olhar proustiano angula-se triplamente, nas direções do telescópio, com seus grandes planos à distância dos acontecimentos, do radioscópio, com seus planos próximos e aumentados, e do caleidoscópio, que tudo embaralha em seu interior espelhado, onde dançam fragmentos de cristais. Novamente, é a própeia lei do terceiro.

Figura 8: A temporalidade proustiana é terceira: narração no presente, fixada em coisas passadas, em vista de um romance futuro.

Figura 9: Barthes é orientalizante, o Neutro busca o princípio japonês da delicadeza, também na cerimônia do chá, sobre a qual temos algumas páginas admiráveis em *O império dos signos*. Ora, um dos grandes motivos do romance proustiano – o da "*madeleine*", o bolinho que, molhado no chá de tílias abre os canais da memória afetiva e revela o tempo perdido –, também o é. De fato, como sabemos, nos tempos de

Combray, o jovem narrador da Recherche visitava a Tia Leonie em seu quarto, onde ela tomava ritualmente sua tisana, todo domingo de manhã. Por conexão dos tempos e dos espaços, são essas manhãs que ressuscitam, anos depois, numa tarde de inverno parisiense, saídas da xícara de chá que lhe oferece, agora, sua mãe. O que se sabe menos é que esse lance mágico que conecta Combray e Paris inspira-se num delicado jogo japonês consistente em atirar pedacinhos de papel colorido e extensível numa vasilha de água, de modo a inflá-los e transformá-los em flores. Temos aí minúsculas ninfeias. De Monet às estampas dos *robes* de Odette, o japonismo estava na moda no meio intelectual e mundano de Proust, lemos no *Dictionnaire Marcel Proust*.[216]

Figura 10: Assim sendo, e já que a Madeleine tornou-se um clichê proustiano, é tentador repensar a *madeleine* à luz destas palavras de Barthes sobre o caráter rigorosamente construído da Ikebana: "Num buquê japonês, sejam quais forem as intenções simbólicas de sua construção (enunciadas em qualquer guia do Japão), o que é produzido é a circulação do ar, de que as flores e os galhos são espécies de paredes, delicadamente traçadas segundo a ideia de uma *raridade,* que distinguiríamos da natureza, tudo se passando como se somente houvesse a profusão desse prova do natural; o buquê japonês tem volume [...] podemos avançar para o interstício de seus galhos, não para lê-lo, mas para refazer o trajeto da mão que o escreveu: escritura verdadeira porque produz volume e porque, recusando à leitura que seja simples decifração de uma mensagem, permite-lhe refazer o traçado de seu trabalho".[217]

---

[216] Cf. verbete "Japonisme" (in Annick Bouillaguet e Brian Rogers (orgs.), *Dictionnaire Marcel Proust*. Paris: Honoré Champion), p. 528.
[217] *L'empire des signes*, OC, III, p. 386.

PASSAGEM À SEMIOLOGIA

*"Alguém me escreve que um grupo
de estudantes revolucionários prepara
uma destruição do mito estruturalista.
A expressão me encanta pela sua
consistência estereotípica".*

Roland Barthes[1]

INSÓLITO, INSOLENTE, CORROSIVO

Embora aparentemente tudo os separe, *Mitologias* entretém relações profundas com *O grau zero da escritura*. Não só porque estamos aqui, ainda que transversalmente, num Barthes marxista, que se debruça sobre a sociedade capitalista, como se esperaria de um intelectual participante, nesses anos 1950, em que ser intelectual e fazer a crítica da ideologia burguesa são coisas inseparáveis. Nem só porque, como bem frisou Steffen Nordhal Lund, numa instigante leitura anacrônica à *la* Barthes, *O grau zero da escritura* é uma versão literária de *Mitologias*, em que o "segundo grau" da conotação, já intuído, desde sempre, foi corajosamente levado até o "grau zero".[2] Mas principalmente porque esse livro envereda por aquela mesma espécie de "antropologia do sujeito contemporâneo votado à alienação no mito", como já havia notado Éric Marty, propondo que leiamos um Barthes à contraluz do outro, o mito à luz do grau zero e o grau zero à luz do mito. Podemos dizer que, para Barthes, a literatura tornou-se um mito no sentido do conceito que formulará alguns anos mais tarde em *Mitologias,* escreve ele.[3]

De fato, se algo mudou entre 1953 e 1957, o que se passa, agora, é que o mito explicitou-se. De tal sorte que a análise estrutural das narrativas míticas vai mostrar que são os mitos que nos explicam, e não o contrário. Estamos cada vez mais no "intertexto" de Saussure e Lévi-Strauss.

As *Mitológicas* de Lévi-Strauss uma de suas obras mais notáveis e a mais vasta[4] acham-se em preparação, no início dos

---

[1] "Écrivains, intellectuels, professeurs", OC, III, p. 893.
[2] Steffen Nordahl Lund, *L'aventure du signifiant: une lecture de Barthes* (Paris: PUF, 1981), p. 12.
[3] Éric Marty, "Présentation", OC, I, p. 19.
[4] Publicada de 1964 a 1971, a série compõe-se de *O cru e o cozido, Do mel às cinzas, Origem dos modos à mesa* e *O homem nu*. Em resenha para o Caderno Cultura de *O Estado de S. Paulo*, datado de 23 de novembro de 2008, Gilles Lapouge assim a apresenta aos leitores brasileiros:

anos 1950, quando Barthes põe-se a enfocar certos quadros da vida francesa no modo que será o de sua escola. Só em 1964 sairia o primeiro dos quatro volumes daquela série straussiana colossal, com sua análise cerrada de uma profusão de lendas ameríndias, em que ele explora certo fundo comum, certa universalidade transcultural dos mitos, vistos, em sincronicidade, como sistemas que se atraem. Mas antes mesmo de *O cru e o cozido*, Barthes já tem sua leitura das legendas do capitalismo tardio. De fato, sendo uma "espécie de etnografia da sociedade francesa contemporânea através dos signos que ela emite", como também notou Calvet,[5] o livro, que é o terceiro e certamente o mais notório de Barthes, já realiza uma aproximação estrutural à heterogeneidade dos discursos, aqui os midiáticos. Mesmo porque o trânsito Moscou-Paris passa por esta outra matriz de Lévi-Strauss que é o livro de Propp sobre os contos maravilhosos, que também são, sempre, por mais distantes que estejam entre si, os mesmos contos, e Barthes já mergulhara na demonstração de Propp.[6] Assim, poderá dizer, numa reapresentação acrescentada ao livro em 1970, que aumenta o *Avant propos* da primeira edição, e nos deixa vê-lo avaliando o caminho percorrido: "O que se encontrará aqui são duas determinações: de um lado, uma crítica ideológica à linguagem da cultura de massa; de outro, uma primeira desmontagem semiológica dessa linguagem".[7]

Se tudo interessa nessa carta de intenções, retenha-se, particularmente, esta formulação: "dar conta em detalhe da mistificação", onde "em detalhe" certamente alude à bricolagem dos semiólogos, que procedem por desmontagem e reconstrução do xadrez da língua, como veremos. Reserve-se também, para mais adiante, esta outra formulação, que certamente alude às

---

"Com *Mitológicas*, ele resolve classificar uma produção fervilhante, intangível, bizarra, incerta e que parecia a mais avessa a qualquer classificação. Durante dez anos, Lévi-Strauss colecionou esses mitos, os comparou, emparelhou suas maneiras de narrar, buscou seus parentescos e semelhanças. O material era infinito: um milhar de mitos provenientes de duzentos povos indígenas das Américas. O resultado é soberbo". Lapouge voltou muito recentemente a esse Lévi Strauss da incursão às longas durações em um volume *à la Strauss* sobre recordações do Brasil, em que há todo um verbete dedicado ao mestre. Lemos aí estas notas admiráveis: "Ele não se interessava pelo tempo que passa. Eis porque ilustrou-se na ciência antropológica. [E nem era] sobre as longas durações que se debruçava. Mas sobre as durações intermináveis". Cf. Gilles Lapouge, *Dictionnaire amoureux du Brésil* (Paris: Plon, 2011), pp. 407-8.

[5] Louis-Jean Calvet, *Roland Barthes: uma biografia* (São Paulo: Siciliano, 1993), p. 169.

[6] Ibid., p. 151.

[7] OC, I, p. 673.

desmontagens das críticas marxistas, que pecam por serem sem minúcia: "sair da denúncia piedosa". No entender de Barthes, não fazer crítica piedosa é saber comensurá-la a seu objeto.

Escrito entre 1954 e 1956, como ele informa na apresentação da primeira edição de 1957, o livro recupera artigos enviados, primeiramente, a uma revista chamada *Esprit*, depois, à *Les lettres nouvelles* de Maurice Nadeau, fundada em 1953. Diferentemente do que fizera quando da publicação de *O grau zero da escritura*, dessa vez, trabalhando novamente a convite de Nadeau, tria e reduz seu material, e o arremata com um ensaio produzido *a posteriori*, insinuantemente intitulado "O mito hoje". A coletânea é lançada em 1957.

São 55 capítulos fulgurantes, por vezes exasperadamente sutis (como sabe o professor que os levou para a sala de aula e teve que lê-los com os alunos). Escritos numa língua suntuosa, que se faz ouvir, e arrematados por espécies de fórmulas aforismáticas ou fechos de ouro, merecem esta apreciação recente de Philippe Sollers: "insólito, insolente, corrosivo, divertido, frio".[8] Ou esta de Éric Marty: "podemos ler certas mitologias como quase-poemas".[9] Ou esta de Gilles Lapouge, apresentando, em 2003, uma reedição da tradução brasileira pela Difel, que coincidia, então, com uma mostra dos desenhos de Roland Barthes no Centro Georges Pompidou: "o livro é diabolicamente inteligente".[10] Ou ainda esta de Jean-Claude Milner: "análise brilhante, penetrante, arrebatadora".[11] São impressões plenamente confirmadas, em 2010, mais de meio século depois de seu lançamento, pelas personalidades que vem a campo, em Paris, saudar a saída do *Mitologias* ilustrado *de Jacqueline Guittard*. Avulta, entre eles, Julia Kristeva, que diz ao *Le Monde* que o papel de cada mitologia de Barthes é mostrar a ideologia que se dissimula sob o discurso supostamente inocente.[12]

Esses textos de estilo lapidar voltam-se, paradoxalmente, para uma contemporaneidade nada heroica: a cultura de massas, assim

---

[8] Philippe Sollers, "Vérité de Barthes" (in *RB*. Direction Marianne Alphant et Nathalei Léger. Paris: Seuil/mec/Centre Pompidou, 2002).

[9] Éric Marty, Dossiê Barthes, *Europe Revue Littéraire Mensuelle*, ago,-set. 2008, p. 193

[10] Gilles Lapouge, O Estado de S. Paulo, 2 fev. 2003. Caderno 2.

[11] Jean-Claude Milner, *Le pas philosophique de Roland Barthes* (Paris: Verdier, 2003), p. 53.

[12] Julia Kristeva, depoimento ao *Le Monde*, 12 out. 2010.

inesperadamente absorvida num alto lugar das letras francesas. Enfrentam todo o território do *kitsch*, que, segundo alguns, o conceito de mito reformula.[13] Antes envolvido com Mallarmé, Flaubert, Camus e Robbe-Grillet, quando mal começava a obter algum sucesso de estima, graças à sua paixão pela linguagem e pelos muito modernos, Barthes despoja-se agora do prestígio desses primeiros temas estritamente literários, voltando-se para a publicidade, a propaganda, o *marketing*, os *best-sellers*, a arte burguesa, enfim, todo o avesso da cultura respeitável.

Uma primeira observação cabível, quando se comparam *O grau zero da escritura* e *Mitologias* livros entre os quais interpõe-se *Michelet* (1954), saído das imersões literárias da época do sanatório,[14] e bem diverso dos dois outros, é que o fundo sombrio do primeiro e a gravidade do segundo foram aqui trocados por uma mordacidade sorridente. Divertido, de fato até porque para Barthes, declaradamente, "a ligação do semiólogo com o mundo é de ordem sarcástica",[15] o sujeito que está com a palavra em *Mitologias* é um moralista às voltas com uma comédia social, e sua particular maneira de arrancar as máscaras sociais é feita para nos fazer sorrir. Parece que foi Doubrovski quem primeiro assinalou a interveniência do moralista em Barthes: "Esses exercícios de estilo de um virtuosismo incomparável são a versão moderna dos caracteres de La Bruyère".[16]

Observe-se, de resto, que, apesar de sua melancolização crescente, não é raro rirmos, desde então, com Barthes. De fato, esse é o mesmo riso que se desprega de textos posteriores como *Sistema da moda* (1967), onde dedica-se a flagrar acontecimentos retóricos do tipo: "o azul está na moda este ano",[17] nesse caso de maneira tão mais surpreendente quanto estamos falando de seu único livro francamente teorizante. E de todos aqueles artigos dos anos 1960 em que prossegue examinando a moda em estado

---

[13] É o caso de Marcelo Coelho na seção "Roland Barthes e a arte burguesa" de seu livro *Crítica cultural: teoria e prática* (São Paulo: Publifolha, 2006), pp. 165-172.

[14] "Na doce paisagem alpina, mergulha em Michelet, o único autor que lê integralmente, ele que, em geral, se comprazia em folhear as obras, detendo-se aqui e ali, concentrando-se numa ou noutra passagem, passando por cima de outras. Lê com cuidado, anotando e comentando em voz alta o que escreve, e dedica-se sobretudo às fichas, de maneira meticulosa, quase maníaca...". Cf. Louis-Jean Calvet, *Roland Barthes: uma biografia*, op. cit., p. 77.

[15] *Mythologies*, OC, I, p. 867.

[16] Serge Doubrovski, "Une écriture tragique" in *Revue Poétique*, n. 47, set.-dez. 1981.

[17] A frase intitula uma das seções de *Système de la mode*. Cf. OC, I, p. 1023.

de "moda escrita", e alvejando a tolice dos editoriais das revistas femininas, com a mesma fleuma com que toma o jornalismo político do *Figaro*, à época da guerra da Argélia.[18]

Em matéria de ironia, começa em *Mitologias*, aliás, uma tendência que veríamos prosperar nessa crítica cultural que, destemidamente, ele passa a produzir: a de a aplicar aos objetos que analisa o seu repertório erudito. Como nesta descrição do "chique Chanel", por exemplo, que vale a pena acompanhar por inteiro, não só pelo "épos" das mídias que é aí reconhecido, mas pela maneira deliciosamente irreverente com que a epopeia dos editoriais de moda é aí verificada: "As criações de Chanel contestam a própria ideia de moda. A moda (como concebemos hoje) baseia-se num sentimento violento do tempo. Cada ano, a moda destrói o que acaba de adorar, adora o que acaba de destruir; a moda vencida do ano passado poderia dirigir à moda vitoriosa do ano corrente estas palavras inamistosas dos mortos aos vivos, inscritas em alguns títulos: 'Fui ontem o que és hoje, serás amanhã o que sou'. A obra de Chanel não participa ou participa pouco dessa *vendetta* anual. Chanel trabalha sempre o mesmo modelo, que ela "varia", de ano para ano, como se "varia" um tema em música; sua obra diz (e ela mesma confirma) que há uma beleza "eterna" da mulher, cuja imagem única nos seria transmitida pela história da arte; ela rejeita com indignação os materiais perecíveis, como papel e plástico, com que às vezes se tenta fazer vestidos nos Estados Unidos. Da própria coisa que nega a moda, ou seja uma duração, Chanel faz uma qualidade".[19] É interessante reter também "*vendetta*".

FALSA CONSCIÊNCIA E CONSCIÊNCIA PARTIDA

Mas se *O grau zero da escritura* fala de uma "consciência infeliz" do escritor moderno, *Mitologias* desloca-nos para a questão da "falsa consciência", que é inseparável do mascaramento da

---

[18] Recolhidos no primeiro volume das obras completas, esses artigos existem em português do Brasil e estão reunidos no volume organizado, em 2005, por Leyla Perrone-Moisés, com o título *Roland Barthes: Inéditos v. 3: imagem e moda* (São Paulo: Martins Fontes, 2005).

[19] "Le match Chanel-Courrèges", OC, II, p. 1246.

ideologia pelos códigos das mídias. É nessa tecla que o livro bate: numa certa impaciência do crítico em relação à maneira como a indústria cultural traveste a realidade, dando por natural o que é histórico. Deslizamento que está no cerne mesmo da falsa consciência, tal como a entende a tradição filosófica, principalmente alemã, desde Marx. De fato, no sentido que assume em autores como Marx, Mannheim e Lukács, a falsa consciência está relacionada à fetichização da mercadoria resultante da contradição que ela encerra em si, sendo a um só tempo valor de uso e valor de troca, e podendo ser assim reduzida a valores abstratos e à construção do homem alienado que, não se reconhecendo em seu trabalho, que é produzir mercadorias, assim suscetíveis de serem igualadas a qualquer coisa, não pode ter senão uma falsa relação com História. Nessa tradição, a falsa consciência é o corolário do fetiche da mercadoria.[20]

Na nota prévia que escreveu para *Mitologias*, em 1957, quando da primeira publicação do livro, Barthes a chama "falsa evidência", e impacienta-se com suas manifestações na imprensa, na arte popular, nnos guias de turismo, nos usos e costumes, por toda parte. Sente-se interpelado pelas publicidades, campanhas de *marketing*, propagandas de ideias que dão coisas tão culturalmente construídas quanto o Tour de France de Bicicleta, a culinária da revista *Elle* e a crônica da guerra da Argélia no jornal *Le Figaro* por naturalmente francesas. Assim, de saída, ele escreve: "me incomodava ver o tempo todo confundidas em nossa atualidade Natureza e História, e queria reconstituir aí nessa exposição decorativa de obviedades o abuso ideológico escondido".[21]

Parente da Doxa, é a noção de "mito" que será encarregada de dar conta dessa impostura. Entretanto, se Barthes é um marxista atravessado por Saussure, o mito não tem aqui o sentido místico que o fetiche da mercadoria ganha em Marx. Para melhor aquilatarmos a diferença, lembremos o vigoroso e igualmente estilizado epílogo do primeiro capítulo de *O capital*, em que Marx vai à "complicada evidência" da

[20] Uma boa apresentação dessa tradição de pensamento pode ser encontrada em Joseph Gabel, *La fausse conscience, essai sur la réification* (Paris: Minuit, 1962).
[21] OC, I, p. 675.

mercadoria, que também pode ser dissimulada: "À primeira vista, a mercadoria parece uma coisa trivial, evidente. Analisando-a, vê-se que ela é uma coisa muito complicada, cheia de sutileza metafísica e de *manhas teológicas*. Como valor de uso, não há nada de misterioso nela. [...] A forma da madeira, por exemplo, é modificada quando se faz dela uma mesa. Não obstante, a mesa continua sendo madeira, uma coisa ordinária física. Mas logo que ela aparece como mercadoria, transforma-se numa coisa fisicamente metafísica. Além de se por com os pés no chão, ela se põe a encabeçar as outras mercadorias e desenvolve de sua cabeça de madeira cismas muito mais estranhas do que se começasse a dançar por conta própria".[22]

De fato, se a desmistificação passa aqui por conceder autonomia ao objeto, a operação de Barthes é atacar-lhe, justamente, as cismas mistificantes, mostrando, em sentido diverso, que, afora falar, ele é falado. Ele dá-se pressa em anotar a diferença, no *Avant-propos* de 1957, dizendo-nos aí que, quando escrevia seus artigos, que agora saem publicados, ainda entendia o mito no sentido tradicional de mistificação, mas que, mesmo então, já era o sentido etimológico, a saber, um relato, uma narração que mais o retinha: "de uma coisa sempre estive certo e dela tentei tirar todas as consequências: o mito é uma linguagem". Tal definição repete-se no fecho "O mito hoje", em que lemos: "O que é o mito hoje? Darei de saída uma primeira resposta muito simples, que corresponde perfeitamente à etimologia: o mito é uma fala (em Saussure: "*parole*").[23] Temos aí um movimento gradativo de conquista metodológica, o fetiche da mercadoria é expressivo, o que faz da análise das mídias uma semiologia da conotação. Movimento que está igualmente significado no primeiro *Avant-propos* de *Mitologias*: "Assim, ocupando-me de fatos aparentemente os mais distantes da literatura (uma luta livre, uma comida, uma exposição de artes plásticas), penso que não me afastava dessa

---

[22] Karl Marx, *O capital*, v. 1, Livro Primeiro. O processo de produção do capital. Tradução de Regis Barbosa e Flávio Kothe. (São Paulo: Abril Cultural, 1983 (Col. Os Economistas)), p. 70. [Grifos meus.]

[23] *Mythologies*, OC, I, p. 823.

semiologia geral do mundo burguês de que vinha abordando a face literária em ensaios precedentes".

Isso não impede a crítica social do marxista Barthes. Nesses "pequenos *flashs* da existência social" como tão bem os resumiu Etienne Samain,[24] o "inimigo capital" é sempre "a norma burguesa", e mais especificamente a pequeno-burguesa, a pequena burguesia francesa sendo o alvo preferencial nomeado de Barthes, como não poderia deixar de ser em se tratando de um cultor das vanguardas que escarneceram do realismo burguês, e de um aficionado de Brecht, cujos escritos sobre o teatro, por sinal, saem no mesmo momento e na mesma revista, a *Lettres Nouvelles*.[25] Mas o leitor de Saussure quer analisar-lhe os códigos "em detalhe". Seu intento é uma "análise fina", também chamada "semioclastia".[26] Parar na denúncia da falsificação é pouco, além de piedoso. Relembremos a recusa da denúncia piedosa, que anunciávamos lá atrás: "Eu acabava de ler Saussure e estava convicto de que, tratando as representações coletivas como sistemas de signos, podíamos esperar sair da denúncia piedosa e dar conta em detalhe da mistificação que transforma a cultura pequeno-burguesa em natureza universal". Ao semioclasta interessa mostrar como se dá, na prática, a falsificação, ou como se falsifica. Sua abordagem será nesse plano.

Elegantes, as *Mitologias* contemplam o giro em falso dos discursos. É assim, por exemplo, que, considerando o noticiário do *Figaro* sobre a política da França no norte da África, Barthes vai centrar fogo na "fraseologia" do jornal como a chama, trabalhando o mais possível rente às palavras, deixando-as falar por si mesmas, levando-as, por assim dizer, a confessar a armadilha "axiológica" de seu vocabulário. Como acontece neste trecho de matéria jornalística que lhe parece encerrar não apenas uma construção narrativa, mas uma amostra de má literatura: "O governo da República está resolvido a empreender todos os esforços que dele dependam para pôr cobro ao cruel dilaceramento do povo marroquino". Aí, a menção ao caráter

---

[24] Etienne Samain, "Um retorno à Câmara clara: Roland Barthes e a antropologia visual" (in *O fotográfico*, São Paulo: Hucitec/CNPq, 1998), p. 116.
[25] Cf. Éric Marty, "Présentation", OC, I, p. 23.
[26] *Mythologies*, OC, I, p. 673.

trágico dos eventos destina-se flagrantemente a fazer passar o mal pelo Mal. O estado de guerra plenamente histórico é negado ou denegado graças ao recurso a uma fatalidade sem origem, que se esgueira como se fosse natural.[27] Tal é a estratégia retórica que a direita aciona para obliterar a responsabilidade da França pelo que se passa nas colônias.

Se criticar a pretensão da *parole* a ser palavra final já era a sua preocupação, desde sempre, a manobra da transfiguração da História em naturalidade, que está no cerne da falsa consciência, é algo que Barthes não cessará mais de perseguir a partir de então.

Calvet nos conta que, na época do sanatório de Sainte-Hilaire, participando das discussões literárias dos internos que animavam a revista *Existence*, ele já se irritava com a maneira de os companheiros pregarem etiquetas definitivas nos autores.[28] Em *Mitologias*, essa irritação torna-se metódica, o que mais o vemos fazer aí é agastar-se com a desenvoltura daqueles falantes que fazem de objetos mercadológicos carregados de conteúdo ideológico coisas tranquila e imediatamente dadas.

A tendência é tão forte que podemos pensar que, de alguma forma, é ainda o falso natural que o estará preocupando neste seu outro livro, que conduz uma outra revolta crítica: *Sur Racine*. De fato, pelo menos no ponto de desencadeamento, esse é mais um volume em que briga com as ideias feitas. Prova disso é que nasce, confessadamente, da constatação que faz Barthes da enorme quantidade de releituras da tragédia raciniana que estão sendo realizadas, à sua volta, nos primeiros decênios da segunda metade do século XX, quando surgem, em meio à massa geralmente amorfa das contribuições, os notáveis estudos de Lucien Goldmann e Charles Mauron, de que tratamos, oportunamente, na sequência, ao lado da portentosa escavação histórica de Raymond Picard, causa remota daquilo que chamaremos a batalha da Sorbonne. Não lhe escapa, então, este paradoxo: o autor francês mais associado à ideia de uma transparência clássica, aquele cujo texto deveria, por isso mesmo, dar menos trabalho aos intérpretes, é justamente aquele para o qual mais convergem as linguagens novas do século. Fato que o

[27] Ibid., p. 778.
[28] Louis-Jean Calvet, *Roland Barthes: uma biografia*, op. cit., p. 53.

143

levará a também notar o caráter ambíguo dessa transparência – Racine sendo então aquele de quem se tem muito a dizer e nada a dizer –, e o lugar-comum dessa reputação, que lhe parecerá uma "espécie de grau zero da crítica, algo assim como um lugar vazio eternamente oferecido à significação".[29] Aliás, é desse tipo de vazio barulhento que ele já estava falando em *Mitologias*, quando atacava, em nome de Bouvard e Pécuchet, siderados com a explicação de que "o gosto é o gosto", a crítica que declama que "Racine é Racine", e escrevia, sem piedade: "Já assinalei a predileção da pequena burguesia pelos raciocínios tautológicos. Pois aqui está um desses belos raciocínios, muito frequentes na ordem das artes: 'Athalie é uma tragédia de Racine', como lembrava um artista da Comédie Française, antes de apresentar seu novo espetáculo".[30]

Nem é por acaso que, entre *Mitologias* e *Sur Racine*, ele ainda se assombrasse com as circunvoluções inócuas a que dá azo o verbo ser, e que elas o levassem de volta às campanhas coloniais da França no Maghreb. É o que faz num ensaio precisamente intitulado "Sobre um emprego do verbo ser", escrito em 1959. Aí, volta ao truísmo "A Argélia é francesa". Começa por observar que, na mente do autor dessa frase, ser um bem nacional francês é uma qualidade da Argélia. Continua notando que temos aí uma evidência recente, já que a Argélia só é francesa desde o século XIX. Segue observando que, dada a força declaratória da frase, essa qualidade da Argélia de ser francesa, embora recente, é tida por seu formulador como perdurável, ou como devendo continuar no futuro, como se a História não se mexesse mais. E termina por explicar, argutamente: tudo se deve à curiosa operação do verbo, que diz esse passado no presente. A astúcia é a seguinte: "o Fato sendo sempre passado, e o presente estando sempre no Ser, se acontecer de o Fato vir a perturbar o Ser, devido a alguma situação escandalosamente imprevista, bastará negá-lo nominalmente para liquidá-lo".[31] Novamente: tudo se passa como nos maus romances realistas, que assim também manejam o passado histórico, esse tempo factício das cosmogonias

---

[29] *Sur Racine*, OC, II, p. 54.
[30] "Racine est Racine", OC, I, p. 745.
[31] "Sur un emploi du verbe être", OC, I, pp. 971-972.

míticas, encarregando-o de tornar toda fabulação para sempre fiável, graças a esse mesmo tipo de controle do tempo, que supõe um mundo acabado. "Por trás do passado histórico escondem-se sempre um demiurgo, um deus, um vate, e um mundo que não precisa ser explicado, tão logo o passamos a recitar".[32]

BARTHES, BAUDELAIRE, BALZAC

Mas apresentar *Mitologias* implica dizer também que o intelectual refinado que tão minuciosamente cuida de tópicos gramaticais na dispensação verbal dos meios de comunicação, não é só um marxista que chegou aos signos. É também o devedor de todo um determinado passado francês, em que certos representantes das belas-letras também acariciaram a cultura que lhes foi contemporânea. Está se falando daquela cultura moderna que remonta ao século XIX, e que tem em Balzac e Baudelaire os primeiros grandes observadores delicados da vida moderna, inclusive dos jornais, com seus fraseólogos revoltantes. Ela antecede e funda o bombardeio das vanguardas sobre a cultura contemporânea e, ainda que muitos deles detestem as próprias vanguardas, o bombardeio dos críticos culturais sobre as comunicações de massa.

Investiguemos Barthes, crítico das vanguardas feito crítico cultural, também por esse lado. Para tanto, abramos um parêntesis para a dupla Baudelaire e Balzac. Começando pelo primeiro porque, embora Balzac preceda Baudelaire como homem na multidão, tendo sabido estender seus estudos dos interiores franceses ao cenário das ruas, nos *Tratados da vida contemporânea*, é o que vem depois que parece influenciar o que vem primeiro, dada a força e o impacto dos *tableaux parisiens* do mais novo.

Entre os novecentos fragmentos de textos que Benjamin reuniu, no final dos anos 1930, na Bibliothèque Nationale, em Paris, para um arquivo Baudelaire a ser futuramente empregado num livro a chamar-se *Charles Baudelaire, um poeta lírico no*

[32] *Le degré zéro de l'écriture*, OC, I, p. 190.

auge do capitalismo, hoje encontrável, em seu estado inacabado, em ótimo português do Brasil, com o título de *Passagens*,[33] surpreende-se esta severa anotação de um contemporâneo do poeta: "A marca verdadeiramente decisiva que define Baudelaire como um traidor de sua própria classe não é a integridade que o impedia de pleitear subvenções do governo, e sim sua incompatibilidade com os costumes jornalísticos".[34] Ela cai como uma luva em Barthes. Independentemente de ambos tanto terem colaborado para os jornais, se fosse certo horror dos jornais e do meio jornalístico a salvar um e outro de serem burgueses, ambos estariam salvos. Pois, de fato, nenhum nunca cessou de clamar contra as redações, nisso empregando o mesmo ardor.

Como ocorre em Barthes, muitas das imprecações de Baudelaire estão disseminadas por sua obra em prosa, principalmente pelos diários (que, como Barthes, multiplicou). Veja-se esta em *Meu coração posto a nu*: "Um funcionário qualquer [...] um diretor de jornal pode ser, por vezes, um ser estimável, mas não será jamais divino. Funcionários são pessoas sem personalidade, seres sem originalidade, nascidos para a função, quer dizer, para a domesticidade pública".[35] Outras estão nos *Pequenos poemas em prosa*. Estes são particularmente agressivos. Quem não se lembra que, num deles aquele intitulado "À uma da manhã", ao chegar em casa e passar a chave na fechadura da porta, o narrador do poema põe-se a recapitular seu dia numa Paris abominável; vem--lhe à lembrança pessoas horríveis com quem cruzou, entre elas, um diretor de revista com quem teve de avistar-se, e que lhe dizia, enquanto conversavam ambos na redação: "isto aqui é um lugar de gente honesta", o que ele interpreta assim: "todos os jornais são dirigidos por malandros" (*des coquins*). E quem não conhece aquele outro poema "O cão e o frasco", em que ele ataca os jornalistas e seus leitores, o rebanho do público, fazendo seu narrador dirigir-se nestes termos a um cachorro que cheirou

---

[33] Walter Benjamin. Passagens. Organização brasileira de Willi Bole. Colaboração de Olgária Matos. Tradução do alemão de Irene Aron e do francês de Cleonice Paes Barreto Mourão. (Belo Horizonte/São Paulo? Editora da UFMG/Imesp, 2006).

[34] Ibid., p. 376.

[35] Charles Baudelaire, "Mon coeur mis à nu" (*Oeuvres*. Paris: Gallimard, 1951 (Bibliothèque de la Pléiade)), p. 1222.

um vidro de perfume, sem nada entender: "Até você, indigno companheiro de minha triste vida, é como o público, a quem nunca se devem apresentar perfumes delicados que o exasperem, mas só imundícies cuidadosamente escolhidas" (*des ordures soigneusement choisies*).[36]

Por certo, foi essa agressividade que levou o comentador pesquisado por Benjamin a localizar no combate à imprensa a desclassificação social do poeta, que muitos preferem ver em suas frequentações amorosas, ou em suas fulgurantes aparições nas escaramuças de rua da Revolução de 1848, ou mesmo em seus trajes de dândi indisposto com o uniforme do trabalhador. Mas uma outra anotação da mesma coleção benjaminiana sugere-nos ainda a razão profunda desse posicionamento, e isso pode nos levar de volta à falsa consciência, agora poeticamente calçados.

No meio dos mesmos papéis benjaminianos, está também este outro depoimento de um outro admirador da grande escapada de Baudelaire: "A importância única de Baudelaire consiste no fato de ter ele sido o primeiro e do modo mais imperturbável possível a apreender o homem estranho a si mesmo, ele o identificou e o muniu de uma couraça contra o mundo coisificado".[37] De fato, é à reificação do mundo pela lógica da mercadoria, com tudo que a animação dos objetos manufaturados pode comportar de mortífero para o sujeito desumanizado, que responde o homem "estranho a si mesmo". É nessa cultura da morte que as gazetas disseminam, com notícias de guerras, crimes, torturas, sua "embriaguez da atrocidade universal", diariamente oferecida como "aperitivo na refeição matinal do homem civilizado".[38] Os jornalistas sendo, assim, outros emissários da morte. Como o serão, mais adiante, para Barthes, os repórteres-fotográficos, de que ele não hesita em nos dizer, no fragmento 38 de *A câmara clara*: "Todos esses jovens fotógrafos que se movimentam no mundo, dedicando-se à captura da realidade, não sabem que são agentes da Morte. É o modo como nosso tempo assume a Morte: sob o álibi denegador

[36] Charles Baudelaire, *Le spleen de Paris* (in *Oeuvres*, op. cit.), pp. 281 e 284.
[37] Ibid., p. 366.
[38] Ibid., p. 1223.

do perdidamente vivo, de que o fotógrafo é, de algum modo, o profissional".[39]

A mesma equação vigora, para ambos, no universo da moda. Bibelôs da inanidade, no quadro urbano que Baudelaire conheceu, as bonecas são os primeiros manequins. Aliás, é do espetáculo desvitalizado que elas oferecem que sai o conceito benjaminiano de *"sex appeal* do inorgânico": "Toda moda está em conflito com o orgânico. Tenta acasalar o corpo vivo com o mundo inorgânico. A moda defende os direitos do cadáver sobre o ser vivo. O fetichismo que subjaz ao *sex appeal* do inorgânico é seu nervo vital.[40] Por outro lado, sabemos que, baudelairianamente, a morte também se introduz no cotidiano da cidade através da cor e padronização das roupas burguesas. É célebre o trecho do Salão de 1846, aquele em que estão suas reflexões sobre o "heroísmo moderno", em que, contemplando o movimento dos passantes vestidos com seus ternos escuros, como se carregassem nos ombros um "luto perpétuo", vê evoluir um "imenso desfile de "papa-defuntos" (*croque-morts*).[41]

Toda essa percepção é barthesiana. Lemos em *Mitologias*, no capítulo dedicado ao *streap tease*, que a estereotipia dos gestos, nesse espetáculos baratos, não pode ser separada dos vestidos, corpetes, peles, plumas, meias, luvas, toda a roupagem, enfim, que lhes serve de ponto de deflagração. Embora imobilizem o corpo e impregnem a mulher de uma virtude mágica, cuja intenção secreta é negar a própria nudez, fazendo-a despontar como natural, por baixo dos artifícios que a soterram, não se trata de nenhuma carapaça. Roupas e corpo estão em conexão: "É evidente que a lei de todo *streap-tease* já está dada na natureza mesma das vestes de que ele parte: se estas são improváveis [...] o nu que se segue é igualmente irreal, liso e firme como um belo objeto fugidio que, pela força de sua própria extravagância, furtou-se ao uso humano".[42] E assim como, no *music hall*, a indumentária aponta o corpo feminino barrado, restituindo

[39] *La chambre claire*, V, p. 863.
[40] Charles Baudelaire, op. cit., p. 117.
[41] Ibid., p. 670.
[42] *Mythologies*, OC, I, pp. 785-786.

obliquamente a realidade mortal da castração, assim também, no mundo *fashion*, onde os editoriais de moda fazem das roupas "moda escrita", há uma outra ocultação que desvela a ferida da despersonalização. Trata-se daquela manobra de recobrimento produzida pela interposição do discurso dos *fashionistas* entre a realidade primeira da roupa e o seu "segundo grau cintilante". Aqui também, aquilo que encobre, por isso mesmo, revela. Assim, o Barthes de *O sistema da moda* pergunta-se: "Por que a Moda atravessa a relação entre o objeto e seu usuário com tão abundante luxo de palavras?". E responde: "A razão é de ordem econômica. Calculadora, a sociedade industrial está condenada a formar consumidores que, quanto a eles, não calculam; se os produtores e os compradores das roupas tivessem uma consciência idêntica, a roupa não seria comprada senão ao sabor, lentíssimo, de sua usura. A Moda, como todas as modas, repousa sobre uma disparidade de consciências: umas estranhas às outras".[43]

Outro observador do terreno cujo testemunho não pode ser desprezado é Balzac. Estamos falando do primeiro grande escritor do oitocentos francês a ver a lírica rebaixar-se ao patamar do jornal, do primeiro a submeter-se à folhetinização da literatura, do primeiro a colaborar com os hebdomadários, do primeiro a tentar fundar seu próprio jornal.[44] Ei-lo, assim, em boa posição não apenas para rivalizar com Baudelaire na aversão aos jornalistas e aos modistas, mas para abrir o caminho a Barthes.

De fato, o primeiro periodismo francês é, particularmente, de seu tempo, esse período da Restauração, posterior ao longo abafamento da imprensa durante o reinado do primeiro Napoleão, em que se modernizam os métodos de impressão e emergem as potências midiáticas. E ele saberá dar testemunho desse fato. Não apenas nas *Ilusões perdidas* (1839), que abrem com um apanhado de tais reviravoltas, porém, ainda mais impiedosamente, porque mais concentradamente, neste texto demolidor que é a *Monografia da imprensa parisiense* (1842).

[43] *Système de la mode*, OC, II, p. 899.
[44] Uma dessas tentativas é de 1836, com a abertura de *La Chronique de Paris*, aventura que duraria sete meses, sendo seguida de uma segunda, em 1840, com *La Revue Parisienne*.

De resto, um texto está em correspondência com o outro. Escrito em prosa polêmica, na melhor tradição do panfleto francês (na acepção antiga do gênero, de prosa polemizadora), o segundo retoma e resume as perspectivas igualmente sombrias do primeiro. E o primeiro é um testemunho levantado contra os jornais, na engrenagem dos quais se perde Rubempré, o primeiro poeta prostituído de que temos notícia, filho desses tempos em que Fausto é o artista em busca de visibilidade e fortuna, no espaço do rodapé. São duas narrativas que giram em torno da mesma fascinante relação de duplo vínculo das letras com a imprensa, à qual está preso o próprio Balzac.

Bom motivo para que apresentemos o menos conhecido, o primeiro. Mesmo porque, *Mitologias* não lhe deve só o argumento geral. No capítulo "Gramática africana", deve-lhe todo o andamento do texto, organizado em blocos maiores e menores, onde os menores são incisos sarcásticos. E assim como, em Balzac, o texto se interrompe para que seja dito, em *off*: "Axioma: a crítica, hoje, só serve para uma coisa, fazer viver o crítico",[45] assim também, em Barthes, o texto se interrompe para que seja ouvida a voz do jornal: "Fraseologia: Bem sabeis que a França tem, na África, uma missão que só ela pode realizar".[46]

Trata-se inicialmente de uma colaboração para um projeto editorial arrojado, a confecção de um grande quadro histórico da cidade de Paris, no decênio de 1840. Ele executa-se a muitas mãos, trazendo algumas assinaturas ilustres, como também a de Alexandre Dumas. Intitulado *La grande ville - nouveau tableau de Paris comique, critique et philosophique*, e mais conhecido como *La Grande Ville*, esse imenso painel foi chamado de "diorama moral" por um observador do século igualmente desenterrado por Benjamin.[47] Ele incorpora ilustrações de artistas que sabemos ser da predileção de Baudelaire, como Gavarni e Daumier. Uma

---

[45] Honoré de Balzac, *Les journalistes: monographie de la presse parisienne* (Paris: Arléa, 1991), p. 77.

[46] *Mythologies*, OC, I, p. 779.

[47] Benjamin anota: "Existe uma vasta literatura cujo caráter estilístico oferece um equivalente perfeito aos dioramas, panoramas etc. São as coletâneas folhetinescas e séries de esboços da metade do século. Obras como *La Grande Ville, Le diable à Paris, Les français peints par eux--mêmes*. De certa forma, são dioramas morais, parentes próximos dos outros não só pela sua inescrupulosa diversidade, mas também pelo modo como são tecnicamente construídos. Ao primeiro plano plasticamente delineado e mais ou menos detalhado corresponde o nítido perfil da roupagem folhetinesca com que se reveste o estudo social, fornecendo um amplo pano de fundo, analogamente à paisagem do diorama". Cf. Walter Benjamin, *Passagens*, op. cit., p. 573.

separata contendo tanto a parte de Balzac como a de Dumas vem a público no ano seguinte, com as mesmas belas ilustrações, ausentes de todas as outras edições vindouras.

Na seção que lhe toca, Balzac ocupa-se deste fenômeno então novo: o periodismo. Naturalista do social que é, toma-o, sem nenhuma cerimônia, como equivalente de outros fenômenos comportamentais já conhecidos, que podem explicá-lo. Assim, um dos pontos altos de seu clássico opúsculo está na equiparação do jornalista, inclusive do crítico-jornalista, ao soldado, e do jornalismo, à soldadesca. Deixando-se apreciar à luz da "Gendarmerie" (Guarda, Polícia, Soldadesca), a corporação dos periodistas será batizada aí de Gendelettres (Gentedeletras). É desse primeiro grande conjunto, de imediato, associado a práticas de repressão e corrupção, que vai sair a multiplicidade de tipos e subtipos descritos.

A Gentedeletras balzaciana bifurca-se em duas grandes categorias, de que partem todas as demais: a do publicista e a do crítico. O publicista, nome mais geral deste soldado da imprensa que é o jornalista, é uma deturpador do velho homem de letras, ele nada pode ter a ver com a gente verdadeiramente letrada. Balzac joga, nesse caso, com o fato de que, no passado, os publicistas eram os Montesquieu e os Rousseau, agora transformados em "écrivassiers". Os "écrivassiers" são *avant la lettre* os "écrivants" (escreventes) de Barthes, que também nada tem a ver com os "écrivains" (escritores). Desse tronco partem nada menos que oito subvariedades, entre as quais está a do "*Rienologue*" (Especialista-em-nada), que é um jornalista vulgarizador extremo, a derramar pelas folhas contínuas que preenche uma "mistura filosófico-literária".

Por sua vez, a brigada dos críticos constitui-se numa versão rebaixada dos homens cultos do passado, agora envolvidos com a industrialização da literatura. Balzac a introduz assim: "Antes, a instrução, a experiência, os estudos longos eram necessários para abraçar a profissão; ela só se exercia muito tarde, hoje, como diz Molière, mudamos tudo isso. Há críticos que se constituem como críticos de um salto. [...] O rapaz de vinte anos julga a torto e a direito. Assim, a crítica mudou: não se trata mais de ter ideias, conta muito mais certa maneira de dizê-las, que redunda em injúrias. [...] O público aprecia que lhe sirvam pela manhã três ou quatro autores no espeto, como perdizes".[48] Nessa outra ordem, entre as cinco modalidades apresentadas, sublinhe-se a do "Grande crítico", na subvariedade "Executor de altas obras". Este tem uma vantagem sobre os demais, daí o seu atributo de "grande": em meio à ignorância geral, sabe alguma coisa, estuda mais a fundo suas questões, escreve corretamente. Mas escrever corretamente, nesse caso, é escrever sem calor. Assim, uma outra palavra o define melhor ainda: tédio. Balzac escreve: "Ele é gramatical, leu as obras de que fala, é consciencioso em sua inveja, é correto em seu tédio, eis o motivo pelo qual os inimigos do talento o têm por grande crítico".[49]

É em meio a essas últimas considerações que deparamos pela primeira vez, ao que parece, com a acusação de que o crítico é um "écrivain *impuissant*". Balzac escreve: "O caráter geral do crítico é essencialmente notável nesse sentido de que existe em todo crítico um autor impotente".[50] Assim, o vitupério é tão velho quanto a crítica, que, em sua acepção moderna, está nascendo, nesse momento, como matéria jornalística, no mesmo espaço do folhetim. E podemos dizer que é a esse preciso momento de Balzac que *Mitologias* remonta, quando compra briga com os "ni...ni" e seus congêneres. Tanto quanto é esse preciso Balzac que Adorno está citando quando, como outro desbravador da crítica cultural, define o jornalista, de modo geral, como um intermediário ideológico, e o crítico-jornalista, de modo particular, como o seu iniludível cúmplice.[51]

Numa das boas edições da *Monografia da imprensa parisiense* disponíveis, hoje, na França, uma Nota do editor assim a sumariza: "Balzac denuncia aqui o poderio dos jornalistas de seu tempo, sua venalidade, a versatilidade de seu julgamento e a influência abusiva que exercem sobre os governos". A tônica dessa introdução é a observação do editor acerca do caráter sempre atual do texto, a valorização de sua perfeita adequação ao

---

[48] Ibid.
[49] Ibid., pp. 87-88.
[50] Ibid., p. 75.
[51] Theodor Adorno e Max Horkheimer, "A indústria cultural: o esclarecimento como mistificação das massas" (in *Dialética do esclarecimento* (1947) e *Crítica cultural e sociedade* (1949)).

presente, a acentuação de seu longo alcance: "Os jornalistas [de Balzac] são reizinhos cortejados, que fazem tremer os governos, que fazem e desfazem reputações, que suscitam invejas e rancores. Mais do que todos em volta, comerciam sua influência de modo abjeto. Deve-se a isso a reputação de venalidade e amadorismo que a imprensa francesa carrega, ainda hoje, em seus ombros. Pois convenha-se que a emergência brutal da potência midiática notadamente televisual nos anos 70 e 80 não deixa de relacionar--se estreitamente com a situação denunciada aqui".[52] Ele sublinha também uma das formulações mais célebres do opúsculo, uma paráfrase de Voltaire por Balzac, que aparece na conclusão: "Axioma: se a imprensa não existisse, seria preciso *não* a inventar.[53]

Mas para quem tem por horizonte a virada de *Mitologias*, talvez mais interessante que esse sumário de *La grande Ville* é a reflexão geral que endereça à colaboração de Balzac o companheiro de estrada de Barthes, Maurice Nadeau, quando adverte que, há mais de um século, este pequeno texto "serve de alimento para a má consciência dos jornalistas".[54]

Ele quer dizer com isso que os grandes escritores oitocentistas viram bem a contradição entre estes dois mundos que tomaram (e não tomaram) como inconciliáveis: o dos jornais e o dos livros. Tanto mais que sabem que, no final do século, Flaubert vai ingressar nessa linhagem, inscrevendo no *Dicionário das ideias feitas:* "Ideólogos": "Todos os jornalistas o são".[55] E que Mallarmé parte, tacitamente, de Balzac quando escreve: "desde o dia em que a quarta página dos jornais tornou-se espaço para anúncios, colocou-se um ponto final na crítica de livros, o verso está em toda parte na língua onde haja ritmo, menos nos cartazes e na quarta página dos jornais".[56]

O Barthes de *Mitologias* vem nessa nobre esteira.

Detenhamo-nos, então, na outra face da moeda.

---

[52] "Honoré de Balzac, Note de l'éditeur" (in *Les journalistes: monographie de la presse parisienne*, op. cit.), p. 7. [Grifo meu.] Existe uma – em geral – boa tradução brasileira feita por João Domenech (*Os jornalistas*. Rio de Janeiro: Ediouro, 1999).

[53] Ibid., p. 142.

[54] Maurice Nadeau, Préface (in *L'Oeuvre de Balzac*, t. III. Paris: Le Club Français de l'Art, 1950), p. 13.

[55] Gustave Flaubert, *Bouvard et Pécuchet*. Tradução de Galeão Coutinho e Augusto Meyer (Rio de Janeiro: Nova Fronteira, 1981), p. 300.

[56] Honoré de Balzac, op. cit., p. 114. Stéphane Mallarmé, "Réponse à des enquêtes" (in *Oeuvres Complètes*. Paris: Gallimard/Pléiade, 1945), p. 867.

Ao descrever sua classe a partir das roupas, Baudelaire não viu só a morte no hábito escuro. E se é possível pensar que está usando de ironia quando, considerando-a uma "expressão da igualdade universal", vê uma "beleza política" na uniformidade dos trajes de sua época, é igualmente verdade que está, simplesmente, dizendo o que pensa quando diz ver na "expressão da alma pública" uma "beleza poética". Sabemos quanto lhe importam, de fato, as coisas transitórias, quanto, para ele, a modernidade pede os trajes da modernidade, quanto lhe parece tolo pensar que tudo é absolutamente feio no trajar de uma época. Além do mais, para ele, "metade da arte" extrai do presente "sua parte de beleza misteriosa".[57] Há aqui uma sublimidade do medíocre, como o poeta o significa, claramente: "Sejamos pois vulgares na escolha do tema, já que um tema por demais grandioso é uma impertinência para o leitor do século XIX".[58]

Dá-se o mesmo com Balzac, que também trabalha em clave irônica em seus *Tratados da vida moderna*,[59] e também não nos deixa saber completamente o que está pensando – se aceita ou não aceita a revolução industrial e a modernidade –, quando faz o crítico dos costumes modernos.

Essa admirável série de artigos, originalmente matérias para a imprensa que ele tanto despreza, são do mesmo decênio de 1830 de que data *Ilusões perdidas*. Temos aí as mesmas classificações que presidem à história natural balzaciana. O escritor, aliás, chama alguns desses tratados de "fisiologia": "fisiologia do vestuário", "fisiologia gastronômica"... Mas nessas suas outras dissecações científicas mostra-se mais compreensivo (abarcador, diria Barthes) em relação ao que vai pelas ruas. De súbito, apraz-lhe observar como as pessoas se movem, o que fazem, o que comem, o que bebem, o que vestem. Assim, essas são peças de um humor mordente, pontuadas de aforismos, que também não deixam de nos lembrar *Mitologias*, até porque desponta aí, com frequência, a questão das relações entre a natureza e a cultura.

---

[57] Charles Baudelaire, op. cit., p. 884.
[58] Charles Baudelaire, "Madame Bovary par Gustave Flaubert", op. cit., p. 999.
[59] Honoré de Balzac, *Tratados da vida moderna*. Tradução de Leila de Aguiar Costa (São Paulo: Estação Liberdade, 2009).

Marcada por uma paradoxal flagrante paixão pelo homem das ruas, nessa safra escritural o detrator dos jornalistas torna-se um simpático observador das roupas e da moda. No desempenho desse papel, vai aos paletós que não acha fúnebres, como Baudelaire, e aos forros dos paletós, comparando a Inglaterra, que os dispensa, com a França, que não os dispensa, e tomando o partido da primeira (como faria Baudelaire): "Os mais notáveis espíritos atuais clamam por uma reforma do vestuário. [...] Se o sistema que defendo necessitasse do apoio de alguma autoridade, eu poderia citar o exemplo de uma nação inteira, a Inglaterra, essa clássica nação dos paletós macios e sem enchimento".[60]

Vai também às gravatas e ao homem estranho que as porta: "O homem que saiu nu das mãos da natureza é inacabado para a ordem de coisas em que vivemos. É o alfaiate que é chamado a completá-lo".[61] Como em Baudelaire, tudo aqui é duplicidade. E ao vê-lo escrever que, depois que a Revolução tornou os franceses iguais em seus direitos e em suas indumentárias, a gravata é tudo que lhes resta como distintivo de classe, ficamos nos perguntamos se está demolindo ou saudando a vida republicana. Estamos diante da mesma perplexidade que nos causa a explanação baudelairiana sobre a modernidade heroica, no Salão de 1846, em que o vemos enaltecer e lamentar os novos costumes, pondo-os, ao mesmo tempo, na conta do gênio e da tolice dos homens e da política dos homens, ou do "eterno" e do "provisório".[62]

O Benjamin que se debruça sobre os reclames, as lojas de departamento, as galerias comerciais do século XIX, aquilatando o efeito de beleza misteriosa que puderam ter para Baudelaire, participa dessa contradição. E assim também Barthes, quando, na abertura de *Mitologias*, reconhece que existe uma mitologia do mitólogo, admite que é isso que o demove de ser um alegre desmistificador e escreve: "reclamo viver plenamente a contradição de meu tempo, que pode fazer de um sarcasmo a condição da verdade".

[60] Ibid., p. 20.
[61] Ibid., p. 17.
[62] Charles Baudelaire, "Salon de 1846", op. cit., p. 669.

Pela linha da ironia, Barthes reencontra Balzac e Baudelaire vivendo como homens de seu tempo. Italo Calvino escreveu que Baudelaire não recusou o escândalo da Revolução Industrial.[63] Isso é, no mínimo, contraditório.[64] Assim também, sem se acomodar à consciência pequeno-burguesa mas antes, admitindo sua própria "consciência política" e "contra-ideológica",[65] Barthes frequentará com certo indisfarçável gozo a cultura de massa. A prova é o caráter ultra-escrito de *Mitologias*. Já se disse que podemos ler algumas partes desse livro como "quase-poemas".[66] O que Barthes confirma, indiretamente, ou como sem querer, quando escreve: "Escritos mês a mês, estes ensaios não pretendem um desenvolvimento orgânico: o que os liga é a insistência e a repetição".[67] Prazer do texto, portanto, que não recusa voar alto quando a matéria é tão prosaica quanto uma marca de sabão do *trust* Unilever ou o último modelo de automóvel da Citroën.

Dito de outro modo: temos aí uma crítica que se abre para a história contemporânea sem julgar-se apta a pronunciar-se sobre a catástrofe (do mesmo modo que Barthes não se pronuncia sobre a morte do homem, mas apenas sobre a morte do autor, como vimos). Ela vem na dianteira de todos os reconhecimentos ulteriores do campo das Comunicações, não só por preceder o trabalho deste outro literato mallarmeano[68] que é Marshal McLuhan, cujos textos mais decisivos são do correr dos anos 1960. Nem só por vir no bojo de uma outra revista francesa aguerrida, inesperada no mundo francês, em seu momento, que não faz por menos que se

[63] Calvino escreve: "Quero, sim, falar da outra possibilidade de contestação que se abre para a literatura, diante da primeira Revolução Industrial: aceitar sua realidade em lugar de recusá-la, assumi-la entre as próprias imagens do mundo poético, com o propósito [...] de resgatá-la da desumanidade". Cf. Ítalo Calvino, *Assunto encerrado: discursos sobre literatura e sociedade* (São Paulo: Companhia das Letras, 2009), p. 104.

[64] E bem diverso daquilo que nos diz de Adorno Edward Said: "Adorno é o exemplo por excelência do intelectual europeu que se recusa a qualquer compromisso com a indústria cultural. [...] É o estilo tardio em pessoa, empedernido em sua vontade de ser extemporâneo...". Cf. Edward W. Said, *Estilo tardio*. Tradução Samuel Titan Jr (São Paulo: Companhia das Letras, 2009), p. 111.

[65] Como preferiria dizer, mais tarde, em 1975, numa longa entrevista a *Magazine Littéraire*, aqui já citada. Cf. "Vingt mots-clés pour Roland Barthes", OC, IV, p. 867.

[66] Éric Marty, "Science dela littérature et plaisir du texte", (in Roland Barthes, OC, I), p. 193.

[67] OC, I, p. 675.

[68] Formado em literatura inglesa daí sua referência constante a Shakespeare, com o qual abre *A galáxia de Gutenberg*, fazendo *Rei Lear* contemplar o mundo às avessas na Renascença irrigada pelos textos impressos, e progressivamente interessado no grande simbolismo francês, MacLuhan destaca-se nos meios literários canadenses, no início dos anos 1950, com estudos sobre Mallarmé. Paradoxalmente, tem o condão de irritar os intelectuais e artistas de "linha francesa", como nota Décio Pignatari, ao apresentá-lo, no início dos anos 1970, aos leitores brasileiros. Cf. Décio Pignatari, *Contracomunicação* (São Paulo: Perspectiva, 1971), pp. 63-64.

chamar *Communications*. Mas porque ninguém antes de Barthes havia entrado na intimidade dos objetos midiáticos, parando para lê-los como se leem textos complexos.

Apresente-se rapidamente a revista. Fundada em 1961 por iniciativa do próprio Barthes, em colaboração com Georges Friedman e Edgard Morin, outro velho companheiro seu, ela investiu pioneiramente as comunicações de massa, tornando-se internacionalmente conhecida por brindar a cultura midiática com análises semiológicas requintadas. Quem examinar, no índice das obras completas de Barthes, os créditos bibliográficos de muitos dos artigos em torno da imagem e da civilização da imagem que escreve nos anos 1960, verá que eles são enviados a esse periódico. É num número da *Communications* que, num texto justamente intitulado "A civilização da imagem", ele chamará as imagens a si, as fará uma questão do laboratório da semiologia, alertando que, ao contrário do que se pensa inadvertidamente, "a imagem nunca está privada de palavra, mas é um objeto original, que não é nem a imagem nem a linguagem, mas essa imagem acompanhada de linguagem que se poderia chamar de comunicação logoicônica".[69]

Podemos pensar assim que, entre as reviravoltas de *O grau zero da escritura* e *Sobre Racine*, há mais uma revolução crítica gestada. Ousando voltar-se para esses "objetos originais", *Mitologias* libera o intelectual que vive sob o *Diktat* da separação entre a alta e a baixa cultura, tira o crítico piedoso de suas certezas sobre a dignidade ou a indignidade de seus objetos, remove-o do lugar de poder que se outorga, demonstrando a corrupção dos espíritos. Não apenas isso, mas, ao preferir o exame do manejo da linguagem ao exame da manipulação da consciência que a dá por apassivada, quando o melhor seria vê-la em plena ação, Barthes aporta oportunas correções à oposição entre cultura superior e cultura de massa.

De fato, por um lado, o pequeno e instigante volume encaminha à suspeita salutar de que o efeito *kitsch* não é privilégio das artes populares, mas algo que pode invadir também as belas-artes, como a música lírica, por exemplo. Assim, deparamos em *Mitologias* com um comentário amargo sobre o barítono

[69] "La civilisation de l'image", OC, II, p. 565.

francês Gérad Souzay, tido como um dos grandes intérpretes de melodias franceses e *Lieder* alemães, em meados do século XX. Barthes o considera um mau intérprete porque sobrecarrega, precisamente, sua emissão de voz com acentos dramáticos ou melodramáticos, que não se contentam nem com o simples significado das palavras, nem com a linha musical em que se apoiam. Esses acentos são um "pleonasmo de intenções", que querem fazer da dor um objeto sem ambiguidades como não pode existir na arte, principalmente musical, em que a verdade é de "natureza respiratória", desencadear uma infelicidade tal "que ninguém poderá ignorar que se trata de um sofrimento particularmente terrível".[70]

Por outro lado, dirige-lhe a suspeita de ser institucionalmente construída pelos defensores da cultura para todos, entre os quais se incluem os próprios meios de comunicação, quando estatais. Pergunta-se se essa oposição, que parece naturalmente dada, não seria "falada", logo, mítica. Se ela não estaria naquele tipo de discurso que opõe o tedioso, o abstrato, o intelectual, o sério ao vulgar, ao tolo, ao trivial. Ou naquele outro tipo de discurso que opõe maioria e minoria. Se não estaria na boca dos criadores e dos promotores culturais. Se não estaria nas "obras de sociologia cultural".[71] Esta última indagação é relevante, pois assinala uma tensão entre paradigmas científicos, indica que as Comunicações, a exemplo do que acontecia com as letras na Sorbonne, como logo mostraria a batalha em torno de Sobre Racine, são faladas pelas ciências sociais.

Tudo isso lança na roda uma outra questão que, se já lhe parecia pertinente nos meados do século passado, está hoje na ordem do dia: o caráter mercadológico das próprias altas culturas. Elas não seriam uma paixão tão desinteressada. "O que não se aceita na publicidade é a presença imediata e como que cínica do dinheiro", escreve Barthes. E arremata: "o dinheiro está em todos os lugares, mesmo nas obras de "alta cultura", mas aí ele é sublimado, distanciado, ocultado, intermediado; em contrapartida, na publicidade, ele é o móvel evidente".[72]

[70] OC, I, pp. 802-804.
[71] "Culture de masse, culture supérieure", OC, II, pp. 707-10.
[72] "Société, imagination, publicité", OC, III, p. 60.

Em suma, o observador vê melhor porque com um olhar não-adverso ao espetáculo que contempla ou porque sabe fazer do que contempla espetáculo. Descartando o modelo crítico da boa consciência, a crítica da falsa consciência assume aqui em suma, a complicação da consciência partida.

Sempre o terceiro do Neutro.

LUTA LIVRE E TRAGÉDIA, *TOUR DE FRANCE* E EPOPEIA

"O guia azul", capítulo de *Mitologias* em que Barthes examina os trejeitos retóricos de um dos mais antigos guias de viagem a conduzir a classe média francesa por esse estrangeiro que, de modo bem diverso, reteve Camus, está cheio de lampejos acerca do "*éthos*" de seus redatores burgueses.

É inicialmente intrigante, para Barthes, que esses jornalistas depositem todo o senso da aventura num "pitoresco" bem específico da paisagem: aquele oferecido pelos relevos acidentados. Aqui, viajar é sair do plano ou da planície sem graça para alcançar o pitoresco do subir e descer. "O guia azul só conhece a paisagem sob a forma do pitoresco", escreve Barthes, e acrescenta: "O relevo montanhoso é "lisonjeado". Essa predileção não é gratuita: viajar assume assim caráter de escalada moral, trata-se de uma recuperação da moral do trabalho em plenas férias. Como semioclasta que é, Barthes vislumbra ainda aí uma dívida do guia para com o espírito puritano, "que vê no esforço físico uma ascese do espírito", que tem no topo dos picos escaláveis o lugar de um "ejaculação moral".[73] Consciente ou inconscientemente, o intertexto desse tipo de discurso está no *Dicionário das ideias feitas*, onde lemos, no verbete "ereção": "só se diz em referência a monumentos".[74]

Mas *Mitologias* vai esbarrar novamente no catálogo satírico de Flaubert no capítulo "O ator de Harcourt". Desta feita, a irritação de Barthes com o *natural* da fotografia (que nesse

---

[73] OC, I, p. 766.
[74] Gustave Flaubert, *Bouvard e Pécuchet.*, Tradução de Galeão Coutinho e Augusto Meyer (Rio de Janeiro: Nova Fronteira, 1981), p. 297.

momento ainda não tem "*punctum*") leva-o ao prestigioso e prestigiante ateliê fotográfico que, nesses anos 1950, clicava (e ainda clica, pois está ainda hoje em atividade[75]) os ícones do cinema francês. "Na França" escreve Barthes "não se é ator sem se ter sido fotografado pelos Estúdios Harcourt." Do que está ele falando? O que captam as lentes dos fotógrafos de Harcourt? Captam a divindade dos artistas de cinema, tal como o estúdio a consigna. Barthes escreve: "o ator de Harcourt é um deus, a prova é que nunca está em atividade".

Dessa vez, a perspicácia semiológica de Barthes está principalmente em notar que, para melhor fazer passar por irreais esses trabalhadores da indústria da ilusão, que suam nos bastidores, mas não o demonstram em público, os clichês os imobilizam em poses de repouso. Tanto quanto as roupas exóticas imobilizavam a *streap teaser* em sua inexistência. Assim, os astros das fotos estão sempre inclinados, recostados, ocupam na diagonal o espaço da representação. E assim como no *music hall* a nudez feminina desaparecia magicamente sob os apetrechos que a anunciavam, aqui, o interesse do estratagema está em subtilizar a realidade do trabalho. Para tanto, é bom que não se possa supor o homem por trás do ator (ou da atriz), daí as posturas serem "de evanescência". Estamos numa cidade ideal, onde "tudo são festas e amores".[76] Digno mentor da batalha contra a Doxa e o Mito, já Flaubert escrevia, setenta anos antes: "Artistas: Espantar-se de que se vistam como todo mundo. Ganham somas alucinantes. São sempre convidados para jantares".[77]

Assim, de capítulo em capítulo de seu corrosivo livro, Barthes estará no encalço da "*parole*", do sentido "*décroché*" (escalonado, desdobrado, em debandada). De tal sorte que vemos a crítica cultural tornar-se, nessas páginas, um discurso sobre o discurso, ou uma metalinguagem. O que ela é, de resto, essencialmente, para o crítico-semiólogo: "Supõe-se de todo romancista, de todo poeta, sejam quais forem os rumos que possa tomar a teoria literária, que fale de objetos e fenômenos, ainda que

---

[75] É possível contemplar a galeria de rostos de que fala Barthes acessando o endereço eletrônico <www.harcourt.com.br>.
[76] OC, I, p. 688.
[77] Gustave Flaubert, *Bouvard e Pécuchet*, op. cit., p. 292.

sejam imaginários, exteriores e anteriores a linguagem: o mundo existe e o escritor fala, eis a literatura. O objeto da crítica é bem diverso: ela não é "o mundo", mas um discurso, o discurso de um outro: a crítica é discurso sobre o discurso; é uma linguagem segunda, ou uma metalinguagem...".[78]

É bem porque não impõe um veto liminar à baixa cultura, como fazem os "tradicionalistas indignados", como os chamou Luiz Costa Lima na apresentação de sua antologia de textos clássicos sobre a cultura de massas,[79] que Barthes faz elo entre coisas aparentemente tão distantes quanto um espetáculo de luta livre (o *catch*) e o teatro grego, ou o Tour de France de Bicicleta e a epopeia. Desse modo, pondo em prática sua tese de que a Retórica pode convir ao comentário dos produtos da cultura de massa, por serem eles mesmos retóricos, mas também porque essa disciplina nasce em praça pública. A Retórica lembra Barthes surge na Sicília, na Grécia do século V, para o combate das exações dos tiranos.[80]

Lançar assim fatos banais na escala da antiguidade está em conformidade com o método estruturalista. O *eterno retorno* do mesmo também é sustentado em Lévi-Strauss, cujos mitos também conversam entre si. É dentro desse escopo que veremos, mais adiante, num pequeno estudo de caso prático, como Barthes refere a mulher da revista *Marie Claire* ao gineceu grego. Por ora, sublinhe-se que isso é igualmente compatível com o distanciamento de Brecht, cujas personagens também assumem alturas épicas, para que o ator-curinga as possa ver melhor dentro da História.

O primeiro dos capítulos de *Mitologias* é consagrado à luta livre, representação de que os franceses desses anos 1950 são particularmente aficionados. Sabendo que muitos pensam que se trata de um "esporte ignóbil", Barthes insiste em notar que não é um esporte, mas uma representação. Aliás, é bem porque de representação se trata que o *"cacth"* é inteiramente diferente do boxe. No boxe, vence o melhor, na luta livre, vence o melhor ator, pois a função do lutador não é vencer, mas, sim, executar

---

[78] OC, II, p. 504.
[79] Valho-me da expressão de Luiz Costa Lima na apresentação de sua utilíssima coletânea de textos de crítica cultural, ela também além do preconceito, que é *Teoria da cultura de massa* (São Paulo: Paz e Terra, 1978).
[80] "L'analyse rhétorique", OC, II, p. 1272.

os gestos que dele são esperados. Aqui, tudo se passa segundo um protocolo de ações, como no teatro. Os gestos serão então "enfáticos" – na epígrafe ao capítulo está citado o Baudelaire que fala da "verdade enfática do gesto nas grandes circunstâncias da vida" – e os físicos, "peremptórios" (como são hoje os corpos do *Big Brother*). Pois, nesse teatro, é preciso que o perdedor sofra as penas de sua derrota, que o que resiste o faça espetacularmente, que o vencedor exulte suficientemente, cada tipo exprimindo excessivamente a função que lhe foi designada. Os rostos correspondem assim às máscaras antigas. Temos aí designada a mesma função de ênfase do teatro antigo, em que a linguagem e os acessórios concorriam para uma Necessidade. Na luta livre, como nas arenas antigas, não se tem vergonha da dor.[81]

No não menos cômico o capítulo "A volta à França como epopeia", dá-se o mesmo com a corrida de bicicleta, esporte ainda mais apreciado pelos franceses (que, aliás, inspirou, recentemente, o premiado desenho animado *As bicicletas de Beleville* [2003]).[82] Desta feita, Barthes chama-nos a atenção para o fato de que os próprios nomes dos competidores: Brankart, o franco, Robic, o celta, Ruiz, o ibero, Darrigade, o gascão parecem saídos "de uma idade étnica muito antiga". Ele entende que esses patronímicos merecem ser lidos como símbolos algébricos do valor, da lealdade, da traição ou do estoicismo. Nota porém que, conforme a corrida avança, e os corredores se popularizam, já nem se precisa mais desses nomes-adjetivos, os competidores passam a ser chamados pelo prenome, e mesmo por diminutivos como Luison (Luisinho) em vez de Louis Bobet, e é nesse ponto, mais fortemente, que entram na ordem épica. Reduzido ao mínimo, o nome celebra o caráter público do herói, sua intimidade é levada ao proscênio dos heróis, pois o verdadeiro lugar épico é no limiar da tenda de campanha em que se refugia "para elaborar suas intenções". Faz *pendant* com essa onomástica a geografia do campeonato. Os elementos e os terrenos são personificados, pois todo combate épico deve opor iguais. O homem é assim naturalizado, e a natureza, humanizada. O litoral francês torna--se cruel, por exemplo. Mas a etapa da corrida mais personalizada

[81] OC, I, p. 680.
[82] Oscar na categoria em 2004.

é a do Monte Ventoux, que se torna um deus do mal, ao qual é preciso render sacrifícios. No discurso dos jornalistas, ele torna-se "uma verdadeira geografia homérica".[83]

Essa heroicização é recorrente em *Mitologias*, trata-se de uma invariante. Daí a *"vendetta"* anual da moda que derruba a moda do ano anterior.

CÉU DE BARTHES, CÉU DE ADORNO

Em princípio, nada mais distante que os mundos imaginários e os universos intelectuais destes dois contemporâneos que são Adorno e Roland Barthes. Já porque, retomando a estocada clássica de Balzac contra os jornalistas, Adorno não apenas não reluta em definir o crítico moderno como o representante do homem comum, mas acrescenta-lhe a pecha do ideólogo. Pastores da alma burguesa, num mundo espiritualmente arruinado, em que a cultura tornou-se um bem comprável pelo contingente dos consumidores, críticos nada mais são, para ele, que "fornecedores de informações, que dão orientações sobre o mercado dos produtos espirituais", conforme ainda podemos ler em *Crítica cultural e sociedade*.[84]

Enquanto Barthes não apenas é crítico, e chefe de escola crítica – é bem verdade que um século adiante do século de Balzac, num outro ponto da história do gênero, em que o grande crítico é o professor e não mais o periodista, e em que certos professores se entendem escritores –, mas não hesita em fazer-se de crítico cultural, debruçando-se, com caprichos de semiólogo da literatura, sobre a escritura dessa mesma ideologia que, acolá, se quer apenas denunciar. Como admite ele em sua apresentação de *Mitologias*: "Ocupando-me de fatos aparentemente distantes da literatura [...] não me parecia sair dessa semiologia geral do nosso mundo burguês, cuja vertente literária abordara em anteriores ensaios".[85]

---

[83] OC, I, p. 758.
[84] Theodor W. Adorno, "Crítica cultural e sociedade" (in Gabriel Cohn (org.), *Prismas: crítica cultural e sociedade*. São Paulo: Ática, 1998), p. 77.
[85] *Mithologies*, OC, I, p. 675.

Separa-os também o humor, ou a falta de humor. Já que à gravidade adorniana Barthes contrapõe uma mordacidade sorridente. Aliás, este é um dos muitos reconhecidos atributos de *Mitologias*: a adorável leveza do intelectual que se despoja de seus temas prestigiosos e não se envergonha de enfrentar a cultura das mídias, nem hesita, nesse passo, em ir às variedades, à publicidade, ao *marketing*, à propaganda de ideias na imprensa francesa de direita, à época da Argélia francesa... Enquanto, de seu lado, Adorno vai assinalando a queda da vida contemporânea no desencanto. Um trabalhando com a mão na massa em suma, o outro, a certa distância dos fatos, com pinças ou álibis filosóficos próprios do instrumental de uma outra escola de pensamento, esta outra amparada numa visão da História como terrífica.

Assim, não deixa de ser surpreendente que tenham se interessado, praticamente, no mesmo momento, pela mesma coisa: o horóscopo dos periódicos. Nem que suas observações sejam igualmente factuais, isto é, que se prendam à tal mídia, em tal momento. Nem que os resultados dessa observação, feita cotidianamente por ambos, cada qual de seu posto, entre 1952 e 1953 (Adorno) e 1954-1956 (Barthes), se publiquem no exato mesmo ano de 1957, data de saída do volume adorniano *As estrelas descem à terra*,[86] o mesmo da reunião em volume dos artigos do Barthes caçador de mitos. Embora já não espante que se entendam sobre o principal: sob as aparências do mediador transcendental, o guru da coluna astrológica nada mais é que um perfeito representante deste mundo baixo em que vivemos. Afinal, ainda que Barthes não se tenha instalado no "centro de Marx", mas opere transversalmente a ele, estamos falando de dois pensadores marcados pela inflexão marxista, que estão igualmente atentos à alienação das mentes, ao fetiche da mercadoria, à naturalização do ideológico, em suma, à dimensão da falsa consciência.

Esse inesperado comum interesse de ambos pelo exato mesmo tipo de produto jornalístico nos dá a oportunidade de

---

[86] Theodor W. Adorno, *As estrelas descem à terra: a coluna de astrologia do* Los Angeles Times. *Um estudo sobre superstição secundária*. Tradução de Pedro Rocha de Oliveira (São Paulo: Editora da Unesp, 2008).

apreciar melhor o *modus operandi* de cada um e ato contínuo, duas epistemologias em interessante tensão no campo das Comunicações, que lhe aportam dois padrões críticos notáveis.

Comecemos pela incursão que faz Barthes ao horóscopo semanal da revista *Elle*, no capítulo "Astrologia" de *Mitologias*.[87]

Como bom sociólogo marxista que também é ainda que nos diga que o é transversalmente, ele principia pelo apontamento das condições materiais de existência do público-alvo da revista: mulheres de classe média, que trabalham como secretárias e vendedoras, e que são solteiras, caso contrário, não haveria por que consultarem os astros. E já parte para notar o comprometimento burguês das predições do jornalista, ressaltando, de saída, que, contrariamente ao que seria de esperar, quando o assunto é ver além, a semana astrológica da *Elle* não inspira sonho algum. Não existe aí "nada de onírico" escreve ele, mas pura e simplesmente um "espelhamento" da realidade externa, ou, pior, uma "instituição" da realidade externa. Tanto assim que o Destino está reduzido a algumas "rubricas" comezinhas: "Fora de Casa" (*Au-dehors*), "Dentro de Casa" (*Chez vous*), "Coração" (*Votre coeur*), "Sorte" (*Chance*).

Tudo isso mais descreve o presente que prevê o futuro, e esse céu reflete a terra. Mas Barthes não se contenta em denunciar essa falsificação flagrante. Este é apenas seu ponto de partida, uma evidência que não pretende demonstrar. Interessam-lhes as rubricas em si.

Que temos, aí, mesmo? Lugares, já que para a escola de Barthes, o mito é uma organização estrutural. E elementos relacionais, sistemas de ordenação. Fora de Casa é todo aquele domínio existencial recoberto pelo horário profissional, as sete ou oito horas de loja ou de escritório que cabem diariamente às leitoras. Dentro de Casa é a dimensão dos preparativos para o jantar, das refeições partilhadas, antes de a leitora ir dormir. Coração é, na verdade, outro compartimento, já que, nessas antevisões, encontrar alguém só é possível na saída do trabalho, ou na folga de domingo, ocasiões que são, assim, ambiências ofertadas à aventura, antes que tempo propício. Em

[87] *Mythologies*, OC, I, pp. 800-802.

tal distribuição do espaço, a Sorte entra, finalmente, como a dimensão da interioridade, o lado de dentro. Mas estando presa a todas as determinações anteriores, também este termina sendo um lugar na agenda semanal, do lado de fora. O que permite ao sociólogo-semiólogo continuar pensando que os astros não postulam nenhuma derrubada da ordem, mas exercem uma "magistratura da consciência".

Se, até essa altura, enveredando por esse fora/dentro, Barthes comprovou o caráter burguês, mais ou menos disfarçado, da profetização do colunista, doravante, lhe interessarão principalmente as formas desse fundo. É assim que ele parte em busca de mais relações espaciais, fiel à lição de seu mestre Saussure quando aplica a metáfora do jogo de xadrez à compreensão do sistema da língua, de que posições espaciais são posições de sentido, e ao sentido se chega por desmontagem e arranjo, bricolando.

Para tanto, volta aos lugares anteriores, e os esmiúça, cortando o sistema significante na vertical, geometrizando os dados. Cada um desses lugares tem seu humor. Dentro de Casa é o espaço por excelência dos afetos, é principalmente aquele reduto em que se liberam as desconfianças, a hostilidade em relação ao meio externo, visto desse ponto como hostil. Fora de Casa é de um humor mais brando, afinal, no escritório, não se pode dar livre curso às emoções, o máximo a que se pode chegar é à pequena altercação, a certas "relações de azedume" com os colegas e os chefes. No Coração, por estranho que possa parecer, estamos numa ausência de sentimentos, nesse sentido que temos aí apenas "assuntos sentimentais", como há assuntos comerciais na repartição, tudo se passando, nesse outro canto, como se o amor fosse uma "transação comercial". Daí, no discurso de burocrata do astrólogo, seus "começos promissores", seus "erros de cálculo", as "más escolhas" da consulente. Acrescente-se que, bem aqui, no Coração, a felicidade é de fraca amplitude, pois, ainda que aconteça algo que leve ao desenlace tão esperado do casamento, importa que ele seja conveniente, quer dizer, desapaixonado. Nessa paisagem, Sorte é o único espaço interior. Mas já sabemos que essa interioridade se exterioriza, porque o Destino está submetido à História.

Reunindo, em seguida, suas peças disjuntas, o que Barthes também quer saber é se há inter-relações entre as casas, passagens possíveis entre elas. Primeiro, parece-lhe que não, que são vasos não comunicantes, "prisões contíguas", como as chama. Depois, percebe que, de algum modo, se interpenetram, já que são percorridas por uma curiosa propriedade comum: em lugar nenhum se fala de dinheiro (como nas propagandas que temos hoje de bancos e seguradoras). O que é paradoxal: os astros não tocam naquilo mesmo que subentendem, o tempo todo: o salário mensal.

Além do que já se sabe – que as cartas estão marcadas –, que pensa, Barthes disse tudo, em conclusão? Para que serviria, no limite, essa incursão no mágico que tem tudo do terrestre?

Até porque, para sua escola, a Semiologia e a Antropologia são coalescentes, e *Mitologias* é uma etnografia do social, sua resposta será menos a do sociólogo que a do antropólogo. Ele dirá que "tudo isso serve para "exorcizar o real". Ora, é coextensivo ao espírito dos exorcismos primitivos a presentificação daquilo que se quer afugentar. É nesse plano, principalmente, que se entende a injunção da "*petite semaine bourgeoise*": é preciso dizê-la para conjurá-la.

Uma mitologia correlata pode nos ajudar a entender melhor o diferencial dessa análise. Acompanhe-se, no mesmo volume, o capítulo "A clarividente" (*Celle qui voit clair*), em que Barthes se volta para o Correio Sentimental.[88] Aqui, novamente, o público-alvo é o feminino e estamos novamente falando de mulheres solteiras, loucas para deixar essa condição. Não que Barthes escarneça das mulheres de seu tempo, esta é a sua representação jornalística.

Que temos aí? Novamente, classificações. E do mesmo modo como, no exemplo anterior, as leitoras de *Elle* estavam afetas à ordenação patronal, também essas outras mulheres submetem-se, inicialmente, a uma "ordenação jurídica". São distribuídas em três classes: a "*puella*" (a virgem), a "*conjux*" (a mulher casada) e a "*mulier*" (a mulher não casada, ou a viúva, ou a adúltera, ou simplesmente aquela que, por algum motivo,

[88] *Mythologies*, OC, I, pp. 768-770.

está, presentemente, só). Estamos diante de uma tipologia. Mas, como anteriormente, Barthes dá-se pressa em complicar seu quadro, pondo este primeiro sistema de "signos" como os chama, em relação com um segundo sistema, masculino. Neste segundo temos, de um lado, o marido, ou simplesmente o macho ("vir"), de outro, o pai (o "*patria potestas*"). Uma pequena rede de posições hierárquicas dá-se a ler, doravante: a ordem do marido submete-se à do pai, e a ordem das mulheres submete-se à de ambos. É em função desses posicionamentos que se entende o primeiro sistema. Eis-nos, portanto, novamente, diante de uma topologia, ou de uma espectografia, e de uma estruturação significante. Dir-se ia o crítico de *Sur Racine* subdividindo os Mediterrâneos da tragédia clássica francesa: o antigo, o judeu e o bizantino.[89]

Também aqui a estereotipia rebate-se sobre o Coração. Já que a todas essas mulheres que mandam cartas para a redação o consultor responde acenando com o casamento, devolvendo-as, assim, prudentemente, à casa mesma que era a sua, desde sempre. Mas novamente aqui, o olhar do sociólogo é complicado pelo olhar do antropólogo que atenta para os ritos, em busca de uma *forma mentis* inculcada, mais que de um determinismo externo. Pois há algo mais no casamento que só o casamento, e é com esse algo mais que o astrólogo trabalha. Casar-se é ser nomeada mulher casada. Em última instância, trata-se de existir pela palavra. Barthes escreve: "é o casamento jurídico que as nomeará, e por fim, as fará existir".

É isso que lhe permite finalmente, entrar na escala dos fatos seculares e, saltando de Paris para Atenas, ainda que sem com isso inocentar a História, concluir a análise com este fecho de ouro tão típico de seu estilo irônico-cortês: "Deparamos aqui de novo com a estrutura do gineceu, liberdade fechada sob o olhar exterior do homem". O salto da França para a Grécia fala da sincronicidade das estruturas confrontadas e da atração dos sistemas, de sua homologia escondida, de suas analogias secretas. Aliás, é o mesmo salto que também temos, por exemplo, em *O império dos signos*, do Japão superindustralizado para o Japão

---

[89] Como se verá na seção "Assalto à Sorbonne".

ancestral, um recobrindo o outro, e Barthes vendo mais o segundo que o primeiro.[90]

Para o sincronista, tudo se passa como se uma cultura recapitulasse a que a antecede. Barthes gostava de associar essa eterna recomposição do sentido à nave de Argos, esse barco velejando rumo à Cólcida, em busca do velo de ouro, cujas peças o comandante Jasão e seus cinquenta homens vão trocando, tendo sempre uma embarcação nova, que, na verdade, é igual e diferente. Ele a evoca assim: "Essa nave de Argos é bastante útil: fornece a alegoria de um objeto eminentemente estrutural, criado não pelo gênio, pela inspiração, pela determinação, pela evolução, mas por dois atos modestos (que não podem ser cingidos por nenhuma mística da criação): a *substituição* (uma peça expulsa a outra como num paradigma) e a *nominação* (o nome não está de modo nenhum ligado à estabilidade das peças): à força de realizar combinações no interior de um mesmo nome, nada resta da *origem*: Argos é um objeto sem outra causa que não o seu nome, sem outra identidade que não a sua forma".[91]

Isso põe a continuidade interminável no lugar do inteiro e do finito.

AS ESTRELAS DESCEM À TERRA

Vivendo nos Estados Unidos, desde os anos 1940, como tantos intelectuais judeus-europeus, ou europeus-judeus, então fugidos do nazismo, Adorno está em boa posição, quando de seu exílio norte-americano, para observar de dentro, em sua face mais agressiva e em plena guerra fria, aquilo que chamou de "indústria cultural". De modo geral, tal experiência vai permitir-lhe continuar denunciando o mundo contemporâneo que tão recorrentemente chamou de "desencantado". De modo particular, vai levá-lo a uma pesquisa empírica, inusitada no

---

[90] O próprio Barthes compara *Mitologias* e *O império dos signos*, ao depor, nos anos 1970: "O Japão me libertou demais, no plano da escritura, fornecendo-me a oportunidade de me deparar com assuntos cotidianos que, ao contrário daqueles abordados em *Mitologias*, eram assuntos felizes. Pois, precisamente, no Japão, o cotidiano é *estetizado*. Pelo menos, foi o que percebi e foi isso que me seduziu". Cf. "Vingt mots clés por Roland Barthes", OC, IV, p. 872.

[91] *Roland Barthes par Roland Barthes*, OC, IV, p. 626. [Grifo do autor.]

conjunto de sua obra, que lhe permitirá assinalar o engodo das superstições que aí prosperam, sob o amparo da racionalidade instrumental da ciência, aliada do capitalismo em sua sede de dominação da natureza para fins de exploração produtiva, segundo a tese ou as teses defendidas, a duas mãos, com Max Horkheimer, em *A dialética do Esclarecimento* (1947).[92]

Os resultados dessa incursão estão num livro de belo título e prosa árida *As estrelas descem à terra*,[93] que continuam reflexões iniciadas num ensaio daquele mesmo ano de 1957 intitulado "Superstição secundária", em que segue demonstrando, agora mais amplamente e melhor calçado no exemplo de uma coluna de jornal, anteriormente apenas aflorada, que a astrologia é uma versão degradada da superstição científica. O que se entende por referência a sua crítica veemente ao iluminismo e, ato contínuo, ao caráter totalitário da ciência que ambiciona o controle do mundo e o quer reduzir a uma coerência única, tudo o que interpreta como uma conjuração do medo, tão própria daqueles que tudo precisam explicar quanto daqueles que precisam antecipar-se ao futuro. É esta segunda superstição que define o comércio dos adivinhos, particularmente degradado quando se dá pela mediação dos jornais e revistas, que barateiam a consulta.

Nesse ambiente filosófico, cientistas loucos para controlar e ocultistas loucos para predizer acham-se igualmente regredidos ao "mito", que recebe definição bem diversa da barthesiana. Nesse caso, ele é sinal de angústia, vestígio desse pavor do mundo ignoto que se trata, justamente, de exorcizar, e assim, também, revivescência do desamparo do homem primitivo que, diante do desconhecido, apela para a força da magia. Olgária Matos o diz bem aqui: "A *Dialektik der Aufklarüng* mostra a interação e a estreita cumplicidade entre iluminismo, mito, dominação e natureza. Em outras palavras: a emergência da dominação na forma da razão instrumental. A natureza torna-se a esfera dos

---

[92] Teses que apenas afloro aqui, glosando seus comentadores, a exemplo de Olgária Matos. Cf., por exemplo, em seu ensaio "Ciência: da natureza desencantada ao reencantamento do mundo" (in *Discretas esperanças: reflexões filosóficas sobre o mundo contemporâneo*. São Paulo: Nova Alexandria, s.d.), p. 85.

[93] O título completo comporta dois subtítulos: *As estrelas descem à terra. A coluna astrológica do* Los Angeles Times. *Um estudo sobre a superstição secundária*. A aridez da prosa adorniana foi notada, entre outros, por Edward Said, que a chama de "fanaticamente difícil" em *Estilo tardio*, op. cit., p. 111.

puros objetos. As categorias específicas sob as quais é subsumida dependem de como possa ser utilizada. A natureza é, pois, útil".[94]

Já que de mito, imprensa e astrólogos também se trata, apresente-se o Adorno da "superstição secundária".

As estrelas descem à terra saem de um acompanhamento cerrado, desenvolvido ao longo de três meses a fio, da coluna astrológica do *Los Angeles Times*. Um jornal conservador, inclinado para a ala direita do Partido Republicano, cujo astrólogo é um certo Carroll Righter, jornalista bem introduzido nos meios do cinema americano e conhecido do público da televisão, já que é um bem-sucedido consultor das celebridades. Essa ligação do jornalista com a *usina de sonhos* é aqui fundamental. Permitirá a Adorno que se mantenha fiel a sua ideia de um padrão abrangente da cultura de massas, cujos agentes, aí incluídos os periodistas, agem de forma concertada no mundo burguês administrado, o "*verwaltete Welt*".

Logo na abertura, Adorno explicita assim seu intento: realizar uma análise "de conteúdo" dessa seção do jornal, que permita "estudar a mentalidade" dos leitores do horóscopo de Righter e, de modo mais geral, o funcionamento psíquico de grupos de natureza semelhante, igualmente envolvidos com o "ocultismo secundário". Só na última parte do trabalho no ponto em que este se converte num tratado, em que se resumem as grandes linhas de seu pensamento, ele vai chegar neste conceito de "ocultismo secundário", que entende como a conjuração do desconhecido, em sua forma mais vulgar.

Nem por se distanciar, assim, de saída, de Barthes que, como vimos, procede por formalizações, antes que pela análise do conteúdo, Adorno deixa de começar por onde Barthes começa, dizendo mais ou menos o mesmo, com outras palavras. As relações entre o jornalista do *Los Angeles Times* e seus leitores, observa, num primeiro momento desenvolvem-se na base do estímulo-resposta. O que significa que o consulente é um alvo. Ou, como diria Barthes, que somos enredados.

Mas logo o quadro complica-se, e estamos diante de um contrato bem mais perverso. Na verdade corrige Adorno, esses

[94] Olgária Matos, *Os arcanos do inteiramente outro*: a escola de Frankfurt. *A melancolia e a revolução* (São Paulo: Brasiliense, 1989), p. 129.

que parecem obedecer a uma voz de comando não se curvam ao desejo daquele que lhes fala, mas aos seus próprios desejos, estão às voltas com suas próprias necessidades. São servidores voluntários, que pedem para serem dirigidos, que escolhem ser dependentes de alguma liderança carismática, que se põem em mãos alheias para fugir de si e das pressões do mundo em volta. Essa outra verificação acaba por indicar que os leitores de Righter nem sequer acreditam no que leem. No fundo, o que fazem é "atuar" sua dependência, no sentido psicanalítico da "passagem ao ato", que designa a colocação em prática pelo sujeito de alguma pulsão, fantasia, desejo, que traduz em atos o que ele não pode reconhecer completamente. Como explica Adorno: "Poder-se-ia dizer que os adeptos da astrologia atuam ou frequentemente exageram sua dependência, uma hipótese que se encaixaria na observação de que muitos seguidores da astrologia não demonstram estar perfeitamente convictos de suas crenças, adotando frente a elas uma atitude indulgente ou semi-irônica".

O ponto de inflexão aqui é: finge-se acreditar. É o que garante que as coisas funcionem tão bem, mesmo que o guru, no fundo, não diga nada, só acene com uma psicologia popular, banalidades, pensamentos de senso comum, e que isso se saiba. Como se pode depreender, por exemplo, desta advertência enviada a Áries, em 18 de janeiro de 1953: "Hoje, a paz de espírito será alcançada por meio de sua atenção a problemas práticos e princípios familiares comprovados". Somos convidados a notar que tudo o que poderia haver de sinistro na predição do destino tornou-se, aqui, nessa declaração gasosa, razoável, e que é sempre assim, nada que vem de Righter soa estranho, tudo é familiar. Não se predizem catástrofes, não se maneja nenhum jargão em especial, não há "aparição de fantasmas". Barthes não diria outra coisa, vendo o ritmo da semana laboriosa sobrepor-se ao ritmo dos arranjos celestes. Nenhuma dimensão do extraordinário!

Mas Adorno o diz em outro sentido. De fato, a argumentação central do estudo, que aproveita a psicologia freudiana das massas, será a de que os sistemas de ilusão que movem as sociedades capitalistas estimulam continuamente o ego vulnerável das pessoas, produzindo-as como sintomáticas e aproveitando-se de seu sintoma. É esse duplo vínculo que autoriza as mensagens dos "profetas do engodo" a serem tão reconfortantes, todas as suas técnicas, tão lisonjeiras aos leitores. E é a estas que se endereça a prometida "análise de conteúdo". Pequena peritagem que não deixa de enveredar, rapidamente, por alguns expedientes retóricos de Righter, Adorno registrando, aqui e ali, suas palavras mesmas, embora mais lhe interesse o fundo do pensamento que a superfície das palavras.

Há alguns truques fáceis em jogo na coluna, percebe ele. Por exemplo: não conhecendo as pessoas a quem fala, mas não podendo deixar de agir como quem sabe, Righter fica na corda bamba, nem lá nem cá. Como o crítico ni....ni de Barthes, está preso na mecânica da dupla exclusão.[95] De um lado, não pode ser vago, demonstrar distanciamento, pois isso desapontaria quem espera firmeza de sua parte, de outro, não pode comprometer--se com afirmações que venham a ser desmentidas. Compelido ao mesmo tempo a arriscar-se e a não fazê-lo, salvam-no dois expedientes principais. Primeiro, ele vai apelar para estereótipos do tipo "siga aquela intuição" ou "utilize aquela perspicácia especial", onde "aquela" tem o condão de mostrar que o colunista sabe, e de eximi-lo de saber o que quer que seja. Temos um bom exemplo dessa operação anódina no conselho a Sagitário do dia 10 de novembro de 1952: "Afaste-se daquela preocupação que parece não ter solução". Segundo, vai apostar nas situações mais típicas possíveis, pois são aquelas em que todos poderão ter a impressão de se reconhecer. A exemplo desta outra situação, aventada numa mensagem a Touro, para o período de 20 de abril a 20 de maio de 1953: "Na parte da manhã, você terá a chance de solucionar tranquilamente os desafios acarretados pelo seu modo de vida".

Mas importa a Adorno ir além desse primeiro estrato. E, mesmo, da simples dimensão inconsciente dos laços de dependência mútua que unem todas as partes envolvidas. Daí ele dizer: "a astrologia não pode ser simplesmente interpretada como uma expressão da dependência, mas precisa ser considerada

[95] "La critique ni...ni", *Mythologies*, OC, I, pp. 783-785.

como uma 'ideologia para a dependência'".[96] Sua lógica é a determinação social, e é preciso que, mais além do signo e do sintoma, tudo se traduza em práxis.

É assim que, no *crescendo* argumentativo do texto, a roda inculta dos praticantes da pseudociência astrológica passa a ser vista como horda simplesmente fascista. Na pseudor-racionalidade dos bruxos e feiticeiros está latente a dos movimentos totalitários. Os científicos de segunda mão relacionam-se com as coisas assim como os homens com o ditador.[97] Assim sendo, a próxima providência do filósofo será transitar da analogia para a homologia: essa América dos anos 1950 em que as mídias massivas vendem geladeiras, televisores e bens culturais é como a Alemanha hitlerista dos anos 1930. O que faz o sucesso da coluna de Righter é aquilo mesmo que garante a prosperidade da propaganda política de ideias: a sedução de um líder diante do qual recua coletivamente o senso crítico, instalando-se, juntamente com o espírito de seita, a loucura. Seu ponto é o seguinte: é preciso um elemento de loucura para que pregações funcionem. Hitler que aliás cercava--se de astrólogos, era certamente "psicologicamente anormal" e foi exatamente essa sua anormalidade que criou o fascínio que permitiu sua ascendência sobre o povo alemão. Os sofismas da superstição e os da política são igualmente irracionais: o sujeito que consulta os astros é outro "paranoico compulsivo".[98]

Aproveitemos o ensejo dessa ilação surpreendente e essa irrupção de Hitler para lembrar que, em Barthes, é a língua que é fascista. E notemos para começar a concluir, que, mesmo que seus autores concordem, preliminarmente, que os mitos querem passar-se por verdades que prescindem de demonstração, e que cheguem, por vezes, às mesmas conclusões, tudo separa *Mitologias* e *As estrelas descem à terra*. Já porque a escola de Barthes trocou a questão filosófica da consciência pela da linguagem, e o conceito de representação pelo de significado, significação, significância (o intervalo que se abre entre a palavra e a coisa).

---

[96] Ibid., p. 176. [Grifo do autor.]
[97] Adorno e Horkheimer, "Conceito de iluminismo" (in Os pensadores/Adorno. São Paulo: Nova Abril Cultural, 1996), p. 24.
[98] Ibid.

O *homo antropologicus* lévi-straussiano é o homem simbólico, envolvido em sistemas de regras e ritos que mudam de época, mas não de nome nem de função,[99] e é assim que Lévi-Strauss poderá dizer que "os mitos significam o espírito".[100] No mesmo sentido, toda a argumentação de Barthes em torno da morte do autor encaminha a ideia de que "é a língua que fala", e de que somos falados por ela.

De fato, Barthes vai da ideologia à expressão, interessa-lhe a órbita do autor. Aqui, o mito é a "*parole*" saussuriana, a língua em execução, a fala, o discurso, com aquele seu sujeito que Benveniste mostrou ser mais uma primeira pessoa verbal que um cidadão civil, ou um sujeito textual. Adorno faz o caminho inverso, vai da expressão à ideologia, interpelam-no pessoas, não discursos, vale dizer, a figura mesma de Righter, mundana e inculta, e o coletivo constituído por seu público vulgar. A fúria regressiva do mito pede agentes bem localizados, com seus corpos docilizados pelas mídias.

Outra diferença diz respeito ao tipo de desmascaramento que temos em cada caso. Em Barthes, a oposição entre verdade e aparência é sem pertinência, já que, trabalhando apenas com relações entre formas, ele não persegue nada para além delas. Não se trata, nunca, aqui, da exumação do sentido, mas da demonstração de operações de construção do sentido, demonstração metalinguística, cujo intuito é dissolver o efeito mítico pela decomposição de seu segundo sistema opressivo, a conotação. Com sua experiência fragmentária do tumulto psíquico, o narrador de *Fragmentos de um discurso amoroso* o exemplifica particularmente bem: os valores subjetivos do sujeito enamorado não são somente seus valores, constroem-se numa língua do amor, certamente, mas que mais pode ser a língua do amor senão... a língua?

Já, em Adorno, é bem da estase ou da revelação do sentido que se trata, pois que lhe interessa, declaradamente, o conteúdo.

No mundo dessacralizado, mas sempre, de algum modo, ritualístico, de Barthes, o mitólogo remonta ao passado, é

---

[99] Isso resume, de algum modo, por ora, Lévi-Strauss, pois é esse o cerne da sua aula inaugural no Collège de France, dada em janeiro de 1960. Cf. Claude Lévi-Strauss, *O campo da antropologia*. Aula inaugural no Collège de France (in *Antropologia estrutural*, II, Rio de Janeiro: Tempo Brasileiro, 1976), p. 17.

[100] Claude Lévi-Strauss, *Mythologiques: le le cru et le cuit* (Paris: Plon, 1964), p. 346.

um exorcista antigo. No mundo administrado de Adorno, o mitólogo é o guia de fanáticos atuais, de consistência realista.

Note-se também esta ironia final: se a Barthes irrita o ocultamento da História, que a naturalização dos conteúdos ideológicos promove, o que mais deixa Adorno indignado é o caráter escancarado da História, tal como o profeta do *Los Angeles Times* a recupera e atualiza.

Ao término desse cotejo, torna-se tentador citar Lucia Santaella quando nota que a semioclastia barthesiana alveja, mais que a tranquilidade da consciência pequeno-burguesa, o sistema simbólico e semântico de nossa civilização, na sua totalidade, pois para Barthes "era muito pouco querer mudar conteúdos, sendo necessário sobretudo visar o próprio sistema do sentido: sair do cercado ocidental".[101]

Mas citemos também o próprio Barthes,que, numa entrevista dada em 1976 à revista *Art Press*, voltava à astrologia, para dizer: "Se é verdade que devemos continuar a desmistificar a astrologia, que não se invista nessa desmistificação nenhum ranço, nenhuma arrogância racional ou crítica [...]. Para mim, ela pode constituir--se (constitui-se) numa grande linguagem simbólica, num grade sistema de signos e, para dizê-lo numa palavra, numa ficção poderosa, e é isso que me interessa. Ela me interessa – espero que isto não os choque – como me interessa um grande romance ou um grande sistema filosófico".[102]

SEMIOCLASTIA, ICONOCLASTIA, REALISMO TRAUMÁTICO DAS IMAGENS

Vimos que, desde muito cedo, quando os meios de comunicação de massa ainda não eram um objeto para intelectuais, a não ser que bem cercados pela rede de segurança de uma crítica da história catastrófica, Barthes não apenas assumia-se como crítico cultural, sem com isso tornar-se aquele cúmplice da ideologia vaticinado por Adorno, mas

---

[101] Lucia Santaella, *Lições & Subversões* (São Paulo: Lazuli Editora/Companhia Editora Nacional, 2009), p. 125.
[102] "Sur l'astrologie", OC, V, pp. 1008-1009.

ligava-se ativamente ao projeto de uma revista significativamente chamada *Communications*.

O autor de *Mitologias* e de tantas outras incursões às mídias massivas iniciava assim a abordagem desse mundo midiático *indigno*, na dianteira de todos aqueles que, logo depois, estariam fundando a área das Comunicações, se levarmos em conta que os grandes trabalhos de McLuhan, Umberto Eco e, mesmo, do Jakobson, que se debruçam sobre a conação publicitária, são do correr dos anos 1960. E o fazia de coração aberto, com o "prazer evidente e a habilidade perversa" de sempre, como pôde notar Alain Robbe-Grillet, em 1995, numa de suas derradeiras voltas às argúcias do amigo que admirava e por quem era admirado.[103]

Tudo isso acontece no mesmo momento em que, no Brasil, a elite de verniz francês da universidade pública também torce o nariz para as *mass media*, essa coisa de norte-americanos. Como depõe, nos alvores dos anos 1970, em seu livro *Contracomunicação*, Décio Pignatari, outro crítico-escritor que não quer atemorizar-se diante dos assim chamados baixos repertórios: "Quando, em 1965, [apresentou-se] à congregação da Universidade Nacional de Brasília a proposta de regulamentação da Faculdade de Comunicação de Massa [...], os juristas consultados houveram por bem horrorizar-se ante o subversivo nome. De nada valeram as argumentações de que a expressão norte-americana *mass communication* já estava universalmente consagrada e que, em Paris, a Escola Prática de Altos Estudos não se sentia curvar ante o poderio ianque ao manter um Centro de Comunicações de Massa, responsável pela edição da revista *Communications*, hoje, mundialmente famosa".[104]

Essa sua disposição de trabalhar com dois mundos supostamente inencontráveis, o das belas-letras e o dos baixos repertórios, na verdade, para ele, igualmente mundos de linguagem, e de linguagem suscetível de naturalizar a

---

[103] Cito apud Latuf Isaias Mucci, "Roland Barthes, professor no Collège de France" (in Christophe Bident, *Maurice Blanchot: partenaire invisible*, Seyssel: Champ Vallon, 1998), p. 29. O autor refere um texto de Robbe-Grillet, "Um Roland Barthes a mais", num volume de que só através dele tenho notícia: *Alain Robbe-Grillet, Roland Barthes, artista amador* (Rio de Janeiro: UFRJ, 1995).

[104] Décio Pignatari, *Contracomunicação* (São Paulo: Perspectiva, 1971), pp. 317-38.

História, não é seu único traço marcante. Outra de suas marcas inconfundíveis é a capacidade de recepcionar as imagens sem precisar resguardar-se na iconoclastia novecentista, tal como se faz representar, na França, ao longo do decênio de 1960, por intervenções rumorosas como as de Guy Débord (*A sociedade do espetáculo*, 1967) e Jean Baudrillard (*O sistema dos objetos*, 1968), que, segundo alguns, assume caráter de "cruzada",[105] enquanto Barthes mantém-se firme em seu propósito de fugir à "denúncia piedosa". Perto disso, as bem-humoradas análises barthesianas do texto visual passam por amorosas decifrações de hieróglifos que parecem ter sido feitos para os caprichos de um contemplador sereno.

A velha desconfiança das palavras pode explicar essa sua situação invulgar no quadro de uma cultura francesa contemporânea atravessada pela denúncia dos simulacros. De fato, o pensador das imagens que Barthes também é está longe de vê-las fora da mecânica dos mitos, que, para ele, são principalmente falados, razão pela qual a verbalidade lhe importa (antes que na *Câmara clara* se curve perante a fácies estarrecedora dos retratos). Como vimos, desde sempre, para ele, aquilo que chamamos a "civilização da imagem" não é, de modo nenhum, um universo privado de palavra. Assim, usando do *esprit de finesse* que lhe é peculiar, às imagens ele dedicaria não apenas todos aqueles capítulos de *Mitologias* que se voltam para coisas como o rosto de Greta Garbo, as franjas dos romanos nos filmes americanos de reconstituição de época, as caretas dos lutadores de luta livre, o olhar perdido no horizonte do candidato a algum cargo eleitoral, a decoração dos pratos na culinária da revista *Elle*..., mas ainda toda uma leva de textos esparsos, não apenas bem colecionado e editado por Éric Marty, mas disponíveis, hoje, para uso do comunicólogo brasileiro, em edição supervisionada por Leyla Perrone-Moisés.[106] Ela é a primeira a anotar, na abertura do tomo de inéditos barthesianos que encerra essa outra reunião, o caráter

---

[105] Arlindo Machado nota a existência de um certo léxico guerreiro recorrente em trabalhos em dívida com o modelo marxista na vertente adorniana. Segundo ele, as imagens tornam-se aí "diabólicas", "profanas", "imorais", perversas", "pornográficas". Cf. Arlindo Machado, *O quarto iconoclasmo: ensaios hereges* (São Paulo: Marca d'Água Livraria e Editora, 2001), p. 21.

[106] Cf. a série de *Inéditos* de Roland Barthes constante na seção Bibliografia.

estético, vale dizer, desviante, que assumem tais análises, que, entretanto, não impedem Barhhes de levar adiante uma firme intervenção política. "Em 1975, Roland Barthes se autodefinia como "um mau sujeito político", por ter uma percepção prioritariamente estética dos fenômenos (*Roland Barthes por Roland Barthes*). Entretanto, a política sempre esteve presente em suas preocupações [...], até sua última fase, a paixão política persistiu, já então em conflito com certo desgosto pelo discurso militante."[107]

Tomemos um exemplo dessa crítica cultural que opera no "lugar" e no "meio" da linguagem: o ensaio "Sociedade, imaginação e publicidade". Datado de 1968, ele contrasta com tudo o que acontece em volta, nesse momento particularmente quente, em matéria de enfrentamento da publicidade. Trata-se de uma leitura refrescantemente heterodoxa do mundo espetacular, de acordo com a qual as imagens publicitárias não estão impedidas de serem ambíguas, nem, por isso mesmo, humanas, não mais que humanas.

Vamos aí de surpresa em surpresa. Primeira delas: Barthes pondera que, invariavelmente, quando nos interrogamos sobre a publicidade, a acusamos não apenas de pecar contra os imperativos do gosto e da inteligência, mas, principalmente, de pactuar com o capitalismo. E logo percebe o não dito dessa atitude, por demais repetitiva para não ser suspeita: o dinheiro está em toda parte e o que não se aceita nos anúncios não é bem o dinheiro, mas a presença imediata dele, o móvel comercial evidente da transação, que julgamos cínico. No entanto, prossegue, também as obras de "alta cultura" são perpassadas pelo dinheiro, e as aceitamos bem. Por quê? Porque, nesse caso, o dinheiro foi "sublimado, distanciado, ocultado, intermediado". E conclui: "Guardadas as proporções, um poema encomendado ou uma realização artística qualquer que ostente o patrocínio recebido deveriam, então, ser hoje, diante do mito da arte desinteressada, tão suspeitos quanto a publicidade".[108]

---

[107] Leyla Perrone-Moisés, "Apresentação" (*Roland Barthes, Inéditos*, v. 4, Política, São Paulo: Martins Fontes, 2005), p. vii. *Ela cita aí Roland Barthes par Roland Barthes*, OC, IV, p. 632. [Grifos de Barthes].
[108] "Société, imagination, publicité", OC, III, p. 60.

Segunda surpresa: ele admite que a publicidade deve, sim, ser entendida dentro do sistema capitalista, fora do qual não poderia ser julgada. Mas propõe que, sem que aprove esse sistema, o observador vá em frente, continue a interrogar seu objeto, e perceba como ele pode ser "ambíguo", e mais que isso, "essencialmente ambíguo", em sua aparente limpidez. Pois embora sendo venal, do começo ao fim, já que começa e termina numa operação comercial, o fato é que sofre, no trajeto, uma transformação, que, de algum modo, supera sua origem: ele vira outra coisa, faz-se linguagem. E há algo de "humano", queiramos ou não, nessa outra coisa. Não só porque a publicidade nos chega de modo tranquilo, intimista, em meio à nossa leitura do jornal, à nossa escuta do rádio, ou enquanto esperamos pelo filme no cinema, sem nenhuma "pertinência particular", mas também porque é feita de figuras nada abstratas, que se dão a nós sensorialmente, e com as quais entramos em relação quase corporal. O que significaria que estamos diante de um objeto não apenas modificado e tornado outro, porque tocado pela linguagem, mas de um objeto "integrado", que, queiramos ou não, faz parte de nossa relação cotidiana com o mundo. Trata-se de um objeto que está diante de nós "como a terra, um dia, esteve no horizonte do camponês. Em tudo e por tudo, um objeto bem diverso, então, daqueles objetos agressivos de que tanto se fala, quando se fala da publicidade que nos alveja, como se fosse um dardo, quando é continuação de meus gestos ou de mim mesmo".[109]

A terceira surpresa é a melhor. Em seu *crescendo* analítico, Barthes termina por observar que, mesmo quando nos salta à vista, do modo mais impositivo, na forma do cartaz, do painel ou do *outdoor*, a publicidade tem algo de "cósmico", alcança o antropológico. Até porque, nesse caso, a imagem é vertical, e assim a magnificamos. Vistas aqui de baixo, suas personagens tornam-se, a nossos olhos, sobre-humanas. Sua índole profunda é a mesma das inscrições nos muros das cavernas pré-históricas. Acompanhe-se este trecho magnificamente escrito em que versa sobre o caráter cósmico de qualquer mensagem publicitada em praça pública: "O muro convida irresistivelmente ao traçado dos

[109] Ibid., p. 61.

sonhos profundos [...], mesmo em sua aparência mais prosaica, mais deserdada, é já a pedra da arte pré-histórica, o baixo-relevo do escultor, o vitral do vitralista, o quadro do pintor, a folha de papel do escritor, a tela do cineasta é como que a parede interna de nosso crânio, onde nossos sonhos se traçam [...]. Diferente do gesto familiar com o qual manejamos os anúncios do jornal e da rádio, o gesto implicado pelo *outdoor* nos remete de modo mais enigmático ao próprio ato pelo qual existimos, ato irredutível a qualquer outro precedente, que é o ato de traçar uma diferença".[110] Ele volta aí à correspondência estrutural entre os sistemas.

Poder-se-ia objetar, com razão, que a primeira leva de fotografias de que cuida está no mesmo saco de gatos da contingência e da falsas representações em que a põem os iconoclastas, alicerçados na disputa platônica entre o inteligível e o sensível, e caudatários do lugar em que essa teoria do conhecimento põe as imagens. Um Platão cuja designação do autêntico, por contraposição à falsa aparência, é para um Deleuze, por exemplo, que não se recusou a pensar as imagens cinematográficas, o cerne de um pensamento que é preciso subverter, para que se restaure a "diferença". Para Deleuze, o simulacro é a "diferença", explica--nos Roberto Machado, numa recente e boa apresentação desse contemporâneo de Barthes, que compartilha com ele o amor a Proust (que também pensa contra Platão) e a atenção aos signos proustianos, inclusive imagéticos, que não se decifram jamais. Há em Platão uma relação de força entre modelo e simulacro, no sentido de que a ideia é pensada como uma potência capaz de excluir, barrar, rejeitar as cópias sem fundamento. Subverter essa filosofia da representação significa afirmar os direitos dos simulacros, reconhecer neles uma potência positiva, dionisíaca, capaz de destruir as categorias de original e cópia, resume ele.[111]

Que se lembre, efetivamente, como é plena de uma severidade que diríamos platônica a maneira como o crítico de *Mitologias*, frequentemente, julga o embuste das fotografias. Aproveitando as vantagens oferecidas hoje pelo *Mitologias* ilustrado, desarquive--se, por exemplo, o capítulo dedicado à monumental exposição

[110] Ibid., OC, III, pp. 61-62.
[111] Roberto Machado, *Deleuze, a arte e a filosofia* (Rio de Janeiro: Zahar, 2009), p. 48.

fotográfica "A grande família dos homens", consistente em 503 clichês que são levados ao Musée de l'Homme por Edward Steichen, com catálogo de certo André Chamson, do qual Barthes extraiu a maior parte das citações com que também trabalha, como informa Jacqueline Guittard. Veja-se como Barthes insiste aí no olhar grosseiro do fotógrafo que clica a igualdade entre negros e brancos, ricos e pobres, opressores e oprimidos, passando por cima de tanta contingência para nos oferecer um planeta universal e indistinto. Aprecie-se como, por trás do texto de Chamson, ele vê funcionar o mais reacionário dos álibis políticos: a projeção em grande escala do mito familiar. "Esse mito da *condição* humana baseia-se numa mistificação já muito velha, que consiste sempre em colocar a Natureza no fundo da História. Todo o humanismo clássico parte do postulado que, escarafunchando um pouco a história dos homens, a relatividade das suas instituições ou a diversidade de sua pele, se atinge bem depressa o tufo profundo de uma natureza humana universal".[112]

Mas examine-se ainda aquele outro capítulo consagrado a uma outra exposição patética ou catártica, como prefere Jacqueline Guittard[113] – que é "Fotos de choque", esta outra apresentada numa galeria chique do bairro de Orsay. Acompanhe-se como agora acusa o fotógrafo de nos embotar a sensibilidade, porque veio sofrer em nosso lugar: "A maior parte das fotografias aqui reunidas para nos chocar não produzem efeito nenhum sobre nós escreve ele, precisamente porque o fotógrafo tomou muito generosamente nosso lugar na elaboração do tema, superconstruído por ele e acrescentado ao fato".[114] Leitora de Barthes, Susan Sontag parece estar comentando esse seu comenário quando também evoca a vanidade das galerias, em *Sobre fotografia*, notando que fotos mudam de acordo com o contexto em que são vistas e que o fotógrafo imbuído de preocupação social só está supondo o significado ou a verdade do que mostra.[115]

[112] *Mythologies*, OC, I, p. 806. [Grifo do autor.]
[113] Jacqueline Guittard, "Illustrer les Mythologies" (posfácio a *Mythologies: édition illustrée*. Paris: Seuil, 2010), p. 251.
[114] Ibid., p. 752.
[115] Susan Sontag, *Sobre fotografia*. Tradução de Rubens Figueiredo (São Paulo: Companhia das Letras, 2004), p. 122.

Ou verifique-se, ainda, como, no capítulo "Fotogenia eleitoral", Barthes aponta o truque da pose do candidato a deputado, que é mostrado de frente, para que se "acentue seu realismo", e o truque dos "óculos perscrutadores" com que foi retratado, cuja função é "exprimir penetração, gravidade, franqueza". O espírito da coisa é fazê-lo "fixar nos olhos o inimigo, o obstáculo, o problema". Para que sejamos convencidos de que os resolverá para nós.[116]

Foi, de resto, nesse Barthes cansado do burburinho dos fotógrafos que Bourdieu que muito o cita em seu *Uma arte média* inspirou-se, visivelmente, para atacar, por seu turno, os fotógrafos e as fotografias da revista *Paris Match*. Seu ponto o mesmo de Barthes é que as imagens midiáticas, para funcionar, devem dizer mais do que dizem, ou devem ser "simbólicas". Praticamente citando Barthes, ele escreve: "Cada um dos objetos da fotografia deve remeter a um pano de fundo, a uma 'memória' e resumir, por meio de seu conteúdo *conotado*, o assunto da reportagem".[117]

Quem leu *A câmara clara* sabe, de resto, que o "*studium*" é o derradeiro vislumbre barthesiano dessa mitologia geral, já que, por oposição ao conceito de "*punctum*", ele está encarregado, justamente, de denunciar um mundo por demais esquadrinhado, por demais focado, por demais "estudado" por todos esses fotógrafos, agentes da morte sem sabê-lo, que não cessam de viajar e de nos trazer depoimentos, testemunhos políticos, quadros dantescos que se tornam exangues, à força de nos quererem fazer ver. Como ele diz, aqui, nesse trecho de seu último livro que não desmente os escritos anteriores: "Muitas fotos, infelizmente, permanecem inertes diante do meu olhar. E mesmo entre as que têm alguma existência a meus olhos, a maioria provoca em mim apenas um interesse geral e, se assim posso dizer, *polido*: nelas, nenhum *punctum*: agradam-me ou desagradam-me sem me pungir, estão investidas unicamente do *studium*".[118]

---

[116] Ibid., p. 797.
[117] Pierre Bourdieu, *Un art moyen: essai sur les usages sociaux de la photographie* (Paris: Minuit, 1965), pp. 179-180. [Grifo meu.]
[118] *La chambre claire*, OC, V, p. 809.

Saturado de livros e disposto a encontrar uma forma de representação que não traia a violência dos fatos a denunciar (a forma teatral, se os artistas forem bons), Hamlet reclamava (ato II, cena 2): "palavras, palavras, palavras". O *"studium"* parece reconduzir o enfaro hamletiano, quatro séculos depois, com o sujeito melancolizado posto agora diante de uma outra mídia.

No entanto, correndo em paralelo ao tédio do *studium*, há o espanto inesperado do *"punctum"*. E se já é surpreendente que um crítico literário reputado pelo refinamento abra mão de seu discurso prestigioso e se volte para imagens fotográficas, mesmo que seja para impugná-las, como acabamos de ver, e que se dedique ao assunto fotografia no último momento, mais surpreendente ainda é descobrir quão dividido ele se mostra em relação a esse seu objeto.

Pois o fato é que as fotografias podem ser também, para Barthes, antes que artifícios enganadores que é de bom-tom apontar, como repara,[119] representações espantosas e, nesse sentido, de algum modo, justas. Além disso, podem ter parte com o mais grave dos temas: a morte. O filósofo belga Henri Van Lier é quem o enfatiza, notando que a fotografia, tal como o Barthes do final dos anos 1970 também a vê, convida a considerações cosmológicas e antropológicas radicais, a que a filosofia tem voltado as costas, desde que fotos existem. Num volume tão instigante, pela raridade do tratamento, quanto o de Pedro Miguel Frade, aqui já citado, ele nota que, com Barthes, a fotografia deixou de ser "médium" para ser "mediúnica". De resto, para ele, toda fotografia é mediúnica: "Se é verdade que uma foto são fragmentos de realidade numa malha de real, toda foto é mediúnica".[120] *En passant*, note-se a semelhança de tal definição com esta de Susan Sontag, que também escreve sobre fotos depois de Barthes: "A fotografia é o inventário da mortalidade. Basta, agora, um toque do dedo para dotar um momento de uma ironia póstuma".[121] Jean Claude Milner fala numa recuperação da "aura".[122]

[119] Ibid., p. 859.
[120] Henri Van Lier, "L'initiative du photographe: frappe et aiguillage. La médiunité" (in *Philosophie de la photographie*. Bruxelles: Les Impressions Nouvelles, s.d.), p. 33.
[121] Susan Sontag, *Sobre fotografia*, op. cit., p. 85.
[122] Jean-Claude Milner, *Le pas philosophique de Roland Barthes*, op. cit., p. 77.

O caráter mortal do fotográfico é o que confirma o próprio Barthes, numa entrevista que antecede, de pouco, a saída de seu último e mais triste livro (e sua própria morte, para a qual podemos pensar que se prepara, secretamente, hipótese com que trabalham muitos[123]): "Se de fato quisermos falar da fotografia em plano sério, é preciso pô-la em relação com a morte. É verdade que a fotografia é um testemunho, mas um testemunho do que já não é mais. Mesmo que o sujeito esteja vivo, foi um momento dele que foi fotografado, e esse momento já não é mais. Esse é um traumatismo enorme para a humanidade, e um traumatismo que não cessa de se renovar. Cada ato de leitura de uma foto, e há milhares deles num dia, no mundo, é implicitamente, de um modo recalcado, um contato com o que não é mais, isto é, com a morte. Acho que é assim que se deveria abordar o enigma da foto, pelo menos, é como eu vivo a fotografia: como um enigma fascinante e fúnebre".[124]

Presente em toda *A câmara clara*, o nexo entre fotografia e morte está particularmente anotado no fragmento 38, já no final do volume: "Todos esses fotógrafos que se movimentam no mundo, dedicando-se à captura da atualidade, não sabem que são agentes da morte. Eis o modo como o nosso tempo assume a Morte, sob o álibi denegador do perdidamente vivo, de que o fotógrafo é, de algum modo, o profissional.[125]

Isso merece comentários. Na grande tradição clássica, que remonta ao repúdio platônico dos símiles ou das "*eídola*" (plural de "*eídolon*", simulacro), a máscara é sempre o duplo enganoso, a mentira a afugentar. Assim, na capa da mais antiga edição francesa das *Máximas e reflexões morais* de La Rochefoucauld, datada de 1665, um anjo está arrancando a máscara do rosto de alguém. E a máxima de número 282 desse conjunto de aforismos cáusticos, que apontam a mascarada da vida de corte, sentencia: "Há falsidades que tão bem representam a verdade

---

[123] Cito, entre nós, Etienne Samain, que o formula em seu *O fotográfico*, op. cit., p. 117. E na França, Martin Melkonian, cujo belíssimo *Le corps couché de Roland Barthes* (Paris: Librairie Séguier, 1989, p. 13), principia assim: "O último livro de Roland Barthes continha o anúncio de seu próprio desaparecimento. Depois da morte de sua mãe, em novembro de 1978, pareceu-lhe que nada mais tinha a dizer".

[124] "Sur la photographie", OC, V, p. 934.

[125] Ibid., p. 863.

que seria mal julgá-las não ser por elas logrado".[126] Desse modo, não é só com a linha de Débord e Baudrillard, mas é com essa tradição francesa antiga dos grandes moralistas que sondam os comportamentos de fachada, que *A câmara clara* dialoga. Já que, diferentemente do "*studium*", o "*punctum*" nada mascara, não é réplica inexata mas autentificação de seu objeto.

Daí o livro encerrar um certo álbum de fotografias estremecedoras, que nada mais são que máscaras que aderem à fácies dos sujeitos representados, aos quais deveriam trair. Como no caso da foto daquele negro norte-americano, descendente de escravos William Casby, datada de 1953, e assinada por Richard Avedon, que é legendada com esta frase, alusiva à estase do rosto no clichê fotográfico: "A máscara é o sentido, enquanto absolutamente puro".[127] Como se vê, houve um deslocamento ou introduziu-se um respiro entre o crítico que tratava da "grande família do homens, das "fotos de choque" e do portfólio fotográfico dos aspirantes a deputado, e este outro leitor de imagens que, desta feita, trata da Górgona terrível que nos espreita desde o fundo tenebroso do retrato. Tomando agora o fotógrafo por mímico perfeito, Barthes explica: "A essência da escravidão é aqui colocada a nu".[128]

Deter-se diante da força das máscaras é uma velha tentação em Barthes – lembremos o tipo de impressão que já lhe causa, em *Mitologias*, o rosto de Greta Garbo –, e a proximidade de Lévi-Strauss talvez tenha terminado por decidi-lo a ver máscaras nos retratos, já que, entre as obras do antropólogo, figura um estudo sobre elas e sua inquietante estranheza. Trata-se de um belo pequeno tratado que sai em 1975, quatro anos antes de *A câmara clara*, pela mesma editora de arte em que saía, em 1970, *O império dos signos*. O sênior vale-se aí de visitas feitas ao Museu de História Natural de Nova York, quando de seu exílio norte-americano, e da observação de peças garimpadas junto aos indígenas do sul do Pacífico, juntadas numa coleção que começa a fazer com outro exilado francês ilustre, na América, André

[126] La Rochefoucauld, *Máximas e reflexões morais*. Tradução de Leda Tenório da Motta (Rio de Janeiro: Imago, 1994), p. 58.
[127] Ibid., p. 816.
[128] Ibid.

Breton. Ora, a pergunta que o antropólogo se faz, diante desses duplos perturbadores do rosto humano, é a mesma que vibra no último livro de Barthes, principalmente a propósito do retrato da Mãe. Lévi-Strauss escreve: "essa arte me colocava um problema que não conseguia resolver. Certas máscaras, todas do mesmo tipo, me espantavam pela sua fatura. Seu estilo, suas forma eram estranhos. Sua justificação plástica me escapava. [...] Olhando-as, me fazia incessantemente as mesmas perguntas. Por que essa forma inusual e tão mal adaptada a sua função? Por que essa boca tão aberta, essa mandíbula pendente exibindo uma língua enorme...?".[129] Ouça-se, agora, Barthes: "Em relação à fotografia, eu era tomado de um desejo 'ontológico': eu queria saber a qualquer preço o que ela era 'em si', por que traço essencial se distinguia da comunidade das imagens".[130]

O leitor de Barthes conhece sua resposta. Para ele, o que distinguirá uma foto com "*punctum*" das demais será sua certificação da presença – "Toda fotografia é um certificado de presença" –[131] e o estremecimento íntimo que essa certeza, que nenhum documento escrito pode dar, é capaz de ocasionar, por vezes – "Observei a menina e enfim reencontrei minha mãe" –[132] no contemplador. E esse leitor, assim lançado no tempo imóvel das imagens técnicas, nem precisará reler Barthes, de trás para a frente, para saber que todas aquelas outras imagens igualmente insólitas que ele colecionava em *O império dos signos* – máscaras de *Nô*, máscaras de teatro *Bunraku*, máscaras antigas de dança popular, máscaras do travesti teatral, máscara de um ator *Kabuki*, máscara japonizada em que se transforma o rosto do conferencista ocidental quando retratado pelo jornal *Kobé Shinbum* –[133] já eram prenúncios do que estava por vir: o ectoplasma do retrato.

Algo assemelha todas essas efígies poderosas, tão longe da compostura que Bourdieu vê emanar dos retratos do álbum de

---

[129] Claude Lévi-Strauss, *A via das máscaras*. Tradução de Manuel Ruas (Lisboa: Editorial Presença, 1981), p. 15.
[130] *La chambre claire*, OC, V, p. 791.
[131] Ibid., p. 859.
[132] Ibid., p. 844.
[133] Barthes comenta assim sua imagem estampada no jornal: "Citado pelo *Kobé Shinbum*, este conferencista ocidental vê-se, subitamente japonizado, o olhos puxados, a sobrancelha escurecida pela tipografia nipônica". Cf. *L'empire des signes*, OC, III, p. 40.

família, que cumprem, para ele, a função de solenizar o mundo burguês.[134] Em todas elas, somos confrontados com a impressão tremenda que vem do congelamento do rosto humano pelo aparelho fotográfico, por elas, somos conduzidos ao espanto que nasce da suspensão do movimento pelo clique fotográfico. Fotografado, o rosto humano torna-se, paradoxalmente, irreconhecível. Faz-se digno desta legenda para uma estátua facial frontal de um monge Hôshi: "O signo é uma fratura que só se abre para o rosto de outro signo".[135] E é esse baque que, mais paradoxalmente ainda, pode deixar ver aquilo que a socialidade tapa.

Adotando um realismo que só não é ingênuo por querer-se ingênuo, explicitamente, esse Barthes rompe com a perspectiva sociológica e com a semiologia aplicada. Como ele faz notar: "É justamente porque a fotografia é um objeto antropologicamente novo que ela deve escapar, assim me parece, às discussões habituais sobre a imagem. Hoje, entre os comentadores da fotografia (sociólogos e semiólogos), a moda é a relatividade semântica: nada de real. [...] Os realistas, entre os quais estou, não consideram de modo algum a fotografia como uma 'cópia' do real, mas como uma emanação do *real passado*: uma *magia*, não um arte".[136] Quando Susan Sontag nota, muito argutamente, que a única arte em que o surrealismo triunfou foi a fotografia, essa arte "nativamente surreal",[137] ela não está desmentindo o realismo barthesiano, já que Barthes é o primeiro a querer-se um realista mágico.

Mas se a fotografia lhe serve de ocasião para voltar as costas mais uma vez à escolaridade, só aparentemente ele desencontra--se da arte contemporânea. Pois se pode parecer, à primeira vista, que o "*punctum*" recorta um espaço de plenitude no vazio do "pop", e se é verdade que a banalização da arte "pop" flerta com a denúncia sociológica do mundo desencantado e em ruínas, Barthes reconhece em artistas como Andy Warhol e Roy Lichtenstein o mesmo tipo de renúncia ao sentido que é o

[134] Ibid., p. 39.
[135] Ibid., p. 389.
[136] *La chambre claire*, OC, V, p. 859. [Grifos do autor.]
[137] Susan Sontag, *Sobre fotografia*, op. cit., p. 66.

seu. O caráter chapado dos objetos fotográficos aqui postos em cena não fecha o circuito da significação, como não fechava em Robbe-Grillet. Pois, no momento em que parece renunciar tudo o mais que não seja a rasura das coisas, e passa a despersonalizar o mundo, até por trocar o artesanato tradicional da tela por maquinária, essa arte intromete no processo um sujeito, que continua contemplando o mundo, a despeito do que faz. "Vejam como Warhol conduz suas reproduções inicialmente concebidas como um procedimento destinado a destruir a arte: ele repete a imagem de modo a dar a ideia de que o objeto treme diante da objetiva do olhar; e se ele treme, diga-se, é porque se busca: busca sua essência, busca colocar diante de nós sua essência; dito de outro modo, o tremor do objeto age (reside nisso seu efeito de sentido) como uma pose: outrora, a pose diante do cavalete do pintor ou do aparelho fotográfico não era a afirmação de uma essência do indivíduo? Marylin, Liz, Elvis não nos são dados, propriamente, segundo sua contingência, mas segundo sua identidade eterna".[138]

Ressalve-se que, nem por voltar as costas à sabedoria que diz que não se pode tomar as representações por coisas, o realista traumático, o sujeito mediúnico de *A câmara clara*, em que se transformou Barthes, abandona a modulação do Neutro. Afinal, sendo "uma linguagem sem código",[139] por isso mesmo, a fotografia nos deixa fora daquela pressão ou opressão da linguagem produtora de paradigmas entre os quais é preciso escolher.

Não menos formidável é pensar que, depois que *Mitologias* tirou o mundo da crítica cultural de seu eixo, denunciando principalmente o trabalho das palavras, *A câmara clara* vem ainda desconsertar o que estava arranjado, curvando-se à revelação da imagem.

---

[138] "Cette vieille chose, l'art...", OC, V, pp. 920-921.
[139] Ibid., p. 861.

ASSALTO À SORBONNE

> *"Eu tive a curiosidade de ler algumas resenhas de* Sur Racine *do Senhor Roland Barthes: salvo uma ou duas exceções, em nenhuma alguém parecia espantar-se"*.
> Raymond Picard[1]

O *ANNUS MIRABILIS* DO ESTRUTURALISMO

De início, as figuras que fazem roda, naquele desenho "A moda estruturalista" que encontramos em *Roland Barthes por Roland Barthes* não se juntavam. Até por volta de 1966, Foucault, Lacan, Lévi-Strauss e Barthes eram conhecidos individualmente por seus talentos e provocações, mas não formavam grupo, não faziam plataforma. Barthes tinha então sete livros publicados, e uma infinidade de artigos, já era um *scholar*, já vivia assediado. Mas seus círculos de frequentação, até aí, eram principalmente os afetivos. Mesmo que, agora na École des Hautes Études en Sciences Sociales, ladeasse com Derrida, Bourdieu, Fernand Braudel, Jacques Le Goff, seus relacionamentos restringiam-se às afinidades eletivas, quer dizer, no seu caso, a alguns dos jovens seguidores de seus seminários.

Louis-Jean Calvet aponta, além desses, o estabelecimento, nesse momento, de outros laços pessoais, ainda que sejam também profissionais, uma vez que todos esses pensadores passam inicialmente pela Editora Seuil, velha casa nascida na época da Resistência, a que todos os envolvidos estão ligados de algum modo. Trata-se da amizade que o liga, cada vez mais, à dupla Sollers e Kristeva, de um lado, e à dupla François Wahl- -Severo Sarduy, de outro.[2] Esses são vínculos fadados a serem duradouros, já que Sollers vai apoiar Barthes, firmemente, abrindo-lhe a *Tel Quel*, seja no momento do caso criado em torno de *Sur Racine*, quando a imprensa francesa toma o partido de seus opositores melindrados, seja nos anos seguintes, quando todos parecem reverenciar Barthes. Enquanto François Wahl será depositário do legado barthesiano, tornando-se o primeiro

---

[1] Raymond Picard, *Nouvelle critique ou nouvelle imposture?* (Paris: Jean-Jacques Pauvert Éditeur, 1965), p. 11.
[2] Louis-Jean Calvet, *Roland Barthes: uma biografia* (São Paulo: Siciliano, 1993), p. 182.

editor da obra póstuma, inclusive da parte mais crua dela, a dos diários íntimos, longe de qualquer fidelidade piedosa ao morto, que detestava as almas piedosas, como vimos a propósito de *Mitologias*.

Mas tudo muda nesse ano de 1966. Percebe-se agora uma relação entre todos esses novos pensadores que descobriram Saussure e Lévi-Strauss, e através deles, os russos, a lógica profunda dos contos em Propp, as elegantes equações do fato poético apresentadas por este cientista do verbal tão próximo de Lévi-Strauss que é Jakobson. Representantes que são todos de uma conexão Paris-Moscou a cujos aportes Kristeva acrescentaria ainda os de Mikhail Bakhtin, de quem ela é a introdutora na França, e a quem deve sua formulação do conceito de "intertextualidade, que repassaria a Barthes.[3] François Dosse fala na percepção que se tem então de uma ligação "assombrosa" entre fatos antes isolados e chama 1966 o *annus mirabilis* do movimento estruturalista.[4]

De fato, tudo parece acontecer nesse momento. É em 1966 que se publicam os *Escritos* de Lacan, *As palavras e as coisas* de Foucault, *Problemas de linguística geral* de Émile Benveniste, *Crítica e Verdade* de Barthes, que prepara então *Sistema da moda*, o mais estruturalista de seus livros. Data desse mesmo ano este documento-modelo da análise semiológica que é o artigo de Barthes "Introdução à análise estrutural das narrativas", hoje recolhido no segundo tomo das *Oeuvres complètes*.[5] E ainda, a coletânea *O que é o estruturalismo?*, também pertencente à consolidação do movimento, organizada por François Wahl, que convoca Osvald Ducrot, Tzvetan Todorov, Dan Sperber e Moustafa Saphouan para responderem à pergunta do título, cada qual em sua própria área, a linguística, a poética, a antropologia e

---

[3] A palavra "intertextualidade" surge, pela primeira vez, nas páginas de seu livro *Semiotikê*, onde lemos: "O significado poético remete a outros significados discursivos, de tal sorte que, no enunciado poético, outros discursos são legíveis. Cria-se assim, em torno do significado poético, um espaço textual múltiplo. Chamaremos esse espaço *intertextual*. Tomado na intertextualidade, o enunciado poético é um subconjunto de um conjunto maior [...]". Cf. Julia Kristeva, *Semiotikê-Recherches pour une sémanalyse* (Paris: Seuil, 1969, (Col. Points)), p. 194. [Grifo da autora.] François Dosse recupera os fatos narrando uma passagem de Kristeva pelo curso de Barthes, em 1966, quando ela expõe Bakthine, o que a levaria a prolongar seus temas até o tema da intertextualidade por ela assim trazido, e do que adviria, nada mais, nada menos, que *S/Z*. Cf. François Dosse, *Histoire du structuralisme*, II (Paris: Édition de la Découverte, 1991), p. 76.

[4] Ibid., p. 97.

[5] "Introduction à l'analyse structurale des récits", OC, II, p. 828.

a psicanálise,[6] e o primeiro volume da trilogia *Figuras*, de Gérard Genette, com um capítulo sobre "Estruturalismo e crítica literária". Assiste-se também, nesse momento, ao lançamento da revista *La Quinzaine Littéraire* de Maurice Nadeau, que trará um dossiê sobre o estruturalismo. Tudo isso dista de um ano da saída de uma continuação das *Estruturas elementares do parentesco* de Lévi-Strauss, cuja primeira publicação dera-se em 1949. Estamos falando de um acontecimento importante, uma vez que esse livro que agora ressurge saído da tese de doutorado de Lévi-Strauss, a partir de pesquisas de campo feitas no período do exílio norte--americano, havia sido o começo da aventura toda.

Nesse preciso momento, organizam-se também colóquios, dossiês, estudos, tudo isso com enorme repercussão na imprensa, antes que ela se volte, mais adiante, contra Barthes, no episódio Racine. Inclui-se entre os referidos estudos uma primeira reflexão sobre *Sur Racine* vinda de fora do centro dos acontecimentos: o livro de Serge Doubrovski *Pourquoi la nouvelle critique?*. Todos esses esforços, que indicam claramente uma revolução em curso, são convergentes, têm uma única base de apoio: a editora Seuil. De fato, é ela que tudo chancela, todos são autores da casa. Em 1960, lançava-se aí a *Tel Quel*. Em 1961, a *Communications*. São empresas de risco. Isso nos deixa pensar que a Seuil está para o estruturalismo assim como a Minuit estava para o *nouveau roman*, e antes dela, nos alvores do século XX, a Gallimard, para o grupo da *Nouvelle Revue Française*.

O êxito desse movimento é sem precedentes na história das ideias na França. A essa formação cujos artífices seguem dizendo--se livres de qualquer pertencimento doutrinário, e abrindo mão de rótulos, que, de fato, não têm,[7] estava prometido um reino. Bom motivo para que, quase meio século depois e antes de passarmos a *Sur Racine* voltemos a fazer a pergunta: o que é o estruturalismo?

---

[6] Desde os anos 1970, a coletânea acha-se traduzida para o português, em edições em separado das diferentes seções, para as quais foram convocados diferentes tradutores. Nesse caso, a esclarecedora apresentação geral do volume, assinada por François Wahl, acompanha a separata *Estruturalismo e filosofia* (São Paulo: Cultrix, 1970), tema do qual ele está encarregado.

[7] Cf. respectivamente, Roland Barthes, *Essais critiques*, OC, II, p. 472 e François Dosse, *Histoire du structuralisme*, II, op. cit., II, p. 97.

O QUE É O ESTRUTURALISMO?

Vimos, na prática, que a operação semiológica de Barthes em *Mitologias* é de desmontagem e arranjo. Apresentando-a, em plano teórico, num de seus ensaios críticos, ele a descreve assim: "A finalidade de toda atividade estruturalista é reconstituir um "objeto", de modo a manifestar nessa reconstituição as regras de funcionamento (as "funções") do mesmo objeto. A estrutura é, portanto, um simulacro do objeto, mas um simulacro direcionado, interessado, pois o objeto imitado faz aparecer algo que permanecia invisível ou, dizendo de outro modo, estava incompreendido no objeto natural. O homem estruturalista toma o real, o decompõe, depois o recompõe...".[8]

Ele a descreve melhor ainda quando, na mesma reunião de ensaios, falando agora do crítico que opera, e não da operação, evoca uma bela e antiga imagem dos primeiros humanistas na era da primeira difusão da imprensa: a imagem do mundo-livro. Barthes escreve: "O livro é um mundo. O crítico que está diante do livro tem os mesmos problemas de linguagem que o escritor que está diante do mundo".[9] Trata-se da imagem de todos os barrocos; aliás, é a imagem de Montaigne, esse precursor do Neutro, que, como vimos, não se separa de seu livro, origem e suporte de sua escritura circular, como se pode depreender, por exemplo, desta confidência famosa do terceiro tomo dos *Ensaios*: "Em outros casos, pode-se apreciar a obra e não gostar do autor, no meu caso, não".[10]

Essa imagem fala por si só da precedência da linguagem, que é o traço diferencial de toda aquela formação retratada no *crayon* que foi parar nas páginas de *Roland Barthes por Roland Barthes*. Dela decorre uma nova visão do próprio homem, antecedido pelo signo e nele mergulhado inconscientemente. Não por acaso Lacan proclamava-se barroco.[11] De fato, temos, já assim, diante

[8] *Essais critiques*, OC, II, p. 467.
[9] Ibid., p. 795.
[10] Montaigne, *Ensaios*, III. Tradução de Sergio Milliet. (Brasília/São Paulo: Editora da Universidade de Brasília/Hucitec, 1987), p. 153.
[11] "Eu sou o Gôngora da psicanálise, segundo se diz, para servi-los" e "Não é à toa que dizem que meu discurso participa do barroco". Cf. Jacques Lacan, *Escritos*. Tradução de Vera Ribeiro (Rio de Janeiro: Zahar, 1998), p. 469 e *O seminário 20*. Tradução de M.D. Magno (Rio de Janeiro: Zahar, 1985), p. 154.

de nós, este norte, que está longe de reconfortar os defensores da análise de texto clássica: nessa vertente teórica, nada há nem para lá nem para cá do texto. Num dos fragmentos de *Roland Barthes por Roland Barthes* reencontramos tal verdade lindamente formulada: "à invasão do sentido (pela qual são responsáveis os intelectuais) a Doxa opõe o concreto: o concreto é o que supostamente resiste ao sentido".[12]

Ora, se recupera a divisa barroca permitindo ainda a Barthes provocar o "classicismo inveterado das letras francesas", a que contrapõe a "ubiquidade do significante",[13] essa verificação também reverencia Saussure, já que é Saussure quem, modernamente, reinstitui o fechamento da língua sobre si. De enorme impacto, quando apresentada ao mundo pela primeira vez, essa é a pedra angular do Curso de linguística geral (CGL), sua lição inicial. Lemos aí, no primeiro capítulo, que "o signo linguístico une, não uma coisa e um nome, mas um conceito e uma imagem acústica" e que, assim sendo, é arbitrário".[14] No mesmo sentido, ele o chama também, no capítulo sexto, "imotivado".[15]

Isso significa que o signo não corresponde a nenhuma exigência natural que lhe seja externa, é uma mônada, o que faz da linguagem um reduto de ordem própria. Como enfatiza o organizador da primeira edição crítica do CLG, o italiano Tullio de Mauro, cujas introdução e notas são vertidas para o francês por Louis-Jean Calvet, o biógrafo de Barthes, e fazem dessa edição uma referência na França, em sua apresentação do texto matricial. Aí, ele escreve: "a língua saussuriana não é remetida a nada fora de sua organização em sistema".[16] Tudo o que Oswald Ducrot retoma em seu *Estruturalismo e linguística*: "A organização interna da língua é um dado original e não um decalque de uma ordem que

---

[12] *Roland Barthes par Roland Barthes*, OC, IV, p. 665.

[13] "Plaisir au langage", OC, II, p. 1239.

[14] Ferdinand de Saussure, *Cours de linguistique générale* (Paris: Payot, 1976), p. 100.

[15] "O princípio fundamental do arbitrário do signo não impede de distinguir em cada língua o que é radicalmente arbitrário, quer dizer, imotivado, do que o é relativamente. Só uma parte dos signos é absolutamente arbitrária; em outras partes intervém um fenômeno que permite reconhecer graus no arbitrário sem suprimi-lo: o signo pode ser relativamente motivado". Ibid., p. 180.

[16] Tullio de Mauro, "Introduction" (in Ferdinand Saussure, *Cours de linguistique générale*, op. cit.), p. xiii.

lhe é externa"[17]. Dito de outro modo: o mundo segundo Saussure, antes de ser falado, não existe, é uma "massa amorfa".

Tudo o mais é decorrência dessa premissa. Deduz-se desse enclave de ordem própria do signo que a língua é paradoxalmente social. Afinal, se ela nada tem a ver com a referência externa, ou, se na palavra "árvore" o que está dado não é uma relação à coisa árvore mas a relação de um elemento fonético, o significante, e um elemento de significação, o significado, então, é a convenção que a torna viável. Arbitrário e social são duas maneiras de designar a mesma propriedade fundamental da língua: sua volta sobre si mesma.[18]

Outra consequência igualmente perturbadora é a verificação da inconsciência da língua. De fato, nesse contexto, é forçoso admitir que, sendo a linguagem, desde esse seu primeiro elemento que é o signo, um antecedente lógico, a língua não apenas é autônoma em relação ao que representa, mas a maior parte das situações linguísticas fogem ao controle do sujeito falante. Lévi--Strauss o explica muito bem, no capítulo "História e etnologia" que serve de introdução à *Antropologia estrutural*: "Falando, não temos consciência das leis sintáticas e morfológicas da língua. Ademais, não temos conhecimento consciente dos fonemas que utilizamos para diferenciar o sentido de nossas palavras. A língua se desenvolve como uma elaboração coletiva".[19] Mais tarde, isso deixaria Barthes à vontade para enveredar pelo inconsciente do texto raciniano, não sem escandalizar os primeiros leitores de *Sur Racine*, tanto mais que a psicanálise também o autorizava a ver as relações do autor e da obra como relações de denegação. Ademais, é como discurso inconsciente sempre que, em *Fragmentos de um discurso amoroso*, esse retrato estrutural da

---

[17] Oswald Ducrot, *Estruturalismo e linguística* (São Paulo: Cultrix, 1970), p. 110.

[18] Vale lembrar a crítica que Derrida dirige a essa valorização da matriz fonética, notando que a "imagem acústica" envereda por uma teoria tradicional do signo como reprodução da fala. Ela está aqui bem resumida por Evando Nascimento: "O rebaixamento da escrita por Saussure em seu *Curso de linguística geral* diz respeito em princípio à escrita dita fonética. Derrida procura demonstrar que não foi por acaso que essa escrita assomou como o tipo modelar de inscrição no Ocidente. A forma dessa escrita converge para a maior parte dos pressupostos fonologocêntricos. Antes de mais nada porque, como a qualificação de fonética conota, ela propõe uma reprodução da fala tal como a *imagina* uma teoria tradicional do signo. Saussure nada mais faz do que confirmar essa vocação [...]. Ele apenas está *naturalizando* aquilo que desde seu fundamento institucional *se quer* como reapresentação da Voz (*phonè*), a começar no nível mínimo dos fonemas até o nível superior da fala". Cf. Evando Nascimento, *Derrida e a literatura: notas de literatura e filosofia nos textos da desconstrução* (Niterói: Editora UFF, 1999), pp. 133-34.

[19] Claude Lévi-Strauss, *Antropologia estrutural* (Rio de Janeiro: Tempo Brasileiro, 2003), p. 73.

paixão, como o chamou Raymond Bellour,[20] ele verá o sujeito enamorado como aquele que "intriga" contra si mesmo, envolto em figuras hipnotizantes.[21]

Além disso, não tendo conexão com o campo da experiência, as correspondências internas da língua constroem-se na base de interações entre puros elementos diferenciais. Nessa organização sistêmica, cada elemento encerra valor e só tem valor por oposição a todos; há uma determinação recíproca dos valores, a alteração de qualquer elemento, por mínimo que seja, leva à alteração de todos os demais. Apresentando essa movimentação da linguagem em *Elementos de Semiologia*, Barthes faz intervir as noções jakobsonianas de sintagma e paradigma para nos falar de um "campo associativo".[22] O valor das entidades linguísticas é relacional e opositivo. Estamos num jogo: o sentido é construído por referência aos próprios signos, a língua é uma combinatória.

Note-se que a palavra saussuriana é "sistema", não "estrutura", que pertence à vulgata e à posteridade do CLG, a despeito de serem sinônimas, como nota, entre outros, Oswald Ducrot: "Pressupor o sistema, eis o que constitui, a nosso ver, o contributo próprio de Saussure ao estruturalismo linguístico".[23] Faça-se aqui também um parêntesis para notar que a nomenclatura estrutura / estrutural / estruturalismo está longe de ser o apanágio dos saussurianos que se agrupam, desde os anos 1960, em torno de Lévi-Strauss. Na verdade, nessa altura do século, é conclamada em muitos domínios e, antes de mais nada, no campo das ciências matemáticas e no da física, de onde parte para impor às ciências humanas a ideia de objetos sistêmicos cujo conhecimento não depende de nenhum elemento externo, ou de nada que lhes seja estranho à natureza. Émile Benveniste o diz bem no capítulo

---

[20] Raymond Bellour, "... rait, signe d'utopie" in Revista *Rue Descartes*, n. 34, dez. 2001, p. 38.

[21] "Por toda a sua vida amorosa, as figuras surgem na cabeça do sujeito enamorado sem ordem nenhuma, pois dependem, a cada volta, de um acaso (interior ou exterior). A cada incidente (o que sobrevém) o enamorado vai cavar na reserva (no tesouro!) das figuras, segundo as necessidades, as injunções, ou os prazeres de seu imaginário. Cada figura arrebenta, vibra sozinha como um som cortado de toda melodia a repetimos para nós mesmos, como o motivo de uma música que plana. Nenhuma lógica liga essas figuras, determina sua contiguidade: estão fora de sintagma, fora de relato; são Erínias, agitam-se, se entrechocam, se acalmam, vão e voltam, sem mais ordenação que um voo de moscas. O dis-cursus amoroso não é dialético: gira em torno de si mesmo como um calendário perpétuo, uma enciclopédia da cultura afetiva (no enamorado há algo de Bouvard e Pécuchet)." Cf. Roland Barthes, *Fragments d'un discours amoureux*, OC, V, p. 31.

[22] *Élements de sociologie*, OC, II, p. 681.

[23] Oswald Ducrot, *Estruturalismo e linguística*, op. cit., p. 56.

"Transformações da linguística" de seus *Princípios de linguística geral*: "Entendemos por estrutura, particularmente na Europa, o arranjo de um todo em partes e a solidariedade demonstrada entre as partes do todo que se condicionam mutuamente".[24]

E faça-se outro parêntesis para notar, ainda, que, tão logo se difunde pelas humanidades, a palavra "estrutura" passa a ser uma espécie de *passe partout*. Todos se servem dela, mesmo um crítico marxista como Goldmann, mesmo um crítico psicanalista não lacaniano como Mauron, que, falando, o primeiro, desde a sociologia das formas e da crítica dialética, o segundo, desde a interface literatura-psicanálise, a põem por frente em suas releituras de Racine, como se verá. Naquele mesmo capítulo dos *Princípios de linguística geral* Benveniste dirá: "A expressão linguística estrutural recebe interpretações diferentes, e suficientemente diferentes para que o sentido possa ser sempre o mesmo".[25] Preocupado com o problema nomenclatural que assim se coloca, Roger Bastide organiza, em janeiro de 1959, um grande colóquio para discutir a questão, como nos informa François Dosse.[26]

De resto, cada uma das explicitações que encontramos na coletânea *O que é o estruturalismo?* vem prová-lo. Nenhum dos autores participantes deixará de dizer, em sua apresentação de motivos, que a visão de sistema que a ciência estrutural persegue é quase tão antiga quanto o homem. O tema já está explícito nas "gramáticas gerais" do século XVIII inspiradas na Gramática de Port Royal, já tomam o pensamento como linguisticamente organizado, nota Oswald Ducrot em "Estruturalismo e linguística".[27] Nem ninguém deixará de sublinhar que o que define, por fim, a especificidade da escola saussuriana é a atribuição de uma posição absolutamente fundadora ao signo. "O núcleo conceitual da cesura estruturalista é o signo", escreve François Wahl na sua apresentação geral da coletânea. E acrescenta: "Onde o primado do signo for contestado, e o signo destruído ou desconstruído, o pensamento já não estará mais na órbita do Estruturalismo".[28] Além disso, ele lembra que Louis

---

[24] Émile Benveniste, *Problèmes de linguistique générale* (Paris: Gallimard, 1966), p. 9.
[25] Ibid.
[26] François Dosse, *Histoire du structuralisme*, II, op. cit., II, p. 203.
[27] Oswald Ducrot. *Estruturalismo e linguística*, op. cit., p. 27.
[28] François Wahl, *Estruturalismo e filosofia*, op. cit., pp. 11-12.

Althusser já tomava Marx como um pensador estruturalista, e o cita, para afirmá-lo: "Em Marx, a necessidade, no sentido de Ricardo, não é mais um simples dado de natureza humana (um dado histórico), mas um fator complexo inscrito na estrutura da produção. O objeto de *O capital* não é a necessidade, nem mesmo o trabalho, nem mesmo a produção, mas uma combinação entre si dos diferentes elementos da produção. Ou seja, sistema, princípio de organização".[29] E não seria ocioso acrescentar que, no Brasil, os poetas e críticos do grupo Noigandres tomaram o termo "*Gestalt*" como sinônimo de "estrutura" e partiram daí para ver a poética mallarmeana como "um processo de organização estrutural".[30]

Nessas condições, é como designação da particular análise textual desenvolvida pelos saussurianos que a "estrutura" pega, solapando o "sistema" saussuriano. De uma perspectiva mais histórica que epistemológica, também François Dosse o ressalta: "Dois acontecimentos vão desempenhar um papel nesse êxito cada vez maior do CLG, que vai converter-se no *livro vermelho* do estruturalista de base. O primeiro fator relaciona-se à preponderância assumida pelos russos e suíços, após a Segunda Guerra Mundial, no âmbito de uma disciplina dominada até então pelos alemães, propensos essencialmente a uma filologia comparativa. No Primeiro Congresso Anual de Linguística realizado em Haia, em 1928, sela-se uma aliança prenunciadora de um grande futuro. As propostas apresentadas pelos russos e pelos genebrinos têm em comum destacar a referência a Saussure para descrever a língua como sistema. Portanto, Genebra e Moscou estão na base da definição de um programa estruturalista. Aliás, foi nessa ocasião que Jakobson empregou pela primeira vez o termo "estruturalismo". Saussure só fizera uso do termo "sistema", 138 vezes acionado nas 300 páginas do CLG".[31]

---

[29] Ibid., p. 75. A citação é o do livro de Althusser, *Lire le Capital*.

[30] Em nota a sua conhecida tradução a três (ou "tridução") de poemas de Mallarmé, Augusto de Campos, Haroldo de Campos e Décio Pignatari escrevem: "O uso particular que fazemos da palavra 'estrutura' tem em vista uma entidade medularmente definida pelo princípio gestaltiano de que o todo é maior que a soma das partes, ou de que o todo é algo quantitativamente diverso de cada componente seu, jamais podendo ser compreendido como um mero fenômeno aditivo". Cf. *Mallarmé* (São Paulo: Perspectiva, 1991), p. 117.

[31] François Dosse, *Histoire du structuralisme*, I, op. cit., p. 66.

Seja como for, o sistema saussuriano é a estrutura. Como o diz incisivamente Oswald Ducrot em seu *Estruturalismo e linguística*: "O papel de Saussure não é, certamente, o de ter introduzido o termo e sim o de tê-lo reencontrado e principalmente o de ter podido impô-lo após o êxito da Gramática Comparada".[32]

Em suma, a palavra perfila-se entre os straussianos e, com ela, a ideia de uma mecânica sincrônica da língua. Isso significa que o objeto do linguista é dinâmico, o que ele observa, no momento mesmo em que elas se processam, são relações das quais depende a significação. Não apenas isso mas, diferentemente da língua tal como a concebem as filologias oitocentistas, essa língua é também invariante. Bem por isso as linguísticas do sistema ou da estrutura da língua serão ditas "gerais". A propósito dessa invariância, Jakobson dirá: "Um sistema sincrônico não pode estar a serviço de uma sucessão de épocas".[33] O próprio Saussure já se encarregara de explicar essa sincronia através de uma interessante metáfora, a partida de xadrez, que, aliás, é recorrente em suas notas.[34] Já o havíamos visto aludir à execução de uma sonata de Beethoven para dimensionar o papel da "parole" em relação à "langue". No CLG, ele se serve de muitas outras para ilustrar essa mecânica sistêmica e sincrônica, depois rebatizada "estrutura", mas a comparação mais demonstrativa, segundo ele mesmo, é a que se pode estabelecer entre "o jogo da língua e o de xadrez". Ouçamos o que diz Saussure: "Num e noutro caso, estamos diante de um sistema de valores e assistimos às suas modificações. Uma partida de xadrez é como uma realização artificial daquilo que a língua nos apresenta de forma natural. [...] O valor respectivo das peças depende de sua posição no tabuleiro, assim como na língua cada termo assume seu valor por oposição a todos os demais".[35]

Mas do arbitrário do signo decorre, principalmente, que tudo aquilo que chamamos de objeto ou de coisa ou, cartesianamente, de *res extensa*, não o é. Considerando a falibilidade da percepção sensível, o pirronismo, dizem-nos os estudiosos do cético que

---

[32] Ibid., p. 55.

[33] Roman Jakobson, *Essais de linguistique générale: les fondations du langage* (Paris: Minuit, 1963).

[34] Como enfatiza Jakobson: "Desde 1894, Saussure recorre com gosto às comparações entre estados sincrônicos da língua e o tabuleiro de xadrez". Ibid.

[35] Ferdinand de Saussure, op. cit., p. 126.

Barthes encampou, rechaça toda a realidade do mundo.[36] Do mesmo modo, saussurianamente, mesmo que não caiba aqui o rechaço, só existe a realidade simbólica. Daí a especial maneira como os signos saussurianos passam a ocupar o espaço que antes pertencia às coisas. De fato, não por acaso, a análise textual do estruturalista será espacializante. No tabuleiro de xadrez linguístico em que tudo se converteu, tudo significa por deslocamento dos peões. O lugar assumiu função. Daí sem prejuízo de sua poeticidade a redução geométrica dos discursos jornalísticos que vimos Barthes fazer em *Mitologias*, muito à distância de Adorno, e o veremos fazer em *Sur Racine*, em que nos remete a um verdadeiro dentro-fora do palácio real de Fedra, para tirar dessa redução espacial algumas significações bem precisas.

Antes de chegar lá, porém, ele já reconhece e admira todas aquelas críticas que, mesmo sem se abrigarem sob o guarda--chuva saussuriano, e até mesmo, por vezes, amparando-se em Marx, já são críticas "da estrutura". Os trabalhos de Goldmann e Mauron a que chegaremos mais adiante, são para ele ótimos exemplos de uma crítica "da estrutura".

Mas vejamos, por ora, o que é para ele um mau exemplo de crítica.

ESCRITORES, INTELECTUAIS, PROFESSORES

Como acontecia com as gramáticas, antes das linguísticas gerais, a literatura, tal como era ensinada na universidade francesa, até por volta dos anos 1960, dizia respeito ao campo das humanidades clássicas e, sendo unicamente lecionada como história literária, aos estudos de gênese. Por sua vez, o melhor lugar desses estudos era a Sorbonne, "pedra angular do edifício universitário francês", nas palavras de François Dosse.[37] O próprio Barthes havia feito aí letras clássicas[38] e como vimos,

---

[36] Apoio-me novamente em Anthony A. Long, *La filosofía helenística: estoicos, epicúreos, escépticos*. Versão espanhola de Jordán de Urries (Madri: Alianza Editorial, 1975, p. 87.
[37] François Dosse, *Histoire du structuralisme*, I, op. cit., I, p. 86.
[38] Cf. Louis-Jean Calvet, *Roland Barthes: uma biografia*, op. cit., p. 54.

teatro. Bem enquadrados na norma, os manuais de literatura francesa apresentavam os grandes autores "do programa" em consonância com tais perspectivas, fazendo preceder cada qual de uma apresentação de sua vida e obra. É como procede o *Lagarde-Michard*, cuja apresentação de "Racine", no tomo dedicado ao século XVII, começa pelo começo: "Nascido em La Ferté-Milon em dezembro de 1639, Jean Racine viu-se órfão aos quatro anos...". É só depois disso que se avança para a atmosfera familiar e os anos de formação, e só depois de tais precauções que se vai aos textos, com igual cuidado, já que eles vêm dispostos em cronologia e estão devidamente articulados com o levantamento anterior, sendo aí desenvolvidas analogias diretas entre sujeito autoral e personagens.[39]

Essa associação entre a literatura e a historiografia vinha de longe. Havia nascido com a própria História moderna, no momento em que ela instituía seu método científico e ganhava foro de disciplina acadêmica, em meados do século XIX, de que datam os trabalhos fundadores de Aléxis de Tocqueville (*L'ancien régime et la révolution*, 1858) e Foustel de Coulanges (*La cité antique*, 1864). A esse movimento Barthes está ligado de novo transversalmente, pela sua fixação em Michelet, que é ao mesmo tempo o historiador copioso da Revolução francesa que conhecemos e um cronista de velha escola, que ainda enfrenta a temporalidade com a sensibilidade do escritor. Daí ele dizer de Michelet, em *Leçon*, que "ajudou a fundar alguma coisa como a etnologia da França".[40]

Na crítica literária oitocentista em vias de modernização, esse tratamento havia sido progressivamente implantado a partir de Sainte-Beuve (1804-1869), cujo trabalho já era o do historiador. De fato, desde os primeiros decênios do século XIX, seus *portraits littéraires* bem por isso detestados por Proust,[41] já vasculhavam o passado dos autores, e mesmo o presente. De tal modo que uma apresentação de Chateaubriand à la Sainte-Beuve, por exemplo, já podia ser, naquelas alturas, um elegante

---

[39] André Lagarde e Laurent Michard (orgs.), XVIIe siècle: les grands auteurs du programme (Paris: Bordas, 1967), p. 283.
[40] *Leçon*, OC, IV, p. 435
[41] Cf. Marcel Proust, *Contre Sainte-Beuve* (Paris: Galimard-Pléiade), 1971.

pequeno tratado envolvendo o lugar de nascimento do poeta, a antiguidade da família, o grau de instrução dos pais, a escola em que ele foi posto, seus primeiros afetos, suas primeiras escolhas. Devem-se a essas primeiras inquietações realistas da parte de um crítico contemporâneo dos românticos, mas de fatura clássica, que ainda pinta retratos, as primeiras grandes incursões de um homem de letras francês às fontes da literatura nacional. Nesse sentido, não é pequena a contribuição de Sainte-Beuve; ele deixa para as letras francesas obras de prospecção histórica relevantes, como estas, de títulos esclarecedores, de resto: *Tableau historique et critique de la poésie et du theâtre français au XVIe siècle* (1829 e 1861); *Chateaubriand et son groupe littéraire sous l'empire.*

Seguidor de Sainte-Beuve, Hippolyte Taine (1828-1893) consolidaria o modelo, impulsionando esses estudos com outras pesquisas histórico-literárias de fôlego, que são outras inquestionáveis aquisições para a literatura francesa. A mais impositiva delas é sua *Histoire de la littérature anglaise* (1863), já que é em suas páginas que encontramos a célebre teoria dos três fatores – raça, meio, momento histórico –, que ele entrelaça para explicar a literatura numa chave completamente nova e de longo alcance.[42] Mas ele escavaria também o solo literário francês em seus *Nouveaux essais de critique et d'histoire* (1865), trabalho graças ao qual a menosprezada obra de Balzac começará a ser respeitada e cuja importância Proust saberá reconhecer. E sua *Philosophie de l'art* (1881), em quatro volumes, saída de aulas dadas na École des Beaux Arts, tem a importância de ser uma das primeiras periodizações dos movimentos estéticos de que se tem notícia. Também ele dá-se ao cuidado de reinterpretar, então, de modo mais realístico, alguns grandes clássicos. Dessas retomadas, a mais importante é a de La Fontaine, artista que é feito para preencher as exigências de seus três fatores: em termos de raça, é uma encarnação do espírito francês; em termos de meio, a continuação do mundo provincial de que procede; em termos de momento histórico, uma emanação da vida sob Luís XIV.[43] Tal sistema ainda era seguido no início do século XX. O

---

[42] Trato disso com mais vagar na seção "Ângulos de ataque para um romance por vir" de meu livro *Proust: a violência sutil do riso* (São Paulo: Perspectiva, 2008).

[43] Hippolyte Taine, *La Fontaine et ses fables* (Paris: Hachette, 1861).

próprio Barthes não pode fugir a Taine quando escreve sobre Michelet, já que ambos são, no mesmo momento, em campos diferentes, devoradores de história, assim, há uma fartura de remissões a Taine em Barthes.

Depois de Taine, tornar-se-ia natural remeter as obras de criação à maneira de pensar, sentir, viver de um povo, numa determinada época, num determinado lugar. O método impõe--se como consistente e o crítico que vai à História, como excelente. Temos bons motivos, aliás, para pensar que é à glória de Sainte--Beuve e de Taine que Flaubert se refere, comicamente, quando dedica à figura do crítico um verbete no *Dicionário das ideias feitas*, com esta definição risível: "Crítico: sempre eminente".[44]

Mas um século depois da consolidação do Método, essas mesmas abordagens deixavam de ser heroicas para serem institucionais. Passavam a deter a chave interpretativa da cultura e mais adiante, com a evolução dos acontecimentos, da cultura de massas. Disseminavam-se agora em modelos críticos que se contrapunham ao vago do ensaio, o gênero do *écrivain*. Desde então, bem apresentar um autor, uma obra ou toda uma literatura é, inevitavelmente, descrever-lhes as circunstâncias. Em seu "O ensaio como forma", datado dos meados dos anos 1950, o próprio Adorno o reconhecia, escrevendo que: "elogiar alguém como écrivain é o suficiente para excluir do âmbito acadêmico aquele que está sendo elogiado". Ele imputava o mal--estar causado por essa forma "impura", típica do homem que tem "a cabeça nas nuvens" e não "os pés no chão", ao fato de que "quem interpreta, em vez de simplesmente registrar e classificar, é estigmatizado com alguém que desorienta a inteligência para um devaneio impotente".[45] No mesmo sentido, Paulo Franchetti recupera reflexões de Nietzsche, que se formou nos rigores da filogia cientista alemã, mas foi um contumaz anti-historicista, a respeito do excesso de educação histórica dos intelectuais de seu tempo, aos quais se referia como "manuais encarna-dos" (*eingefleischte Compendien*). Os "manuais encarnados"

---

[44] Gustave Flaubert, *Bouvard et Pécuchet*. Tradução de Galeão Coutinho e Augusto Meyer (Rio de Janeiro: Nova Fronteira, 1981), p. 294.

[45] T.W. Adorno, *Notas de literatura*, I. Tradução e apresentação de Jorge de Almeida (São Paulo: Duas cidades/Editora 34, 2003), pp. 15 e 17.

de Nietzsche, lembra, são uma versão rebaixada do homem culto. São aqueles sujeitos para quem a divisa da objetividade e a segurança que ela traz consigo reduzem progressivamente o julgamento crítico a uma questão de metodologia.[46]

A própria École des Hautes Études en Sciences Sociales, em que Barthes já se acha lotado, nos anos 1970, é testemunha de tal institucionalização. De fato, quando nos debruçamos sobre as origens dessa instituição de excelência, descobrimos que sua separação de uma antiga École Pratique des Hautes Études corresponde, justamente, ao fortalecimento das Ciências Sociais. Dada a importância da História, era preciso renovar o quadro dos historiadores. A velha EPHE era um celeiro de velhos historiadores. A existência da EHESS é um atestado de reconhecimento da autonomia das Ciências Sociais e da sofisticação da historiografia, tornada positiva e marxista.

Ao longo do século XX, o modelo afina-se em análises mais complicadas, que passam a envolver questões de forma, historicizando-as igualmente. Sabemos que a crítica dialética marxista transfere as contradições da realidade histórica para o plano da forma artística e estabelece nexos, uma permeabilidade, entre as duas ordens, nenhuma completamente fechada em si mesma, ambas em comunicação. Desse observatório, chega-se à literatura através do mundo externo e vice-versa. A literatura já não é mais simplesmente interpretada pela materialidade histórica, mas assume, de seu lado, uma reinterpretação dos fatos. Joga-se com o pressuposto de que os fundos narrativos repercutem, na sua ordem, todo o sistema de relações sociais. Para tal corrente de pensamento crítico, esse é particularmente o caso do grande realismo, cujos textos não podem ser vistos como meramente descritivos de uma paisagem social, mas como documentos que vão profundamente aos princípios constitutivos da sociedade de que partem, ou que plasmam toda a sua configuração. Desse ângulo, a literatura é uma espécie de cifra do presente, de testemunho do mundo contemporâneo e, logo, de sua catástrofe.

---

[46] Paulo Franchetti, "Crítica e saber universitário" (in Alcides Cardoso dos Santos (org.), *Estados da crítica*. São Paulo/Curitiba: Ateliê Editorial/Editora UFPR, 2006), p. 47.
O texto de Nietzsche aqui é "Da Utilidade e dos Inconvenientes da História para a vida" in *Considerações intempestivas*. Tradução de Lemos de Azevedo (Lisboa: Presença, 1976), p. 147.

É a mesma chave que preside a leitura do texto jornalístico por Adorno, tal como aqui já apresentada. No Brasil, é a chave que preside as formulações teóricas prestigiosas lançadas no âmbito da sociologia crítica uspiana, tão mais sensível à determinação histórica quanto atenta à ferida da colonização e sempre no encalço da comédia ideológica brasileira, até pela influência que recebe de mestres franceses que são historiadores e sociólogos, a exemplo de Fernad Braudel e Roger Bastide. Não por acaso, o que de melhor imputamos a Antonio Candido é a perspicácia de ter sabido ver operar na novelística brasileira, notadamente em Aluísio Azevedo, de que trata o ensaio não sem razão considerado *seminal* "De cortiço a cortiço", um certo encadeamento entre estrutura social e forma romanesca. Ainda que *O cortiço* recicle o modelo zoliano, pensa Candido, seu autor não escreve apenas sob a influência de *A taberna*, mas também sob o estímulo direto da situação brasileira. Em ambos os casos, trata-se de uma narração da pobreza. Mas uma é a pobreza francesa à época do desmoronamento do Segundo Império napoleônico, outro, o estágio primitivo da acumulação capitalista no período joanino. E Aluísio sabe dar conta disso.[47]

Contudo, do ângulo de um sincronista como Barthes, sempre indisposto com os modelos escolares, tais operações não podem ser inocentes. Conviverão sempre com um deslizar da interpretação do fato para o próprio fato e dispensarão o observador, ele mesmo histórico, de assumir sua narrativa como narrativa. Em pauta desde os primeiros ensaios dos anos 1950, mas mais veementemente assinalada em *Crítica e verdade*, até porque esse livro é assumidamente uma réplica aos historiadores da literatura que o interpelam, o grande reparo de Barthes é justamente ao tipo de objetividade assim alcançada. Já porque as condições da objetividade não estão a salvo das convicções gerais sobre o homem e a história de quem as aplica, o que o faz

---

[47] Antonio Candido, "De cortiço a cortiço" (in *O discurso e a cidade*. São Paulo: Duas Cidades, 1993), pp. 65-79.

Trato disso com mais vagar no capítulo "Quando é pós-tudo?" de meu livro *Sobre a crítica literária brasileira no último meio século* (Rio de Janeiro: Imago, 2002). Mas pode-se ler com proveito, ainda, a respeito, o livro de Heloísa Pontes, por mim citado, *Destinos mistos: os críticos do grupo clima em São Paulo* (São Paulo: Companhia das Letras, 1998). A todas essas possibilidades acrescenta-se, mais recentemente, o depoimento de Gilles Lapouge no verbete "Professeurs français" de seu *Dictionnaire amoureux du Brésil* (Paris: Plon, 2011), p. 537.

temer que tal objetividade não seja mais que um fantasma da evidência.[48]

Para ele, isso se estende a todas as regras em que a crítica histórica assenta o seu direito judicativo: a regra da "clareza", a regra do "gosto", a regra da "verossimilhança", tão caras ao espírito clássico e tão sorrateiramente normatizadoras daquilo mesmo que designam como fato dado. Acrescidas da regra da "assimbolia"; esta tópica de uma crítica talvez mais atualizada, que, no entanto, teme a polissemia, ou o sentido multiplicado, ou a coexistência de sentidos, porque a fuga infinita das metáforas mostra que não há nenhuma verdade estável em nenhum fundo último das obras.[49] Temor de que não tardariam a dar prova, de resto, os autores do *Le Roland Barthes sans peine*, porquanto justificam as dezoito lições jocosas que aí destinam aos aprendizes do intrincado estilo Barthes nos seguintes termos: "[Sigam-nas] porque ajudam a 'embaralhar' uma frase simples demais. Uma proposição simples deve sempre ser complicada. Toda frase curta pode ser recheada indefinidamente, afinal, nunca seu viu uma frase estourar".[50]

Se aquelas primeiras regras lisonjeiam a Doxa porque jogam com o claro, o de bom gosto, o verossímil, a segunda furta-se à instabilidade do significante. Bem por isso, para Barthes, todos esses são "modelos fantasmáticos". É em nome desses modelos que a Sorbonne "executa" a nova crítica. Ele escreve: "o que não é tolerado é que a linguagem possa falar da linguagem".[51]

A linguagem que fala da linguagem fere os ouvidos delicados dos que perseguem as coisas mesmas. No entanto, as coisas são mais complicadas do que parecem aos que detestam os formalistas. Pois o fato é que a objetividade do novo crítico é retorsa. Efetivamente, o crítico "da estrutura" não é um impressionista. Também ele está às voltas com a necessidade de estabelecer uma relação entre a obra literária e um "para além"

---

[48] Palavras que faço também valer para a tese central do livro de Haroldo de Campos, *O sequestro do barroco na formação da literatura brasileira: o caso Gregório de Matos* (1989), para cuja reedição (São Paulo: Iluminuras, 2011) preparei uma "orelha". Por oportuno, volto a essa peça crítica polemizadora no final da seção "Assalto à Sorbonne", que trata do mais polêmico dos livros de Barthes: *Sur Racine.*

[49] *Critique et vérité*, OC, II, p. 777.

[50] Michel-Antoine Burnier e Patrick Rambaud, *Le Roland Barthes sans peine* (Paris: Balland, 1978), p. 38.

[51] Ibid., p. 761.

dela que permita sondá-la, de algum modo e, mais que ninguém, ele quer que essa sondagem seja objetiva.

Mas há diferenças epistemológicas a assinalar. Uma primeira é que, para ele, são objetivos os universos de cada poeta ou escritor, tal como os deixam ver os traços escritos do mundo interior de cada um. Uma segunda é que esses mundos interiores não são aquele domínio do conteúdo, ou aquele fundo de ideias que, comumente, separamos da forma, mas são formas, ainda. Uma terceira é que as relações que se estabelecem entre essas formas, o mundo real e as formas da linguagem não são nem evidentes nem de cumplicidade, mas de deformação. Depreende-se disso que, a menos que se queira pôr o valor literário a reboque do tempo, ler um texto literário é ler essas torções. Foucault o explicou bem em seus *Ditos e escritos*: "A crítica literária de Roland Barthes não se refere à psicologia, nem à individualidade, nem à biografia pessoal do autor, mas a uma análise das estruturas autônomas de sua construção".[52] Assim, mesmo que se interesse por saber como uma literatura vê a história – e essa será sempre a tarefa crítica, por excelência, como Barthes é o primeiro a admitir –, o que cabe ao crítico não é ir atrás de nexos de causalidade, gêneses e teleologias, mas buscará mostrar como a literatura a manifesta, ou a ela se opõe, através da opacidade escritural que é a sua verdade dilacerante. É nesse sentido que ele a define assim: "a obra é para nós sem contingência, e é talvez isso o que melhor a define: a obra não está cercada, designada, protegida por situação alguma, não há nela nenhuma vida prática que nos diga o sentido que é preciso dar-lhe".[53]

Desse ângulo, para Barthes, a Semiologia e a História não são reinos antipáticos. É por isso que ele pode ser, ao mesmo tempo, menos e mais aberto à História que os historicistas cativos de começos, meios e fins. O sincronista está no tempo. A História, lembremos, era todo o argumento, o próprio mote de *O grau zero da escritura*, já que a infelicidade do escritor moderno era não poder mover-se mais na direção dos acontecimentos. A diferença é que o tempo das estruturas é o dos argonautas. Aquele do olhar que abarca num só relance o muito grande e o muito pequeno.

[52] Michel Foucault, *Dits et écrits*, I (Paris: Gallimard, 1994), p. 653.
[53] *Critique et vérité*, OC, II, P. 778.

210

Aquele que está menos interessado no tempo que passa que no tempo que não passa.

O LANSONISMO

Entretanto, é a crítica da causalidade que é cultivada pelos discípulos de Gustave Lanson, aí incluído Raymond Picard. Bom motivo para que *Crítica e verdade* abra com dois ensaios que se voltam para essa figura de universitário e homem de letras formado nos ideais da determinação histórica, e perfeito representante da *dissertation française*, como seria de se esperar de tal professor, no lugar institucional que foi o seu.

É o lansonismo que faz Barthes passar uma linha divisória entre o que chama "duas críticas": a crítica "ideológica", dita também "positivista", e a "crítica do sentido", dita também "crítica da "interpretação". A primeira abriga-se claramente entre os muros da velha academia. Para Barthes, Lanson confunde-se completamente com ela: "A obra, o método, o espírito de Lanson, protótipo do professor francês, dominam há uns cinquenta anos, através de inúmeros epígonos, toda a crítica universitária".[54]

As mais instigantes atuais histórias da literatura francesa lhe dão razão. Veja-se, por exemplo, aquela organizada pelo professor francês radicado nos Estados Unidos, Denis Hollier, intitulada *De la littérature française*. Lemos aí o seguinte: "É tão profunda a marca imprimida por Lanson no ensino francês que não se pode dizer que a *nouvelle critique*, apesar de seu sucesso junto ao público culto, tenha comprometido seriamente a dominação institucional da história literária".[55]

Que se lembre então essa figura tutelar.

Renomado dentro e fora de seu país já que costumava ser enviado pela França aos Estados Unidos em muitas missões pedagógicas, chegando a ser leitor em universidades norte-americanas, esse professor da Sorbonne detém, na primeira metade do século XX francês a posição de Sainte-Beuve e Taine no século anterior: é então a figura proeminente da crítica, o

[54] Ibid., pp. 496 e 503.
[55] Denis Hollier (org.), *De la littérature française* (Paris: Bordas, 1993), p. 772.

crítico literário por excelência. Tal respeitabilidade deve-se principalmente a sua *Histoire de la littérature française* (1894), trabalho que se torna uma referência para os estudantes de literatura do período (como mais tarde, entre nós, a *Formação da literatura brasileira* de Antonio Candido, que também é uma história literária e também vem na esteira de uma notável historiografia oitocentista, aquela elaborada pela assim chamada Escola do Recife, sob as arcadas da Faculdade de Direito).

Defensor por excelência do rigor no estabelecimento das questões literárias, de muitos modos, Lanson complica o sistema tripartite de Taine. Primeiro, porque, embora também veja as obras rebatidas sobre a tela de bastidor do meio, e as tome como o resultado de forças coletivas, como faz Taine quando põe Chateaubriand, por exemplo, no contexto do reino de Luís XIV, as obras não estão aqui atreladas só ao mundo que as viu nascer, mas também à força do criador, de cujo gênio são o produto. Elas ficam assim entre esses dois lugares, cabendo ao exegeta dominar o plano do mundo para melhor chegar ao plano do gênio. Segundo, porque, como acontece com a nossa *Formação da literatura brasileira*, que envolve autores e receptores, sem a injunção dos quais não poderia haver sistema literário, a parte do leitor não está excluída dessas relações mais complexas, com que Lanson também conta, lendo as obras também do ângulo das leituras que vão sendo geradas. Terceiro, porque, sendo um professor cuidadosíssimo, ele encarregou-se de traçar o mapa dessas explorações, descrevendo-as para seus estudantes, que, armados de fichas, as podiam seguir, em seus trabalhos.

Esse avantajado "estado da arte" dos diferentes autores envolve três grandes passos prospectivos, que se constituem em tarefas que os manuais de literatura chamam, com razão, de "severas".[56] São elas: levantamento bibliográfico exaustivo de tudo o que determinado autor escreveu e de tudo o que se escreveu sobre esse autor; levantamento exaustivo das fontes, capaz de esclarecer o engendramento da obra; levantamento exaustivo dos manuscritos preservados e das diferentes edições das obras em apreço, capaz de evidenciar uma gênese textual.

[56] É o caso de André Lagarde e Laurent Michard, *XXᵉ Siècle: les grands auteurs français* (Paris: Bordas, 1973), p. 668.

Note-se, a propósito desse elenco de procedimentos, que são minuciosamente observados nas memoráveis edições críticas em que o professor leva sua própria teoria para a prática, a exemplo do *Manuel bibliographique de la littérature française moderne* (1909-1914), onde temos, aliás, a chance de encontrar informações as mais objetivas sobre importantes escritores franceses relativamente próximos de nós.

Sobre essas escavações, diz um dos ensaístas que colaboraram com Denis Hollier em *De la littérature française* que Lanson é "um pioneiro da renovação dos estudos literários, que os vai libertar definitivamente do ranço clássico para enquadrá-los no interior de uma tradição nacional".[57] Enquanto um outro especialista convidado, que ninguém menos é que o barthesiano Antoine Compagnon, nos alerta para a necessidade de não confundir suas recolhas com um simples arquivismo, dizendo-nos que "são obras vivas", e apontando o que considera ser o paradoxo que nos dá a dimensão do gênio lansoniano: uma catalogação descritiva que não impede a monografia sensível e ainda envereda paralelamente por uma história da cultura.[58]

Ainda que todo esse labor só inspire a Barthes cansaço, reconheça-se o arejamento e a excelência de tais aportes. Até porque é assim que se prepara novamente o prestígio da disciplina histórica em terreno letrado.

OS MELHORES RACINIANOS EM VOLTA
O DEUS ESCONDIDO DE LUCIEN GOLDMANN

Há toda uma febre de retomadas de Racine nos meados do século XX francês. Como vimos, essa movimentação leva Barthes a falar num "grau zero da crítica raciniana", que seria o resultado paradoxal da pletora de trabalhos que lhe são consagrados e que, de algum modo, fazem dele uma unanimidade indiscutível.

Uma das melhores é a do judeu-romeno Lucien Goldmann (1913-1970). Refugiado na Suíça, durante a Segunda Guerra

---

[57] Peggy Kamuf, "Essai sur l'origine" (in Denis Hollier (org.), *De la littérature française*, op. cit.), p. 441.
[58] Antoine Compagnon, "La littérature à l'école", *Les anti-modernes: de Joseph de Maistre à Roland Barthes* (Paris: Gallimard, 2005), pp. 770-71.

Mundial, e depois disso estabelecido na França, onde seria incorporado ao quadro de elite da EHESS, no seio da qual orientaria a tese de doutorado de Julia Kristeva,[59] sua incursão a Racine antecede de oito anos aquela de Barthes, que tanta tinta faria correr.

Vasto estudo entre filosófico e literário, *Le dieu caché* foi célebre em seu tempo, e tornou-se modelar para gerações de sociólogos da literatura. Entre nós, sua influência é sensível sobre os críticos que atribuíram à literatura o dom de reconstruir mentalmente o país (Antonio Candido e Roberto Schwarz). E se ter seus movimentos internos refeitos por alguns de nossos melhores críticos já é um seu apanágio, um outro está no fato de ser considerado, até hoje, pelas boas histórias da literatura francesa como uma daquelas revisões de um autor do passado que são capazes de lhe granjear uma nova geração de leitores.[60]

Apresentar o texto que está na origem de tudo isso exige que se comece por dizer que, também nesse contexto crítico, que é o do "neomarxismo", como querem alguns,[61] ao passo que Barthes prefere falar de um Goldmann não instalado no centro de Marx, faz-se uso da palavra "estrutura". Já sabemos que ela está em grande evidência na segunda metade dos anos 1960.

Efetivamente, por mais que se declare devedor de Lukács, que homenageia em seu influente livro, ao referir-lhe o ensaio de 1911, "A alma e as formas", cujo último capítulo é consagrado a uma metafísica da tragédia, Goldmann está, desde logo, aberto a outras epistemologias. Assim, esta palavra-fetiche "estrutura" encontrará jeito de ser introduzida na formulação mesma dos objetivos do livro.

Passemos em revista sua exposição de motivos. Desde o prefácio, fala-se em dois alvos diferentes e complementares. Trata-se, em primeiro lugar, de acionar um "método positivo" de análise, que seja válido tanto para textos literários quanto filosóficos. Em segundo lugar, de fazer com que esse método

---

[59] A tese é defendida na École Pratique des Hautes Études em 1966 e o livro que dela sai só seria publicado em 1970. Cf. Julia Joyau, *Le texte du roman: approche sémiologique d'une structure discursive transformationnelle* (Paris: Mouton, 1970). A nota-se que a palavra estrutura também está na mira de Kristeva.

[60] Cf. Denis Hollier (org.), *De la littérature française*, op. cit., p. 375.

[61] Ibid.

contribua para a compreensão de um certo número de textos que, apesar das diferenças, possam ser aproximados.

O caráter "positivo" da análise deve-se a seu desejo de superar a especulação ensaística, indo ao que o autor chama de "fatos humanos". Ao passo que a aproximação dos textos entre si corresponde à grande ambição geral do livro: associar *Os Pensamentos* de Pascal das tragédias racinianas, sob as luzes do jansenismo. Ora, é justamente o apelo à estrutura que vai garantir o trajeto assim delineado. Tudo o que Goldmann mesmo explica: "Há na base deste trabalho, uma hipótese geral, que importa formular de modo explícito, tanto mais que a levamos *rigorosamente a sério*, aceitando todas as suas consequências metodológicas. A hipótese de que os fatos humanos têm sempre o caráter de estruturas significativas, assim, é o estudo genético das mesmas que nos levará a compreendê-los".[62]

Marxista, ele joga com aquela mesma ideia de "totalidade" ou de "síntese" entre níveis estruturais homólogos que está no centro do pensamento materialista dialético, para o qual a realidade e a realidade simbólica não se separam, mas são faces de uma mesma moeda. Assim, não apenas chamará a essas estruturas "globais", mas lhes atribuirá a virtude de recolherem e amalgamarem experiências ao mesmo tempo práticas, teóricas e afetivas. É tudo isso junto que se trata de reencontrar nas tramas daqueles autores, como indica o subtítulo de *O deus escondido*: "Estudo da visão trágica em *Os Pensamentos* de Pascal e no teatro de Racine".

Sem dúvida, o tipo de deslinde em tela pede o recurso à História. E é o que temos. Aos poucos, por capítulos, somos introduzidos àquela nobreza togada, feita de altos funcionários do estado francês, de que Pascal e Racine igualmente procedem, e convidados a apreciar a delicadeza da posição em que esse grupo se encontra, no momento da centralização administrativa de Luís XIV. Sua situação é insustentável: recrutada entre os funcionários desse monarca, durante a primeira fase de seu governo, e então encarregada dos ofícios nobres do reino, principalmente jurídicos e financeiros, ela é afastada do poder

---

[62] Lucien Goldmann, *Le dieu caché: étude sur la vision tragique dans les Pensées de Pascal et dans le théâtre de Racine* (Paris: Gallimard, 1955), p. 98. [Grifo do autor.]

na fase absolutista, quando é substituída por uma classe de burocratas, pondo-se, daí por diante, a perdurar sem função. Ora, são as agruras dessa condição "intermediária" que forjam a visão de mundo no cerne não apenas da tragédia racinina, mas do homem pascaliano, bem por isso perdido em seu infinito incomensurável. Frutos desse grupo alijado, ambos encontram-se na ideologia do jansenismo.

Do que estamos falando? De uma espécie de reforma católica, de fundo agostiniano, baseada na pregação de Jansenius (1585-1638), que encontra campo fértil justamente entre esses desiludidos políticos, não por acaso afinados com o rigorismo jansenista. Ligados ao convento de Port Royal, os jansenistas como se sabe, caracterizavam-se por ver a graça como uma predestinação, e assim também como não-suficiente, porque nem todos são predestinados. Nessa interpretação, Deus é um espectador silencioso e frio, que pode furtar-se ao pecador nascido para a perdição, daí o sombrio título goldmaniano. Repete-se aqui a situação intermediária dos nobres submetidos pelo rei: os seguidores são, ao mesmo tempo, católicos e heréticos. O que Goldmann faz é articular ambas as situações e tomar o sentimento trágico como uma síntese viva elaborada pelos escritores a ela submetidos. Assim, por exemplo, para ele, o problema que *Fedra* coloca, no limite, é o do necessário fracasso do homem num mundo invivível. Isso se acompanha de uma outra interpretação fina: toda essa visão trágica que percorre o século é subversiva, uma vez que nascida do mal-estar na monarquia.

Já sabemos que para a corrente de pensamento a que Barthes pertence não são as formas que estão em relação isomórfica com a realidade histórica, como aqui, mas é a história que é isomórfica à realidade simbólica. Já sabemos também que essa outra hipótese metodológica nos renderia uma leitura barthesiana de Racine em tudo diferente. Mesmo assim, não é surpreendente que Barthes tenha Goldmann em tão boa conta que o ponha em destaque ao lado de Sartre, Blanchot, Starobinski e Mauron, como outro de seus críticos de referência. De fato, apesar do "método positivo" e dos "fatos humanos", expressões que deviam soar pesadas aos ouvidos de um cultor do princípio de delicadeza como ele é, Barthes não deixa de perceber as muitas finezas dessa exegese, para ele de um novo tipo, ainda que tal crítica seja sempre a da circunstância temporal.

Para apontá-las, vale apresentar melhor o livro com o qual *Sur Racine* vai disputar um espaço entre os leitores de um velho poeta do século XVII que teima em se sustentar no presente.

Primeiramente, as ambições positivistas do autor desmentem-se, tão logo formuladas, pois ele é o primeiro a dizer, no mesmo prefácio em que as encaminha, que, na verdade, "é impossível elaborar uma 'sociologia científica' ou uma 'ciência objetiva' de fatos humanos", e que "o conhecimento deles não pode ser obtido de fora, como nas ciências físicas e químicas". Depois, embora não faça intervir a psicanálise, como Mauron, ele joga com a inconsciência de Racine, perguntando-se, a propósito do caráter subversivo de suas peças, se teria sido proposital. A resposta é cautelosa e, novamente, aqui, entra a dimensão do intermediário: "A verdade situa-se provavelmente num nível intermediário entre a hipótese de uma consciência clara e de uma inconsciência total".[63] Note-se também que cada capítulo é precedido de novas considerações sobre o método de trabalho que está sendo aplicado, o que significa que Goldmann não separa burocraticamente método e pensamento. Barthes refere-se expressamente a isso num outro seu balanço dos anos 1950 sobre a crítica literária francesa: "Do lado da crítica histórica, em seu recente trabalho sobre *O deus escondido*, Goldmann soube afinar consideravelmente a relação até aqui mecanicista entre a história e a obra. Tomando como terreno de estudo a obra de Pascal e de Racine e inspirando-se em estudos de Lukács sobre a tragédia, tentou interpor entre a obra desses autores e a sociedade de seu tempo um novo mediador ideológico: a visão trágica".[64]

---

[63] Ibid., p. 417.
[64] "Voies nouvelles de la critique littéraire em France", OC, I, p. 978.

O INCONSCIENTE NA OBRA E NA VIDA DE RACINE DE CHARLES MAURON

Outra incursão respeitável a esse clássico dos clássicos é a de Charles Mauron (1899-1966). Introdutor no mundo francês da "psicocrítica", ele é o autor de inúmeros trabalhos relevantes nessa linha, de que podemos dizer que fundam a interface literatura/psicanálise na França. A literatura francesa e a crítica contemporânea lhe devem nada menos que três livros sobre Mallarmé, que, aliás, o mostram tão fixado na modernidade quanto Barthes: *Mallarmé l'obscure* (1941), *Introduction à la psychanalyse de Mallarmé* (1950) e *Des métaphores obsedantes au mythe personnel* (1964). Este último é considerado sua *master peice*. É entre o segundo e o terceiro que publica seu *L'inconscient dans l'oeuvre et la vie de Racine* (1954), que seria seguido, dez anos mais tarde, de *Psycocritique du genre comique* (1964), incursão psicanalítica tão mais valiosa ao universo das comédias quanto *Os chistes e sua relação com o inconsciente* ainda era, nesse momento, uma espécie de ilha na obra de Freud, a ser desbravada por Lacan.

De fato, todo esse conjunto é pioneiro diante das psicanálises aplicadas à literatura que existiam antes. O próprio Mauron vai tomar o cuidado de lembrá-las e resumi-las no texto introdutório a seu Racine, talvez movido pela necessidade de explicar-se antes de atacar tão nobre tema. Elenca aí, além dos ensaios freudianos clássicos em torno de Leonardo, Hoffmann e Jensen, os notórios trabalhos de Otto Rank sobre as literaturas do duplo, de Karl Abrahaam sobre as analogias entre o sonho e o mito, a leitura de *Hamlet* por Ernest Jones e a de Edgar Poe pela Princesa Bonaparte. Tirante aqueles de Freud, nenhum dos demais lhe parece ter a importância dos aportes indiretos de Melanie Klein, quando reflete sobre a depressão e o luto.[65] É com esse exame do terreno que se abre o primeiro capítulo com a seguinte nota: "A psicocrítica deve distinguir-se da psicanálise médica por suas finalidades e por seu método. As duas disciplinas foram talvez confundidas durante um certo tempo: hoje é preciso separá-las".

[65] Charles Mauron, *L'inconscient dans l'oeuvre et la vie de Racine* (Paris/Genève: Champion-Slaktine, 1986), p. 7.

Essa cautela é tão mais digna de nota quanto, pouco depois, Raymond Picard o poria no mesmo saco de gatos em que põe Barthes, e o acusaria, justamente, de medicalizar seus autores.

Uma apresentação econômica de *O inconsciente na obra e na vida de Racine* requer que se ressalte ainda, que, dada a índole do método, não há aí nenhuma preocupação nem com a bagagem histórica nem com a biografia do poeta. De fato, como para Mauron a dimensão social não conta, já não ouvimos mais falar em "visão de mundo", mas em "mito pessoal", e este é referido unicamente às peças dramatúrgicas, sem quaisquer referências externas. A notar também e principalmente que está aí novamente em circulação a ideia de estrutura. Associando Mauron a Goldmann, Barthes dirá que esta é uma daquelas "críticas de estrutura" que, em vez de julgarem quanto vale uma literatura, ou quem é o autor, perguntam-se, de modo mais inquietante, "o que é no fundo a literatura?".[66]

Mas se recorre à estrutura, as funções estruturais e estruturantes que Mauron vai localizar em Racine como já as havia localizado em Mallarmé e, no âmbito da *Psicocrítica do gênero cômico*, nas personagens de Molière, são bem diversas. Trata-se de complexos subjetivos. O herói raciniano é para ele, sempre, um filho problemático, empurrado por Édipo para uma disputa do poder paterno. É essa invariante que faz, aliás, com que o tema do incesto seja onipresente em Racine. O mito pessoal é estrutural justamente porque é, assim, uma invariância, uma lei. Mauron o chamará então "estrutura obsessional". Isso estabelecido, trata-se de partir em busca das metáforas que desvelam esse campo de força inconsciente, e que ele chama, por seu turno, de "metáforas obsedantes". A figura do pai que some e volta é uma delas. Mauron escreve: "O pai desempenha um papel de primeiro plano em Racine. São oito grandes tragédias em que quatro ausências paternas sucessivas são seguidas de quatro voltas sucessivas. A hipótese de uma coincidência torna-se improvável quando se considera que o tema do pai que ressurge depois de passar por morto forma o nó da ação em *Fedra* e *Mythridate* e salienta-se em *Bajazet*".[67]

[66] "Voies nouvelles de La critique littéraire em France", OC, I, p. 977.
[67] Ibid., p. 28.

Uma abordagem tal de *Fedra* não poderia cair em ouvidos lansonianos sem causar certo desconforto. Assim, não surpreende que Mauron seja outro saco de pancadaria de Raymond Picard, bastante provocado no panfleto que, mais adiante, ele consagraria ao Racine de Barthes. Também nesse caso, tudo desconforta o representante da academia: a maneira como Mauron passa, com facilidade, do sonho ao mito, do mito à legenda e da legenda à literatura; a maneira como mistura domínios, fazendo o inconsciente atravessar a linguagem; a maneira como se põe no papel do médico. Particularmente, e apesar dos protestos em contrário de Mauron, incomoda-o a medicalização da literatura. Assim, notando que o "doente" não está lá para se defender, ele ironiza: "A psicanálise literária não se dá conta da indigência de seu material. Considera as tragédias como confidências involuntárias e por que não por *atos falhos*?, e faz diagnósticos sem que tenha os elementos necessários". De modo mais geral, o crítico lhe parece "inconsistente, arbitrário, absurdo".[68]

Contudo, o que Picard mais alveja são as "capelas psicanalíticas". A "nova crítica" como já a chama, a propósito de Mauron, num insulto, lhe parece principalmente impregnada de psicanálise. Assim, quando clama contra a medicalização da literatura, é contra os novos que está clamando. Para melhor fazê-lo, ele termina por medicalizar a própria psicanálise: "Se quisermos escapar dessa surpreendente confusão em que tantos críticos se reconfortam, será preciso começar distinguindo vigorosamente essa psicanálise literária da psicanálise médica. Psicanalisar Racine ou Vigny não é o mesmo que psicanalizar tal sujeito vivo. [...] A psicanálise de um doente demanda anos de sessões, e três a quatro delas por semana. É, na verdade, estranhíssimo que se possa assimilar a obra elaborada por um escritor em sua mesa de trabalho aos extravasamentos de um doente deitado no divã ao qual foi dito que se associasse livremente".[69]

São críticas imerecidas, pois, assim como Goldmann, Mauron é outro investigador sutil, que não conclama os préstimos de sua ciência auxiliar sem usar muitas pinças, e que também trata de afastar, de antemão, qualquer injunção positivista, ao observar,

[68] Raymond Picard, *Nouvelle critique ou nouvelle imposture?*, op. cit., p. 92. [Grifo do autor.]
[69] Ibid., pp. 89-90.

no prefácio: "O inconsciente invoca o rigor das matemáticas e a maleabilidade (*souplesse*) da biologia".

Tanto assim que Barthes voltará a elogiar seu trabalho na abertura de *Sur Racine*, bem quando resolve entrar na rede das releituras: "existe uma excelente psicanálise de Racine, a de Charles Mauron, a que devo muito".[70]

RACINE NÃO É RACINE

Tendo começado pelo grau zero de Camus e Robbe-Grillet, depois passado ao sistema conotado do mito, ao mesmo tempo que ia incorporando, cada vez mais, a seu repertório de temas ilustrados e sem lustro, os grandes clássicos,[71] Barthes chega em 1963, aos 49 anos, num intocável. O Shakespeare francês: Racine.

Não que adorasse os versos mais que perfeitos desse poeta-monumento do classicismo francês, ao contrário, somos alertados por alguns de seus melhores comentadores de que, na realidade, nem apreciava tanto assim o autor de *Fedra*.[72] Não fica difícil entendê-lo quando sabemos que modernos como Stendhal e Baudelaire também preferiram Shakespeare a Racine.[73] É essa tradição que embasa sua tomada de partido por Shakespeare e contra Racine na subseção "Clareza" de *Critique e vérité*: "Bem sabemos de todas as mutilações que as instituições clásssicas infligiram à nossa língua. O curioso é que os franceses se orgulham incansavelmente de terem Racine e não se queixam nunca de não terem tido Shakespeare".[74] Não obstante, ocorre-lhe enfrentar o monstro sagrado, até porque, como vimos, ele lhe parece por demais resolvido.

---

[70] *Sur Racine*, OC, II, p. 53.

[71] Desde sempre, Barthes estava não apenas tentado a não separar uns dos outros, mas também a tomar os modernos como bons introdutores dos clássicos. Veja-se esta passagem de um texto de 1944: "Podemos tranquilamente ser introduzidos à Literatura Clássica por alguns grandes escritores modernos que apreciamos por outras razões, mas cujo espírito soube descobrir na arte antiga estranhos arcanos, que muitos ignoram. Inebriar-se com aquilo que entedia a maioria, e vê-lo triunfar, é um prazer suplementar". Cf. "Plaisir aux classiques", OC, I, p. 57.

[72] Vimos Michel Deguy observar que Barthes não gostava nem de poesia nem de Racine. A pouca atenção dada ao gênero desde *Le degré zéro de l'écriture* é de modo a atestá-lo, e a indiferenciação dos gêneros que o Neutro solicita é, por certo, de modo a explicá-lo.

[73] Referimo-nos, claro, a *Racine e Shakespeare* de Stendhal e às reflexões sobre ambos que estão recolhidas em *De l'essence du rire* de Baudelaire.

[74] *Critique et vérité*, OC, II, p. 771.

Isso talvez explique parte do charme de *Sur Racine*: seu autor trabalha longe do paradigma da grandeza raciniana. Duplamente, aliás, porque, afora referendar os mestres do passado que *shakespearizaram* a literatura francesa, ainda se furta à tomada monumental da restituição histórica, que sempre se faz das glórias artísticas, para enfrentar o autor fora de sua época. A outra parte está no desafio que o livro assume: trazer Racine para o presente, surpreendê-lo às voltas com problemas que nos interessam, hoje, como a infidelidade, por exemplo.[75] Para não se falar da oportunidade da aplicação de uma leitura estrutural a Racine, em plena virada linguística. Como admite ele aqui: "numa época em que a psicanálise e a linguística nos ensinam a considerar o homem de modo diferente do de Théodule Ribot, é normal dizer que uma personagem sofre de perturbações semânticas".[76]

Ora, nada disso impedirá que seja tomado por um impostor junto às *instituições fiáveis*, principalmente junto à mais fiável das instituições: a Sorbonne. Encontramos uma precisa referência a essa recepção atravessada, em *Roland Barthes por Roland Barthes*: "R.P. professor da Sorbonne me tomava em seu tempo por um impostor".[77]

Apresente-se *Sur Racine*.

Como todos os livros anteriores de Barthes, *Sur Racine* recolhe textos nascidos de circunstâncias diversas. Trata-se de três estudos anteriormente publicados. Um primeiro, datado de 1958, consiste numa crítica a uma montagem de *Fedra* pelo Teatro Nacional Popular. Um segundo, de 1960, tinha sido elaborado como prefácio a uma edição do teatro completo de Racine para o Clube francês do livro. Um terceiro, também datado de 1960, havia sido enviado à revista *Annales*. O editor do volume que os reúne passou o segundo estudo para o primeiro lugar, o que nos dá a seguinte divisão capitular: "O homem raciniano", "Dizer Racine" e "História ou literatura?". O primeiro título encaminha uma antropologia da literatura, aliás, enfatizada na abertura da seção, onde se lê que o *homo racinianus* é o antropológico, o que significa que está fora da pequena escala

---

[75] Declarações de Barthes ao jornal *Le Figaro*, em outubro de 1965. Cf. OC, II, p. 752.
[76] Ibid., p. 753. Théodule Ribot é um psicólogo francês, contemporâneo de Lanson.
[77] *Roland Barthes par Roland Barthes*, OC, IV, p. 641.

histórica; o segundo dispara ataques à Comédie Française, que já vinha sendo ironizada desde *Mitologias*, porque, nessa casa, também do século XVII, não se "diz", mas se "declama" um autor; o terceiro confronta a história e a literatura, a interrogação desfazendo o elo crítico presumido no título.

Totalmente insólito dentro da tradição historiográfica bem-pensante das letras francesas, e mesmo dentro daquela nova tradição representada por Mauron e Goldmann, o Racine de Roland Barthes não faz menção a mundo algum nem exterior nem interior, que não ao mundo da escritura. Somos aliás avisados sobre isso no prólogo do livro: "Evita-se aqui qualquer inferência do livro ao autor e do autor ao livro".[78] Heroica violação dos procedimentos críticos dominantes, os três capítulos põem em eclipse não apenas o chão de que brotou a tragédia raciniana, mas as relações de continuidade entre o escritor e seu tempo, a verticalidade do autor, a fundura das personagens. Mas Stephen Heath sublinha ainda um outro tipo de descarte que Barthes faz dos procedimentos escolares: "Em vez de fazer da leitura um esboço de crítica (ensinar a ler de acordo com as regras de sala de aula: estabelecer o plano, resumir, nomear o sentido), faz-se da crítica uma atividade fulgurante de leitura".[79]

Tudo aí é desconfortante para literatos bem formados. A sagrada letra do texto raciniano é tomada como simples dispositivo, e o dispositivo, submetido à norma segundo a qual os elementos de um texto se entendem em relação a outros elementos. Não se opera com o tempo, mas com o espaço, já que as disposições espaciais são de sentido, como no tabuleiro saussuriano. Não se fala em personagens, mas em funções (sem que haja funcionalismo, como não há em Jakobson). Busca-se a formalização dos jogos relacionais. Assim, o livro abre com uma série de subsecções que ordenam os lugares da tragédia – o quarto, a antecâmara, os muros do palácio, as escadas que dão para os barcos no mar –, numa operação formalmente análoga àquela que o vimos adotar na leitura de *Astrologia*. A propósito, Calvet notou: a abordagem é "propositalmente fechada".[80]

[78] *Sur Racine*, OC, II, p. 53.
[79] Stephen Heath, *Le vertige du déplacement: lecture de Barthes* (Paris: Fayard, 1974), p. 133.
[80] Louis-Jean Calvet, *Roland Barthes: uma biografia*, op. cit., p. 171.

Vale a pena acompanhar ainda que recortando o texto, para mostrar-lhe o movimento principal, essa bela leitura, em que os espaços são seccionados para se tornarem produtores de sentido. Barthes escreve: "Esta geografia estabelece uma relação particular entre a casa e seu exterior, o palácio raciniano e o *arrière pays* em que ele se ergue. Embora a representação sempre cumpra a regra da unidade, com os fatos desenrolando--se sempre em palácio, pode-se dizer que há três lugares trágicos. O primeiro deles é a Câmara. Resto do "antro mítico", este é o lugar invisível e terrível em que se assenta o poder: "quarto de Nero, palácio de Assuero, Santo dos Santos ou Tabernáculo do deus dos judeus".O segundo é a Antecâmara, espaço interno de todas as "sujeições", pois tudo o que se faz aí é "esperar". Contíguo ao primeiro. Este segundo é um lugar "de transmissão", participa, ao mesmo tempo, do interior e do exterior. O terceiro lugar é a Porta. Ele é particularmente trágico porque exprime, ao mesmo tempo, "a contiguidade e a passagem, a fricção entre o caçador e sua presa". Ao pé da porta, as personagens velam e tremem, transpô-la é uma tentação e uma transgressão, assim, por exemplo, "todo o poderio de Agripina se põe em jogo à porta de Nero".[81]

Mas essa primeira divisão é complicada por uma outra: os diferentes perfilamentos do mundo externo. Também eles são plenos de consequências. Barthes escreve: "Há três Mediterrâneos em Racine: o antigo, o judeu e o bizantino. Poeticamente, estes três espaços formam um único complexo de Água, Poeira e Fogo". Os grandes lugares trágicos são terras áridas, comprimidas entre o mar e o deserto, aí, a sombra e o sol são "levados ao absoluto". Sobre isso, Barthes escreve: "Basta visitar, hoje, a Grécia para compreender a violência do pequeno, e como a tragédia raciniana, por sua natureza constrita, conforma-se a esses lugares que Racine nunca viu".

É em consonância com esses delineamentos assim, de saída propostos, que se desenrolam todas as abordagens barthesianas do *tesaurus* raciniano: *La Thébaïde, Alexandre, Andromaque, Britannicus, Bérénice, Bajazet, Mythridate, Iphygénie, Phèdre, Esther, Athalie.*

[81] *Sur Racine*, OC, II, pp. 59-60.

Nesse conjunto de obras-primas, interessemo-nos por *Fedra*, já que como escreve Barthes, sendo a mais profunda, esta é a mais formal das tragédias de Racine.[82] Logo, a que mais se presta a ser *bricolada*.

Na leitura barthesiana, trata-se da peça que mais deve à opressão do fechamento dos lugares. Tanto assim que Barthes a vê menos como uma tragédia do adultério que como uma tragédia da "palavra aprisionada" e, logo, da "vida aprisionada", como em *O estrangeiro*, de Camus. Bem por isso, lê a impossibilidade em que se encontra Fedra de declarar seu amor a Hipólito como um "isolamento intolerável de seu ser na mudez". Mas dada também a famosa declaração de amor que aí temos (o *aveu*), toma-a igualmente como uma "tragédia do nascimento" (*accouchement*). Daí encarregar a ama – Oenone aquela que quer, a qualquer preço, tirar Fedra de seu bloqueio – de ser a partejadora desse parto. E localizar na tentativa de Fedra de fazer Hipólito falar, ou na sua maneira de implicá-lo – "*ah, cruel, tu m'as trop entendu*" – uma contrapartida desse dar à luz, por meio do qual a personagem refaz o gesto de sua irmã Ariadne, quando tira Teseu do labirinto.

Uma outra providência analítica será associar essa interioridade abafada à culpabilidade, que nos é apontada em termos rigorosamente psicanalíticos. De fato, tal como para Lévi--Strauss e Lacan, para Barthes, a proibição do incesto não resulta do pacto civilisatório, mas funda-o. Aliás, em outra parte, ele cita Lacan a respeito: "Não posso senão fazer minhas as palavras de Lacan: não é o homem que constitui o simbólico, é o simbólico que constitui o homem. Quando o homem entra no mundo, entra no simbólico que já aí está. Ele não será homem se não estiver no simbólico".[83] E tal derrubada da perspectiva histórica é de consequências, implica pensar que o amor proibido é uma cláusula anterior, ele não se esconde porque é culposo, mas é culposo porque se esconde. Dessa anterioridade fala o próprio discurso de Fedra, já que ela é a primeira a saber-se infratora ao declarar-se a Hipólito. O que temos no célebre momento da declaração (o *aveu*), não é uma velha rainha apaixonada pelo

[82] Ibid., p. 148.
[83] "L'express va plus loin avec Roland Barthes", OC, III, p. 675.

enteado que lhe comunica seu amor, é alguém que compreende e condena seu desejo, alguém que fala na língua do jansenismo, como notou Éric Marty, associando, aliás, essa fala à do narrador de *Fragmentos de um discurso amoroso*, pois esse também é um sujeito que parte da culpa, uma vez que Barthes trabalha com o arsenal da psicanálise. "Dá-se com o sujeito amoroso de Barthes o mesmo que com a Fedra de Racine, que diz seu desejo na língua e na linguagem do jansenismo, língua e linguagem que, precisamente, compreendem e condenam esse desejo", escreve ele.[84]

Não está distante dessas primeiras reflexões o que vem pela frente, no segundo capítulo: "Dizer Racine". O caráter estrutural da culpa desaconselha que se encenem grandes tragédias como se fossem dramas. Assim, Barthes detém-se aí na atuação da atriz Maria Casarès, e põe em perigo sua maneira enfática de atuar, suas "ênfases": "Ela vai fundo na psicologia e é nisso que se equivoca; sua interpretação é essencialmente racionalista, neste sentido que ela representa a paixão como uma doença, não como um destino; evidentemente, já não resta disso nenhuma comunicação com os deuses".[85]

No terceiro e último capítulo "História ou literatura?", termina de enterrar os Racines "antológicos", invertendo novamente o procedimento do historiador, como tanto gosta de fazer. A História não explica os grandes autores começa por dizer, mas há chances de que os grandes autores possam explicá--la. Ele escreve: "Não exijamos da História o que ela não nos pode dar: a História não nos dirá jamais o que se passa com um autor no momento em que escreve. Seria mais fácil revertermos o problema e nos perguntarmos o que uma obra pode mostrar de seu tempo [...]. Vejamos, numa palavra, o que poderia ser uma História, não da literatura, mas da função literária".[86] Como já fazia anteriormente com o jogo cênico de Maria Casarès, toma agora os estudos de Lucien Febvre sobre o meio social de Racine – o teatro da época, o público da época, a reação do público, a formação do público – e suspeita de sua utilidade.

[84] Éric Marty, *Roland Barthes: le métier d'écrire* (Paris: Seuil, 2006), p. 218.
[85] Ibid., p. 172.
[86] Ibid., p. 179.

Impressiona-o, dessa vez, que o renomado historiador colecione informações quantitativas, da ordem do "acidente" e da "cifra" – quem ia ao teatro, no tempo de Racine?, que teatro era esse?, por que se ia ao teatro?, por que Berenice é um "sucesso de lágrimas"? –, sem estar interessado em chegar a nenhuma "síntese atual". Seu ponto aqui é: por mais que se queira fazer reviver um passado revolto, esse passado tornou-se opaco para nós. Nesse momento, menciona Raymond Picard, de modo afável, ainda que relativizando seu método, para melhor atingir o método de Febvre: "Veja-se um tema já excelentemente desbastado por Picard: a condição do homem de letras na segunda metade do século XVII. Tendo partido de Racine, e sendo obrigado a manter-se aí, só nos trouxe uma única contribuição; a história é ainda fatalmente para ele matéria para um retrato, ele se aprofunda na tarefa (seu prefácio é categórico quanto a ela[87]), mas ainda assim não nos leva à terra prometida [...] Picard constrange o leitor a buscar aqui e ali essa informação social que acha importante; mas só nos informa sobre a condição especial de Racine, seu lugar excepcional na vida de seu tempo. Mas seria essa sua posição verdadeiramente exemplar? E se o que se descobre vale para Racine, o que dizer dos demais escritores, principalmente, dos escritores menores, sem condição? Por mais que tente, o tempo todo, fugir de uma interpretação psicológica (seria Racine um arrivista?), a pessoa de Racine volta para atrapalhá-lo".[88]

Vendo assim as escavações históricas reconduzirem a arte do *portrait*, como se as coisas não tivessem evoluído muito desde Sainte-Beuve, note-se, Barthes pode dá-las por peças críticas não mais que autorais. Não haveria muito mais aí que o mesmo de sempre: "experiências do leitor". Até porque a "história da pessoa" não é suscetível de ser provada. E se fosse, já não teríamos mais a pessoa. Reposto na história, o sujeito se perde, tão certo quanto "o ser literário não é mais um ser". De onde quer que seja contemplada, a pesquisa das relações entre a obra e um exterior de que seriam a "fonte", a "gênese", o "reflexo" lhe parece votada ao fracasso.

---

[87] Referência ao monumental estudo de Raymond Picard, *La carrière de Jean Racine* (Paris: Gallimard, 1956), de que trata a seção "Sabatina sorbonista" deste capítulo.
[88] Ibid., p. 183.

Nem as grandes "críticas da significação", que vimos Barthes poupar, inicialmente, escapam mais desse fracasso, nesse momento. Ele as repensa agora e vê o sentido oculto que buscam residindo no mesmo "*au delà*" que a história material. Por outro lado, inquieta-se com a improbabilidade de se provar que a "psique arcaica" raciniana é aquela mesma que quer Mauron, ou que o "deus escondido" que estrutura as mentes no tempo de Racine é aquele mesmo que quer Goldmann. Ele escreve: "Mesma arbitrariedade no nível do significado. Se a obra significa o mundo, em que nível do mundo parar a significação? (Restauração inglesa para *Athalie*? Crise turca de 1671 para *Mithridate*?) [...] E se a obra significa o autor, em que nível da pessoa fixar o significado? (circunstância biográfica, passional, psicologia da idade?). Se ali é a certeza da materialidade dos fatos que incomoda, aqui, é o "*je ne sais quoi*": "a decifração de uma linguagem desconhecida, para a qual não existe o testemunho de nenhuma pedra roseta, é literalmente improvável". E é novamente a psicologia que vem estragar a festa: "a menos que se queira recorrer a postulados psicológicos".[89] São dúvidas que os *Ensaios* críticos já ensaiavam remoer. Pois não escrevia Barthes então que "a crítica psicanalítica... ainda é uma psicologia"?[90]

Sur Racine encaminha-se, daqui por diante, para verificações que estamos em melhores condições, hoje em dia, de apreciar. Primeiro: não há crítica de Racine que se sustente sem que se reconheça a impossibilidade de se dizer a verdade sobre Racine. Segundo, não há crítica inocente, logo, não há crítica que se sustente sem uma crítica da crítica.

Tudo isso é feito para incomodar Picard e o mandarinato sorbonístico. Estava lançada a *nouvelle critique*.

SABATINA SORBONISTA

De fato, é a tudo isso que reage Picard, já desgostoso com as "capelas da psicanálise", como vimos. Ele o faz, primeiramente,

[89] Ibid., p. 188.
[90] *Essais critiques*, OC, II, p. 500.

pelas páginas do caderno "Le Monde des Livres" do jornal *Le Monde*, em março de 1964. E já essa primeira investida é ruidosa, havendo cartas ao jornal de intelectuais de todas as águas, como informa Serge Doubrovski.[91] O próprio Barthes refere o fato, na abertura de *Critique et vérité*, vendo nessa reação coletiva "algo de primitivo" que se desencadeou. "Se estivéssemos no Segundo Império, ele pondera, diante do barulho que vê seu livro causar, a *nouvelle critique* seria levada às barras dos tribunais.[92] Mas a "guerra total" como Doubrovski a chama, só acontece depois da publicação, no ano seguinte, de um pequeno volume aguerrido, vertido em estilo pomposo, em que Picard empreende desmascarar o colega da École des Hautes Études com mais vagar. Imagine-se Barthes, esse defensor da impassividade, diante da brutalidade de suas palavras.

Recapitulemos os fatos.

Sendo um daqueles epígonos de Lanson assinalados nas páginas dos *Essais critiques*, Raymond Picard é um perfeito *scholar* sorbonista quando sai *Sur Racine*. Exibe todas as credenciais para tanto: além de lecionar o mais competentemente a disciplina História da Literatura a seus alunos, é o editor do texto e o apresentador do Teatro Completo de Racine para a prestigiosa coleção de clássicos da Gallimard-Pléiade. Trata-se de um perseguidor incansável da carreira de Racine, que dedicou a vida ao assunto, e que merece consideração, como advoga o mesmo Doubrovski, premido entre os requintes do texto barthesiano, que admira, sem que concorde com o que pensa Barthes, e a falta de nuança de Picard, cuja "crise de nervos" percebe, mas cuja argumentação recepciona.[93]

A *master piece* universitária de Picard é um estudo monumental sobre o criador de Fedra: *La carrière de Jean Racine* (1956). Verdadeiro "atlas biográfico" nas palavras admirativas de Doubrovski, temos aí cerca de setecentas páginas, divididas em três grandes seções, que se multiplicam numa infinidade de subseções minuciosas: "Anos de aprendizado", "A carreira teatral"

---

[91] Serge Doubrovski, *Porquoi la nouvelle critique? Critique et objectivité* (Paris: Mercure de France, 1966), p. 24.

[92] *Critique et vérité*, OC, II, pp. 759-760. Em nota, mencionará alguns dos muitos jornais e revistas envolvidos.

[93] Serge Doubrovski, op. cit., p. 13.

e "A carreira na corte". Estão todas voltadas para a restauração daquela "condição" de Racine que move o autor, inutilmente, segundo Barthes. Tanto mais que, na última parte, em torno da carreira raciniana na corte, a missão envolve deslindar algo que é desde sempre intrigante: o fato de que Racine abandona o teatro, no auge da glória, para ser historiógrafo do rei. Fato que Picard considera um dos mais "irritantes" da história da literatura francesa. (Sem cogitar por um minuto a "sabotagem espetacular de Rimbaud", como a chama Barthes, para quem essa, sim, é plena de lições.[94])

Tudo no *Avant-propos* de *La carrière de Racine* são cláusulas de seriedade e prudência no trato da pesquisa factual, que também nos deixam imaginar, inversamente, o susto que Barthes deve ter lhe dado. Lemos aí, por exemplo, que "a primeira virtude do historiador é provavelmente a objetividade"; que "o método histórico, do mais exato rigor, foi aqui necessário"; que "exponho aqui meus resultados com um cuidado que não se poderá julgar excessivo"; que "na medida do possível, só me contentei com testemunhos do século XVII"; que "este é um Racine anterior ao mito, um Racine de época". Mas lemos principalmente – e isso nos interessa, porque ele acaba dando razão a Barthes, quando aponta um grau zero da crítica raciniana – que o maior trunfo de um trabalho desse porte é impedir Racine de ser "soterrado sob as tantas monografias existentes", exegeses sem perícia que, frequentemente, "o imobilizam na falsa luz de sua glória, como se todas as suas tragédias e sua peruca tivessem sido depositadas de uma só vez na eternidade."[95]

Tantas pinças para chegar a um Racine "de época" explicam por que Picard se sentiu tão interpelado por esses recém-chegados que se permitem tomar seu objeto concreto, tão pacientemente investigado, fora de qualquer contexto. É assim que, em 1965, com a chancela da editora Jean-Jacques Pauvert, lança o panfleto *Nouvelle critique ou nouvelle imposture?*. Ele tem então a maior parte dos cadernos de cultura a seu lado.[96] Cerca de vinte

---

[94] Roland Barthes, *La préparation du roman I et II*, Cours et séminaires au Collège de France, 1979-80 (Paris: Seuil/Imec, 2003), p. 210.

[95] Raymond Picard, *La carrière de Jean Racine*, op. cit., p. 13. [Grifo meu.]

[96] Pode-se conferir a respeito o texto da longa entrevista de Barthes intitulada "Réponses" encontrável em OC, III, p. 1034. E, ainda, a biografia de Louis-Jean Calvet, que traz relances de resenhas,

anos mais tarde, em 1984, Bourdieu engrossaria esse coro de vozes contrárias, interpretando sociologicamente o episódio, no capítulo de *Homo academicus* intitulado "O conflito das faculdades". Nesse retorno ao caso *Sur Racine*, tomaria os dois lados como faces da mesma moeda, vendo a Sorbonne como o reduto dos "oblatas consagrados ao grande sacerdócio de Racine", o nicho barthesiano, como o dos "pequenos heresiarcas modernos" erguidos contra o mandarinato, e a todos como "aspirantes encarniçados do poder". Para o sociólogo, o caso Racine terá sido um "simulacro de debate".[97]

Sem assumir os agudos de nossas dissensões brasileiras novecentistas entre sociólogos e semiólogos aquelas literaturas oitocentistas de "apóstrofe" e "interjeição", como as chama Alexandre Eulálio,[98] porque não há aqui nenhuma réplica indignada de Barthes, o que não é o caso da maioria de nossas diatribes pátrias, o panfleto produz uma querela. Para muitos, uma nova *Querelle des Anciens et des Moderne*.[99]

Uma epígrafe de vinco sentencioso resume o livro. Ela cita Beaumarchais: "E assim é que se estabelecem todos os absurdos do mundo, propulsados com audácia, adotados pela preguiça, certificados pela repetição, fortalecidos pelo entusiasmo, mas devolvidos ao Nada pelo primeiro pensador que se dá ao trabalho de examiná-los".

O registro da sabatina é pesado. Referindo-se à irritação que a lógica do estruturalismo causou nas fileiras universitárias e aos documentos que delas emanaram, Jean-Claude Milner fala em réplicas "semi-hábeis".[100] O próprio Barthes encarregou-se de arrebanhar algumas das expressões que Picard emprega, numa nota de rodapé, na abertura de *Critique et vérité*, referindo--as como um "léxico da execução": "escroque intelectual, "o

---

como este tirado da revista *Nouvel Observateur*. "Barthes não poderia ter feito pior escolha do que esta de tomar Racine para o prosseguimento de sua investigação. Em todo caso, a maneira de abordar o autor de *Fedra* mutila tanto o poeta como o crítico". Cf. Louis-Jean Calvet, *Roland Barthes: uma biografia*, op. cit., p. 173.

[97] Pierre Bourdieu, "Le conflit des facultés" (in *Homo academicus*. Paris: Minuit, 1984). Dosse nota, com razão, o caráter reducionista dessas considerações, atípicas numa obra geralmente refinada.

[98] Alexandre Eulálio, "O ensaio literário no Brasil" (in *Escritos*. Organização de Berta Waldman e Luiz Dantas. Campinas: Editora da Unicamp, 1992), p. 24.

[99] Denis Hollier (org.), *De la littérature française*, op. cit., p. 1699. Ou ainda Serge Doubrovski, op. cit., p. xx.

[100] Jean-Claude Milner, *Le pas philosophique de Roland Barthes* (Paris: Verdier, 2003), p. 91.

caráter patológico desta linguagem", "extrapolação aberrante", "extravagante doutrina", "bravata", "sutilezas de mandarim deliquescente"...[101] A propósito desse discurso, ele lembra aí a retórica impostada de Sainte-Beuve e a pomposa personagem proustiana de Monsieur Norpois, quando fulmina Bergotte: "Não é Picard quem fala, é Sainte-Beuve pastichado por Proust, é Norpois executando Bergotte".

Animado por tal espírito, *Nouvelle critique ou nouvelle imposture?* abre com um balanço dos "novos métodos da crítica nos últimos anos". Cinco dessas novidades metodológicas são apontadas: psicanálise ou psicocrítica, análise marxista, análise estrutural, descrição existencial ou fenomenológica, combinação "original" dos anteriores. E isso já leva Picard a se fazer algumas perguntas capciosas, por ora, amplas. Será que a simples recusa de trilhar caminhos conhecidos basta para definir uma escola crítica? Será que a comum aversão a Lanson pode "unir miraculosamente todo mundo?". E já que surgem tantos trabalhos sobre Racine, será que merecem ser julgados pelos conceitos a que recorrem ou é Racine quem os julgará?[102]

Essas porém são apenas cláusulas retóricas introdutórias. O mais importante vem a seguir: suas considerações sobre a incursão de Barthes no território Racine. Picard emenda: "Tomemos dentre esses trabalhos 'um dos mais notados, o do Senhor Barthes'. Ele admite que, de início, não lhe passava pela cabeça perder tempo com os artigos de Barthes: "Devo confessá-lo? Da primeira vez que percorri tais textos, por ocasião da publicação de uma nova edição de Racine, não os levei a sério". Mas explica que "as coisas foram longe demais", que Barthes passou da "imprudência" à "impudência", impelindo-o a manifestar--se: "Quando, em 1963, esses estudos foram reunidos em livro, com outros textos que os aclaravam, e quando, em 1964, um outro livro trouxe novas precisões sobre a doutrina e o método [referência à primeira leva de *Ensaios críticos*], compreendi meu erro. Não havia mais dúvida, tratava-se de um empreendimento coerente, a acolhida do público o demonstrava, que não tínhamos o direito de subestimar. De fato, este é um dos exemplos mais

---

[101] *Critique et vérité*, OC, II, p. 763, nota 2.
[102] Raymond Picard, *Nouvelle critique ou nouvelle imposture?*, op. cit.,p. 14.

232

significativos, nos últimos dez anos, desse esforço, em si mesmo tão notável, de elaboração de uma nova crítica".

A providência seguinte será pegar Barthes pela palavra. Assim, buscando usar de sagacidade, observa que a qualidade do trabalho de Barthes pode ser depreendida da afirmação que ele mesmo faz de que "se sente impotente para dizer a verdade sobre Racine" e da declaração de que não teme assumir-se, enquanto crítico, como "um ser plenamente subjetivo". Ora, se ele é o primeiro a admitir que "dá livre curso aos seus demônios", por que continuar dando atenção "ao que o Senhor Barthes tem a nos contar?" A nota sagaz seguinte será passar por cima desse embaraço e seguir levando Barthes a sério. Afinal, se Barthes quer dar a conhecer seu trabalho, apesar de tudo, é porque acredita no caráter "universalizável" de sua subjetividade. E nada garante que o leitor não prefira a subjetividade de Barthes à de Picard.[103]

O resultado do exame que assim consente em fazer é desastroso. Barthes é subjetivo e inconsistente. "Uma tal inconsistência satisfeita devo confessar me surpreende e me espanta." Por inconsistência ele entende a falta de uma ciência raciniana mínima, o que se agrava diante das elucubrações máximas: "Não valeria mais determinar de maneira sólida tal pequeno fato concernindo a Racine que edificar uma interpretação grandiosa, que desmorona ao primeiro exame?".[104] O fundo contencioso é sempre a objetividade, tal como só a história factual a pode garantir: o "*homo racinianus*" de Barthes é um "animal quimérico".[105]

Tudo o mais são declinações dessas primeiras constatações. A tônica é a irrealidade de Racine. Borges a teria rebatido se não estivesse tão ocupado, naquele mesmo momento, em responder aos intelectuais portenhos que também lhe cobravam seu desgarramento da vida terrena. Tendo, aliás, enfatizado que, nem por serem estranhos às paragens argentinas, os rouxinóis do poeta Enrich Banchs comprometiam sua alma *gauchesca*, porquanto eram sempre pássaros da literatura,[106] se pudesse, teria dito a Picard: mas que ser literário não é irreal?

[103] Ibid., p. 71.
[104] Ibid., p. 78.
[105] Ibid., pp. 36-37.
[106] Jorge Luis Borges, "O escritor argentino e a tradição" (in *Discussão*, Obras Completas, v. 1. Tradução de Josely Vianna Baptista. São Paulo: Globo, 1998), p. 291.

É mais ou menos isso que fará Barthes em *Critique et vérité*.

Voltemos a esse importante livro. Relativamente breve, ele divide-se em duas partes e desenvolve-se, em nove subseções, que abrangem nove tópicos candentes da velha crítica, alguns deles aqui já adiantados: o verossímil crítico, a objetividade, o gosto, a clareza, a assimbolia, a crise do comentário, a língua plural, a ciência da literatura, a crítica. Sem entrar na particularidade de cada um desses elementos, resumamos o livro, apontando aqueles que nos parecem ser os seus dois grandes movimentos internos. Primeiro movimento: Barthes aceita a provocação que lhe vem de Picard e assume a nomenclatura *"nouvelle critique"*. Segundo movimento: passa a defini-la, primeiramente, no negativo, dizendo-nos tudo aquilo que uma nova crítica não pode ser, depois, no positivo, dizendo-nos tudo aquilo que lhe resta ser. Uma parte dos tópicos anteriores indica tudo o que ela não é, porque a escritura não pode sê-lo: verossímil, objetiva, reverente ao gosto, clara. Outra parte indica tudo o que ela é, porque é também da índole da escritura: assimbólica, crítica, plural e como é de praxe almejar entre saussurianos uma ciência.

Trata-se, no entanto, de uma ciência especiosa, já que ciência do fato particular. A propósito dessa ciência Barthes escreve: "A objetividade pedida por uma nova ciência da literatura não se referirá imediatamente à obra (o que tange à história literária ou à filologia), mas a sua inteligibilidade".[107] Percebendo por outro lado, que o que a defesa da objetividade encaminha é um veto à palavra desgarrada (*dédoublée*), inscreve, aí, de saída, esta formulação, aqui também já assinalada, que também vale como epígrafe: "O que não é tolerado é que a linguagem possa falar da linguagem".[108]

De tudo o que se publicou de subvertedor, ao longo desses anos ditos estruturalistas, *Sur Racine* é a *pièce à scandale*. De um lado, porque tem sentido político imediato, já que atinge em cheio o poder acadêmico. O que nos convida, aliás, a ver nessa nova querela dos antigos e dos modernos um prenúncio de maio de 1968, senão, a dizer que o *maio 68* começa aqui. A ilação é

[107] *Critique et vérité*, OC, II, p. 791.
[108] Ibid., p. 761.

tão mais cabível quanto se sabe que Barthes deixa a França, por uns tempos, em 1969, justamente, para fugir da ambiência criada pelo movimento, que lhe parece conspiratória. De outro lado, por envergar como envergou toda a crítica. Como tão bem o sublinha Doubrovski a quem é sempre preciso voltar, já que é um dos raros autores franceses a terem dedicado ao *caso Racine* todo um livro, dizendo-nos que, doravante, não se poderá mais, em sã consciência, falar de linguagens poéticas sem se conhecer a linguística.[109]

Se *O grau zero da escritura* refazia a pergunta sartriana sobre "o que é a literatura?", *Critique et vérité* pergunta "o que é a crítica?". Como admite Barthes, de cara: "O que chamamos *nouvelle critique* não vem de hoje. [...] Não há nada de espantoso em que um país retome periodicamente os objetos de seu passado para saber o que é possível fazer deles, trata-se de procedimentos que são, que deveriam ser de avaliação costumeira. [...] Quais são em 1965 as regras do verossímil crítico?"[110]

Steffen Nordhal Lund o dirá assim: "O objetivo do livro é duplo: claramente dividido em duas partes, *Critique et vérité* é, de um lado, um posicionamento numa querela singularmente violenta, uma refutação dos ataques regressivos assacados contra a imposição da *nouvelle critique* e suas pretensões ao estatuto teórico-científico, de outro lado, uma tentativa de elaboração das condições de uma crítica literária e dos princípios fundamentais de uma verdadeira ciência da literatura."[111]

Acrescente-se a tentativa de resposta que o livro dá à pergunta: o que é a crítica? Pois ela é minimalista e elegante: "a crítica é um discurso sobre um discurso".[112] Dito de outro modo: é a linguagem falando da linguagem.

Picard escrevera, no calor da hora dos acontecimentos, que "o espírito crítico [estava] morto".[113] O futuro não parece lhe ter dado razão.

---

[109] Serge Doubrovski, op. cit., p. xiii.
[110] *Critique et vérité*, OC, II, p. 759.
[111] Steffen Nordhal Lund, *L'aventure du signifiant: une lecture de Barthes* (Paris: PUF, 1981), p. 19.
[112] *Critique et vérité*, OC, II, p. 761.
[113] Raymond Picard, *Nouvelle critique ou nouvelle imposture?*, op. cit., p. 147.

RESSONÂNCIAS BRASILEIRAS

Visando o mesmo século de Racine e causando semelhante desconforto junto aos representantes da mesma História, também ligados a uma prestigiosa universidade, Haroldo de Campos protagonizaria aqui a mesma revisão de um poeta crucial. Decerto, não por mera coincidência, já que ele e Barthes pertencem à mesma *côterie*: mesmas bases semióticas, mesma visão do tempo longo, mesma inclinação a confundir crítica e literatura, mesma tomada de distância em relação aos "escritores, intelectuais, professores" bem instalados em sua autoridade. Saliente-se, de resto, que temos, de ambas as partes, aberturas para as vanguardas que não impedem a frequentação da mais alta tradição, tanto assim que, se o Neutro remonta ao ceticismo grego, a plataforma *"noigandres"* retoma a poesia provençal. Por outro lado, nenhum desses dois modernos à *contre coeur*, que avançam olhando para trás, contenta-se com gritos de vanguarda, como se pode depreender do curso dos acontecimentos, em ambos os casos, Barthes deslizando de Robbe-Grillet para Sade tão rapidamente quanto Haroldo, dos epigramas concretistas para as longuras em prosa de *Galáxias*. Por outro lado, ainda, nos dois casos, a palavra é branda, jamais interpelativa, e os autores são corteses, mesmo quando polemizam.

Publicando-se em 1989, quase um quarto de século depois de *Sur Racine*, a *pièce à scandale* haroldiana é *O sequestro do barroco na formação da literatura brasileira - O caso Gregório de Matos*. Volume que viria a ser, entre nós, objeto de semelhante resistência da parte dos representantes do modelo uspiano, ainda que diferentemente manifesta, pois, em vez de rebatê-lo, com a rude franqueza de Picard, os historiadores e sociólogos da literatura locais o envolverão em eloquente e concertado silêncio.

De fato, desde seu lançamento, *O sequestro do barroco* é cercado por uma espécie de pacto de não menção, tão mais bem-sucedido (se é que isto é um sucesso) quanto os editores da obra acham-se fora do eixo Rio-São Paulo,[114] que pode furtar-se,

---

[114] Trata-se da Fundação Casa de Jorge Amado. O próprio Haroldo relata, em seu livro, que a Casa de Jorge Amado toma a iniciativa da publicação depois que, em 1986, ele ministra uma palestra em Salvador, em evento comemorativo aos 350 anos de nascimento de Gregório de

então, sem prejuízo, às costumeiras manifestações. Assim, não haverá aqui recensões jornalísticas, nem nenhuma grita da parte dos que detestam "os amigos da intertextualidade e Derrida",[115] corrente de solidariedade cujo mutismo opera, visivelmente, no sentido de fazer do livro poeira entre nossos dedos.[116] O que, por ironia, lhe confere o mesmo poder de *não existir existindo* da obra de Gregório de Matos, tal como é vista por Haroldo, que cita Fernando Pessoa para dizê-lo: "[O poeta] é como Ulisses, o mítico fundador de Lisboa, que, no poema de Fernando Pessoa foi por não ser existindo".[117]

Se o direito de cidade lhe é retirado, é que a provocação intelectual do livro concerne a um mestre de estatura lansoniana, Antonio Candido, cuja obra máxima *A formação da literatura brasileira*, está citada em seu título. Com efeito, dir-se-ia que é em desagravo a nosso Lanson que se prepara tal rito conjuratório. Sendo-lhe necessário o movimento inversamente proporcional de apequenamento da figura do homem por trás da obra que debate a tese mais acatada do mais acatado dos críticos. Não obstante ser esse homem, no momento em que escreve, o dono daquilo que chamaríamos, sem nenhum favor, de uma apreciável contribuição à crítica literária brasileira, como permite pensá-lo o fato de que *O sequestro do barroco* é, então, o décimo segundo volume de crítica de Haroldo, num repertório de obras críticas que alcança hoje 22 títulos, para só ficarmos no

---

Matos, patrocinado pela Universidade Federal da Bahia, pela Academia Baiana de Letras e pela Fundação Gregório de Matos. O *speech* de 1986 e o volume que o recolhe em 1989 constituem a melhor versão possível, à época, de uma pesquisa iniciada nos anos 1970, que ensejara a Haroldo discorrer sobre o assunto, em 1978, na Universidade de Yale, onde foi *visiting professor* e, posteriormente, no Programa de Estudos Pós-Graduados em Comunicação e Semiótica da PUC-SP, onde lecionou. Recentemente, em 2011, o volume foi reeditado pela editora paulistana Iluminuras, em versão aumentada, que aproveita materiais inéditos do espólio de Haroldo.

[115] Valho-me de uma das expressões sempre jocosas de Roberto Schwarz a propósito dos concretistas, desta feita em *Sequências brasileiras* (São Paulo: Companhia das Letras, 1999), p. 23.

[116] Mas cabe notar que surgem, finalmente, algumas resenhas, em 2011, em cadernos de prestígio, quando da reedição do *Sequestro* pela Iluminuras. Entre elas, citem-se a de Alcides Villaça para *O Estado de S. Paulo* e a de Alcir Pécora para a *Folha de S. Paulo*, respectivamente datadas de 16 e 19 de março de 2011.

[117] Referência ao poema "Ulisses" do álbum *Mensagem*, o único que Pessoa viu editado, em 1934. Roman Jakobson, que o analisou num de seus ensaios de linguística e poética, o apresenta assim: "Em *Mensagem*, esta peça de quinze versos canta Ulisses como fundador fabuloso de Lisboa e da nação portuguesa e exalta o caráter puramente imaginário de seus feitos; inaugura assim, apesar desta superposição do mito à vida real, a História heroica de Portugal". Cf. Roman Jakobson, "Os oximoros dialéticos de Fernando Pessoa" (in *Linguística, poética, cinema. Roman Jakobson no Brasil*. São Paulo: Perspectiva, 1970), p. 96. Aqui, a tradução do ensaio é assinada por Haroldo de Campos em colaboração com Francisco Achcar.

argumento quantitativo.[118] Além do mais, passa-se também por cima da evidência de que os vocábulos de Haroldo são sempre percussivos e especiosos, o que deveria obrigar quem quer que os quisesse interpretar a deter-se no especial sentido da palavra "sequestro". A expressão é inspirada em Mário de Andrade, que a tomava como sinônimo de esquecimento inconsciente.[119] O que deveria bastar para enobrecê-la, desacorçoando quem quisesse ver nela um chingamento, como tanto se quis.

No contexto dessa "cominação", como a chamaria Barthes, usando de uma palavra que recorre em seus escritos, a discussão do *Sequestro* desenvolve duas linhas reflexivas, ambas caudatárias de uma cultura francesa de que o autor de *Sur Racine* está muito perto.

Numa primeira, convoca-se Derrida e a desconstrução, que, como preferimos pensar, é antecipada pelo Neutro. Essa tópica é assim introduzida por Haroldo: "Se há um problema instante e insistente na historiografia literária brasileira, este problema é a 'questão da origem'. Nesse sentido é que se pode dizer como eu o fiz em "Da razão antropofágica", que estamos diante de um episódio da metafísica ocidental da presença, transferido para as nossas latitudes tropicais. [...] Um capítulo a apendicitar ao logocentrismo platonizante que Derrida, na *Gramatologia*, submeteu a uma lúcida e reveladora análise...".[120] Trata-se de pôr em dificuldade a ideia candidiana de um processo evolutivo da literatura brasileira, que, segundo Haroldo, a enclausura numa origem precisa, não somente pela concepção fechada de História com que ela joga, mas pela contradição do sistema, uma vez que, ao descartar a produção de Gregório de Matos, ao mesmo tempo, busca e perde de vista os começos que persegue. Para melhor fazê-lo, Haroldo convida à conversa este outro historiador do

---

[118] Sobre o conjunto das obras críticas de Haroldo de Campos, conferir o índice raisonné em apêndice ao volume por mim organizado *Céu acima: para um tombeau de Haroldo de Campos* (São Paulo: Perspectiva, 2004). Acredito ter contribuído para o desenvolvimento de um argumento qualitativo em meus livros *Sobre a crítica literária no último meio século* (Rio de Janeiro: Imago, 2001) e no citado *Céu acima: para um tombeau de Haroldo de Campos*.

[119] Fato muito evocado por Haroldo, que menciona, particularmente, a respeito, uma conferência de Mário de Andrade em torno do esquecimento amoroso, feita em Belo Horizonte, em 1939, e posteriormente publicada, em 1943, na revista *Atlântico*, com o título "O sequestro da dona ausente". Há uma boa apresentação desse texto no livro de Eneida Maria de Souza, *A pedra mágica do discurso* (Belo Horizonte: Editora da UFMG, 1999).

[120] Aqui já mencionado nesta seção, "Assalto à Sorbonne", à nota 18

eterno retorno que é Borges: "Estamos diante de um verdadeiro paradoxo borgiano, já que à questão da origem se soma à da identidade ou pseudoidentidade de um autor "patronímico". Um dos maiores poetas anteriores à Modernidade, aquele cuja existência justamente é mais fundamental para que possamos coexistir com ela e nos sentirmos legatários de uma tradição viva, parece [assim] não ter existido literariamente "em perspectiva histórica".[121]

Numa segunda, são convocados Jakobson e sua teoria tão concisa quanto elegante das funções da linguagem, em que a linguagem poética é posta fora do alcance da comunicação social, para atuar preferencialmente como um mecanismo de checagem da forma, num intrincado feixe de ações locutórias, de diferentes alvos. O modelo jakobsoniano, nota nesta seção Haroldo, reconhece, para além daquelas funções que mais diretamente servem à troca efetiva de mensagens, a referencial e a emotiva, centradas em significados e receptores de significados, duas outras, a poética e a metalinguística, centradas no próprio código, que envolvem mais diretamente a configuração material do texto. Sensoras dos signos palpáveis, estas últimas obrigam a linguagem a uma parada, a um autorreconhecimento e, assim fazendo, aprofundam a dicotomia entre os signos e os objetos, ponto nevrálgico das semiologias saussurianas. Descartá-las equivaleria não penas a colocar a literatura a serviço dos desígnios da linguagem ordinária, passando por cima daquilo mesmo que os poetas experimentam de mais forte – o sentimento da inadequação fundamental da linguagem, mola da decepção mallarmeana, como lembra o próprio Jakobson, ao expor seu pequeno aparelho funcional –,[122] mas reduzi-la à esfera dos leitores médios ou dos receptores comuns.

A primeira o levaria a discernir na historiografia de Candido dois movimentos solidários de fechamento do sentido na lógica do começo do começo e do fim do fim, os dois pelejando por estabilizar ordens e cancelar contradições: um genealógico, outro teleológico. Um particularmente expresso na metáfora

---

[121] Haroldo de Campos, *O sequestro do barroco na formação da literatura brasileira - o caso Gregório de Matos*, op. cit., p. 19.
[122] Roman Jakobson, *Essais de linguistique générale*, op. cit., p. 241.

do "arbusto de segunda ordem no jardim das musas", a fórmula de matiz depreciativo com que Candido brindou nossa literatura, vendo-a sair como um apêndice da literatura portuguesa, que, por sua vez, apendicitaria uma outra literatura, em degringolada hierárquica. O outro armado pela entrevisão dos fins últimos, atingidos, segundo Candido, no momento em que, no Brasil do século XIX, já é possível falar-se numa floração de obras verdadeiramente nacionais, até porque agora inseridas numa troca entre autores e receptores, comércio sem o qual nada se legitima. Indo da "aurora" ao "apogeu", ambos sustentam o que Haroldo chama, com Derrida, de "metafísica da presença". Todo o circuito é substancialista, para ele: "Se ao "Espírito do Ocidente" coube encarnar-se nas novas terras da então América portuguesa, incumbe ao crítico-historiador retraçar o itinerário da *parousia* desse Logos que, como uma árvore, ou, mais modestamente um arbusto, teve de ser replantado, germinar, florescer, para um dia quiçá copar-se como árvore vigorosa e plenamente formada: a literatura nacional".[123]

Enquanto a segunda lhe permitiria aquilatar o valor de coisa unicamente comunicacional que é atribuído pelo sistema candidiano à poesia e, ainda, apontar-lhe a maneira de ancorar toda a literatura no elã romântico. Uma vez que são nossos românticos que, tomando o país como referência forte – sua natureza, seus primeiros homens, a palmeira e o sabiá –, escrevem para um público nascente, consumidor de ideiais patrióticos e folhetins. Tudo o que privilegia a translação informativa tal como a descreveu Jakobson. Haroldo escreve: "O projeto [da *Formação*] converte o interesse particular do romantismo nacionalista em verdade historiográfica geral".[124]

Contemporânea dessa revisão, sobressalta-nos uma outra, não menos instigante, que põe em questão a genuína autoria dos versos gregorianos e joga com a possibilidade de que aquele que Haroldo toma por "fundamental", na verdade, não existiu. Nessa outra versão, encaminhada por Adolfo Hansen, em seu *A sátira e o engenho*, que resulta de uma tese de doutorado defendida

[123] Ibid., p. 26.
[124] Ibid., p. 37.

na USP, em 1988, no mesmo momento em que Haroldo faz palestras sobre o poeta e reúne notas para o seu livro, Gregório de Matos bem poderia ter sido inventado pelo primeiro biógrafo que deu por sua uma produção que circulava em folhas volantes, na colônia iletrada, para não se sabe que leitores. Cauteloso, Hansen fala de "poemas atribuídos" a Gregório e se pergunta ainda onde teriam sido coletados, naqueles primórdios, se em fonte oral ou escrita, problematizando-lhes ainda mais a legitimidade.[125]

Embora sempre comemorada pelos *inimigos da intertextualidade e Derrida* como o desmascaramento final de Haroldo pela prova da realidade, a tese, na verdade, não é feita para constrangê-lo. Não só porque também temos duvidado, desde sempre, da existência factual de Homero, Ossian e Shakespeare, sem que suas obras tenham deixado, um só segundo, por isso, de nos parecer cruciais. Nem só porque também temos sido alertados sobre o fato de que se desconhece a data de nascimento de Antonio Francisco Lisboa, o Aleijadinho, e se aventa a possibilidade de que a figura tenha siso inventada para servir à construção nacionalista de uma imagem da arte brasileira.[126] Nem só porque o sistema haroldiano recusa, justamente, a chancela da realidade pura e dura. Mas porque, se a levarmos a sério, a teoria da intertextualidade supõe uma apropriação mútua dos autores e dos textos que é feita para abarcar aquela apropriação que o barroco ibérico sofre aqui, fazendo-se barroco brasileiro, a exemplo do que acontece com a escultórica barroca mineira, não obstante dar-se em ouro local, madeiras locais e pedra-sabão.

Os amigos desconstrucionistas de Derrida gostam de explicar a intelectualidade dizendo que o poeta que se alimenta de um outro poeta não é um invasor é um "parasita", do grego "*parasitos*" (para + grão). O parasita é aquele que se encontra ao lado de alguém, na mesa, a partilhar a comida, antes que se torne aquele invasor que vem roubar a comida, sem nada dar em

---

[125] Adolfo Hansen, *A sátira e o engenho: Gregório de Matos e a Bahia do século XVII* (São Paulo: Companhia das Letras, 1989), p. 13.

[126] Segundo a tese de Guimar de Grammont, defendida na USP, em 2002, e publicada sob o título *Aleijadinho e o aeroplano* pela Editora Civilização Brasileira, em 2008.

troca. Nesse sentido, o poeta que se alimenta de um outro poeta não é apenas um "hóspede" mas um "hospedeiro", duplicidade inscrita em "*host*", do inglês antigo "*oste*" e do latim "*hostia*", que tem duplo sentido: invasor e convidado. Também em português "hospedar" é receber e dar hospedagem. Associando-a ao corpo do poeta e do próprio crítico que também vive de um texto e o renamima, o crítico desconstrucionista Hillis Miller chama a casa assim transformada em "hotel", pela força da "hospitalidade" (outras palavras da mesma raiz), de território "neutro", palavra que não poderia parecer-nos mais bem-vinda.[127] A propósito, lembra que "*host*" e "*guest*" remontam à mesma raiz etimológica de "*ghos-ti*", que refere, de um só golpe, quem visita e quem recebe, o estranho e o enfitrião, ambos igualmente envolvidos em "obrigações recíprocas de hospitalidade". É daí que ele parte para propor o crítico como também parasítico em relação aos textos de que vive e que reanima.[128]

Parente desta, a crítica de Haroldo enfrenta uma visão da poesia em geral, e da poesia gregoriana em particular, como uma espécie de corpo estranho que invadiu o recinto da nação brasileira, inocentemente metafísica em sua separação do mundo civilizado. Sua visão é a mesma de Barthes quando, numa de suas mitologias mais sarcásticas, vê "a grande família dos homens" como uma "velha mistificação".[129]

---

[127] "Um hospedeiro no sentido de hóspede é um visitante amigo da casa e ao mesmo tempo uma presença estranha que transforma a casa num hotel, num território neutro". Cf. Hillis Miller, *A ética da leitura*. Tradução de Eliane Fittipaldi e Kátia Orgerg. Seleção de textos de Arthur Nestrovski (Rio de Janeiro: Imago, 1990).

[128] Ibid., pp. 15 e 20.

[129] *Mythologies*, OC, I, p. 807.

CODA

Ergamos em Nice um asilo para os críticos.
Vocês pensam que é mole viver a enxaguar
A nossa roupa branca nos artigos?
Maiakóvski[1]

O CRÍTICO SE ELE AINDA EXISTE

Os antigos não diziam "crítica", mas "poética", "retórica", "diálogo sobre", "discurso sobre", "carta sobre", "tratado de", "defesa de" ou simplesmente "de". É o que acontece com Cícero, por exemplo, que chama "De *oratore*" seu tratado de Retórica, ou com Montaigne, que chama "Dos livros" a crítica que dedica a Cícero, Bocaccio e Rabelais, num dos capítulos do segundo Livro dos Ensaios. E se o substantivo "crítica" já é de largo uso entre os clássicos como nos ensinam os melhores dicionários etimológicos, que registram seu emprego na França desde o século XVII, a palavra não recobre ainda, nesse ponto, nem poderia recobrir, aquela atividade contra a qual vimos erguer-se Balzac, na *Monografia da imprensa parisiense*, dando-o o crítico aí por usurpador e armando Adorno para, mais tarde, em seu nome, confundir peremptoriamente o crítico e o homem comum.

De fato, entre os clássicos, a crítica é uma arte entre as artes; assim, não há separação entre o Cícero que estabelece as leis da Retórica, e a retórica, na prática, de Cícero, ou o Ovídio que institui a *Arte Poética* e a arte poética de Ovídio. Nesse seu primeiro modo de ser, mesmo quando julga, a ênfase está na arte de julgar, não no julgamento, que lhe é metonímico. Não se trata de valoração das obras mas de sua referência às leis que a governam e normatizam. Tudo isso antes que as prescrições retóricas refluam e a crítica moderna se depare com uma ausência de fundamentos aprioristicos, transformando-se em crítica da interpretação, como a ama Barthes.

Assim, por mais que lhe possamos assinalar diferentes papéis, tais que os de intermediário, juiz, intérprete, comentador de obras, resenhista de obras; diferentes lugares tais que jornais, revistas impressas, revistas eletrônicas, departamentos universitários,

[1] Vladimir Maiakóvski, "Hino ao crítico" (in *Poemas*. Organização de Boris Chnaiderman. Tradução de Augusto de Campos e Haroldo de Campos. São Paulo: Perspectiva, 1983), p. 43.

equipamentos culturais; diferentes lugares simbólicos, tais que as letras, a história da arte, a história da cultura, a estética, a sociologia, a semiologia, as comunicações, em todas as casas desse xadrez, o crítico é um sujeito moderno, profissionalizado. Ele o será, de algum modo, mesmo que na pele do "homem sem profissão" – para lembrar a reivindicação de Oswald de Andrade posto diante das *expertises* acadêmicas que o aborrecem –, pois mesmo aquele que está nessa posição porventura mais aristocrática, no mínimo, animará alguma revista especializada, ou escreverá para alguma revista especializada, a qual, por sua vez, de algum modo se pagará, ingressando forçosamente em algum circuito comercial ou institucional e, neste último caso, no quadro de algum apoio público.

Haveria ainda nuances a fazer. Um século depois de Balzac, os trabalhadores da crítica passam a ser principalmente os professores, de abordagens mais aparelhadas, mais técnicas, que contrapõem seus tratados, monografias, dissertações e teses às impressões do rodapé. O crítico-jornalista é tipicamente oitocentista, o crítico-professor consolida-se no século XX (no Brasil, na segunda metade do século, no momento da fundação de nossas pós-graduações). A própria escola das estruturas – Barthes, Kristeva, Genette, Todorov – representa essa consolidação, e Philippe Sollers, crítico dos mais profícuos, que nunca lecionou, é aí a exceção que confirma a regra. Outra bela formação crítica a representar essa condição contemporânea dos profissionais da área é a escola norte-americana de Yale, também conhecida como escola da desconstrução, por onde passou Derrida, ele mesmo professor, representada por gente como Harold Bloom, Paul de Man, Geoffrey Hartman, Hillis Miller. Outra é a escola de Genebra: Starobinski, Georges Poulet, Bernard Comment (a que Hillis Miller foi, aliás, ligado). No Brasil, haveria que se apontar o Grupo Clima de Antonio Candido, Décio de Almeida Prado, Paulo Emílio Salles Gomes, Gilda de Mello e Souza, entre outros, lotado na USP, e o Grupo Noigandres, em parte lotado na PUC (ainda que Pignatari transfira-se e se aposente na USP).

Mas esses papéis, lugares e dignidades podem ainda entrecruzar-se, século adentro, havendo críticos capazes de os percorrer todos. De fato, sabemos que o crítico jornalista é, hoje, cada vez mais, alguém que tem um pé em alguma faculdade, onde faz pós-graduação, assim como, não raro, o professor universitário é chamado a colaborar ou mesmo a dirigir um segundo caderno. Mais que isso, pode acontecer de toda uma formação de prestígio universitário lançar-se no jornalismo cultural, a exemplo do que fez, num momento glorioso de nossos segundos cadernos, o Grupo Clima, fundador e animador, por quase vinte anos, de 1956 a 1974, do Suplemento Literário do jornal *O Estado de S. Paulo*.[2]

Outra complicação nos é trazida pela evidência de que a literatura sempre foi, em si, um lugar para a crítica, ou um lugar da crítica, havendo ainda o crítico-escritor, ou o crítico--poeta, a refletir em prosa e verso não apenas sobre a literatura, mas sobre sua própria literatura. Esta é toda uma outra dimensão a considerar, depois de assentado que os críticos antigos não faziam tal separação, instituída modernamente. E fato bem assinalado por Harold Bloom, quando escreve que qualquer uma de suas peças dá a Aristófanes a oportunidade de partir para a crítica viva. "Pode-se remontar a crítica ocidental a várias origens, incluindo a *Poética* de Aristóteles e o ataque de Platão a Homero em *A república*. Eu próprio me inclino a seguir [quem conceda] a honra ao feroz ataque de Aristófanes a Eurípedes", escreveu ele.[3] Séculos depois de Aristófanes, isso envolve, forçosamente, todos aqueles escritores de que Barthes vem nos dizendo, desde *O grau zero da escritura*, que estão diante de uma "Forma-Objeto", na qual "se demoram", uma vez que essa demora é a própria crítica imanente. Assim, há uma crítica robbe-grilletiana, tanto quanto, entre nós, há uma crítica haroldiana, assim como, no seio das rupturas modernas, dos modernismos e das vanguardas históricas, os manifestos e as revistas de combate são indissociavelmente peças de criação e de crítica, vejam-se os manifestos do surrealismo de André Breton.

---

[2] Desse brilhante suplemento, temos hoje a excelente apresentação de Elisabeth Lorenzotti, *Suplemento literário: que falta ele faz. Do artístico ao jornalístico: vida e morte de um caderno cultural* (São Paulo: Imprensa Oficial, 2007).

[3] Harold Bloom, *O cânone ocidental: os livros e a escola do tempo* (Rio de Janeiro: Objetiva, 1995), p. 181.

Sem dúvida, essa instabilidade convida-nos a perguntar no que se terá transformado a crítica contemporânea em seu último nível de consciência. Não é nosso objetivo responder aqui a essa questão, certamente, no limite, intratável, como o são as grandes questões, a começar por esta reapresentada por Barthes na páginas de *O grau zero da escritura* e *Crítica e verdade*, depois que Sartre, Blanchot e tantos outros a colocaram: o que é a literatura? Somos lembrados pelo próprio Barthes de sua recorrência: "Desde a Liberação (o que é normal), uma certa revisão de nossa literatura clássica foi empreendida, em vista das novas filosofias, por críticos os mais diferentes e ao sabor das mais diferentes monografias, que acabaram cobrindo o conjunto de nossos autores, de Montaigne a Proust. Não há nada de surpreendente em que um país retome assim periodicamente os objetos de seu passado e os descreva de novo para saber *o que fazer deles*: estes são procedimentos regulares de avaliação.[4]

Essas são apenas as interrogações que nos ocorrem, e elas certamente não exaurem as perguntas possíveis. Sem querer assumi-las todas, limitamo-nos, nesta coda, a assinalar, muito pontualmente, a maneira como Barthes intercepta o debate, brindando o comentário da literatura com o mesmo "procedimento de avaliação" que endereçara à literatura, e perguntando-se, ao mesmo tempo que sustenta a isenção de sentido do Neutro: o que é a crítica? Assim, ao arrematar estas reflexões sobre Barthes, com ele perguntamos, por fim: que crítica poderia advir da labialidade do Neutro?

Vimos que a *batalha* da Sorbonne envolve um livro desviante, *Sur Racine*, e um opúsculo vertido em prosa virulenta, daí ser geralmente chamado panfleto, *Nouvelle critique ou nouvelle imposture?*, este segundo uma réplica ao primeiro, a que um provocador Barthes replicaria, por seu turno, em *Critique et vérité*. Voltemos a esta última bela peça escrita que, de algum modo, fecha o ciclo da polêmica, para insistir que, tão logo termina de inventariar todos aqueles requisitos críticos que amparam o ataque de Picard – presunção da objetividade, da verossimilhança, do gosto, da clareza, acrescidos do horror ao

[4] "Critique et vérité", OC, II, p. 759.

248

mais que sentido dos discursos polissêmicos –, ele envereda aí por uma reflexão sobre o que poderia ser, presentemente, a crítica e que essa reflexão o leva a perguntar pelo que poderia ser uma verdadeira "ciência da literatura".

A expressão "ciência da literatura" diz o que já sabemos que ela diz: o método estrutural colocou os objetos da crítica no horizonte da linguagem, graças ao que o novo crítico não falará de Dante, ou de Shakespeare, ou de Racine, mas do texto, e o fará ajudado de perto por uma linguística geral, ou por um conjunto de linguísticas gerais, ou de ciências da língua. Essa redefinição traz consigo uma outra noção de objetividade, da qual se poderia dizer que é, ao mesmo tempo, mais e menos objetiva que a objetividade dos historicistas. Essa nova objetividade funda-se na inteligibilidade dos objetos a examinar. O que interessa à ciência da literatura, escreve Barthes, não é o fato de o objeto "ter existido", historicamente, mas o fato de "ter sido compreendido". E compreender não significa "traduzir" ou meramente "interpretar", o que seria tomar o sentido por um reflexo (e a literatura por um espelho), significa "derivar" ou "engendrar" um certo sentido a partir das formas que o observador tem diante de si. Significa "desdobrar" essas formas. Não delirantemente, ainda que solitariamente, mas buscando ouvi-las, justamente, e decupando gentilmente, e chegando assim a uma "justeza", que é comparável à justeza musical. Uma nota musical nunca poderia ser verdadeira ou falsa nota Barthes, mas apenas modulada. Ora, a modulação do discurso crítico é sua justeza".[5]

Aqui chegamos ao principal: a operação do crítico diante do livro é a mesma do escritor diante do mundo: a operação de desdobrá-lo em sentidos. Dito de outro modo: o crítico é um outro escritor, ou, simplesmente, o crítico é um escritor. O que, de resto Barthes não cessa de repetir, como já veremos. De pronto, isso parece descartar todos os outros lugares da crítica que não a própria escritura.

Não se esperaria outra visão do ofício da parte de quem levantou, em *Mitologias*, tantos testemunhos contra jornais

[5] Ibid., p. 791.

e jornalistas, e ainda continuava a fazê-lo no curso sobre o Neutro, quando o surpreendemos trazendo para os comentários da figura da "Resposta" (que faz *pendant* com a arrogância da pergunta) um diagnóstico cruel dos cadernos de cultura franceses. De fato, é o que vemos acontecer na aula de 29 de abril de 1978, em que ele recorre ao exemplo de seus próprios livros para notar a penúria a que chegaram as recensões jornalísticas. Nessa sessão, ele compara o tratamento que havia sido dado, vinte anos antes, a *O grau zero da escritura*, e aquele que acabava de receber *Fragmentos de um discurso amoroso*. A respeito disso, encontramos em suas fichas estas notas taquigráficas contundentes: "Entrevista: tende a substituir a crítica. Há vinte anos, *O grau zero da escritura*: dossiê crítico, hoje, *Fragmentos de um discurso amoroso*: dossiê de entrevistas. Para que comentar um livro, pergunte-se ao autor; agora, o direito, o poder do jornalista (sua voz como que distante) retorna sob a forma do pressuposto das perguntas, do terrorismo da questão; jornalista: espécie de policial que gosta de você, já que te passa a palavra e te facilita a publicidade".[6] Como vimos na "Introdução", a propósito de Gide, que manda dizer aos jornalistas que não está, o Neutro é antídoto contra esse terror.

Por certo, vinte anos depois da saída desses *Fragmentos de um discurso amoroso* que vimos Robbe-Grillet chamar de romance de Barthes, estamos hoje diante de um quadro bem mais sombrio, principalmente no Brasil, onde assistimos ao desaparecimento dos grandes suplementos de cultura, à compressão do espaço dado à literatura pelos editores dos segundos cadernos, em proveito de questões de sociedade e das filosofias dos *fast thinkers*, à redução das resenhas à glosa dos livros representativos do *main stream* editorial, aos cursos-espetáculo e às festas literárias, com seu anedotário.[7]

---

[6] *Le Neutre*, op. cit., p. 147.

[7] No Brasil, temos hoje apreciações contundentes dessa situação geral. Veja-se, por exemplo, a de Júlio Pimentel Pinto no artigo "A revista *Entrelivros* acabou", publicado na excelente revista eletrônica *Paisagens da Crítica*, por ele mesmo editada, disponível em <www.paisagensdacritica. wordpress.com>. Eu mesma as tenho encaminhado, com certa constância, através de artigos na imprensa, em grande parte recolhidos em meu livro *Vinhetas* (São Paulo: Arte Livros, 2010). Exemplo interessante das anedotas que circundam a Feira Internacional de Paraty (Flip) é a recente descoberta feita pelo jornal *Folha de S. Paulo* dos termos da carta-convite que é enviada aos escritores. Segundo o jornal, o convite fala de "praias e clima carnavalesco". Cf. *Folha de S. Paulo*, Caderno Ilustrada, 6 jul. 2011.

Entre os exemplares jornalísticos de sua *Monografia da imprensa parisiense*, Balzac examina o caso de figura de um "Jovem--Crítico-Loiro", criatura encontrável nos salões da Regência que tem, segundo ele, entre suas principais características, a propriedade de poder devolver por escrito, no dia seguinte, o que teve de aprender, às pressas, na véspera, depois de fazer a amante ler o livro que está incumbido de comentar, para ter ideias a respeito... Isso faz dele um "purista, moralista, negador", observa Balzac. Mas, ainda segundo ele, não é preciso ser loiro para entrar na categoria, há quem seja moreno. O requisito é "estar por toda parte, numa exposição industrial, numa reunião da Academia, num baile na Corte, e saber versar sobre as artes sem delas nada saber". O axioma do Jovem-Crítico-Loiro é: "A crítica hoje só serve para fazer viver a crítica".[8] A resposta parece atual.

Vimos que Barthes levou esse modelo de incisos axiomáticos para as *Mitologias*. Se vivesse, hoje, que nos diria? Decerto daria razão a Balzac. Também quando este observa, com suas lentes de historiador natural da França oitocentista, essa parcela da Gentedeletras que é a gente acadêmica. Voltemos muito rapidamente àqueles seus espécimes críticos encaixados nessa grande categoria cujo nome se inspira na soldadesca a serviço da manutenção da ordem para referir, em tempo, que aí também há lugar para os críticos universitários, que o escritor também vê com maus olhos.[9]

De fato, nas classificações da *Monografia* o crítico universitário é o "*Critique de La Vieille Roche*" (em tradução algo livre: o Crítico-da-Boa-Cepa ou, já que de rocha se trata, o Crítico-Empedernido[10]). Balzac o vê saindo do último andar de um prédio no Quartier Latin, ou das profundezas de uma biblioteca do mesmo bairro, todo vestido de preto como os papa-defuntos de Baudelaire, e carregando no peito a Legião de Honra. Julga seu desempenho inversamente proporcional a

---

[8] Honoré de Balzac, *Les journalistes: monographie de la presse parisienne* (Paris: Arléa, 1991), pp. 82-83.

[9] Como fazem, no Brasil, alguns raros bons autores no gênero crítica da crítica, entre eles, Paulo Franchetti, de que recomendo o ensaio "Crítica e saber universitário" (in Alcides Cardoso dos Santos (org.), *Estados da crítica*. São Paulo/Curitiba: Ateliê Editorial/Editora UFPR, 2006).

[10] João Domenech, o tradutor de *Os jornalistas* para o português, propõe "o crítico da nobreza antiga", tradução que me parece fraca porque não contempla a metáfora de Balzac (*vieille roche*).

sua pose, dizendo-nos que, sendo "pouco fecundo, o Crítico-da-
-Boa-Cepa (ou Empedernido) toma de um livro, o lê, o estuda,
anota o pensamento do autor, examina-o sob o triplo aspecto da
ideia, da execução e do estilo... e erra sempre".[11]

Temos aí um belo retrato por antecipação de Raymond
Picard, emergido da mesma cidadela erudita com sua medalha
de historiador ao peito, pronto para lançar sobre *Sur Racine* o seu
"anátema sem a mínima nuance", como apreciou Doubrovski.[12]
Ele é igualmente semelhante ao retrato que o próprio Barthes
faz dos seus colegas intelectuais nesta *monografia da academia
parisiense*, que é "Escritores, intelectuais, professores", em que
também se demora nos usos e costumes da categoria. E mais
que na pompa pessoal das figuras, na *mise en scène* discursiva.
No famoso ensaio, o particular uso da palavra que fazem os
intelectuais lhe descortina duas modalidades de oradores.
Uma parte dessa gente é formada por locutores que, com "boa
consciência", escolhem o papel da autoridade. Isso impõe "falar
bem", isto é, falar em conformidade com a lei de toda palavra,
sem repetições, em boa velocidade, claramente. A clareza, aliás, é
o grande trunfo da autoridade professoral. A frase clara assume,
nessas bocas, o aspecto da "sentença". Com tudo que a "*sententia*"
tem de "palavra penal".

Uma outra parte é formada por aqueles locutores incomodados
com as próprias palavras, que não gostariam de vê-las pesar
sobre seus propósitos, nem de submeter-se à lei da palavra, que
sabem, enfim, que quem fala deve estar bem consciente da *mise
en scène* que o ato lhe impõe. Sem poder evitar esse teatro, esses
outros podem, ao menos, pedir desculpas por precisar fazê-lo,
ou "pedir desculpas por falar". Podem também tentar driblá-
-las, voltando atrás no que disseram, acrescentando ao que
disseram, gaguejando. E é assim que entram na "infinitude" da
linguagem. Esses outros sobrepõem à simples mensagem que
deles se espera uma nova mensagem, que arruína a ideia mesma
de mensagem e "pela cintilância das sujeiras agregadas à linha
de sua palavra, pedem-nos que acreditemos que a linguagem

---

[11] Honoré de Balzac, *Les journalistes: monographie de la presse parisienne*, op. cit., p. 80.
[12] Serge Doubrovski, *Pourquoi la nouvelle critique? Critique et objectivité* (Paris: Mercure de France, 1966), p. 6.

não se reduz à comunicação".[13] É através destes últimos falantes que Barthes refaz a metáfora de Balzac, já que são estes que lhe dão a oportunidade de chegar no Gendarme implícito em Gentedeletras. Como diz ele aqui: "é com todas essas operações, que não deixam de aproximar o gaguejo e o Texto, que o orador imperfeito espera atenuar o papel ingrato que faz de quem fala uma versão do policial".[14]

Assinale-se muito brevemente que essa função policialesca, assim atribuída a práticas discursivas que são, em larga medida, as acadêmicas, não deixa de aproximar a tese de Barthes daquela defendida por Lacan, em *O seminário*, Livro 17, intitulado *O avesso da psicanálise*. De fato, malgrado esteja voltada para a questão das posições psíquicas do sujeito diante de seu outro que pode ser apenas outrem ou o "Grande Outro", mas também pode ser um pequeno outro, com "a" minúsculo (de *autre*), este segundo alusivo aos objetos impossíveis, a teoria dos "quatro discursos" que aí temos emparelha o "discurso do senhor" e o "discurso da universidade", por ambicionarem a dominação e por se acreditarem unívocos, ao mesmo tempo que solidariza o "discurso da histérica" e o "discurso do analista", já que a histérica fala desde sua divisão subjetiva, e o analista lhe endereça seu silêncio, sua impossibilidade de responder.[15] Como no caso do

[13] "Écrivains, intellectuels, professeurs", OC, III, p. 888.
[14] Ibid. Em sua nona edição, a Festa Literária de Paraty (Flip) parece vir complicar ambos os quadros, introduzindo, desta feita, o mal-estar do ouvinte em relação à suficiência das palavras do crítico orador. Assim em "Wisnik causa desconforto ao estender fala" o jornal *Folha de S. Paulo* descreveu a prestação oral de José Miguel Wisnik na mesa de abertura do evento, instalada em 7 de julho de 2011, composta por ele e Antonio Candido e dedicada ao tema "Oswald de Andrade: devoração e mobilidade": "Ex-aluno de Antonio Candido, o professor de literatura, ensaísta e músico José Miguel Wisnik dividiu o palco da Tenda dos Autores com o mestre ontem em Paraty e causou desconforto na plateia por falar quase tanto tempo quanto a atração da noite e num tom muito mais professoral. Depois do quase bate-papo de Candido, relatando histórias saborosas do seu relacionamento com Oswald de Andrade, Wisnik adotou uma postura mais analítica e empolada para descrever a relação de sua geração com o escritor homenageado pelo evento". O caderno Ilustríssima do mesmo jornal repercute o fato, logo depois, nos seguintes termos: "Na pauta da 9ª Festa Literária Internacional de Paraty, mais do que a poesia, a prosa ou a agitação cultural produzida por Oswald de Andrade, o que esteve no centro das atenções foi a crítica literária. Ao convidar para a conferência de abertura o pai fundador da crítica nacional, Antonio Candido de Mello e Souza, "que fez questão de enfatizar os 30 anos que o separam tanto de Oswald quanto de seu ex-aluno José Miguel Wisnik, com quem dividiu a mesa", o diretor de programação, Manuel da Costa Pinto, parecia querer promover uma passagem de bastão da tradição crítica brasileira com ares de consagração. Não foi bem o que aconteceu: a fala de Wisnik, um dos intelectuais mais respeitados do país, incomodou pela extensão desproporcional à do mestre, resultando pesada à boa parte da audiência. Wisnik parecia ter errado a mão". Cf. Paulo Wernek, "Candido ou o pessimismo", *Folha de S. Paulo*, Ilustríssima, 10 jul. 2011.
[15] Jacques Lacan, "Produção dos quatro discursos" (in *O seminário*, Livro 17, "O avesso da psicanálise". Tradução de Ari Roitman. Rio de Janeiro: Jorge Zahar, 1991), pp. 9-24.

discurso do senhor, o discurso do mestre parte de regulamentos e os redistribui, enquanto o discurso da histérica é como o do analista (e o do escritor), não se submete à comunicação.

E conclua-se que, se o Crítico Empedernido é o policial, diferentemente dele, o novo crítico é o que se abriga no Texto. Mas já que ambos pertencem à mesma Gendarmerie, perguntemos: será que não haveria algo de filistino nessa desconstituição do lugar universitário da crítica por alguém que fala do mesmo lugar que indigita? Alguém que, além do mais, fala da confortável posição do *scholar* instalado no topo da carreira, no Collège de France?

Sem querer recuperar Barthes para nenhum paraíso dos literatos, até porque a "écriture" é órfica, responda-se: não é o que pensam os poetas.

OS POETAS ENTENDEM ROLAND BARTHES

Vimos Haroldo de Campos recepcionar o cético disfórico que é Barthes com a mesma presteza com que Benjamin acolhia a sinfonia de motivos indevassáveis de Proust. É tempo de dizer que muitos outros poetas e escritores têm se erguido em defesa de Barthes.

Descoberto por Barthes e crítico de Barthes, um dos primeiros deles é Robbe-Grillet. Assim, antes mesmo que Michel Déguy proclamasse, nos debates de 2009 do Collège International de Philosophie, por ocasião do aniversário dessa outra formação de novos, que "Os poetas o entendem", e acrescentasse: "Acho-o constantemente apaixonante",[16] ele já fazia o mesmo, em Cerisy. De fato, em *Por que amo Barthes*, temos também registros da defesa que ele faz do amigo a propósito dos rescaldos da "Aula" de 7 de janeiro de 1977, mais especificamente, da reação de uma jornalista do hebdomadário *Nouvelles Littéraires* que, como depõe aí, "vociferava" na plateia: "Mas afinal, o que foi que ele disse?". Como quem alerta que nada daquilo que havia sido dito fazia sentido. Robbe-Grillet aproveita o ensejo para, ironizando a fala da jornalista, continuar explicando Barthes: "Claro, ele

[16] Michel Déguy, "Réponse de Michel Déguy", Dossiê Roland Barthes après Roland Barthes, *Rue Descartes*, n. 34, dez. 2001, p. 92.

não disse nada, ficou deslizando sem parar de um sentido que escapa para outro sentido que escapa".[17]

É o que ele chama de seus "deslizamentos progressivos de prazer". Trata de explicá-los apelando para um excerto de *O grau zero da escritura*, cujo encadeamento de sentidos lhe parece particularmente problemático. O trecho escolhido está na introdução do livro de Barthes e é o seguinte: "Sabe-se que a língua é um corpo de prescrições e de hábitos, comuns a todos os escritores de uma época. Isso quer dizer que a língua é como uma Natureza que passa inteiramente através da fala do escritor, sem contudo lhe dar forma, nem sequer alimentá-lo". Sua pequena leitura de texto consiste em notar a existência de um anacoluto entre a primeira e a segunda oração e, graças a ele, o tipo de ligadores de que Barthes se serve: "[Temos aí] uma série de metáforas referentes à língua como natureza, que se sucedem graças aos muitos ligadores: isso quer dizer que, isso significa que, numa palavra...". Depois, em dar sentido poético a tais quebras de eixo: "Se estivéssemos diante de um pensamento conceitual organizado, normalmente, a série metafórica apreenderia mais e mais um objeto, cuja densidade cresceria sem parar, ao passo que, quando se lê o texto de Barthes com atenção, estamos diante do movimento oposto".[18]

Mais ou menos no mesmo momento e no mesmo sentido, Stephen Heath chamou esse mesmo movimento de "vertigem do deslocamento", expressão que dá título a um seu livro sobre Barthes.[19] Mas uma outra nota de Jean-Pierre Richard sobre a lição que Barthes retira do *haiku* completa ambas as anteriores, uma vez que incide sobre esse mesmo solavanco. Richard pôs os tercetos japoneses a que Barthes não deixaria mais de se referir, depois de *O império dos signos*, entre aquelas metáforas nevrálgicas que mapeia em seu *Roland Barthes, dernier paysage*. Dedica-lhes, assim, toda uma seção do livro. Nessa parte, concentra-se na atenção que Barthes presta ao *haiku* e se pergunta por que ele insiste tanto em ver nessa forma uma "pureza incandescente". Pondera que isso deve estar relacionado à interrupção que é típica desses poemas, em que o narrador passa sempre a outra

---

[17] Alain Robbe-Grillet, *Por que amo Barthes* (Rio de Janeiro: UFRJ, 1995), p. 33.
[18] Ibid., p. 34.
[19] *Vertige du déplacement: lecture de Barthes* (Paris: Fayard, 1974).

coisa. Ele propõe este exemplo, transportado do próprio Barthes: "êtres *sans mémoire/ neige fraiche/* écureuils *bondissants*" (seres sem memória / neve fresca / esquilos saltitantes). E lembra como o próprio Barthes comentava esses versos: "Ligação instantânea (e no entanto separada: nenhuma lógica) entre aquele que é sem memória e a neve". Finalmente, sublinha que há aí uma espécie de "protesto do vazio", tão veemente quanto poderia ser o de alguém que fizesse o "protesto de sua virilidade".[20] Para ele, o correlato formal desse vazio é o salto sintático. E o salto sintático é a prerrogativa do verso, por oposição à lei da frase.

Deslizar de um sentido para o outro é para Barthes entrar conscientemente na "infinitude da linguagem", como acabamos de ouvi-lo dizer. Isso tem a ver com a definição da crítica como "discurso sobre um discurso". Trata-se do seus *"glissements"*, já que a palavra que desdobra a palavra, forçosamente, desliza. Assim, em suma, a *nouvelle critique* nada mais seria que literatura. Daí os poetas amarem Barthes.

Continuemos a investigar a plausibilidade dessa pista através do poeta que mais enfaticamente defendeu a tese do crítico como artista e do qual podemos pensar que também teria amado Barthes: Oscar Wilde. Até porque neste vertiginoso diálogo socrático da Belle Époque inglesa que é *The critic as artist* (1891), que tão honrosamente figura entre os *Ensaios de literatura e estética* do autor, a definição da crítica como "discurso sobre o discurso" é formulada com meio século de antecedência.

Resumamos a ação desse drama filosófico em que, cada vez mais, vamos tendo a impressão de ver antecipados os próprios termos do debate que se armaria, meio século depois, em Paris.

Jantando numa casa em Piccadilly, com vista para o Green Park, num cômodo ao lado de uma biblioteca de onde, mais adiante, livros serão puxados e consultados, estão duas personagens: Ernesto e Gilberto. O primeiro, um representante do pintor Whistler, como geralmente se admite, já que Oscar Wilde debateu com ele as mesmas questões a que agora volta. O segundo, visivelmente, o *alter ego* do escritor. De saída, a conversa encaminha um confronto entre a arte e a crítica, e

---

[20] Jean-Pierre Richard, *Roland Barthes, dernier paysage* (Paris: Verdier, 2006), pp. 50-51.

Ernesto parece levar vantagem, ao pôr suas cartas na mesa, de modo aparentemente plausível, como na abertura dos embates platônicos, em que se começa pela Doxa.

A discussão recai, de início, sobre a pretensa superioridade do artista em relação àquele que o comenta. Representante da Opinião Pública, Ernesto não tem dúvidas a respeito; para ele, é evidente que é muito mais importante realizar alguma coisa que discorrer sobre essa mesma coisa, como faz o crítico. Ele endossa, de resto, a velha tese balzaciana do crítico como "*auteur impuissant*", quando dirige a Gilberto (e a nós) estas perguntas aparentemente irrespondíveis: Por que há de ser o artista "turbado pelo estridente clamor da crítica?, por que haverão de arvorar-se em juízes daqueles que criam alguma coisa "os que são incapazes de criação?". E socorre-se da Grécia ao fazê-lo: "acaso a grande arte grega, algum dia, precisou de críticos? Não! Nos melhores tempos da arte não havia crítica de arte".[21]

Embora pareça concordar, de início, com a verdade corrente, Gilberto assume, progressivamente, a ironia de Sócrates, e derruba a argumentação, ideia feita por ideia feita.

Ernesto não pensa que possa ter havido crítica de arte na Grécia, mas tão somente arte, e grande arte. Mas Gilberto protesta: "É justo dizer que os gregos constituíram uma nação de críticos de arte". Ele começa por recorrer a este consabido inimigo dos poetas que é Platão para demonstrá-lo: "Platão definiu a ação da arte sobre a ética, sua importância para a cultura e o desenvolvimento do espírito, seu papel na formação do caráter. Certamente, foi ele o primeiro a agitar na alma humana o desejo de saber o laço que une a Beleza à Verdade". Se isso já é um começo de prova de que os gregos eram, sim, comentadores das artes, logo, ele invoca Aristóteles contra Platão, para recolocar a estética na dianteira da ética: "Na *Poética*, Aristóteles fez mais. Como Goethe, ocupa-se com a arte primeiramente em suas manifestações concretas; fixa-se, por exemplo, na tragédia, e examina a matéria utilizada por esta, a linguagem. [...] A purificação e a espiritualização da

[21] Ibid., p. 1115.

natureza que ele chama 'catarse' é essencialmente estética, como observou Goethe, e não moral, como imaginava Lessing".[22] Tendo-se sempre erguido contra as críticas piedosas, Barthes não diria melhor.

Não é só por livrar a arte da moralidade que Gilberto *está* com Barthes. Ele também vê o crítico como um simples intérprete do que lê num patamar inferior. Deixando-se convencer, depois de muito relutar, que a alta crítica não é "meio de expressão", mas "meio de impressão", Ernesto insiste: "Mas diga-me, Gilberto, o crítico não será, às vezes, um intérprete?". Ao que Gilberto responde: "é somente tomando a sua própria personalidade que o crítico pode interpretar a personalidade artística dos outros, e quanto mais a sua entra na interpretação, mais esta se mostra satisfatória, persuasiva, verdadeira. [a personalidade] é um elemento de revelação. Para compreender as demais individualidades, o crítico procura fazer intensa a sua própria individualidade". Contrarreação de Ernesto: "Mas eu pensei que sua personalidade era antes um elemento perturbador". Insistência de Gilberto: "Não, pelo contrário, é um elemento revelador".[23]

Há também laivos de anti-historicismo em Gilberto. O que é compreensível já que, para quem entende a crítica como "relato da alma", esse é o corolário inevitável. No entender de Gilberto, o historiador, como o filósofo, ocupam-se do que é geral e externo, ao passo que o crítico ocupa-se de si mesmo. Assim, seu problema não é a verdade dos fatos, e não haverá nada de mal em que o crítico distorça a História: "Nosso único dever para com ela é tornar a escrevê-la. E essa não é a menor das tarefas reservadas ao espírito crítico". Ademais, segundo ele, nem é certo que aquele que se julga fiel aos fatos seja o que menos distorce: "Quando tivermos descoberto as leis científicas que regem a vida, dar-nos-emos conta de que o homem de ação se ilude muito mais do que o sonhador".[24]

---

[22] Ibid., p. 1120. Cito ainda este outro momento do dialogo: "A estética é mais elevada que a ética. Pertence a uma esfera mais espiritual. Discernir a beleza de uma coisa é o mais alto ponto a que podemos chegar. Até mesmo um senso de cor é mais importante no desenvolvimento do indivíduo do que é um senso de bem e de mal". Cf. Ibid.,, p. 1163.

[23] Ibid., pp. 1136-1137.

[24] Ibid., pp. 1125-1126.

É surpreendente verificar como, ponto por ponto, o debate refaz a conversa entre Barthes e Picard. Até porque não pode haver melhor retomada do "discurso sobre o discurso" que essa perífrase da divisa barthesiana que encontramos nesta resposta de Gilberto à pergunta embasbacada de Ernesto sobre se, porventura, a Crítica (aqui sempre com maiúscula) seria uma "arte criadora": "Eu chamaria à Crítica uma criação noutra criação". Nem poderia haver melhor retomada da relação anafórica que Barthes vê estabelecer-se entre o mundo do escritor e o mundo do crítico que esta relação posta por Gilberto: "O crítico ocupa a mesma posição a respeito da obra de arte que critica que o artista a respeito do mundo visível...". Nem poderia haver nada de mais barthesiano que o apontamento destas relações entre a crítica e a alma: "Pois a Crítica elevada é na realidade a exteriorização da alma de alguém. Ela fascina mais que a história pois não se ocupa senão de si própria. É mais deliciosa que a filosofia porque seu assunto é concreto e não abstrato, real e não vago. É a única forma civilizada da autobiografia...".[25]

Em suma, está tudo aí: a interceptação da história pelo imaginário do sujeito, a materialidade da linguagem, a dimensão extrema e estritamente pessoal da palavra crítica. Se precisássemos de mais uma prova dessa sintonia que se estabelece entre Londres e Paris, a prova seriam estas reticências picardianas de Ernesto em relação a tudo que vai ouvindo, particularmente ilustrativas de seu espírito mais terreno: "A alma?".

Terminemos essa investigação comparativa notando que há também um pirronismo de Gilberto, que não teme a inação da vida contemplativa mas, antes, a recomenda. Como o vemos fazer quando Ernesto tenta convencê-lo de que a vida puramente contemplativa é imoral, e lhe pergunta, preocupado: "Viveríamos então para não fazer nada?" Resposta de Gilberto: "Sim, Ernesto, a vida contemplativa, cujo fim é não agir, mas ser, e não somente ser, mas vir a ser, é o espírito crítico que nos dá".[26]

Distância crítica, pois.

[25] Ibid., pp. 1129-1130.
[26] Ibid., p. 1143.

O CRÍTICO RETARDATÁRIO E SUA POÉTICA

Em seu conhecido ensaio sobre *Madame Bovary*, Baudelaire notou, com percuciência, que Flaubert beneficia-se das vantagens que tem em relação ao "escritor profeta" o "escritor retardatário", aquele que vem depois de todo mundo. Mais livre, porque é "sozinho como um traste" (em francês: *un trainard*), apresenta-se-lhe a oportunidade de ser aquele que "resume todos os debates.[27]

Ora, por que não o fazer valer para o crítico retardatário? Acaso não seria ele, porque vem depois de todo mundo, aquele que melhor representa o campo?

Se isso for verdade, talvez seja possível reconfirmar todas as notas anteriores dizendo que o último e melhor lugar do crítico Barthes é a literatura. Não só porque temos agora elementos suficientes para dizer que é na solidão do *"trainard"* que Barthes se resguarda, mas porque, proustiano como é, Barthes sabe que é esse o lugar que Proust passa a designar ao escritor em *Contra Sainte-Beuve*, desde quando, polemizando com este que é o mais reputado crítico oitocentista, o remove de sua posição, nada mais nada menos, que por insuficiência de escritura.

De fato, é o que o vemos fazer no projeto de prólogo desse texto inacabado, que, sendo intermediário entre a literatura e a crítica, está previamente no regime do Neutro: "Eu gostaria de escrever um artigo sobre Sainte-Beuve, gostaria de mostrar que seu tão admirado método é absurdo, que se trata de um mau escritor, e talvez isso me permita chegar a verdades mais importantes".[28] Pois claro está que quem assim ousa pensar está admitindo que a literatura é um problema para literatos.

Ora, essa é não apenas a maneira de Barthes também ver as coisas mas uma tecla em que ele vem batendo desde seus primeiros *Ensaios críticos*. Aí, o vemos atribuir ao crítico um "mutismo" que é inerente ao fato de que ele não fala "na linguagem dos outros", nem tampouco pode "concluí-la", condição que é própria do escritor. Assim, ele escreve: "nem

---

[27] Charles Baudelaire, *Oeuvres* (Paris: Gallimard, 1951), p. 995.
[28] Marcel Proust, *Contre Sainte-Beuve*. Précédé de *Pastiches et mélanges* et suivi de *Essais et articles* (Paris: Gallimard, 1971 (Bibliothèque de la Pléiade)), p. 218.

mais nem menos que o escritor, o crítico não tem nem nunca terá a última palavra. Mais que isso, esse mutismo final que faz sua condição comum é justamente o que desvela a condição do verdadeiro crítico: o crítico é um escritor".[29]

É o que ainda estará afirmando, depois, em *Critique et vérité*, quando, na primeira seção do volume, intitulada "Crise do comentário", nos apresenta nestes termos a *nouvelle critique*: "se a nova crítica tem alguma realidade, ela está nisto: não na unidade de seus métodos, nem muito menos no esnobismo que alguns dizem, muito comodamente, que a sustenta, mas na solidão do ato crítico, afirmado, daqui por diante, longe dos álibis da ciência ou das instituições, como um ato de plena escritura".[30] E ainda, obliquamente, na seção do mesmo livro intitulada "La langue plurielle", em que desliza do escritor para o crítico: "Está claro que querer ser escritor não é uma pretensão de estatuto mas uma intenção de ser [...]. O escritor não pode ser definido em termos de papel ou de valor, mas somente por uma certa consciência da palavra. É escritor aquele que para quem a linguagem constitui problema, que experimenta sua profundidade, não sua instrumentalidade ou sua beleza. Foi assim que nasceram livros críticos oferecendo-se à leitura segundo as mesmas vias que a obra propriamente literária".[31]

Bernard Comment entrevê perfeitamente esse voto de silêncio e essa consciência da palavra no belo trecho de seu livro sobre Barthes em que escreve isto: "Um princípio de questionamento aparece frequentemente nos *Ensaios críticos*. Aí, a escritura assertiva é logo liquidada em proveito de uma literatura fundada num valor essencialmente interrogativo. Aliás, deixa-se claro: essa interrogação não é *qual o sentido do mundo?* Nem talvez *terá o mundo um sentido?* Mas apenas: *eis o mundo: há sentido?*[32]

O novo crítico é então o escritor. De imediato, a conclusão encaminha esta questão grave: se isso estiver certo, que escritor seria Barthes? Qual o gesto específico dessa literatura? Barthes foi o primeiro a nos mostrar como aconteciam, na prática, as

[29] *Essais critiques*, OC, II, p. 275.
[30] *Critique et vérité*, OC, II, p. 782.
[31] Ibid., p. 781. [Grifo do autor.]
[32] Bernard Comment, *Roland Barthes, vers le Neutre* (Paris: Christian Bourgois, 2003), pp. 237-38.

escrituras brancas. É tempo de lhe retornar a pergunta: como se daria, na prática, a sua própria escritura branca? Do que estamos falando, mais exatamente, quando falamos de um Barthes tendente ao branco do Neutro e escritor?

A boa resposta talvez fosse aquela que apontasse qual a literatura ou quais as literaturas que a literatura de Barthes carrega. Já que aprendemos junto a sua própria escola onde, na esteira da semiótica kristeviana se formula o prestativo conceito de "intertextualidade",[33/34] que é isso mesmo que fazem as literaturas: continuar a literatura. E não porque o escritor se alimenta de uma fonte, como propõem os historicistas em seus painéis reconstitutivos simplistas, mas porque ele também alimenta a fonte em que bebe. Como diferencia Barthes: "O que hoje interessa e nos retém não é a influência que o artista sofre, mas aquela de que se apodera, seja inconscientemente, seja, no outro extremo, parodicamente. Todas essas linguagens de origens diferentes que atravessam uma obra e, num certo sentido, a *fazem*, constituem o que chamamos de *intertexto*: o intertexto de um autor nunca é fechado, e no mais das vezes é irreconhecível, de tal modo é móvel e sutil".[35] É a mesma tese dos desconstrucionistas que nos falam em hóspedes que são, ao mesmo tempo, hospedeiros (o *guest* e o *host*), aqui lembrada a propósito da querela envolvendo Haroldo de Campos e a USP.

Mas responder à pergunta que resolveria a questão torna--se praticamente impossível, pois como se vê, também somos advertidos por Barthes no sentido de que não é nada fácil reconhecer as marcas que procuramos.

Sem abrir mão de continuar buscando alguma coisa sobre o famoso estilo barthesiano, debrucemo-nos para terminar sobre o poeta pelo qual Barthes começa: Mallarmé.

---

[33] Cf. Julia Kristeva, *Semiotikê: recherches pour une sémanalyse* (Paris: Gallimard, 1969 (Col. Points)), p. 194.

[34] Ibid.

[35] *"All except you*. Saul Steiberg", OC, IV, p. 968. Outra boa definição trazida por Barthes é esta: "O intertexto, que não é, cabe repetir, a bancada das 'influências', das 'fontes', das 'origens', diante da qual se poria uma obra ou um autor, é muito mais amplamente e em nível bem diferente o campo em que se realiza o que Sollers chamou soberbamente e de modo indelével (em seu artigo sobre Dante) de *travessia das escrituras*: é o texto *na medida em que atravessa e é atravessado...*". Cf. "Réponses", OC, III, pp. 1037-1038. [Grifos do autor.] Em edição brasileira, isso está retomado em Roland Barthes, *Inéditos*, v. 4, *Política* (São Paulo: Martins Fontes, 2005), p. 142.

Temos dois ótimos motivos para fazê-lo. Primeiro: toda a importância que Barthes atribui a Mallarmé neste ponto de partida que é *O grau zero da escritura* vê-se reconfirmada em *Aula*, que é quase um ponto de chegada. Segundo: é de Mallarmé a divisa "mudar a língua", como Barthes o lembra na mesma *Aula*, ao notar que nenhuma história da literatura seria justa se se contentasse, como no passado, em encadear escolas, ou sem marcar o "corte" da escritura. E ao explicitar esse corte: "Mudar a língua é divisa mallarmeana".[36]

Mas que seria, mais exatamente, "mudar a língua"? Como Mallarmé teria mudado a língua?

A contestação radical da linguagem, tal como Mallarmé a proclamou e realizou, busca o mais-que-sentido, uma ultras-significação, já que, como se sabe, o verso é para ele musical, sugestivo, expansivo, é a "palavra total" que desafia aquilo que ele chama, com Saussure, o *"défaut des langues"* (a falta da linguagem).[37] É em alusão a essa falta que, com sua sintaxe retorcida e cheia de pontos (mesmo estilema de Barthes), ele escreve: "O verso que de vários vocábulos refaz uma palavra total, nova, estranha à língua e como incantatória, finaliza esse isolamento da fala".[38] Aponta-se aqui, se não um remédio para o isolamento, ao menos, um reconhecimento da crise, reconhecimento que traz consigo, paradoxalmente, a saída de uma linguagem mais expressiva, mais poética, daí Mallarmé chamá-la "deliciosa crise".[39]

Nessa concepção, a palavra poética é aquela que, ambicionando corresponder aos objetos traídos pela linguagem, o que jamais passará de uma jogada incerta, rejeita as relações estabelecidas entre as palavras e as coisas, o código apriorístico do ouvinte, e busca restabelecer a conexão perdida, apelando para as relações abstratas da Música: "Ouvir o indiscutível raio como traços douram e dilaceram um meandro de melodias: onde a Música junta-se ao Verso para formar, desde Wagner, a poesia".[40] Assim, a poesia será talvez salva para o "Ritmo total",[41] mas não

---

[36] *Leçon*, OC, V, pp. 435-436.
[37] Stéphane Mallarmé, "Crise de Vers", *Oeuvres Complètes* (Paris: Gallimard/Pléiade, 1945), p. 368.
[38] Ibid., p. 366.
[39] Ibid., p. 360.
[40] Ibid., p. 365. Sigo aqui a tradução proposta em Stéphane Mallarmé, *Divagações*. Tradução e apresentação de Fernando Scheibe (Florianópolis: Editora da UFSC, 2010), p. 163.
[41] Ibid., p. 367.

para a linguagem, já que musicalizar a língua é conquistar a imprecisão. Barthes fala numa "forma sem destinação".[42] É por aí que começa *O grau zero da escritura*.

Admitida essa complicação, a questão que se coloca, a seguir, é saber o que essa opacidade teria a ver com aquela por meio da qual o Neutro barthesiano resiste ao sentido.

Conferencista convidado aos trabalhos do Centro Roland Barthes da Universidade de Paris VII,[43] o filósofo Jean-Luc Nancy faz aí uma conferência, no ano de 2003, que se acha hoje publicada e é consultável, que pode nos ajudar nesse próximo passo, já que também ele se pergunta pelo regime poético do minimalismo barthesiano. De fato, seu tema é a isenção de sentido em Barthes, e ele quer saber que tipo de discurso a conduz. Ele se pergunta: "Como entender uma desorientação que não se reduz nem à pura deriva (do tipo niilista) nem a uma reorientação (do tipo 'salvação pelo zen')?".[44]

O primeiro passo da resposta é definir "eximir-se". Eximir--se de alguma coisa é safar-se de um constrangimento, de uma ordem, define ele. No caso da isenção barthesiana, a briga é com aquele comando (estrutural, ele quer dizer) que impõe um sentido final, fechado e uno, ao que dizemos. Ora, a maneira que temos de fugir a esse comando é jogar com uma pluralidade tal de sentidos que o sentido final será um sentido "inefável". Nesse caso, o "inominável" foi contentado pela via do "excesso", ou pelo "cúmulo do sentido", que contorna o problema. Para ele, é esse o sentido do neutro de Blanchot, aliás. Mas Barthes não se contenta com isso prossegue, sua equidade quer renunciar também ao inefável. Qual será sua saída?

Segundo Nancy, a saída de Barthes será ficar muito mais perto da enunciação que do enunciado, colar na enunciação. O que igualmente significa ficar mais no presente que no passado, menos no plano do que foi dito do que no plano do que está sendo dito, e mais na origem que na finalidade da palavra. Ele o formula assim: "[Neste caso], o privilégio que confere a isenção

---

[42] *Le degré zéro de l'écriture*, OC, I, p. 179.

[43] O Centre Roland Barthes existe na Universidade de Paris VII desde 2003, liga-se aí um outro instituto – Instituto de Pesquisas Contemporâneas e é atualmente dirigido por Julia Kristeva.

[44] Jean-Luc Nancy, "Une exemption de sens"(in Françoise Héritier (org.), *Le corps, le sens*. Paris: Seuil, 1997), p. 95.

é aquele que livra da obrigação do fim e, do mesmo golpe, paradoxalmente, não dispensa de falar, ao contrário, apela para um falar renovado, refinado, de exatidão cada vez mais aguda tanto no conceito quanto na imagem, mas ainda assim um falar mais próximo de seu nascedouro que de seu desembocadouro, um falar mais regulado pela sua enunciação que pelo seu enunciado, pela discrição que pela última palavra, pela sua verdade mais que pelo sentido.[45]

Temos aí um apontamento bem mais preciso, porque bem mais formal, do Não querer dizer barthesiano. Também precioso porque, embora Jean-Luc Nancy não o diga, esse radicar na enunciação, que ele tanto encarece, recebe um nome no modelo linguístico jakobsoniano, que sabemos ser igualmente caro a Barthes: trata-se da "metalinguagem". Ora, como se sabe, a função metalinguística acopla-se particularmente à função poética, já que, no sistema de Jakobson, a autorreflexividade do texto e a do código, que respectivamente as define, são próprias das poéticas modernas.

Em seu *Roland Barthes, le métier d'écrire*, Éric Marty, outro raro comentador de Barthes a ir à letra do texto barthesiano, completa as reflexões de Luc-Nancy, quando aponta a operação metalinguística como sendo a operação mesma do discurso barthesiano. De fato, para ele, tudo em Barthes é efeito meta-linguístico. Já porque, sabendo que os textos saem dos textos, Barthes desenvolve uma visão da escritura que tende perpetuamente à citação. Nesse regime escritural, não há dizer que não esteja preso "numa relação de comentário, de repetição, de paródia, de reescritura, de um já dito".[46] Mas também porque, recusando-se a teorizar, e assim rompendo o pacto do discurso professoral, Barthes move-se entre teorias.

Um bom exemplo desse movimento para Marty está em *Fragmentos de um discurso amoroso*, livro em que o narrador passeia por Freud e Lacan, sem beneficiar-se de nenhum. A tal ponto que a figura da Mãe, aí sempre na ordem do dia, nada terá de clínica. Pois se, por um lado, é verdade que o sujeito amoroso que aí está com a palavra não ignora o que seja uma Mãe, em psicanálise,

---

[45] Ibid., pp .97-98.
[46] Éric Marty, *Roland Barthes: le métier d'écrire* (Paris: Seuil, 2006), pp. 231- 233.

por outro lado, é igualmente verdade que ele se comporta como se o ignorasse e, pela força de uma "operação maior", decide que a imagem que carrega dela será superior ao que sabe, escolarmente, sobre a Mãe. Assim, a Mãe será imagem.[47] Mas concorre também para o voo de Barthes a extrema circunstancialidade do narrador do livro, que fala sempre no presente e está sempre preso a algum acontecimento pontual: "num belo dia de setembro, saí para fazer compras, Paris estava adorável"; "instalo-me sozinho num café"; "tivemos um magnífico verão".[48] Pois essa temporalidade nada localiza, não está verdadeiramente a serviço de uma narração, é puramente formular.

Diante disso, talvez possamos voltar agora ao anterior e dizer que, se a opacidade mallarmeana tira sua música possível de um exploração limite das possibilidades oferecidas pela coexistência dos sentidos, a escritura de Barthes é antimusical. Tudo se passaria como se o feltro do Neutro quisesse ensurdecer aquilo que em Mallarmé ainda soa. Mesmo porque o "escritor" é aquele cujas palavras não podem ser retomadas: "Há um meio seguro de distinguir a "écrivance" da "écriture": uma presta-se ao resumo, a outra, não".[49]

O Barthes crítico musical do ensaio "O grão da voz" ajuda--nos a entender esses limites em que Mallarmé opera e, por ilação, aqueles em que o Neutro opera. Pois é justamente das relações da escritura com a música que ele fala aí, nesse outro conhecido texto, datado de 1972, em que a expressão surge, pela primeira vez, para recobrir uma especificidade extremamente sutil da melodia francesa; aliás, como já veremos, exatamente daquela melodia francesa em processo de desescritura que encampou os versos de Mallarmé.

Essa especificidade lança suas raízes no romantismo francês. Nesse famoso texto e em outros que dedicou à música, Barthes nos diz que, embora Schumannn tenha sido um grande leitor de poesia, especialmente da poesia de Heine, e embora sua obra esteja tão intimamente ligada à língua alemã, por intermédio do poema romântico, o *Lied* schumanniano está totalmente do lado

---

[47] Ibid., p. 200.
[48] *Fragments d'un discours amoureux*, OC, V, pp. 41, 47 e 267.
[49] "Sollers écrivain", OC, V, p. 611.

da música, só pode ser compreendido em relação à história da música. Prova disso são suas origens nacionais e populares, dele inseparáveis, por mais cultivada que seja sua forma. Já a melodia francesa está historicamente ligada à língua francesa. Ela é "o campo da celebração da língua francesa". Não só porque é nascida à sombra da vida de salão mas porque, sendo extremamente oratório, o romantismo francês obrigou seus cantores a enfrentar o idioma, a haver-se com os poemas. Tal relação seria perceptível em Gabriel Fauré, por exemplo, especialmente no último Fauré, e na obra vocal de Claude Debussy, autores em que existe uma "reflexão sobre a língua", escreve Barthes.

É por aí que se esgueira o "grão da voz". Ele não diz respeito ao timbre, ou só ao timbre. Nascido da fricção entre a música e a linguagem, está no refluir do "*chantre*" (traduza-se: o "cantor canoro", já que esta velha francesa palavra não tem contrapartida em português). E do mesmo golpe, na suspensão da "expressão da alma", do "mito do sopro". Graças a tudo isso, o executor pode entregar-se a uma "escritura cantada da língua", à tarefa mais refinada de "escrever" seu canto, que se torna, então, muito mais prosódico que melódico. Para Barthes, uma ilustração desse *quasi parlando* é a morte de Mélisande, em *Pélleas e Mélisande*, de Debussy, como se pode perceber quando a comparamos com outra morte, a do Czar Bóris Godunov, na ópera do mesmo nome de Mussorgsky. Esta última é dramática, expressiva, quase o clichê da morte, enquanto aquela primeira é puramente denotativa.[50] Uma outra é a performance do cantor Charles Panzéra,[51] de que podemos dizer que está para o Neutro como Gérard Souzay está para o

[50] "Le grain de la voix", OC, IV, p. 153. Impossível não lembrar, a propósito, a obra vanguardista multimídia *Parade* (1917), já que a "parada" a que se refere seu título é, precisamente, a marcha de uma *troupe* circense pelas ruas, para convidar os circunstantes a irem ver um espetáculo, que, ao mesmo tempo, já se dá, assim, prosaicamente, em representação. Outra lembrança inevitável é a de João Cabral de Melo Neto. Ouçam estas suas palavras, proferidas ao longo daquela que parece ser a sua última entrevista: "Tem uns poetas que recitam muito [...] Agora, tem outros que leem prosaicamente, é é assim que eu leio, e esses me interessam". Cf. João Cabral de Melo Neto, *Sibila - Revista de Poesia e Cultura*, ano 9, n. 13, 2009

[51] Charles Panzéra (1896-1976). Barítono suíço radicado e morto na França. Estudou no Conservatório de Paris, deu aulas na Juilliard School of Music, em Nova York, e no Conservatório de Paris. Foi o primeiro a cantar composições de Vincent d'Indy, chave da personagem Vinteuil de Proust, e de Darius Millaud. Deixou inúmeras obras sobre a arte do canto, em que encontramos a distinção articulação/pronunciação. Embora Barthes lamente que a época áurea do cantor tenha sido o entreguerras, quando os registros técnicos da voz eram precários, e tenha parado de cantar no momento em que se descobria o vinil, ele pode ser ouvido, hoje, comovedoramente, na Internet.

Mito. Dele Barthes disse: "É o perecível que brilha neste canto, dolorosamente; toda a arte de dizer refugiou-se aí: nos cantores (e não nos atores) obedientes à estética pequeno-burguesa da Comédie Française, a dicção submete-se à *articulação*, não à *pronunciação*, como a entendia Panzéra [...] A *articulação* carrega o sentido com uma clareza parasita, inútil sem ser luxuosa. Essa clareza não é inocente, faz o cantor enveredar por uma arte, perfeitamente ideológica, da expressividade ou, para ser mais preciso, da *dramatização*; a linha melódica quebra-se em explosões de sentidos, em suspiros semânticos, em efeitos de histeria.A *pronunciação*, ao contrário, mantém a coalescência particular da linha do sentido (a frase) e da linha da música (o fraseado). Nas artes da articulação, a língua, mal compreendida como um teatro, uma *mise-en-scène* do sentido algo *kitsch*, irrompe na música de modo inoportuno e intempestivo: a língua toma a dianteira, atrapalha a música. Na arte da pronunciação (a de Panzéra) é a música que vem da língua e descobre o que há nela de musical, de amoroso".[52]

O mesmo efeito sutil deixa-se igualmente localizar na música instrumental, em que também existe atrito: entre o instrumento musical e algo que lhe é externo, o corpo do intérprete. Aqui, o "grão" pode ser a faixa de significação que é produzida pelo encontro entre a tecla de um piano e o acolchoado de um dedo que venha a tocá-la. Assim, Barthes nos diz que sente o corpo em certos artistas: "Percebo com nitidez que o cravo de Wanda Landowska vem de seu corpo [...] e no caso dos pianistas, sei de saída qual é a parte do corpo que está tocando".[53] Essa é, de resto, a tônica de seu conhecido ensaio "Rasch", mais ou menos do mesmo momento, em torno das interpretações das *Kreisleiriana* de Schumann, em que chama tais acentos de "a verdade do significante".[54]

Sabendo das íntimas relações que se estabelecem entre Mallarmé e Debussy, poderíamos, então, arriscar duas conclusões provisórias.

---

[52] "La musique, la voix, la langue", OC, V, pp. 526-527. [Grifo do autor.]
[53] "Le grain de la voix", OC, IV, p. 155.
[54] Roland Barthes, "Rasch" (in Julia Kristeva (org.), *Langue, discours, société: pour Émile Benveniste*. Paris: Seuil, 1975), p. 227.

A primeira, sobre a poética mallarmeana pela qual Barthes começa, repita-se, é que, em sua corrupção do simbólico, as extensões da "palavra total" vão até onde chega a musicalidade abstrata que mostra a mão que escreve. A saber: até a sugestão de um tema que não se desenvolve, apenas se lança ou se sugere. Como acontece, exemplarmente, em *L'après midi d'un faune*, solilóquio mallarmeano que é todo ele sobre a poesia, e que o poeta escreve desde 1865, inicialmente para o teatro, instância em que sua não dramaticidade o torna inaceitável, para que Debussy faça dele a música que sabemos. "Um nada, cem versos, um pretexto para uma edição de luxo", assim o descreve Mallarmé, dez anos depois de tê-lo começado e de vê-lo recusado também na revista *Parnasse Contemporain*, quando, finalmente, uma editora corajosa o aceita.[55] No mesmo sentido, em nota conjunta, Haroldo de Campos, Augusto de Campos e Décio Pignatari, a quem devemos poder ler essa peça fundamental em bom português do Brasil, a retomam assim: "É um poema erótico, de ereção e elevação e impotência: tudo se resolve no papel, *faute de mieux*. São ninfas e é a poesia, uma flauta dupla priápica, duas ninfas: são canetas, é tinteiro-pântano, é um papel de brancura animal, são mulheres, são palavras".[56]

Do mesmo modo, no *Prélude à l'après midi d'un faune* de Debussy, não se desenvolve o motivo anunciado pela melodia da flauta que abre a composição, já havendo aqui, como se sabe, um comprometimento do sistema tonal, com seus movimentos de tensão e repouso, base de sua sintaxe e modo de sua inscrição na sucessão temporal. Desierarquizados, os inquietantes encadeamentos da composição assumem, nesse sentido, o salto do Fauno para fora da lógica narrativa, tal como Mallarmé o anuncia, desde o primeiro verso, retirando-se também do tempo: "estas ninfas, quero perpetuá-las".

A segunda, sobre a poética barthesiana, é que, embora Barthes tocasse ao piano, e tanto discorresse sobre música na rádio francesa, o feltro do dedo, que, nesse caso, se atrita

---

[55] Cf. a notícia em apêndice às *Oeuvres Complètes* de Mallarmé pela edição Gallimard/Pléiade, op. cit., pp. 1448-1449.

[56] Augusto de Campos, Décio Pignatari, Haroldo de Campos, "Nota ao fauno" (in *Mallarmé*. São Paulo: Perspectiva, 1975), p. 85.

com o teclado do instrumento verbal, não constrói mais nem prelúdios, nem sonatas, nem sinfonias. Apenas exercícios para a mão. Há quem os chame de "anotações estenográficas e secas, dignas de um *procès verbal*".[57] Essa é uma boa descrição para fragmentos de diário quando ainda mais fragmentados pelo jogo da metonímia e mais infernalmente descozidos (para lembrar as palavras de Compagnon) como os de Barthes. O fragmento e o diário são as formas intervenientes de que o Neutro precisa para poder integrar, cabalmente, a falta ao que está sendo dito. É aquilo de que o cantor precisa para cantar com a "voz nua". "De certo modo, Panzéra cantava com a *voz nua* [...]: nada além da voz e do dizer".[58]

Sabemos que, no ritual momento de seu ingresso no Collège de France, ocorreu a Barthes lembrar que a língua francesa não tem um gênero neutro e que, assim sendo, ela não lhe dava a chance da neutralidade: "Em nossa língua francesa (são exemplos grosseiros) sou constrangido a me posicionar primeiramente como sujeito, antes de enunciar a ação que, a partir daí, será meu atributo: o que eu faço só pode ser a consequência do que eu sou; assim também, estou obrigado a escolher entre o masculino e o feminino, o neutro ou o complexo me são proibidos".[59] Por essa mesma verificação começa o verbete "Neutre" do Dicionário *Littré*, objeto de consulta obrigatória de Barthes, como vimos.

Ora, se a língua materna é madrasta e não pode dar ao poeta aquilo de que ele mais precisa, imagine-se o grau de atrito da palavra poética do poeta moderno com as palavras da língua! Nessas condições, como poderia o poeta definir a literatura senão como "*grau zero da escritura*"? E que mais poderia ser o "grau zero" senão isto: "a forma do escritor sem Literatura"?[60]

Empunhando as relações do escritor com o público, os defensores do lugar social da literatura e da crítica haverão de se inquietar com a destruição desse elo pelo grau zero da escritura e com a incomunicação que o conceito promove. Do mesmo golpe, se afoitarão em condenar o formalismo dessas literaturas

---

[57] Philippe Di Meo, *Carnets du Voyage en Chine et Journal de deuil* de Roland Barthes, Dossiê Autour de Roland Barthes, *La Nouvelle Revue Française*, n. 589, abr. 2009, p. 120.
[58] "La musique, la voix, la langue", OC, V, p. 528.
[59] "Leçon", OC, V, p. 431.
[60] *Le degré zero de l'écriture*, OC, I, p. 173.

a que falta o mundo, o esnobismo desses cenáculos "que vivem triunfalmente de seu próprio fechamento, cortados das correntes de opinião". Sollers nada mais é que um "efeito de moda", dirão, por exemplo.[61] Mas para Barthes, isso só é verdade se for subtraída a posição em que os poetas modernos, e ato contínuo os críticos dos poetas modernos, põem os signos e a crítica da representação aí incluída. A levá-la em consideração, a escritura não cancela mas redefine a realidade ou o real. "O mundo está sempre *já* escrito. Comunicar com o mundo (voto piedoso soberbamente contraposto aos formalismos) não é fazer contatar um sujeito e um objeto, um estilo e uma matéria, uma visão dos fatos e os fatos, é atravessar as escrituras de que o mundo é feito, como se fossem *citações* cuja origem não pode ser nem localizada nem suspensa, escreve Barthes a respeito da representação clássica e seu perecimento.[62]

Para dizê-lo à *la* Barthes: em sua derradeira versão, o crítico é aquele que vem coroar a destruição mallarmeana com este último *avatar* do *Meurtre* que é *Neutre*.

---

[61] *"Sollers écrivain"*, OC, V, p. 613.
[62] Ibid., pp. 602-603. [Grifo do autor.]

CRONOLOGIA DAS OBRAS DE ROLAND BARTHES

1953 – *Le degré zéro de l'écriture*

1954 – *Michelet*

1957 – *Mythologies*

1963 – *Racine*

1964 – *Essais critiques*

1965 – *Eléments de sémiologie*

1966 – *Critique et vérité*

1967 – *Système de la mode*

1970 – *S/Z*

1970 – *L'empire des signes*

1971 – *Sade, Fourier, Loyola*

1972 – *Nouveaux essais critiques*

1973 – *Le plaisir du texte*

1975 – *Roland Barthes par Roland Barthes*

1977 – *Fragments d'un discours amoureux*

1978 – *Leçon*

1979 – *Sollers écrivain*

1980 – *La chambre claire*

1993 – *95 oeuvres complètes* (3 v.)

2002 – *Oeuvres complètes* (5 v.)

2002 – *Le Neutre*

2002 – *Comment vivre ensemble*

2002 – *La préparation du roman I e II*

2009 – *Carnet du voyage en Chine*

2009 – *Journal de deuil*

2010 – *Le lexique de l'auteur*

BIBLIOGRAFIA

OBRAS DE ROLAND BARTHES
EM EDIÇÕES FRANCESAS

Oeuvres complètes. 5 v. Livros, textos, palestras. Nova edição revista, corrigida e apresentada por Éric Marty. Paris: Seuil, 2002.

Le Neutre. Cours au Collège de France 1977-1978. Texto estabelecido, anotado e apresentado por Thomas Clerc. Paris: Seuil/Imec, 2002.

Comment vivre ensemble. Cours au Collège de France, 19767-1977. Texto estabelecido, anotado e apresentado por Thomas Clerc. Paris: Seuil/Imec, 2002.

La préparation du roman, I e II. Cours et Séminaires au Collège de France 1979-1980. Texto estabelecido, anotado e apresentado por Nathalie Léger. Seuil/Imec, 2003.

Le lexique de l'auteur, fragmentos inéditos de Roland Barthes por Roland Barthes. Paris: Seuil, 2010.

Carnet du voyage en Chine. Paris: Christian Bourgois, 2009.

Journal de deuil. Paris: Seuil, 2009.

OBRAS DE ROLAND BARTHES EM EDIÇÕES BRASILEIRAS

Aula. São Paulo: Cultrix, 1980.

Sollers escritor. Fortaleza: UFCE, 1982.

Michelet. São Paulo: Companhia das Letras, 1991.

Elementos de semiologia. São Paulo: Cultrix, 1996.

Crítica e verdade. São Paulo: Perspectiva, 1999.

A aventura semiológica. São Paulo: Martins Fontes, 2001.

O prazer do texto. São Paulo: Perspectiva, 2002.

Mitologias. São Paulo: Difel, 2003.

Roland Barthes por Roland Barthes. São Paulo: Martins Fontes, 2003.

Fragmentos de um discurso amoroso. São Paulo: Martins Fontes, 2003.

Como viver junto. São Paulo: Martins Fontes, 2003.

A preparação do romance, 2 v. São Paulo: Martins Fontes, 2003.

O neutro. São Paulo: Martins Fontes: 2003.

O grau zero da escrita. São Paulo: Martins Fontes, 2004.

A câmara clara: *nota sobre fotografia*. Rio Janeiro: Nova Fronteira, 2004.

Incidentes. São Paulo: Martins Fontes: 2004.

Inéditos (Teoria), v. 1. São Paulo: Martins Fontes, 2004.

Inéditos (Crítica), v. 2. São Paulo: Martins Fontes, 2004.

Incidentes. São Paulo: Martins Fontes: 2004.

O rumor da língua. São Paulo: Martins Fontes, 2004.

O grão da voz. São Paulo: Martins Fontes, 2004.

Inéditos (Imagem e moda), v. 3. São Paulo: Martins Fontes, 2005.

Inéditos (Política), v. 4. São Paulo: Martins Fontes, 2005.

Sade, Fourier, Loyola. São Paulo: Martins Fontes, 2005.

A preparação do romance, v. 1. São Paulo: Martins Fontes, 2005.

O império dos signos. São Paulo: Martins Fontes, 2007.

OBRAS SOBRE ROLAND BARTHES

ALGALARRONDO, Hervé. *Les derniers jours de Roland Barthes*. Paris: Stock, 2006.

ALPHANT, Marianne e LÉGER, Nathalie (orgs.). *RB/Roland Barthes*. Paris: Seuil/IMEC/Centre Pompidou, 2002.

BADIR, Sémir e DUCARD, Dominique. *Roland Barthes en cours (1977--1980): un style de vie*. Dijon: Université de Dijon, 2009.

BENSAMAÏA, Réda. *Barthes à l'essai, introduction au texte réfléchissant*. Tübingen: Gunter Narr, 1986.

BOUGHALI, Mohamed. *L'érotique du language chez Roland Barthes*. Casablanca: Afrique-Orient, 1986.

BOUGNOUX, Daniel (org.). *Empreintes de Roland Barthes*. Nantes: Cécile Defaut, 2003.

BURNIER, Michel-Antoine e RAMBAUD, Patrick. *Le Roland Barthes sans peine*. Paris: Balland, 1978.

CALVET, Louis-Jean. *Roland Barthes: uma biografia*. Maria Ângela Villela da Costa (trad.). São Paulo: Siciliano, 1993.

_____. *Roland Barthes: um olhar político sobre o signo*. Adriano Rodrigues (trad.). Lisboa: Veja, s/d.

CAMPAGNON, Antoine. *Les anti-modernes: de Joseph de Maistre à Roland Barthes*. Paris: Gallimard, 2005.

CAMPOS, Haroldo. "Sobre Roland Barthes" in *Metalinguagem & Outras metas*. São Paulo: Perspectiva, 1992.

CASA NOVA, Vera e GLENADEL, Paula (orgs.). *Viver com Barthes*. Rio de Janeiro: 7 Letras, 2005.

COMMENT, Bernard. *Roland Barthes vers le neutre*. Paris: Christian Bourgois, 2003.

COSTE, Claude. *Roland Barthes moraliste*. Paris: Presses Universitaires du Septentrion, 1998.

DELORD, Jean. *Roland Barthes et la photographie*. Paris: Créatis, 1980.

DERRIDA, Jacques. "Les morts de Roland Barthes" in *Chaque fois unique, la fin du monde*. Paris: Galilée, 2003.

DOUBROVSKI, Serge. *Pourquoi la nouvelle critique: critique et objectivité*. Paris: Mercure de France, 1966.

_____. "Une écriture tragique" in *Revue Poétique*, n. 47, set. 1981.

FAGÈS, Jean-Baptiste. *Comprendre Roland Barthes*. Paris: Privat, 1979.

GINZBURG, Carlos (org.). *Vivre le sens: Centre Roland Barthes*. Paris: Seuil, 2008.

HEATH, Stephen. *Vertige du déplacement: lecture de Barthes*. Paris: Fayard, 1974.

HÉRITIER, Françoise (org.). *Le corps, le sens: Centre Roland Barthes*. Paris, Seuil, 2007.

JOUVE, Vincent. *La littérature selon Barthes*. Paris: Minuit, 1986.

KRISTEVA, Julia. "Roland Barthes et l'écriture comme démystification" in *Sens et non sens de la révolte: pouvoirs et limites de la psychanalyse*, t. 1. Paris: Fayard, 1996.

LOMBARDO, Patrizia. *The three paradoxes of Roland Barthes*. Atlanta: Georgia University Press, 1989.

LUND, Steffen Nordahl. *L'aventure du signifiant: une lecture de Barthes*. Paris: PUF, 1981.

MALLAC, Guy e EBERBATCH, Margarete. *Barthes*. Paris: Éditions Universitaires, 1971.

MARTY, Éric. *Roland Barthes: le métier d'écrire*. Paris: Seuil, 2006.

_____. *Roland Barthes, la littérature et le droit à la mort*. Paris: Seuil, 2010.

MAURIÈS, Patrick. *Roland Barthes*. Paris: Le Promeneur, 1982.

MELKONIAN, Martin. *Le corps couché de Roland Barthes*. Paris: Librairie Séguier, 1989.

MERLIN-KAJMAN, Hélène. *La langue est-elle fasciste? Langue, pouvoir, enseignement*. Paris: Seuil, 2003.

MILNER, Jean-Claude. *Le pas philosophique de Roland Barthes*. Paris: Verdier, 2003.

MORTIMER, Armine Kotin. *The gentlest law: Roland Barthes's the pleasure of the texte*. Nova York: Peter Lang, 1989.

MOTTA, Leda Tenório. "Roland Barthes" in *Lições de literatura francesa*. Rio de Janeiro: Imago, 1997.

NOUDELMANN, François. *Le toucher des philosophes: Satre, Nietzsche et Barthes au piano*. Paris: Gallimard, 2008.

PICARD, Raymond. *Nouvelle critique ou nouvelle imposture?*. Paris: Jean-Jacques Pauvert Éditeur, 1965.

PERRONE-MOISÉS, Leyla. "A crítica-sedução de Barthes" in *Texto, crítica, escritura*. São Paulo: Ática, 1978.

_____. "Lição de casa" (Posfácio). *Aula*. Leyla Perrone-Moisés (trad.). São Paulo: Cultrix, 1980.

_____. *Roland Barthes: um saber com sabor*. São Paulo: Brasiliense, 1983. (Coleção Encanto radical, n. 23)

_____. "Roland Barthes: subversivo e sedutor" in *Revista Cult*. São Paulo, n. 100, 2006.

PERRONE-MOISÉS, LEYLA e CHAVES DE MELLO, Elisabeth (orgs.). *De volta a Roland Barthes*. Rio de Janeiro: Eduff, 2005.

QUEIROZ, André e MORAES, Fabiana e VELASCO E CRUZ, Nina (orgs.). *Barthes/Blanchot*. Rio de Janeiro: 7 Letras, 2007.

RABATÉ, Jean-Michel. "Le roman de Roland Barthes" in *Barthes après Barthes: une actualité en question*. Actes du colloque international de Pau, 22-24 nov. 1990. Pau: Publications de l'Université de Pau, 1993.

RICHARD, Jean-Pierre. *Roland Barthes: dernier paysage*. Paris: Verdier, 2006.

ROBBE-GRILLET, Alain. *Por que amo Barthes*. Silviano Santiago (trad.). Rio de Janeiro: Editora UFRJ, 1995.

ROBERT MORAES, Eliane. "Perverso e delicado" in *Lições de Sade: ensaios sobre a imaginação libertina*. São Paulo: Iluminuras, 2006.

ROGER, Philippe. *Roland Bathes: roman*. Paris: Grasset, 1986.

SAMAIN, Etienne (org.). "Um retorno à Câmara clara: Roland Barthes e a antropologia visual" in *O fotográfico*. São Paulo: Senac, 1998.

SOLLERS, Philippe. "Vérité de Barthes" in Marianne Alphant et Nathalie Léger (orgs.). R/B. Paris: Seuil/Imec/Centre Pompidou, 2002.

SONTAG, Susan. *L'écriture même: à propos de Roland Barthes*. Paris: Christian Bourgois, 1982.

TISSERON, SERGE. *Le mystère de la chambre claire*. Paris: Flammarion, 1999.

UNGAR, Steven. *Roland Barthes: the professor of desire*. Londres: University of Nebraska Press, 1983.

WASSERMAN, George. *Roland Barthes*. Boston: Twayne, 1981.

WAHL, François (org.). *Roland Barthes et la photographie: le pire des signes*. Paris: Contrejours, 1990.

GUITTARD, Jacqueline. "Ilustrer les Mythologies" in Roland Barthes, *Mythologies*. Édição ilustrada estabelecida por Jacqueline Guittard. Paris: Seuil, 2010.

DOSSIÊS

Roland Barthes. *Revue L'Arc*, n. 56, 1974.

Pretexte: Roland Barthes. Actes du Colloque de Cerisy-la-Salle. Sous l'organisation d'Antoine Compagnon. Paris: 10/18, 1979.

Leituras de Roland Barthes. Comunicações apresentadas ao Colóquio Barthes da Faculdade de Letras de Lisboa. Lisboa: Dom Quixote, 1982.

"Roland Barthes après Roland Barthes", *Rue Descartes 34*. Revista Trimestral. Collège International de Philosophie, dez. 2001.

Le plaisir des formes. Centre Roland Barthes. Institut de la pensée contemporaine. Paris: Seuil, 2003.

Le corps, le sens. Centre Roland Barthes. Institut de la pensée contemporaine. Paris: Seuil, 2007.

Roland Barthes. *Europe Revue Littéraire Mensuelle*, ago.-set. 2008.

Autour de Roland Barthes. *La nouvelle revue française*, n. 589, abr. 2009.

Roland Barthes. *Magazine Littéraire*, n. 482, jan. 2009.

BIBLIOGRAFIA GERAL

ADORNO, Theodor W. *As estrelas descem à terra: a coluna do* Los Angeles Times, *Um estudo sobre superstição secundária.* Pedro Rocha de Oliveira (trad.). São Paulo: Editora da UNESP, 2008.

_____. *Prismas: crítica cultural e sociedade.* A. Wernet e J. Almeida (trads.). São Paulo: Ática, 2001.

ADORNO Th. W.; HORKHEIMER, Max. "A indústria cultural", in Luiz Costa Lima (org.). *Teoria da cultura de massa.* São Paulo: Paz e Terra, 1978.

_____. *Filosofia y superstición.* Madri: Taurus/Alianza, 1964-1972.

_____. *Os pensadores.* Textos escolhidos. Consultoria de Paulo Arantes. São Paulo: Editora Nova Cultural, 1996.

BALZAC, Honoré. *Les journalistes: monographie de la presse parisienne.* Paris: Arléa, 1991.

_____. *Os jornalistas.* João Domenech (trad.). Rio de Janeiro: Ediouro, 1999.

_____. *Tratados da vida moderna.* Leila de Aguiar Costa (trad. notas e posfácio). São Paulo: Estação Liberdade, 2009.

COMPAGNON, Antoine. *Proust entre deux siècles.* Paris: Seuil, 1985.

BENVENISTE, Émile. *Problèmes de linguisitique générale.* Paris: Gallimard, 1966.

BERNAS, Steven. *Archéologie et évolution de la notion d'auteur.* Paris: L'Harmattan, 2001.

BIDENT, Christophe. *Maurice Blanchot: partenaire invisible.* Seyssel: Champ Vallon, 1998.

BLANCHOT, Maurice. *Le livre à venir.* Paris: Gallimard, 1957 (Col. Idées).

_____. *L'espace littéraire.* Paris: Gallimard, 1955 (Col. Idées).

BLOOM, Harold. *O cânone ocidental: os livros e a escola do tempo.* Marcos Santarrita (trad.). Rio de Janeiro: Objetiva, 1995.

BOURDIEU, Pierre. *Homo academicus.* Paris: Minuit, 1984.

_____. *Un art moyen: essai sur les usages sociaux de la fotographie.* Paris: Minuit, 1965.

CALVINO, Ítalo. *Assunto encerrado: discursos sobre literatura e sociedade.* Roberta Barni (trad.). São Paulo: Companhia das Letras, 2009.

CAMPOS, Haroldo. "O poeta da lingüística", in JAKOBSON, Roman. *Lingüística, poética, cinema.* São Paulo: Perspectiva, 1970.

CLAIR, Jean. *Médusa: anthropologie des arts visuels.* Paris: Gallimard, 1987.

CARDOSO DOS SANTOS, Alcides; AKCELRUD DURÃO, Fábio; VILLA DA SILVA, Maria das Graças (orgs.). *Desconstrução e contextos nacionais.* Rio de Janeiro, 7 Letras, 2006.

CARDOSO DOS SANTOS, Alcides (org.). *Estados da crítica.* São Paulo/Curitiba: Ateliê Editorial/Editora UFPR, 2006.

CASTRO, Edgardo (org.). *Vocabulário de Michel Foucault: um percurso pelos seus temas, conceitos e autores.* Belo Horizonte: Autêntica, 2009.

DÉBORD, Guy. *A sociedade do espetáculo*. Francisco Alves e Afonso Monteiro (trads.). São Paulo: Contraponto, 1997.

DERRIDA, Jacques. *Signéponge*. Paris: Seuil, 1968.

DIDI-HUBERMAN, Georges. *Histoire de l'art et temps des fantomes selon Aby Warburg*. Paris: Minuit, 2002.

DOSSE, François. *Histoire du structuralisme*. 2 v. Paris: Éditions de la Découverte, 1991.

_____. *História do estruturalismo*. 2 v. Álvaro Cabral (trad.). Campinas: Editora Ensaio/Editora da Unicamp, 1993.

DUCROT, Oswald. *Estruturalismo e linguística*. José Paulo Paes (trad.). São Paulo: Cultrix, 1970.

_____; TODOROV, Tzvetan. *Dicionário enciclopédico das ciências da linguagem*. São Paulo: Perspectiva, 2001.

FLAUBERT, Gustave. *Bouvard e Pécuchet*. Galeão Coutinho e Augusto Meyer (trads.). Rio de Janeiro: Nova Fronteira, 1981.

FOUCAULT, Michel. *Les mots et les choses: une archéologie des sciences humaines*. Paris: Gallimard, 1966.

_____. *L'ordre du discours. Leçon inaugurale au Collège de France pronnoncée le 2 décembre 1970*. Paris: Gallimard, 1971.

_____. *Dits et écrits* I, II, III, IV. Paris: Gallimard, 1994.

FRADE, Pedro Miguel. *Figuras do espanto: a fotografia antes da sua cultura*. Coimbra: ASA, 1998.

GENETTE, Gérard. *Figures* I, II, III. Paris: Seuil, 1966-1970.

_____. *Mimologiques: voyage em Cratylie*. Paris: Seuil, 1976.

_____. *Palimpsestes: la littérature au second degré*. Paris: Seuil, 1982.

GOLDMANN, Lucien. *Le dieu caché: étude sur la vision tragique dans* Les pensées *de Pascal et dans le théâtre de Racine*. Paris: Gallimard, 1955.

GRILLET, Alain-Robbe. *Pour un nouveau roman*. Paris: Minuit, 1961.

HARRIS, Frank. *Oscar Wilde: sua vida e confissões*. Godofredo Rangel (trad.). Rio de Janeiro: Companhia Editora Nacional, 1960.

HOLLIER, Denis (org.). *De la littérature française*. Paris: Bordas,1993.

JAKOBSON, Roman. *Essais de linguistique générale: les fondations du langage*. Paris: Minuit, 1963.

KRISTEVA, Julia. *Le langage cet inconnu: une initiation à la linguistique*. Paris: Seuil, 1981 (Col. Points).

_____. *Sens et non-sens de la révolte: pouvoirs et limites de la psychanalyse*, I. Paris: Fayard, 1996.

LAPOUGE, Gilles. *Dictionnaire amoureux du Brésil*. Paris: Plon, 2011.

LAVERS, Annette. *Structuralisme and after*. Cambridge: Harvard University Press, 1982.

LÉVI-STRAUSS, Claude. *Mithologiques: le cru et le cuit*. Paris: Plon, 1964.

_____. *Antropologia estrutural*. Chaim Samuel Katz e Eginardo Pires (trads.). Rio de Janeiro: Tempo Brasileiro, 2003.

_____. *Antropologia estrutural* II. Maria do Carmo Randolfo (trad.). Rio de Janeiro: Tempo Brasileiro 1976.

_____. *A via das máscaras*. Manuel Ruas (trad.). Lisboa: Presença, 1981.

LIMA, Luiz Costa. *Estruturalismo e teoria literária: introdução às problemáticas estéticas e sistêmicas*. Petrópolis: Vozes, 1973.

MANGEL, Alberto. *Lendo Imagens*. Rubens Figueiredo (trad.). São Paulo: Companhia das Letras, 1998.

MARTY, Éric. *Louis Althusser: un sujet sans procès*. Paris: Galimard, 1999 (Col. L'Infini).

_____. *André Gide, qui êstes vous?* Paris: La Manufacture, 1998.

MAURON, Charles. *L'inconscient dans l'oeuvre et la vie de Racine*. Paris/ Genève: Champion/Slaktine, 1986.

MONTAIGNE, Michel de. *Ensaios* I, II, III. Sérgio Milliet (trad.) Brasília/São Paulo: Editora da UnB/Hucitec, 1987.

MOTTA, Leda Tenório. *Francis Ponge: o objeto em jogo*. São Paulo: Iluminuras, 1998.

_____. *Proust: a violência sutil do riso*. São Paulo: Perspectiva, 2008.

MOUNIER, Emmanuel. *A esperança dos desperados: Malraux, Camus, Sartre, Bernanos*. Naomi Vasconcelos (trad.). Rio de Rio de Janeiro: Paz e Terra, 1972.

NORMAND, Claudine. *Saussure*. Ana de Alencar e Marcelo Diniz (trads.). São Paulo: Estação Liberdade, 2009.

_____; ARRIVÉ, Michel (orgs.). *Saussure aujourd'hui*. Colloque de Cerizy. Nanterre: Université de Paris X, 1995.

PERRONE-MOISÉS, Leyla. *Altas literaturas: ecolha e valor na obra crítica de escritores modernos*. São Paulo: Companhia das Letras, 1975.

PICARD, Raymond. *La carrière de Jean Racine*. Paris: Gallimard, 1956.

PONGE, Francis. *Le grand recueil: méthodes, pièces, lyres*. Paris: Gallimard, 1961.

_____. *Le parti pris des choses: suivi de proêmes*. Paris: Gallimard, 1967 (Col. Poésie).

SAID, Edward. *Estilo tardio*. Samuel Titan Jr. (trad.). São Paulo: Companhia das Letras, 2006.

SAFOUAN, Moustafa. *Estruturalismo e psicanálise*. Álvaro Lorencini e Anne Arnichand (trads.). São Paulo: Cultrix, 1970.

SANTAELLA, Lucia. *Lições & subversões*. São Paulo: Lazuli, 2009.

SARTRE, Jean-Paul. *Ou'est-ce que la littérature?* Paris: Gallimard, 1948 (Col. Idées).

_____. *Situations*, I. Paris: Gallimard, 1947.

_____. *Situations*, IV. Paris: Gallimard, 1964.

SAUSSURE, Ferdinand. *Cours de Linguistique générale*. Édição crítica preparada por Tullio de Mauro. Paris: Payot, 1976.

_____. *Curso de lingüística geral*. Antonio Chelini, José Paulo Paes e Isidoro Blikstein (trads.). São Paulo: Cultrix, 1975.

SONTAG, Susan. *Sobre fotografia*. Rubens Figueiredo (trad.). São Paulo: Companhia das Letras, 2004.

SPERBER, Dan. *Estruturalismo e antropologia*. Amélia e Gabriel Cohn (trads.). São Paulo: Cultrix, 1970.

STAROBINSKI, Jean. *Les mots sous les mots: les anagrammes de Ferdinand de Saussure*. Paris: Gallimard, 1971.

TODOROV, Tzvetan. *Estruturalismo e poética*. José Paulo Paes (trad.). São Paulo: Cultrix, 1970.

VAN LIER, Henri. *Philosophie de la photographie*. Bruxelles: Les Impressions Nouvelles, s.d.

WAHL, François. *Estruturalismo e filosofia*. Alfredo Bosi (trad.) com a colaboração de Adélia Bole. São Paulo: Cultrix, 1970.

WILDE, Oscar. *Obra completa*. Oscar Mendes (org. introd. e notas). Rio de Janeiro: Nova Aguilar, 1980.

_____. *A decadência da mentira: e outros ensaios*. João do Rio (trad. e apres.). Rio de Janeiro: Imago, 1994.

_____. *Aforismos*. Mario Fondelli (trad.). Rio de Janeiro: Clássicos Econômicos Newton, 1995.

CADASTRO
ILUMI//URAS

Para receber informações
sobre nossos lançamentos e
promoções envie e-mail para:

cadastro@iluminuras.com.br

Este livro foi composto em Garamond pela
Iluminuras e terminou de ser impresso nas
oficinas da *Meta Brasil Gráfica*, em Cotia, SP,
em papel off-white 80 gramas.